가
토
의
검

가토의 검

김이수 장편소설

나무옆의자

차 례

1. 형의 죽음

오전부터 시작된 여야 원내대표 회의가 좀처럼 끝나지 않았다. 국정감사 증인 채택을 둘러싸고 여야가 벌이는 마지막 담판이었다. 이미 수석부대표가 두 차례나 만났지만 합의에는 실패했다. 원내대표가 직접 나서긴 했지만 청와대의 사인이 없는 이상 이번 회의도 합의에 이르지 못할 거란 예상이 지배적이었다. 회의는 여야 원내대표가 모두(冒頭) 발언을 한마디씩 하고는 바로 비공개로 들어갔다. 때문에 회의 상황이 어떻게 돌아가고 있는지 아는 사람은 아무도 없었다. 오늘 열리기로 했던 교육문화체육관광위원회 상임위원회 회의가 원내대표 합의가 나올 때까지 연기되는 바람에 나는 이쪽에 신경 쓸 수밖에 없었다. 의원식당 옆 카페테리아에서 커피를 한 잔 사 들고 회의가 열리고 있는 귀빈식당의 두꺼운 오크 문을 계속 주시하고 있었다.

"선배, 많이 피곤해 보이는데. 어제 양 보좌관 만난다더니 늦게까지 한잔한 거야?"

안에서 새어 나오는 소리라도 들으려고 회의장 문에 귀를 대고 있던 아영이 포기하고 돌아왔다.

"일이 있다고 해서 다음에 보기로 했어. 밤에 잠을 좀 설쳤더니 피곤하네. 합의되면 정론관에서 기자회견 할 거야. 너무 안달하지 말고 기다려보자고."

열정이 넘치는 아영은 가만있지 못하고 회의장 문 앞을 왔다 갔다 반복하고 있었다.

"회의 끝나려면 한참 더 있어야 할 것 같은데 나가서 담배나 한 대 피우고 오는 게 어때?"

다 마신 종이컵을 쓰레기통에 밀어 넣으며 다시 회담장 앞으로 가려는 아영을 붙잡았다.

"좋죠. 그렇지 않아도 담배 생각이 간절했어요. 이렇게 속절없이 기다리는 건 내 취향이 아니에요."

말이 떨어지기 무섭게 아영은 노트북을 둘러메고 엘리베이터 앞으로 갔다. 건물 전체가 금연이라 담배 한 대 피우려면 기자 출입문 밖에 설치한 흡연구역까지 내려가야 했다.

"김영민 씨 되십니까?"

전화가 걸려온 것은 담배를 거의 다 피우고 한 대 더 피울까 망설이던 중이었다. 탁하고 갈라진 목소리의 주인은 밤늦도록 술을 마시고 막 일어난 사람 같았다. 스트레스를 쌓아놓고 사는 사람들이 이런 목소리를 냈다. 나 또한 가끔 이렇게 찌든 목소리를 내곤 한다. 이것은 성량의 문제가 아니다. 직업적 특성에서 생겨나는 목소리다. 내 경험으로 볼 때 이런 목소리를 가진 사람들은 결코 좋은 소식을 가져다주지 않는다. 나도 모르게 침이 넘어갔다.

"네, 그런데요."

"부천 중부경찰서 곽 형사라고 합니다. 김영석 씨가 형님 되십니까?"

"네, 그렇습니다만 무슨 일이죠?"

형사라는 말에 나도 모르게 손에 든 담배를 떨어뜨리고 말았다. 재빨리 바닥에 떨어진 담배꽁초를 주워 항아리 재떨이 안으로 던져 넣었다.

"형님께서 교통사고를 당하셨습니다."

"네에? 교통사고요?"

내 목소리가 너무 컸거나 아니면 교통사고라는 단어가 주는 무게 때문인지 담배를 물고 있는 사람들의 시선이 일제히 나에게 쏠렸다. 초록색 아크릴로 하늘을 가린 흡연구역을 벗어나 회색 보도블록 위로 올라섰다.

"네, 지금 이쪽으로 오셨으면 합니다."

"많이 다쳤나요?"

"네, 빨리 오셨으면 합니다."

곽 형사라는 사람은 병원 이름만 알려주고 바로 전화를 끊어버렸다. 핸드폰을 내려놓고 나서야 무슨 일이 벌어지고 있는지 서서히 실감이 났다.

"무슨 일이 있어요?"

뒤를 돌아보니 아영이 걱정스러운 눈빛으로 나를 지켜보고 있었다.

"형이 교통사고 당했나 봐. 가봐야 할 것 같아. 원내대표 회의 결과는 나오는 대로 핸드폰으로 알려줘. 부장님한테는 내가 따로 연락할게."

아영에게 뒷일을 부탁하고 둔치에 있는 주차장으로 향했다. 의사당 내에 기자 전용 주차장이 있었지만, 어린이집이 들어서는 바람에 둔치로 쫓겨났다. 둔치 주차장 일부는 아직 바닥공사를 하지 않아서 차가 지나칠 때면 누런 황토가 그대로 날렸다. 하루만 세워놓아도 보닛 위에 황토 먼지가 뿌옇게 내려앉았다.

주차장을 빠져나오면서 올림픽도로를 타고 매립지 뒷길로 갈지 파천교를 넘어 경인고속도로로 갈지 잠시 고민했다. 낮이라 괜찮을 거라 생각하고 파천교를 넘었다. 그러나 경인고속도로는 초입부터 정체였다. 역시 돌더라도 매립지 뒷길로 가는 게 맞았다. 혹시나 해서 와보면 늘 이랬다. 고속도로 입구까지 들어서는 데 이십 분이나 허비했다. 입구를 지나자 길이 조금씩 뚫리기 시작했다. 옆 차선에 틈이 보이자 바로 끼어들어 가속페달을 있는 힘껏 밟았다.

부천IC를 빠져나가자 바로 도당공원이 나타났다. 입구를 제외한 공원은 커다란 졸참나무 숲으로 둘러싸여 있었다. 나무 위로 갈색 덩굴 잎이 뒤덮여 있어 숲은 검고 어두웠다. 공원을 뒤로하고 계속 직진하자 녹색 병원마크 표식이 보였다. 형사가 병원 이름만 알려줬지 어디로 오라는 말은 하지 않았다. 일단 병원 뒤편 주차장에 차를 대고 응급실로 들어갔다. 커튼이 쳐진 안쪽까지 들어가봤지만 알 만한 사람은 보이지 않았다. 재발신 버튼을 눌러 곽이라는 형사에게 전화를 걸었다.

"어머님하고 같이 있는데, 영안실로 내려와주시겠습니까?"

무슨 말이라도 해야 하는데 입이 떨어지지 않았다. 무언가가 내 목구멍을 꽉 틀어막고 있었다. 침묵이 계속되자 전화가 끊어졌다. 앞에 보이는 검은색 장의자에 주저앉아 넥타이를 풀어 목을 느슨하게 했다. 응급실 안쪽에서 다급하게 간호사를 찾는 목소리가 울렸다. 마스크를 쓴 간호사가 흰 커튼을 젖히고 급히 안으로 뛰어들어갔다. 커튼 사이로 새어 나온 포르말린 냄새가 죽음이라는 단어를 계속 떠올리게 했다. 응급실 밖으로 나와 화장실을 찾았다. 잠시 마음을 안정시킬 필요가 있었다. 세면대 거울 앞에 섰다. '괜찮을 거야. 아무 일도 아닌 거야.' 거울 속에 비친 얼굴을 보며 이렇게 중얼거렸다. 닥터 강이 이런 속삭임은 긴장을 완화시키고 평정심을 찾는 데 도움이 된다고 했다. 정신과 의사라고 해서 나이가 지긋한 노인인 줄 알았다. 그러나 닥터 강은 균형 잡힌 몸매를 가진 젊은 여의사였다. 혈기왕성한 고등학생 때라 닥터 강의 몸매는 상담을 받는 데 상당한 도움을 주었다. 상담이 지루해질 때면 하얀 가운 속의 육감적인 몸매를 상상하며 시간을 때웠다. 그뿐만이 아니었다. 닥터 강의 말에 귀를 기울이게 되면서 내 인생에 많은 변화가 생겼다. 내가 양아치로 전락하지 않고 여기까지 올 수 있었던 것도 그녀의 진심 어린 충고 덕분이라는 데는 의심할 여지가 없었다.

두 손으로 얼굴을 비벼 근육을 이완시키고 풀어진 넥타이를 똑바로 매고 밖으로 나왔다. 외래환자 접수처에 안경 낀 여직원이 앉아 있었다.

"영안실로 가려면 어디로 가야 합니까?"

안경알 뒤에 있던 여직원의 눈동자가 위로 올라갔다. 말을 하지 않는 것이 죽음을 찾는 사람에 대한 예의라는 듯 어두운 표정으로 손을 들어 왼쪽을 가리켰다. 좌측 문을 열고 밖으로 나오자 영안실을 알리는 청색 화살표가 보였다. 화살표는 지하 계단을 향하고 있었다. 조화에서 떨어졌는지 하얀 국화가 계단 위에 여기저기 널려 있었다. 국화를 밟지 않도록 조심하며 계단을 내려갔다. 입구에 매점을 겸한 사무실이 보였다. 매점 카운터에는 회색 작업복을 입은 사내가 무료한 표정으로 손님을 기다리고 있었다. 형의 이름을 대자 사내는 안쪽 녹색 철문을 가리켰다. 꺾쇠처럼 생긴 손잡이를 밑으로 내려 밀자 두꺼운 철문이 소리를 내며 열렸다. 어머니가 낯선 남자 옆에 앉아 있었다. 어머니는 넋이 나가 있었다. 내가 다가갔는데도 전혀 알아채지 못했다.

"어머니!"

어머니의 어깨에 손을 올려놓았다. 그제야 어머니가 고개를 들었다.

"영석이가 죽었대. 영석이가."

어머니가 나의 손에 뺨을 댔다. 뺨을 타고 흘러내린 눈물이 손등에 묻어났다. 이런 상황이라면 어머니를 감싸 안아야 했지만 나는 그러질 못했다.

"뭐라 드릴 말씀이 없습니다. 중부경찰서 곽 형사라고 합니다."

대신 형사라는 사내와 마주 보고 섰다. 어찌 된 연유인지 알고 싶었다. 사내는 목소리에 걸맞게 피곤에 찌든 얼굴이었다. 사나흘은 감지 않았는지 푸석한 머리카락이 제멋대로 엉켜 있었다. 초췌한 얼굴은 형사라기보다는 막노동꾼에 가까웠다.

"어머니는 잠깐 여기서 기다리시고, 동생분은 저랑 안에 들어가서서 우선 사체부터 확인해주시죠?"

곽 형사가 튀어나온 막대 손잡이를 밀고 안으로 들어갔다. 방에는 흰 가운을 입은 사내가 철제 침대 앞에서 기다리고 있었다. 침대 위에는 하얀 시트가 덮여 있었다. 형사가 고개를 끄덕이자 사내가 시트 일부를 걷어냈다. 곽 형사가 나를 향해 시체를 확인하라는 눈짓을 했다. 누워 있는 사람이 형이 아닐 수도 있다는 생각을 하며 천천히 침대 앞으로 다가갔다. 눈을 뜨고 있다면 감겨줘야 하나 하는 생각도 잠시 해봤다. 침대에 누워 있는 사람은 형이 맞았다. 형의 얼굴에 시선을 고정시켰다. 피 묻은 머리카락은 왁스로 세팅한 것처럼 뻣뻣하게 굳어 마치 까마귀의 날개를 보는 것 같았다. 얼굴은 아스팔트 바닥에 쓸렸는지 심하게 긁힌 상처가 여러 개 보였다. 다행히 두 눈은 감겨 있었다.

"뺑소니로 신고가 들어와 119에서 이리로 모셨는데 의사가 두개골 함몰 상태가 심한 게 타살이 의심된다며 저희한테 신고했습니다. 게다가 사체에 훼손이 있었습니다."

곽 형사가 형의 머리를 옆으로 돌렸다. 귀가 있을 자리에 하얀 붕대가 둘둘 말려 있었다. 지혈하기 위해 약을 뿌렸는지 붕대에는 핏물과 함께 노란 약물이 배어 있었다. 붕대 위에는 흰 반창고가 꼼꼼히 붙어 있었다.

"한쪽 귀가 떨어져 나갔습니다. 그런데 그 귀가 사체 양복 주머니에서 나왔습니다."

곽 형사가 주머니에서 비닐 팩을 꺼내 보기 편하도록 눈높이까지 들어주었다. 덕분에 곱창처럼 생긴 덩어리가 정확히 보였다. 얼굴에 붙어 있을 때는 아무렇지도 않은 귀가 따로 떨어져 있으니 괴기스러웠다. 나도 모르게 팩을 향해 손을 뻗었다.

"증거물이라 함부로 손대면 안 됩니다."

곽 형사가 비닐 팩을 뒤로 빼서 다시 자신의 점퍼 주머니 안에 집어넣었다.

"뺑소니로 보기에는 여러 가지 의문점이 있습니다."

"차에 치였을 때 바닥에 얼굴이 깔리면서 떨어져 나간 것은 아닐까요?"

무슨 근거로 형의 귀가 잘렸다고 단정하는지 궁금했다. 차에 치였다면 여러 가지 정황이 가능했다.

"이 위생봉투째 주머니에 들어 있었습니다. 바닥에 떨어진 귀를 제가 주워서 넣은 게 아니라 이렇게 봉투 안에 넣어진 채 사체 양복 주머니에 있었단 말입니다."

"누가요? 대체 누가 그런 짓을 했단 말입니까?"

나에게는 귀가 잘렸다는 말이 형의 죽음보다 더 낯설게 들렸다.

"좋은 질문이네요. 지금부터 그놈을 찾아야죠. 그게 제가 할 일입니다."

곽 형사가 옆구리에 끼고 있던 받침대를 나에게 내밀었다.

"그러기 위해서는 부검이 필요합니다. 사체는 부검이 끝나는 대로 돌려드리겠습니다."

나는 곽 형사가 내민 서류철에 순순히 사인했다. 형의 몸에 칼을 대는 것은 내키지 않았지만 형사가 의심스럽다는데 거절할 수 없었다. 대신 사인한 서류철을 돌려주면서 붉게 충혈된 곽 형사의 눈을 똑바로 바라봤다.

"사체라뇨? 형은 죽었지만, 물건이 아닙니다. 개나 고양이 새끼가 아니라고요."

덥수룩한 머리와 까칠한 수염 때문에 나이를 가늠하기 어렵지만 나보다 많은 것만은 확실했다. 그래도 할 말은 했다. 내 말이 기분 나빴는지 곽 형사가 서류철을 받자마자 고개를 돌려 나를 외면했다.

"잠깐만요."

가운을 입은 남자에게 가려는 그를 붙잡았다. 아직 묻고 싶은 게 많았다.

"형이 사고를 당한 장소가 어딥니까?"

"사고인지 사건이지는 아직 모르겠습니다만 장소는 서울로 가는 진입로 근처 도로 웁니다. 도당공원 뒤편에 있는 IC인데, 어딘지 아십니까?"

"그럼요. 나도 여기서 고등학교까지 다녔는걸요."

머릿속에 도당공원의 모습이 떠올랐다. 빨간 벽돌로 만든 둥그런 야외공연장, 적갈색 우레탄이 깔린 농구장. 한때는 매일 그곳에서 날이 밝아올 때까지 술을 마시고 농구를 했다. 가장 혈기왕성한 시기 대부분을 그곳에서 보냈다.

"그런데 형이 거기는 왜 갔죠?"

목소리 톤을 낮추고 물어보았다.

"글쎄요. 아직 본격적인 수사가 진행되지 않아 뭐라 드릴 말씀이 없습니다."

"누가 언제 발견했죠?"

적어도 형사라면 육하원칙에 따라 작성된 사건 기록을 갖고 있을 거란 생각에 직원에게 가려는 그를 다시 붙잡았다.

"오늘 새벽에 택시 기사가 발견해서 신고했습니다. 사건은 어젯밤

늦게 일어났고요. 더 자세한 것은 부검을 해봐야 알겠습니다."

곽 형사가 짜증 난 목소리로 말했다. 지금 그에게 알아낼 수 있는 건 별로 없었다. 그보다는 어머니를 돌보는 게 우선이었다. 그가 직원에게 다가가는 것을 보고 밖으로 나왔다. 어머니는 나무 의자 위에 몸을 공처럼 웅크린 채 앉아 있었다. 어머니를 부축해 영안실을 빠져나왔다.

"장례식을 어떻게 하실 건가요?"

매점 앞을 지나칠 때 회색 작업복을 입은 사내가 문을 열고 나왔다.

"일단 장례를 치르시고 부검이 끝나면 시신은 따로 입관을 하셔도 되고요."

어머니가 끌려가다시피 걷고 있는데도 사내는 콧등을 문지르며 아주 편하게 말을 했다. 한마디 쏘아붙이고 싶었지만 어머니를 부축한 팔에 힘을 주느라 여력이 모자랐다. 어머니를 안다시피 해서 가파른 계단을 겨우 올라갔다. 고개를 돌려보니 사내가 아쉬운 표정으로 올려다보고 있었다.

어머니는 차에 오르자마자 멍하니 차창 밖만 내다보았다. 경찰서 출입기자 시절 이런 사람을 자주 봤다. 견딜 수 없는 고통을 겪는 사람들이 거치는 과정이었다. 사랑하는 사람을 잃은 이들은 잠시 저 세상으로 건너간다. 저 너머 세계로 가서 떠나가는 자와 무언의 대화를 나눈다. 영혼이 이탈한 육체는 시체와 다를 바가 없다. 초점을 상실한 눈동자는 상한 생선 눈알처럼 흐릿하고 까맣게 말라버린 입술은 반쯤 열려 있다. 나는 그런 사람들을 집요하게 따라다녔다. 괜찮습니까? 지금의 심정을 말해주세요. 범인에게 하고 싶은 말은 없습니까? 말을 잃어버린 사람들에게 끊임없이 말을 붙였다. 상대방 입장 같은 건 고려 대상이 아니었다. 내가 원하는 대답을 받기 위해 지겹도록 따라다녀야 했다. 가끔 욕을 먹기도 하고 얻어맞기도 했지만 나는 절대 포기하지 않았다. 내 직업은 당연히 그래야 한다고 생각했다. 하지만 어머니에게도 인터뷰를 하고 싶은 생각이 떠오른 것은 꼭 직업의식이라고만은 할 수 없었다. 형을 잃은 심정이 어떠십니까? 어머니가 뭐라 대답할지 정말 궁금했다. 그뿐이었다.

"영석이가 왜 죽었어? 무슨 일이 있었던 거야. 형사가 뭐라고 해?"

차장 밖에 머물러 있던 어머니의 시선이 나를 향해 돌아섰다. 어머니가 현실 세계로 돌아오고 있었다. 이제 곧 통곡이 시작될 것이다.

"교통사고를 당했대요. 술을 마시고 늦게 오다가 차에 치였나 봐요."

누군가에게 맞아 죽었다는 것보다 교통사고가 어머니에게는 더 현실적일 것이다. 하루에도 수십 명이 교통사고로 목숨을 잃는다. 형이 하나 포함된다고 해서 문제가 될 건 없었다.

"그렇게 술을 좋아하더니 이게 무슨 날벼락이냐."

어머니가 말을 잇지 못했다. 어머니가 통곡을 터뜨리기 전에 집에 도착하기 위해 속력을 높였다.

"그런데 어머니, 형의 시체를 발견한 게 오늘 새벽이래요. 좀 더 일찍 내 연락처를 알려주시지 그랬어요. 나는 하나밖에 없는 형의 동생이잖아요."

운전대를 잡지 않은 손으로 어머니의 손등을 움켜잡았다. 어머니가 움찔하며 손을 빼려 했지만 나는 더욱 세게 움켜쥐고 놓아주지 않왔다. 하지만 어머니는 기어이 손을 빼내고 시선을 창밖으로 돌렸다. 조금 있자 어머니의 흐느끼는 소리가 들렸다. 불쌍한 여우. 나는 액셀 러레이터를 힘껏 밟았다. 알피엠 게이지가 올라가면서 어머니의 울음 소리가 출력음에 묻혀버렸다.

2. 인천세관

경인고속도로가 끝나는 지점에 표지판이 보였다. 인천세관은 아암대로를 건너 좌측 차선으로 붙어 인항로를 타야 했다. 이 길은 취재 때문에 여러 번 지나간 적이 있었다. 근처에 형이 근무하는 세관이 있다는 걸 알았지만 한 번도 들러본 적은 없었다. 일부러 찾아가서 만날 만큼 형과 친하지 않았다. 세관 안으로 들어가 건물 앞에 보이는 하얀 주차선에 차를 세웠다. 밖으로 나오자 바닷가 특유의 비린내가 풍겼다. 보이진 않지만 건물 뒤편에 바다가 있다는 걸 냄새로 알 수 있었다. 차에 기대어 담배부터 꺼냈다. 요즘은 어딜 가든 금연이다. 담배 한 대 피울 공간을 찾기 어려웠다. 세상은 흡연자의 권리를 무시해야 문명화가 된다는 착각에 빠진 지 오래다. 담배가 주는 장점은 아주 사소하게 취급했다. 차에 기대 빨간 불꽃이 필터에 닿을 때까지 빨아댔다. 스트레스 해소에 이것만 한 것이 없었다. 다 피운 꽁초를 콘크리트 바닥에 던져놓고 구둣발 앞쪽으로 힘껏 비벼댔다. 너덜너덜해진 꽁초는 비린내를 품은 바람에 날려갔다. 구두 앞코에 묻은 먼지를 탁탁 털어내고 핸드폰을 꺼냈다. 어제 전화했던 관세청 직원을 찾아 재발송 버튼을 눌렀다.

"네, 감사합니다. 인천세관 통관지원과 최대식입니다."

스피커를 통해 틀에 박힌 문구가 흘러나왔다. 공무원의 수신 문구는 어디든 비슷했다.

"어제 전화 받았던 김영석 씨 동생입니다."

먼저 형의 유품을 수습해 가라고 전화했기 때문에 유품을 가지러 왔다는 말은 하지 않았다. 잠시 후 짧은 머리카락을 왁스로 세운 사내가 건물에서 걸어 나와 내 쪽으로 다가왔다. 목에는 세관 마크가 찍힌 청색 줄이 매달려 있었다.

"선배님과 함께 근무했던 최대식이라고 합니다. 선배님 일은 정말 안됐습니다."

"김영민이라고 합니다."

사내가 먼저 고개를 숙이는 바람에 나도 따라 고개를 숙였다. 고개를 들고 사내의 목에 달린 공무원증을 보았다. 플라스틱 케이스에 들어 있는 공무원증과 청색 줄은 깨끗했다. 입사한 지 얼마 안 된 신입 사원이라는 증거였다.

"형과 같이 일했습니까?"

"네, 선배님과 창고관리 업무를 했습니다."

나는 고개를 끄덕였다. 예상대로 그는 형의 부사수였다. 그렇다면 회사에서 형에 대해 가장 많이 알고 있는 사람 중 하나일 것이다.

"이리로 오시죠?"

최대식이 앞장서서 건물 안으로 들어갔다. 그는 2층으로 올라가 통관지원과 명패가 붙은 사무실로 나를 안내했다. 안으로 들어서자 사람들이 하나둘 자리에서 일어섰다. 그러나 옆 사람과 수군거리며 쳐다보기만 할 뿐 다가오는 사람은 없었다. 그들의 시선을 무시하고 최대식이 알려준 형의 책상 앞으로 갔다. 연한 체리색 편수책상은 말끔하게 정리되어 있었다. 2단 철제 책장이 깨끗하게 비어 있는 걸 봐서는 이미 누군가가 서류정리를 한 모양이었다. 그렇다면 지금 여기에 남아 있는 것은 형의 개인 물품뿐일 것이다. 주인이 없어진 의자에 앉아 천천히 책상 위를 둘러봤다. 삼면을 둘러막은 하늘색 파티션에는 둥근 자석으로 고정한 사진이 여러 장 붙어 있었다. 하나씩 떼어내며 사진을 들여다봤다. 어머니와 둘이 찍은 사진이 대부분이었다. 그중 가족사진이 한 장 눈에 띄었다. 내 기억으로는 우리 가족이 함께 사진을 찍었던 적이 없기 때문에 주의 깊게 들여다봤다. 형과 내가 사진관 의자에 앉아 있고, 아버지와 어머니가 그 뒤에 서 있었다. 어디로 보나 완전한 가족사진이었다. 한참을 들여다보고 나서야 그때를 기억해 냈다. 형과 내가 중학교에 입학하던 날이었다. 모처럼 아버지가 양복을 입었다. 입학식에서 돌아오던 길에 어머니는 아버지를 사진관으로 끌고 갔다. 오랜만에 멀쩡해진 아버지는 별다른 저항 없이 어머니에게 이끌려 사진관 의자에 앉았다. 아버지의 사진 촬영이 끝나자 이번에는 가족사진을 찍자고 해서 나와 형이 사진관 의자에 앉았다. 사진만 보면 우린 행복한 가족처럼 보였다. 하지만 현실은 그렇지 못했다. 아버지는 늘 술에 취해 살았다. 집에 들어오면 어머니의 머리채를 휘어잡거나 욕을 해대며 손찌검하기 일쑤였다. 우리라고 예외일 수 없었다. 술에 취한 아버지 근처에는 얼씬도 하지 않는 것이 가장 현명한 방법이었다. 아버지의 얼굴을 보자 나도 모르게 오른쪽 눈썹에 손이 갔다. 말을 심하게 더듬었던 나는 대답을 제대로 하지 못한 탓에 아버지가 던진 소주병에 얼굴을 맞았다. 다행히 눈을 피했지만 눈썹 밑이 길게 찢어졌다. 흉터가 남았지만 눈썹이 가려주는 바람에 내가 다쳤다는 사실을 아는 사람은 없었다.

어디선가 커피 향이 났다. 책꽂이 옆에 있는 별 문양이 그려진 은색 텀블러를 열어봤다. 안에 커피가 반쯤 남아 있었다. 형이 마시다 남긴 거라면 적어도 3일은 지났다. 화장실로 가서 세면대에 남은 커피를 버리고 텀블러를 깨끗이 씻었다. 돌아와 보니 최대식이 갖다 놓았는지 의자 옆에 빈 박스가 보였다. 그 안에 텀블러를 던져 넣었다. 그리고 책상 위의 물건들도 하나하나 챙겨서 박스 안에 집어넣었다. 동전이 반쯤 채워진 노란 저금통, 나무로 만든 사각 필통, 파나소닉 헤드폰 그리고 스프링 수첩, 탁상 다이어리가 박스 안으로 들어갔다. 책상 위에 있는 물건을 모두 정리하고 밑에 있는 3단 서랍장을 잡아당겼다. 그러나 열리지 않았다. 다시 한 번 힘껏 당겨보았지만 꿈쩍도 하지 않았다. 열쇠 없이는 열기 힘들어 보였다. 뒤를 돌아보니 최대식이 서 있었다.

"사람 불러드릴까요?"

최대식은 자신도 방법이 없다는 듯 손바닥을 위로 보이며 말했다. 나도 괜찮다는 뜻으로 손을 들어 올리고 밖으로 나왔다. 주차장에 세워놓은 차 안으로 들어가 조수석 앞 글러브 박스를 열었다. 바닥에 있는 비닐 커버 주머니를 꺼냈다. 주머니 안에는 핀셋처럼 길게 갈아놓은 쇠톱이 두 개 있었다. 하나는 끝이 갈고리처럼 굽었고 다른 하나는 손톱을 다듬는 줄처럼 얇고 뾰족했다. 경찰서 출입기자 시절 알고 지내던 형사에게 선물 받은 것이다. 도어록 같은 특수 자물쇠는 어렵지만 일반 서랍장 자물쇠 정도는 쉽게 열 수 있었다. 정보를 얻으려 돌아다니다 보면 필요할 때가 많았다. 불법이라 문제가 될 수 있지만 나는 걸릴 정도로 멍청하지 않았다. 열쇠 구멍에 갈고리를 밀어 넣어 걸림쇠를 들어 올리고 손톱 줄을 넣어 돌리자 자물쇠는 쉽게 돌아갔다.

"기자는 그런 것도 하나 보죠?"

내가 도구를 비닐 커버 안에 집어넣고 일어서자 옆에 붙어서 구경하던 최대식이 같이 일어섰다.

"네, 기분 좋으면 가끔 은행도 털죠."

박스에 비닐 커버를 던지고 서랍을 열었다. 서랍 안에는 세관 마크가 새겨진 금장 볼펜, 손톱깎이, 명함 케이스, 그리고 영양제로 보이는 플라스틱 약통이 들어 있었다. 3단으로 된 서랍을 일일이 열어 안에 든 물건을 챙겨 넣었다. 박스 하나에 형의 짐이 모두 들어갔다. 빠진 것이 있는지 책상 주위를 둘러봤다. 형이 죽고 나서 아무도 돌보지 않았는지 잎이 누렇게 시들어가는 난이 책장 상단에 놓여 있었다. 말라버린 난은 사무실에서 형의 위치를 말해주는 것 같았다. 화분을 들고 일어섰다. 커다란 플라스틱 쓰레기통이 사무실 입구에 있었다. 나는 거기까지 걸어가서 화분을 쓰레기통 안에 처박아버렸다. 소리가 제법 크게 울렸지만 고개를 드는 사람은 없었다. 마지막 남은 지압 슬리퍼를 따로 준비한 쇼핑백에 넣는 것으로 형의 책상 정리를 끝냈다.

"짐이 별로 없네. 뱃속에 넣어 가는 걸 좋아하는 양반이니."

머리 위에서 걸걸한 목소리가 들렸다. 천천히 고개를 들고 뒤를 돌아봤다. 짙은 감색 제복을 입은 사람이 최대식 옆에 서 있었다. 주위에서 쿡쿡거리는 웃음소리가 들려왔다. 나는 자리에서 일어나 상대방을 쳐다봤다. 인상이 고약했다. 게다가 두상도 말처럼 길었다. 그래서인지 나보다 키가 한 뼘은 더 커 보였다. 나이도 열 살은 더 먹어 보였다. 말상의 손에는 결재판이 들려 있었다. 몸이 뜨거워지는 걸 느꼈다. 말상이 내 몸에 불을 지폈다. 나는 이 뜨거운 느낌을 충분히 즐기고 싶었다.

"여기 놈들은 처먹는 걸 좋아하나 보지."

말상의 얼굴을 똑바로 쳐다보며 말했다. 반격을 예상 못 했는지 말상의 눈이 커지더니 미간이 좁아졌다. 어금니를 세게 물었는지 아래턱 근육이 굳어졌다. 꼼짝 않고 있던 사람들이 웅성거리며 하나둘 자리에서 일어섰다.

"당신 뭐라 그랬어? 다시 한 번 말해봐."

결재판이 자연스럽게 올라와 내 어깨를 밀었다. 놈은 마치 부하 직원을 다루듯 함부로 나를 대했다. 나는 손을 들어 결재판을 쳤다. 그리고 말상의 코밑에 얼굴을 들이대며 또박또박 힘을 주어 말했다.

"처먹는다고. 이 시발놈아."

"아니, 이 새끼가."

말상이 내 멱살을 거머쥐었다. 놈이 두 번이나 내 몸에 손을 댔다. 더는 망설일 필요가 없었다. 말상의 면상을 갈기려고 주먹을 들어 올렸지만 팔이 움직이지 않았다.

"왜 이러세요."

어느새 최대식이 내 뒤로 와서 내 팔을 잡고 있었다. 최대식의 손을 뿌리치고 말상을 향해 주먹을 휘둘렀다. 그러나 말상은 이미 멱살을 풀고 서너 걸음 물러난 뒤였다. 주먹은 허공만 가르고 말았다.

"허 참, 형이나 동생이나 하는 짓이 똑같네."

말상이 어이없는 표정을 지었다.

"하는 짓이라고? 형이 너한테 무슨 짓을 했는데, 이 개새끼야."

나는 승진에서 낙오된 공무원이 받는 수모를 잘 알고 있었다. 동정의 눈빛 그리고 멸시. 이 사무실 분위기를 보니 그동안 형이 어떤 대우를 받고 살았는지 짐작이 갔다.

"이 양반이 정말. 더 이상 상대하고 싶지 않으니까, 어서 짐 싸가지고 나가요."

말상이 결재판으로 자신의 손바닥을 치며 뒤로 물러났다. 그가 앉은 자리를 보니 이 사무실의 책임자 같았다. 내가 말상을 따라가려 하자 최대식이 가로막아 섰다.

"정말 왜 이러세요. 이리 나오세요."

최대식이 나를 껴안듯 감싸서 밖으로 끌고 나갔다. 복도 구석에 자판기와 의자 몇 개가 놓여 있었다. 최대식은 나를 거기에 앉혔다.

"이해하세요. 과장님도 힘들어서 그랬을 겁니다. 선배님 죽음으로 감사는 종료됐지만 과장님도 그동안 여러 차례 불려 다녔다고요."

최대식이 알 수 없는 말을 했다.

"감사라뇨? 무슨 말입니까?"

나는 그의 얼굴을 쳐다보았다. 무슨 말을 하는 건지 정확히 알고 싶었다.

"그게, 자세히는 모르지만 압류물품창고에 보관하고 있던 물건을 선배님이 가지고 나간 모양입니다. 그래서 감사를 받고 있었는데 사고가 나는 바람에 중단됐지만, 그 때문에 과장님이……."

나도 모르게 이맛살이 찌푸려졌다. 그는 형이 회사 창고에서 물건을 훔쳤다고 말하고 있었다. 형은 그럴 만한 용기나 배포가 있는 사람이 아니었다. 최대식이 하는 말이 믿기지 않았다. 내 얼굴이 일그러지자 최대식이 말끝을 흐렸다.

"형이 물건을 훔쳤다는 겁니까?"

내 질문에 대답하지 않았지만 최대식의 표정은 어쩔 수 없는 사실이라는 걸 말해주고 있었다. 나는 자리에서 일어났다. 그냥 넘어갈 수 있는 문제가 아니었다. 이제부터 형과 관계된 일이라면 사소한 것이라도 내가 알고 있어야 했다. 만류하는 최대식을 밀치고 다시 사무실 안으로 들어갔다. 제일 안쪽 책상에 앉아 있던 말상이 나를 바라보았다. 나는 말상의 시선을 붙들고 그에게 똑바로 걸어갔다. 사람들이 일어서서 흥미진진한 표정으로 바라보고 있었다. 말상은 불쾌한 표정을 짓고 있었다.

"저 사람 말이 맞습니까?"

문가에서 어정쩡하게 서 있는 최대식을 가리켰다. 말상이 내 어깨 너머를 향해 시선을 던졌다.

"들으신 대로."

"우리 형은 결혼도 하지 않아서 돈이 궁하지 않아. 그럴 이유가 없다고."

"돈은 결혼한 사람만 필요한 게 아냐. 당신 형이 술 때문에 돈이 필요했을 거란 생각은 안 해봤어?"

"무슨 근거 있어? 당신, 지금 한 얘기에 대해 책임져야 할 거야."

나는 목소리를 높이며 말상에게 한 걸음 다가갔다.

"여기서 나가서 왼쪽으로 방향을 틀어 끝까지 걸어가면 감사담당 관실이 보일 거요. 거기 들어가서 CCTV를 틀어달라고 하셔. 당신 형이 한밤중에 창고에서 물건을 가지고 나가는 장면이 깨끗하게 찍혀 있으니 녹화 떠달래서 밤새도록 보슈. 좋은 추억이 될 거외다."

머리 뒤로 손깍지를 낀 말상이 여유 만만한 목소리로 말했다. 승리를 자축하듯 얼굴은 활짝 웃고 있었다. 나는 이죽거리는 말대가리의 도발을 참지 못했다. 순간적으로 손이 올라갔다. 망설임 없이 말상의 얼굴 한가운데에 주먹을 꽂아버렸다. 말상이 의자와 함께 뒤로 자빠졌다. 그 위로 몸을 날렸다. 사람들이 몰려와서 떼어놓을 때까지 나는 그 자식의 얼굴을 두 번 더 갈겨줬다. 대신 나도 왼쪽 눈썹 근처를 제대로 한 방 맞았다.

"만약 사실이 아니라는 게 밝혀지면 너는 내 손에 죽을 줄 알아, 개새끼야."

나는 사람들에게 끌려 나가며 말대가리를 향해 소리쳤다.

차에 기대어 담배를 피우며 분노를 진정시키려 애썼다. 말대가리한테 맞은 왼쪽 눈썹 위가 시큰거렸다. 찢기지는 않았지만 멍 정도는 생겼을 것이다. 다시 사무실로 들어가서 뒤집어놓고 싶었지만 명분이 모자랐다. 물건을 가지고 나가는 모습이 CCTV에 찍혔다면 형에게도 문제가 있다는 말이 된다. 오해가 있을 수 있지만 그걸 해명할 수 있는 형은 이미 죽었다. 도대체 회사에서 무슨 일이 있었던 걸까? 돌아가려고 차 문을 열려다 형의 유품 박스를 두고 온 게 생각났다. 다시 들어가야 하는 걸까? 코를 부여잡고 있던 말상의 얼굴이 떠올랐다. 제대로 맞았다면 코뼈 정도는 부러졌을 텐데 코피만 조금 나오고 말았다. 나중에 택배로 받기로 하고 차에 오르려는데 최대식이 세관 건물에서 카트를 끌고 나왔다. 카트에는 형의 유품 박스가 실려 있었다. 제법 무거웠을 텐데, 그나마 싸움으로 얻은 유일한 성과였다. 최대식은 짐을 뒷좌석에 실어주기까지 했다. 그러나 나에게는 말 한마디 붙이지 않았다. 내가 좋지 못한 인상을 주었다는 건 분명했다. 술에 취해 허풍이나 떠는 형이나 유품을 가지러 와서 행패를 부리는 동생이나 말대가리의 말처럼 똑같아 보였을지 모른다. 형이 창고에서 물건을 빼돌렸다는 말대가리의 말이 믿기지 않았다. 내가 아는 한 형은 그런 짓을 할 만한 배짱이 없었다. 그렇다고 저들이 거짓말하는 것 같지도 않았다. 돌아오는 내내 형이 감사를 받았다는 사실이 머릿속에서 떠나질 않았다.

3. 어머니의 집

베란다로 나가 창문을 열고 담배를 꺼내 물었다. 빨간 샐비어가 화단 앞줄에 나란히 늘어서 있는 게 보였다. 어머니가 화단에 쏟는 애정은 여전했다. 화단뿐 아니라 베란다 난간에도 허브를 심은 화분이 가득했다. 내가 집에서 담배 피우는 걸 질색하는 건 당연했다. 형은 담배를 피우지 않았으니 집에 재떨이가 있을 리 없었다. 담배 끝에 아슬아슬하게 붙어 있는 기다란 재를 창밖으로 털어냈다. 어머니가 싫어하는 줄은 알지만 밖에까지 나가기 귀찮았다. 이 집은 아버지가 어머니를 데려오면서 새로 장만했다. 새집에 살게 된 어머니는 집 안 곳곳을 열심히 쓸고 닦았지만 세월을 이길 수 없었다. 시멘트를 발라 회칠한 담벼락은 곳곳에 금이 가고 부식되어 속이 드러났다. 빨갛던 기와도 색이 바래 볼품없는 회색으로 변했다. 장마철이 되면 곰팡이가 집 안 구석구석에서 피어났다. 화단 끝부터 집 뒤편까지 잡초와 담쟁이넝쿨이 뒤엉켜 사람을 부르지 않고서는 손을 댈 엄두를 내지 못했다. 보수

공사를 해야 하지만 어머니는 집에 손을 대는 걸 끔찍이 싫어했다.

어머니는 아침 일찍 이모와 함께 새벽기도에 갔다. 교회에서 사십 구재 동안 빠지지 말고 새벽기도를 올리라고 했다는 이모의 말을 듣고 불당을 예배당으로 혼동한 게 아닌가 싶었다. 모든 게 퓨전으로 가는 세상인데 종교라고 별수 있겠느냐는 생각을 하자 어느 정도 이해가 갔다. 어제 세관에서 가져온 형의 유품을 들고 집에 왔다. 늦어서 자고 가겠다고 하자 어머니는 아무 말 없이 안방으로 들어가 문을 닫아버렸다.

어머니와 이모가 집을 나서자마자 형의 방을 뒤져봤다. 혹시 세관에서 무언가 가져왔다면 방 안 어딘가에 있을 가능성이 컸다. 방 안을 샅샅이 뒤졌지만 의심이 갈 만한 물건은 보이지 않았다. 책상 안에서 밤색 가죽으로 된 고급 다이어리 한 권을 찾았을 뿐이다.

담배꽁초를 버리려고 창틀에 바싹 붙었다. 화단 가운데에 버리면 당분간 어머니가 보지 못할 것이다. 손가락 끝으로 꽁초를 튕기자 샐비어 무리 속으로 정확히 빨려 들어갔다. 속으로 '나이스'를 외치며 돌아섰다. 나란히 놓인 화분 사이로 가냘픈 미모사가 보였다. 손끝으로 잎을 건들자 기겁을 하며 움츠러들었다. 어머니는 이렇게 허약한 놈만 키웠다. 형도 그중 하나였다.

이모가 차려놓은 아침밥을 먹고 거실에서 스마트폰으로 뉴스를 검색하고 있는데 어머니와 이모가 들어왔다. 어머니는 소파에 누운 나를 힐끔 보더니 말없이 안방으로 들어갔다.

"넌 회사 안 가냐?"

어머니를 대신해 이모가 소파에 앉았다.

"회사는 당분간 후배가 대타 뛰기로 했어. 이제 나도 그 정도 짬밥은 된다고. 아침은 먹고 오신 거야?"

"기도 끝나고 교회 식당에서 밥을 줘서 먹긴 했는데, 난 당최 입에 안 맞더라."

이모가 슬쩍 불만을 토로했다. 어머니 때문에 어쩔 수 없이 교회에 끌려 다니는 이모에게 신앙심이 있을 리 없었다. 어머니가 찻집을 할 때 이모는 주방에서 일했다. 그 인연으로 어머니하고는 친자매처럼 지냈다. 이모는 커다란 덩치에 맞게 성격이 시원시원했다. 아버지가 무서워 집에는 자주 오지 않았지만 연락은 하고 살았던 모양이다. 아버지가 사라지자마자 이모가 본격적으로 들락거리기 시작했다. 집에 오면 어머니 대신 빨래도 하고 집 안 청소도 했다. 딸이 하나 있긴 하지만 호주로 이민을 가서 소식이 끊어진 지 오래라 혼자 몸이나 마찬가지였다. 식당 일을 하며 지하 단칸방에서 혼자 살고 있던 이모를 어머니가 불러들였다. 형의 죽음으로 쇠약해진 어머니는 이모의 도움이 필요했다. 이모가 어머니와 나 사이에서 완충 역할을 해줄 수 있을 거란 기대에 나는 흔쾌히 동의했다. 아직 어머니와 단둘이 있으면 마음이 편치 않았다.

"어머니, 이제 형도 없고 하니 이 집 팔고 조그마한 아파트로 옮겨서 편히 사는 게 어때요? 손도 많이 가고 관리비도 많이 드는데 꼭 단독주택을 고집할 필요가 없잖아요?"

안방에서 잘 들리도록 큰 목소리로 말했다.

"아니면 싹 무너뜨리고 빌라를 세우든지. 요즘 유행이래요. 빌라를 지어 밑에는 세를 주고 위층에서 살면 되잖아요. 땅만 있으면 집 지을 돈은 은행에서 대출해준대요. 당장 알아볼까요?"

"지금 그럴 경황이냐? 니 형 죽은 지 얼마나 됐다고. 어머니 정신 좀 차리면 얘기해라."

다시 안방을 향해 소리치자 이모가 그만하라고 손사래를 쳤다.

"아버지 때문에 그러세요? 혹시 돌아올까 봐? 매일 두들겨 패기만 하던 그 인간이 뭐가 좋다고. 아니면 기다리지 않고 도망갔다고 또 두들겨 팰까 봐?"

이모의 얼굴이 굳어졌다. CD를 틀었는지 안방에서 찬송가가 흘러 나왔다. 아버지 이야기만 나오면 모두 돌처럼 굳어졌다.

"할 얘기, 못 할 얘기, 마음대로 쏟아붓는 건 어쩜 니 아버지랑 똑같냐."

"이모가 우리 아버지를 제대로 보기나 했어? 찻집 주방에서 일했다고 했지. 그럼 얼굴은 봤겠네. 이모가 보기에도 내가 그 인간하고 그렇게 많이 닮았어?"

이모의 얼굴이 하얗게 질렸다. 뒤를 돌아보니 언제 나왔는지 어머니가 바로 내 뒤에 서 있었다.

"그만 올라가라. 이 집은 나 죽으면 교회에 기부할 거니까, 다른 생각 하지 않는 게 좋을 게다."

언제나처럼 차고 건조한 목소리였다. 형의 죽음으로 어머니와 조금 가까워졌다고 생각했는데 아직은 아니었다.

"죽지 마세요. 남 좋은 일 시키고 싶지 않으니까."

소파에서 일어나 어머니를 향해 고개를 돌렸다. 그러나 어머니는 나를 외면하고 주방으로 들어갔다. 찻집을 입에 올린 건 실수였다. 어머니로서는 자신의 부끄러운 과거가 배다른 아들 입에서 오르내리는 일이 유쾌하진 않을 것이다. 최소한의 자존심을 건드는 행동은 하지 말아야 했다. 현관을 나서며 주방을 쳐다보았지만 어머니는 고개조차 내밀지 않았다. 대신 이모가 대문 앞까지 따라 나왔다.

"너 이상하게 변했다. 어렸을 때는 참 착하고 순했는데."

그 말에 이모의 얼굴을 쳐다봤다. 이모는 아버지 몰래 가끔 어머니를 만나러 집에 오곤 했다. 하지만 나의 어릴 적 모습을 기억하고 있을 줄은 몰랐다.

"진짜 내가 착하고 순했어?"

"그래, 넌 말도 없이 언제나 조용히 구석에만 있었지. 언니를 만나고 돌아갈 때까지 니가 옆에 있는 것도 모를 정도였으니까."

이모 말이 맞았다. 어릴 적 나는 조용하고 말이 없었다. 그래서 집에서는 없는 존재처럼 치부되었다. 어머니가 나를 들먹일 때는 영석이의 변명거리가 필요할 때뿐이었다. 아버지도 엄마가 죽던 날 나도 같이 기억에서 지워버렸는지 나를 거들떠보지 않았다.

"니가 언니를 이해해줘라. 언니가 얼마나 힘들게 살아왔니? 니 아버지한테 와서 얼마나 심하게 맞고 살았어? 나한테 울면서 전화한 적이 한두 번이 아냐."

"그럼, 도망가지 그랬어? 매일 술이나 먹고 정신줄 놓고 사는 양반인데 마음만 먹으면 얼마든지 도망갈 수 있었잖아."

"그게 말이 쉽지. 애 딸린 여자가 혼자 살기가 어디 쉬운 일이야?"

"그렇게 맞고 사는 것도 쉬운 일은 아니었을 텐데?"

"애가 어렸잖니."

"나도 어렸거든."

"그래, 내가 봐도 언니가 영석이를 편애한 건 맞아. 하지만 넌 아버지를 닮아 키도 크고 건강했잖니. 너와 비교하면 영석이는 겁도 많고 조그만 게 몸도 약했잖니. 언니 눈에는 짠했을 거야."

"자기 새끼만 짠하고."

어릴 적 이야기가 나올 때면 나도 모르게 화가 났다. 이모의 변명이 나의 분노를 삭여주지는 못했다.

"이제 다 잊고 언니와 좀 친해져라. 영석이가 죽은 마당에 의지할 사람이 너밖에 더 있겠어. 언니한테 잘 보여야 재산도 물려받지. 이 집이 좀 크냐. 니 말처럼 빌라도 올릴 수 있고. 그리고 언니가 영석이 앞으로 사둔 땅도 있는 거 알지?"

화제가 바뀌면서 이모의 표정이 밝아졌다.

"관심 없어."

"너 진짜 관심 없니? 그 땅이 얼마나 값이 많이 올랐는데. 언니 죽으면 다 니 거야. 교회야 해본 소리고, 설마 그 많은 재산을 교회에 다 주겠어. 그러니까, 집에 자주 오고 그래. 자주 봐야 마음이 열리는 거야. 지금은 언니가 정신이 없어 그렇지만 좀 지나면 괜찮아질 거야."

이모의 말이 맞았다. 언제까지 원수처럼 지내는 것은 누구에게도 도움이 되지 않았다. 형의 죽음이 어머니와 관계를 회복할 수 있는 좋은 기회였다.

"땅이 많으면 뭐해. 그린벨트에 묶여 쉽게 팔리지도 않을 텐데."

"하긴 당장 필요한 건 현금이지. 영석이가 죽었으니 생활비가 걱정이다. 언니가 돈 좀 갖고 있을는지 모르겠다."

나이를 먹어도 자신의 속내를 내보이는 건 쉬운 일이 아니었다. 슬며시 내려앉는 이모의 눈동자를 보자 그런 생각이 저절로 들었다.

"생활비는 걱정하지 마. 내가 부쳐줄 테니까, 이모는 어머니나 잘 좀 보살펴줘."

"그래, 내가 언니한테 니 마음 다 얘기해줄게. 말이 거칠어서 그렇지 니 속마음은 그렇지 않다는 거 다 알아. 이번 기회에 나처럼 교회를 다녀보는 건 어때. 언니가 무척 좋아할 텐데."

"교회?"

"그래 가끔 언니하고 같이 교회도 나가고."

"우리 셋이 사이좋게 말이지? 그거 좋은 생각이네."

웃음이 터져 나오려는 걸 억지로 참고 차에 올랐다. 시동을 걸고 차를 막 출발시키려는데 이모가 차창을 두들겼다.

"자주 내려와라."

나는 고개를 끄덕이고 차를 출발시켰다. 차가 골목을 빠져나오기 전 뒤를 돌아보니 이모가 대문 앞에 서서 손을 흔들고 있었다. 어머니가 이모만큼만 다정하게 대해주었으면 하는 생각이 들었다. 어머니의 냉정한 얼굴이 떠오르자 나도 모르게 액셀러레이터를 밟은 오른발에 힘이 들어갔다. 어머니와의 관계를 회복하려면 노력과 수고가 필요했다. 대가 없이 해결되는 일은 아무것도 없었다.

4. 국회 정론관

국회 브리핑실로 기자들이 하나둘 들어오기 시작했다. 당내 대표 경선에서 금품 살포 혐의를 받고 있는 국회의장이 오전 중에 입장표명을 할 예정이었다. 검찰에서 물증을 확보했다는 뉴스가 나온 지 하루 만이었다.

"역시 항복이겠죠?"

사진 기자들이 밀려들어오자 아영이 노트북을 자리에 놓아두고 뒤쪽으로 왔다.

"그렇겠지. 한잔 마실래?"

아영이 고개를 끄덕이고 커피를 타러 정수기 옆으로 갔다. 마이크 시설이 잘 갖춰져 있어 뒤에 있어도 내용을 놓칠 일은 없었다. 앞자리는 사진기자에게 양보하는 게 미덕이었다. 고참 기자들은 알아서 뒤로 빠져 벽에 기댄 채 커피를 한 잔씩 들고 있었다.

"그럼 의장직을 그만두는 건가요?"

아영이 커피를 들고 옆으로 오더니 몸을 벽에 기댔다. 외국에서 공부만 했는지 직장 내 선후배 간 위계질서에 대한 개념이 별로 없었다. 다른 신참들은 노트북을 앞에 놓고 긴장한 채 대변인이 오기만 기다리고 있는데 아영 혼자만 고참들 틈에 끼어 있었다. 누군가가 연단 앞으로 나갔다. 그러고는 프린트물을 나누어주기 시작했다.

"뭐지?"

아영이 호기심 어린 눈으로 앞을 주시했다.

"저 양물이 또 밥숟가락 놓고 있네."

옆에서 누군가가 비아냥거렸다. 양 보좌관이 비서들과 함께 보도자료를 돌리고 있었다. 기자실 앞에는 위원회별로 보도자료를 놓을 수 있게 단상이 설치되어 있었다. 보도자료는 그 위에 놓아두는 게 관례였다. 그러면 기자들이 알아서 가져갔다. 그러다 보니 중요한 내용이 아니면 대부분 청소 아주머니 손에 의해 쓰레기통으로 직행했다. 일부 약삭빠른 의원실에서는 기자가 많이 모일 때 보도자료를 일일이 나눠주는 경우가 있었다. 암묵적 룰을 어기는 거지만 잘못을 따지기에는 사소한 일이었다.

"어떡하겠냐. 내년 4월이면 명줄이 왔다 갔다 하는데. 영감이 살아남아야 지들도 살지. 낼모레가 국정감사인데 소스를 뿌려대야 이름 석 자라도 나오지."

올해 국정감사는 당에서 이끌기보다 의원 개개인의 각개전투가 될 거라 예상했다. 내년 4월 총선을 앞두고 제대로 큰 건을 올려 매스컴의 주목을 받아야 했다. 양 보좌관의 생각도 다르지 않을 것이다. 영감의 지시든 양 보좌관의 생각이든 사람들의 이목을 끄는 게 목적이라는 건 분명했다.

"내용이 뭔데?"

손을 내밀자, 아영은 받아든 보도자료를 건네주었다.

드디어 경남 양산의 오랜 숙원이 이루어지다

임진왜란 때 일본에 약탈당한 통도사(경남 양산)의 금란가사(金蘭袈裟)
가 문화재환수위원회의 끈질긴 노력으로 곧 반환될 예정이다.

채문식 문화재환수위원회 위원장(現 국회교육문화체육관광위원회 위원장)
은 일본 규슈국립박물관에서 보관하고 있던 경남 통도사의 금란가사를 돌
려받기로 합의문을 작성했다고 발표했다.

금란가사는 부처님의 진신사리(眞身舍利)와 함께 신라의 대국통 자장율
사께서 당나라에서 가져온 것으로 통도사를 창건하여 이곳에 봉안하였으
나, 임진왜란 때 도요토미 히데요시(豊臣秀吉)의 선봉장 가토 기요마사(加
藤淸正)에게 약탈당해 일본으로 건너갔다.

그 후 가토 가문에서 보관하고 있었으나, 2006년 규슈국립박물관이 개
관하면서 우리나라에서 약탈한 다른 문화재 백여 점과 함께 기증되었다.

이 사실을 안 통도사의 성보박물관에서는 규슈국립박물관 측에 금란가
사가 가진 의미를 설명하고 통도사 창건의 모태가 된 금란가사를 돌려줄
것을 여러 차례에 걸쳐 요청하였다. 그러나 규슈국립박물관에서는 인정
문화재로 등록된 만큼 정부의 승인과 가토 기요마사 집안의 허락이 필요
하다는 이유로 계속 거부해왔다.

이에 이 지역 출신 국회의원인 채문식 교문위 위원장은 금란가사환수

위원회를 조직하여 불교계, 시민단체 등과 연대하여 일본과 계속 협상을 하면서 압력을 행사한 결과 드디어 이번 합의를 이끌어냈다.

합의문에는 우리 측의 채문식 위원장과 일본 측의 규슈국립박물관 관장이 대표로 서명하였으며 반환 일자는 다음 달인 10월 15일(木)로 통도사에서 축제형식으로 거행하기로 했다.

이로써 우리나라 삼보사찰 중 으뜸인 불보사찰 통도사의 명성을 되찾을 수 있게 되었고 나아가 우리 문화재 반환에 좋은 선례를 남겼다는 데 큰 의미가 있다고 하겠다.

이번 통도사의 금란가사 환수를 위해 채문식 위원장은 공식 · 비공식적으로 십여 차례 일본을 방문하여 규슈국립박물관 관계자, 카츠라 마쓰오 중의원, 일본 문화재청 관계자들과 면담을 통해 이번 합의를 이끌어냈다.

"이거 지역신문에 나와야 할 내용 아냐. 꼭 여기서 이걸 뿌려야겠어?"

"영남일보에서 발췌한 거네. 밑에 출처가 있잖아. 완전 홍보용이네."

"저 양물이 영감 당선 때문에 똥줄이 탔나 보지."

벽에 기댄 기자들 사이에서 조롱 섞인 말이 흘러나왔다. 양 보좌관이 이번 선거에 필사적이라는 소문은 전부터 돌고 있었다.

"선배, 무슨 내용인데 그래요?"

핸드폰을 만지고 있던 아영이 고개를 들었다. 보도자료를 그녀에게 건네주었다.

"온다."

그러나 아영이 자료를 보기도 전에 누군가가 소리쳤다. 그녀는 재빨리 노트북이 있는 자리로 뛰어갔다. 의장실 대변인이 들어왔다. 진한 감색 양복에 흰 와이셔츠로 깔끔하게 차려입었지만 얼굴은 초췌했다. 국회의장의 금품 살포 혐의가 언론에 나오고 나서 잠을 제대로 잤을 리 없었다. 굳은 표정으로 연단에 서자 플래시가 쉴 새 없이 터졌다.

"안녕하십니까? 대변인입니다. 이렇게 많은 분들이 모이셨는데 죄송하다는 말씀부터 드리겠습니다. 의장님께서 오늘 오전 중에 입장을 표명할 예정이었으나, 향후 국회 운영과 관련해 양당 원내대표와 상의할 시간이 필요하여 발표를 내일 오전으로 연기하기로 했습니다. 정말 죄송하다는 말씀 드리겠습니다."

대변인이 허리를 90도로 꺾어 인사를 하고 재빨리 브리핑실을 빠져나갔다. 그 뒤를 기자들이 우르르 쫓아갔다.

"정 기자, 3층 가서 커피 한잔하고 가지."

자주색 줄이 쳐진 스트라이프 정장을 말끔하게 차려입은 방송국 최 기자가 아영에게 다가왔다. 짧은 머리카락은 무스를 발라 깨끗하게 뒤로 넘어가 있었다. 그 때문인지 깔끔하고 젠틀한 인상을 풍겼다. 게다가 새빨간 넥타이까지 매고 있어 귀공자가 따로 없었다. 마이크만 잡으면 모를까 펜을 잡는 기자로는 어울리지 않는 복장이었다. 나도 모르게 내 넥타이를 내려다봤다. 주름이 잡힌 군청색 넥타이는 월요일부터 매고 있던 것이다. 같은 넥타이를 일주일 정도 매고 다닐 수 있는 건 신문기자만이 가질 수 있는 특권이었다. 방송기자라면 상상도 못 하겠지만.

"선배님은요?"

아영이 노트북 가방을 다시 고쳐 메며 나를 쳐다봤다.

"먼저 가서 있어. 화장실 좀 들렀다 갈게. 난 아메리카노."

아영의 옆에 버티고 서 있는 최 기자에게 주문하듯 말했다. 최 기자는 웃는 얼굴로 고개를 끄덕였지만 속까지 웃고 있지는 않을 것이다. 아영과 최 기자가 엘리베이터 앞으로 가자 나는 화장실에 들렀다가 계단을 걸어서 3층으로 올라갔다. 의원식당 안으로 기자들이 하나둘 들어가고 있었다. 손에는 카페테리아에서 주문한 커피가 한 잔씩 들려 있었다. 오늘같이 예상치 않은 펑크가 나면 대개 여기에 모여 정보를 교환했다. 공식적인 정보교환이 아니라 커피를 마시며 현안에 대한 잡담을 늘어놓는 수준이었다. 그러나 주의 깊게 들으면 그 안에 쓸 만한 정보가 있었다. 기자들은 누구나 숨겨놓은 정보를 가지고 있기 마련이다. 사소한 말 한마디라도 자신이 가진 정보와 결합하면 예상치 못한 특종의 실마리가 될 수 있었다.

내가 들어가자 최 기자 옆에 있던 아영이 커피를 들고 내 옆으로 다가왔다. 나는 아영이 건네준 커피를 받아 들고 최 기자를 향해 감사의 표시로 컵을 약간 들어 올렸다. 최 기자의 표정이 굳어지는 걸 보니 기분이 좋아 웃음이 절로 나왔다.

"향후 국회 일정이라고 했으니, 사의를 표명한다는 이야기겠지?"

"그렇겠지. 그렇게 부인하더니 검찰이 물증을 확실히 움켜쥐었나봐. 누구 검찰 쪽 정보 없어?"

"그럼 이번 정기국회는 의장 없이 가는 거야?"

"부의장 있잖아. 대행으로 가겠지."

"아냐. 새로 뽑아야 할걸. 국회의장 없이 국회가 굴러갈 수 있나. 국회법 같은데 규정이 있을 텐데."

이런 경우 의사국이나 운영위원회에서 선례를 찾아 법리해석을 내놓았다. 지금쯤 검토가 한창일 것이다. 모임이 끝나면 바로 의사과장에게 전화해서 알아보기로 했다. 국회의장 공석 시 국회가 어떻게 돌아갈지 미리 알면 기사 쓰기가 편해진다. 잊어버리지 않도록 수첩 한쪽에 메모했다.

"근데 이거 맞으면 정말 대박 아냐?"

아영에게 시선을 떼지 않고 있던 최 기자가 갑자기 양 보좌관이 나누어준 보도자료를 흔들어댔다.

"대박뿐이겠어. 공천은 떼놓은 당상이지. 그럼 당선도 문제없으니까 다음 국회의장으로 가는 직행 티켓이지."

"그런데 이게 어떻게 이렇게 쉽게 풀렸지. 일본 애들이 순순히 내줄 애들이 아닌데. 정 기자 생각은 어때?"

최 기자가 아영에게 의견을 묻자 모두의 시선이 아영에게 쏠렸다. 일본에서 오랫동안 공부했던 아영은 그쪽 사정에 밝았다.

"쉽지 않죠. 기사를 보면 금란가사가 인정 문화재라고 되어 있는데, 이건 일본 정부가 개인 소유의 물건을 문화재로 인정했다는 뜻이죠. 금란가사를 일본 정부가 공식으로 문화재라고 인정한 이상 정부의 승인 없이는 반환될 수 없어요. 설사 일본 정부가 승인을 한다 해도 기요마사 가문에서 반대할 경우 박물관 측에서도 쉽게 돌려줄 수 없고요. 이런 이유를 내세워 여태까지 규슈박물관에서 거부한 걸로 알고 있는데, 갑자기 일사천리로 반환하겠다고 하니 뭔가 수상해요. 재들이 절대 그냥 주지 않을 거예요."

아영이 말을 마치자 모두 수긍이 간다는 듯 고개를 끄덕였다.

"그럼 정 기자, 자네가 뭐가 있는지 한번 캐보지."

그 말에 모두 웃음을 터뜨렸다. 곧 국정감사가 시작된다. 모두의 관심은 국감에 있었다. 지방에서 벌어지는 문화재 협상에 시간을 쏟을 만큼 한가하지 않았다.

"근데, 그 양 보좌관님 별명이 왜 양물이에요?"

갑작스러운 아영의 물음에 또다시 폭소가 터지고 말았다. 누가 체력단련실에서 샤워하는 양 보좌관의 물건을 보고 놀랐다고 했다. 넓적다리에 달라붙어 늘어진 게 그 정도니 실전에 들어가면 얼마나 크겠느냐는 것이다. 그 후 너구리였던 양 보좌관의 별명은 양물로 바뀌었다. 물론 본인은 모른다.

5. 양 보좌관

　어제 끝난 어린이 사생대회 잔해물로 깨끗했던 국회의사당 앞 잔디밭이 쓰레기장으로 변했다. 국회의장 주최로 가을이면 연례적으로 열리는 행사였다. 조금 있으면 한일용역에서 나온 청소 아줌마들이 일렬로 늘어서서 잔디밭을 가로질러가며 청소를 시작할 것이다. 의장의 사퇴가 경각에 달린 마당에 이런 한가한 행사는 취소될 거라 생각했지만 예상은 빗나갔다. 정치인의 머릿속을 예측한다는 건 불가능한 일이다.

　"선배, 이 잔디 좀 봐. 이런 잔디는 우리나라 어디에도 없을걸."

　아영이 단화 끝으로 잔디를 툭툭 찼다. 국회에 처음 출근하던 날 아영은 코르크 굽이 달린 하이힐을 신고 왔다. 한마디 해줄까 하다 말았다. 어차피 하루만 지나면 저절로 깨달을 수 있었다. 하루 종일 상임위원회 회의장과 국회 기자실, 그리고 의장접견실과 원내대표 회담을 쫓아다녔다. 우르르 몰려다니는 기자들 뒤를 아영은 종종걸음으로 뛰어다녔다. 저녁 식사 때 의자에 앉자마자 구두를 벗어 던지고 발을 주물럭거렸다. 그 이후 하이힐은 그녀의 신발 목록에서 사라졌는지 한번도 본 적이 없다.

평소 같으면 잔디밭 가운데 깔린 보도블록을 통해 갔지만 잔디밭이 지저분해지자 사람들은 거리낌 없이 잔디밭을 가로질러 갔다. 가장자리를 밟고 간 적은 있지만 이렇게 한가운데를 가로질러 가기는 처음이다. 푹신한 잔디를 밟는 느낌이 매우 좋았다.

"근데, 제가 껴도 되나요? 거물끼리 만나는데."

아영이 같이 가는 걸 어색해했다. 어제 국회출입기자모임 회장인 장 선배로부터 사정이 생겼다며 보좌관협의회 회장과의 점심 약속에 대신 나가달라는 부탁이 왔다. 나는 아영에게 점심 약속을 잡지 말라고 했다. 부장이 내년 총선이 끝나면 이곳을 아영에게 넘기고 대선보도기획단으로 들어오라고 했다. 구미가 당기는 제안이었다. 그때까지는 업무에 충실할 필요가 있었다. 아영에게 인맥을 넓혀주는 일도 중요한 업무 중 하나였다.

"거물은 영감들 칭하는 거고. 우린 대물이라고 하지. 그 양반이 양물이잖아."

어제 일이 생각나서 나도 모르게 웃음이 나왔다. 아영의 표정이 잠시 굳어지는가 싶더니 이내 코웃음을 쳤다.

"양의 물건을 양물이라고 하면 선배는 김물이겠네. 아니 쇳물이겠다. 선배, 그거 알아? 남성들 대부분은 자신이 타인에 비해 왜소하다고 느낀대. 대물숭배 사상은 그런 남성콤플렉스에서 나왔다는 거야. 자신의 왜소함에 대한 반발 심리로 말이야."

아영은 나중에 양물의 뜻을 알고 몹시 기분 나빠했다. 한국에 들어온 지 얼마 안 되고 게다가 첫 직장이다 보니 한국식 농담에 잘 적응하지 못했다. 그녀가 수습을 마치고 국회로 첫 발령이 났다는 건 상당한 실력이 있다는 증거였다. 정식으로 시험을 쳐서 들어왔다. 게다가 일본에서 받은 정치학 박사 학위도 가지고 있었다. 지방 신문사에 다니다 스카우트된 나하고는 태생이 달랐다. 나는 지방 경찰서 출입기자부터 시작해서 사건이 있는 현장이라면 어디든 가리지 않고 다녔다. 이론적 지식이야 딸릴지 모르지만 현장에서는 내가 한 수 위다. 그녀가 국회 출입기자로 성공하려면 이론보다는 현장이나 이면에서 벌어지는 일들을 잘 이해하는 게 중요했다. 오늘 모임도 그런 일 중 하나다. 보좌관협의회 회장과 국회출입기자모임 회장은 분기별로 한 번씩 만났다. 특별한 일이 있는 건 아니고 서로 덕담이나 하면서 가려운 데를 긁어주는 자리였다. 회장이 참석해야 하지만 바쁠 때는 부회장인 내가 대신 가기도 했다.

좌측으로 국회도서관을 배경으로 황금빛으로 물든 은행나무가 줄지어 서 있는 게 눈에 들어왔다. 노란 은행잎이 무성한 나무를 보자 지금이 가을이라는 느낌이 확연히 와 닿았다. 국회의 진짜 아름다움은 윤중로 벚꽃이 아니라 가을 단풍이었다. 가을이면 노란 은행잎과 붉은 단풍이 국회 곳곳을 물들였다. 의원동산에서 헌정기념관으로 이어지는 산책로를 따라 걷다 보면 이곳이 서울 한복판이라는 사실을 잊게 만들었다. 그러나 정작 국회에 근무하는 사람들은 국정감사와 예산안에 치여 가을이 어떻게 지나가는지 모르고 겨울을 맞이했다. 도서관을 찾은 학생들만 벤치에 앉아 커피를 마시며 국회의 가을을 만끽했다. 누군가가 옆을 지나가며 고개를 까닥거렸다. 나를 향해 목례를 하는 건지 알 수 없었지만 나도 고개를 짧게 숙였다.

"아는 사람이에요? 왜들 인사를 그런 식으로 해요? 할 거면 제대로 하고 아니면 말지."

"여기 출입하는 사람들이 워낙 많다 보니까 긴가민가한 거야. 모르는 사람이 이렇게 많이 드나드는 걸 보니 선거철이 되기는 된 모양이야."

이맘때면 지역에 있던 선거브로커들이 특별보좌관이라는 이름으로 국회에 자주 나타났다. 그들은 오랜 경험을 가진 선거의 프로였다. 자신의 후보가 당선으로 가는 길을 잘 파악하고 있었다. 라이벌인 상대 후보를 4년간 지켜보면서 꾸준히 약점을 연구하여 차곡차곡 쌓아놓고 있었다. 언제 어떻게 터뜨리면 효과가 있는지 상황에 따른 시나리오를 가지고 있었다. 선거법에서도 전문가였다. 상대 후보의 모가지를 올가미에 집어넣는 방법을 연구하고, 자신의 후보가 빠져나갈 구멍을 만들었다. 세상에 떠도는 소문을 선별해서 상대 후보에게 치명타를 먹일 수 있는 재주를 가지고 있었다. 막강한 인맥을 동원할 능력도 있었다. 돈만 주면 오바마하고 악수하는 사진도 만들어냈다. 후원금을 내며 먹는 외국 의원들과의 만찬을 정책간담회라는 근사한 이름을 붙여 선거 홍보지에 실었다. 아직 시골의 유권자들에게는 그런 사진이 통했다. 이들은 정기국회 동안 지역구에 내려가기 힘든 자신의 영감과 선거 전략을 논의하기 위해 자주 올라왔지만 예산만 통과되면 썰물처럼 지역구로 빠져나갈 것이다. 그때부터 14일 동안 치러질 선거운동의 본격적인 준비가 시작되는 것이다. 선거 결과는 그들의 4년간 인생을 좌우한다. 이력서의 맨 앞줄을 화려하게 장식하기 위해서라도 선거의 승리는 반드시 필요했다.

종업원의 안내에 따라 매실로 들어가자 양 보좌관이 미리 와 기다리고 있었다.

"자, 이쪽으로 앉으셔."

그는 자리에서 일어나 상석으로 나를 안내했다. 쉬운 일이 아니었다. 국정감사를 한 번 치르고 나면 말단 비서라고 할지라도 모두 고개가 빳빳해졌다. 양 보좌관은 영감이 4선을 하는 동안 내내 수석보좌관 자리를 꿰찼다. 실력만 갖췄다고 해서 되는 일이 아니었다. 그는 늘 겸손했다. 20년 넘게 국회에 남아 있을 수 있었던 가장 큰 이유였다. 사무처 직원들과도 관계가 좋았다. 영감이 4선을 하면서 정계에서 영향력을 키운 것처럼 양 보좌관도 보좌관협의회 회장을 두 번이나 맡으면서 국회 내에서 입지를 다져왔다. 대부분의 국회 보좌진이나 국회 출입기자들의 민원이 그를 통해 사무처에 전달됐다.

"아이고 형님, 왜 이러셔. 송구스럽게."

나도 국회를 출입한 지 5년이 넘었다. 아직 양 보좌관처럼 능구렁이는 못 됐지만 고개를 빳빳이 세우던 살무사 시기는 지났다. 양 보좌관을 억지로 밀어 상석에 앉혔다. 올해 쉰을 넘긴 양 보좌관은 앞머리가 벗겨져 이마가 훤히 드러났다. 게다가 흰 머리카락이 많아서인지 실제보다 나이가 더 들어 보였다. 선거를 앞두고 스트레스가 심한지 얼굴이 피곤해 보였다. 내년에 영감이 당선되면 5선이 된다. 부의장까지 했으니 남은 것은 국회의장이었다. 매년 선거 때가 되면 물갈이가 많이 이루어져 다선(多選) 의원이 그리 많지 않았다. 국회의장에 대한 본인의 의지가 강한 만큼 충분히 가능했다. 그러면 양 보좌관도 비서실장은 어렵지만 정무수석 자리는 꿰찰 수 있었다. 그가 이번 선거에 필사적이라는 소문도 그런 연유에서 나왔을 것이다.

"지난번 약속은 미안했습니다. 모처럼의 약속이었는데 제가 갑자기 일이 생겨서……. 언니야 뭐 하냐. 메뉴판 좀 가져와봐라."

양 보좌관이 밖을 향해 소리쳤다.

"괜찮습니다. 바쁘시면 그럴 수도 있는 거죠. 우선, 인사부터 하시죠. 이쪽은 정아영 기자라고 제 후임입니다. 저는 내년 총선이 끝나면 본부로 들어가고 정 기자가 대신 국회를 담당할 겁니다."

"안녕하세요. 정아영이라고 합니다."

"아이쿠, 양창선이라고 합니다."

아영이 명함을 건네자 양 보좌관이 얼른 두 손으로 받았다.

"아이쿠, 박사시네. 역시 기자는 아무나 하는 게 아니라니까. 신문사는 이번에 들어가신 겁니까?"

"네, 수습을 마치고 국회에 출근한 지 이제 석 달이 조금 넘었어요. 상임위 회의 때 보좌관님을 자주 뵈었습니다."

"아이쿠, 그러셨구나. 죄송합니다. 워낙 출입하는 사람들이 많다 보니 몰랐습니다. 앞으로 잘 좀 부탁드립니다."

양 보좌관이 절을 하듯 고개를 숙이자 아영은 화들짝 놀라 같이 고개를 숙였다.

"한 잔 받으시죠."

양 보좌관이 아영의 잔에 술을 따랐다. 그러고는 내 잔에도 술을 따르려 했지만 나는 술병을 빼앗아 양 보좌관 잔에 먼저 따랐다.

"때가 때인 만큼 지역구에 내려가 있어야 하는 거 아닙니까?"

"하하. 글쎄 말입니다. 예산이 처리돼야 맘 놓고 내려가서 선거운동을 할 텐데. 그래도 선진화법이 있어 다행입니다. 안 그랬으면 해가 바뀌는 날까지 국회에 묶여 있을 건데."

"그래도 내년에 총선이 있는 만큼 지역구 예산 확보가 치열할 텐데, 작년만큼 쉽게 될까요?"

"오히려 그것 때문에 빨리 될 겁니다. 12월 2일까지 합의가 이뤄지지 않으면 선진화법에 따라 정부의 원안이 그대로 본회의에 상정되잖아요. 상임위나 예결위에서 지역 예산을 힘들게 얻어냈는데 정부원안이 그대로 상정되면 물거품이 되니까 여야 모두 적당한 선에서 합의할 겁니다."

내년 4월에 총선이 실시되는 만큼 각 당은 자신의 지지 기반인 지역 예산을 따기 위해 총력을 기울일 것이고 의원 또한 자기 지역구 예산에 필사적으로 매달릴 수밖에 없어 예산 심의가 난항을 겪을 거라는 게 일반적인 생각이지만 너구리의 생각은 달랐다. 내가 양 보좌관과 친분을 유지하는 것도 이런 새로운 시각을 제공해주기 때문이다.

"선거운동은 무슨 선거운동입니까? 공천만 받으면 당선은 맡아놓은 거 아닙니까?"

웃으며 슬쩍 뼈 있는 농을 했다. 영감의 지역구는 공천만 받으면 당선이 확실시되는 지역이었다.

"공천 받기가 어디 마음대로 됩니까. 혁신이다 개혁이다 해서 나이먹은 사람들을 밀어내는 분위기라 쉽지 않습니다."

공천 때만 되면 늘 되풀이되는 단골 멘트였다. 그러나 3, 4선의 영감들은 어떡하든 공천을 따냈다. 그들이 가진 정보력과 파워는 혁신이나 개혁이라는 틀을 자신의 입맛에 맞게 조정했다. 공천 받기가 쉽지 않은 만큼 내치기도 쉽지 않았다. 모두 4년 후를 대비해서 나름대로 준비하고 있었다. 국회의장을 노리는 영감도 이번이 마지막이라 생각하고 승부수를 던질 게 분명했다. 양 보좌관이 이렇게 부지런히 뛰는 것도 그 때문이었다. 권력이 들어서면 권력을 정점으로 이권과 자리가 먹이사슬처럼 생겨났다. 누구나 입맛을 다실 만했다.

"의원님이야 되시겠죠. 지금 그 지역에서 의원님만큼 명성이나 힘을 가지신 분이 있겠습니까? 지역에서 예산이라도 좀 챙기려면 힘 있는 분을 모셔야죠. 초선이 되면 무슨 힘이 있겠습니까? 그간 쌓은 경험이나 인맥을 생각해도 의원님밖에 없으니까, 너무 염려하지 않으셔도 될 겁니다."

밥값 하는 셈 치고 듣기 좋은 덕담을 했다. 정보에 굶주린 나에게도 양 보좌관 같은 고급 정보원이 남아 있는 게 유리했다.

"그러면 오죽 좋겠습니까만 내년 총선은 그리 쉽지 않을 것 같습니다. 임팩트 있는 한 방 없이는 누구도 장담할 수 있는 형편이 아닙니다. 지금 당 분위기가 너무 안 좋아요. 누군가 희생을 해야 하는 분위기인데 우리 영감 이름이 자꾸 기사에 오르내리고 있어요. 여론이 몰아가면 본인의 의지와 상관없이 내려와야 한다는 거 잘 알고 계시지 않습니까. 김 기자님께서 좀 도와주세요."

선거에 들어가기 전에 각 정당은 자신들이 변했다는 걸 유권자에게 보여주어야 한다. 정책을 통해서든 공천을 통해서든 기존의 모습에서 변화된 이미지를 유권자의 뇌리에 심어줄 필요가 있었다. 그러기 위해서는 일정 부분 희생이 불가피했다. 다선이나 나이는 희생을 요구하는 조건으로 적합했다. 보수라는 이미지를 벗기는 데 큰 역할을 할 수 있었다. 흐름이 그렇게 간다면 당에서도 공천을 주기가 쉬운 일은 아니다. 양 보좌관은 그 점을 염려하고 있었다.

"염려 마십시오. 저야 늘 보좌관님 편 아닙니까."

양 보좌관과는 오랫동안 거래해왔다. 양 보좌관은 내가 원하는 정보를 잘 건네주는 훌륭한 정보원이다. 형식적으로는 국회의원 보좌관과 국회 출입기자지만 이면으로 돌아가면 악어와 악어새 같은 공생 관계였다. 정치를 꿈꾸는 나로서는 놓치고 싶지 않은 연줄이었다. 나의 정보력은 회사에서도 인정해주는 편이었다. 일이 생기면 최신 정보를 신속하게 캐내서 회사에 송부했다. 그런 정보는 모두 양 보좌관과 같은 고급 정보원에게서 나왔다. 물론 나도 그들이 필요한 정보를 제공하거나 때로는 원하는 방향으로 기사를 써줄 때가 있었다. 정보원과의 관계는 쌍방향이다. 일방적으로 얻기만 해서 오래 유지되는 정보원은 없다. 기브 앤 테이크가 기본이다.

"저기, 이번에 성사된 문화재 반환에 대해 묻고 싶은 게 있는데요?"

맥주를 홀짝이던 아영이 양 보좌관을 쳐다보며 말했다.

"아, 네."

양 보좌관의 표정이 잠시 흐려졌지만 이내 미소를 지었다. 나는 무슨 말이 나올지 아영을 주시했다.

"반환식 일정이 너무 빠른 건 아닙니까? 내년 국회의원 공천을 염두에 두고 이번 일을 진행하셨다면 반환식을 좀 더 늦추는 게 효과가 있지 않을까요?"

양 보좌관의 얼굴이 굳어지더니 손을 올려 귀밑에 난 작은 물사마귀를 매만졌다. 그건 상대방의 질문에 대답하기 곤란할 때 나오는 습관이었다.

"상관없습니다. 준다고 할 때 얼른 받아야지, 시간이 지나면 딴소리하는 게 쟤네들 습성 아닙니까. 당선도 중요하지만 국익이 먼저죠."

'행여나' 하는 소리가 내 입에서 나올 뻔했다. 침을 삼키며 양 보좌관을 지켜보았다. 양 보좌관은 침착하게 아영의 질문에 대답했지만 표정이 밝지 못했다. 이쯤에서 그만두었으면 하는 생각에 아영에게 눈치를 주었다.

"그런데 일본에서 아무런 조건 없이 그렇게 쉽게 양보했습니까?"

나의 바람과는 달리 아영은 계속 문화재 반환 문제를 끄집어냈다.

"쉽게라뇨? 저희가 이번 건을 성사시키기 위해 얼마나 뛰어다녔는지 아십니까? 관계자들을 수없이 만나서 설득하고 밥 사 먹이고, 술 사 먹이고……."

"밥 사주고, 술 사준다고 해서 될 일이 아니잖아요. 그런 사적인 관계……."

"본래 일이란 뒤에서 다 작업하고 앞에는 결과만 내놓으니까 쉽게 보이는 거야. 자, 한 잔 더 하시죠."

더 내버려두었다가는 자리가 불편해질 것 같아 아영의 말을 잘라버렸다. 상대가 불쾌해하는 표정을 짓고 있는데 무리하게 들이밀 필요는 없었다. 오늘은 그걸 취재하러 나온 자리가 아니었다. 오늘 용건은 따로 있었다. 때맞춰 식사가 나와 어색한 분위기를 넘길 수 있었다. 동경구락부 특정식은 맛이 괜찮았다. 의원들이나 국회 수석들이 자주 드나드는 곳이었다. 아영은 말을 막아 화가 났는지 고개를 숙이고 젓가락질만 했다. 단아한 아영의 뒤통수를 한 대 갈기고 싶은 충동을 꾹 참았다.

"저어, 이번 운영위 국감 때 이것 좀 건의드렸으면 합니다만."

대화가 소강상태에 빠진 틈을 타 서류봉투를 양 보좌관에게 건넸다. 지난번 기자모임에서 나온 이야기를 장 선배와 정리한 것이다. 기자실의 사무보조원 배치 문제, 낡은 복사기 교체, 휴게실 설치 등 주로 후생과 관련된 내용이었다. 우리가 아무리 사무처에 건의해도 쉽게 받아들여지지 않았다. 오히려 국회 노조에서 민간기업인 언론사에 세금으로 인력과 물품을 지원하는 자체가 문제라며 기자실에 있는 집기마저 없애려 했다. 기자를 두려워하는 고위층이야 쉽게 주무를 수 있지만 노조에서 밀어붙이면 답이 없었다. 상황이 이렇다 보니 필요한 게 있어도 직접 요구하기가 쉽지 않았다. 국정감사를 이용해 우회적으로 치고 들어가는 게 제일 좋은 방법이었다. 국회사무처 국정감사를 앞두고 운영위원회 보좌관들이 신경 써준다면 요구를 관철할 방법은 얼마든지 있었다. "그렇지 않아도 사무차장하고 점심 약속이 있는데 그때 언급해놓겠습니다. 다른 것은 몰라도 사무기기 교체 정도는 가능할 겁니다."

건의사항을 대충 훑어본 양 보좌관이 건의서를 다시 봉투 안에 집어넣었다.

"이번 윤 보좌관 폭로에 대해 김 기자님은 어떻게 생각하십니까?"

그리고는 윤의 사건에 관해 물어왔다. 양 보좌관 쪽에서도 요구가 있을 거라 예상했다. 윤의 사건은 보좌관이었던 윤형섭이 해임되자,

자신이 모셨던 국회의원이 불법정치자금을 받았다고 폭로한 사건이었다. 어제 검찰에서 정식으로 수사에 착수한다는 뉴스가 나왔다. 이 사건으로 의원회관이 발칵 뒤집혔다. 다시 한 번 자기 식구에 대한 단속이 벌어졌다. 양 보좌관이 원하는 것이 무언지 생각해봤다. 불법정치자금에 대한 얘기는 아닐 것이다. 그것은 어제오늘만의 일이 아니다. 그렇다면 보좌진의 신분보장밖에 없었다. 국회 보좌진의 임면은 의원 손에 달려 있었다. 의원이 도장만 찍어 사무처에 보내면 하루아침에 백수가 됐다. 심할 때는 하루에도 인사 명령지가 수십 건씩 올라왔다.

"글쎄요. 불법정치자금 문제야 옛날부터 있던 일이고, 요는 보좌진의 임명이나 면직이 너무 쉽게 이루어지다 보니 이런 일이 발생하는 거 아닙니까?"

우선 그쪽을 건드려보고 양 보좌관의 반응을 지켜봤다.

"솔직히 도의를 저버린 윤 보좌관을 두둔하고 싶지는 않지만 하루아침에 제 식구를 자르는 영감도 문제가 있다고 봅니다. 저희도 가족이 있고 생계가 있는데 하루아침에 이런 식으로 잘리면 불안해서 어떻게 삽니까? 게다가 요즘처럼 취직이 힘든 세상에 한번 그만두면 다시 자리 잡기가 어디 쉽습니까? 졸지에 백수가 되는 거죠."

제대로 짚었는지 양 보좌관의 입에서 요구사항이 술술 나오기 시작했다.

"그래서 저희 협의회에서 보좌진 인력풀 시스템을 만들기로 했습니다. 최소 2년 이상 보좌관이나 비서관으로 근무했던 직원들의 이력을 데이터화해서 국회의원이 비서관이나 보좌관을 뽑을 때 인력풀 안에서 먼저 채용하도록 하는 것입니다. 지금 사무처와도 협의 중에 있습니다. 요즘 기회의 평등성 침해니 뭐니 해서 이런 게 나오면 제 밥그릇 챙긴다고 말들이 많은데, 만일 이게 현실화되면 언론 쪽에서도 저희들 사정을 감안해서 써주셨으면 합니다."

보좌진 운영은 국회의 커다란 문제 중 하나였다. 미국처럼 총액제로 해서 의원이 마음대로 채용하고 해고할 수 있도록 하는 방법이나 일본처럼 국가에서 자격시험을 봐서 일정한 수준에 도달한 사람만 임명토록 하는 방법 등 많은 연구용역 보고서가 나오고 있지만, 이해관계가 엇갈려 현 제도를 고치기가 쉽지 않았다. 이제야 양 보좌관의 의도가 무언지 확실히 알 것 같았다. 이로써 거래는 끝났다. 남은 술을 따라 마지막 건배를 하고 자리를 마무리했다.

올 때와 달리 아영의 표정이 밝지 않았지만 모른 척했다. 그녀도 자신이 정치판 한가운데 서 있다는 걸 깨달을 필요가 있었다.

"이런 거래 많이 해요?"

"무슨 거래?"

"지금 하고 온 거요. 야쿠자가 거래하는 것 같아서요."

"야쿠자가 거래하는 거 봤어?"

아영이 눈살을 찌푸리며 나를 노려봤다. 그런 아영을 무시하고 걸음을 빨리했다. 서너 걸음 뒤처진 아영이 발걸음을 재촉하며 쫓아오다가 힘이 드는지 점점 처지기 시작했다. 나는 상관하지 않고 그녀와의 간격을 벌리며 국회 잔디밭을 가로질러 의사당 본관을 향해 걸어갔다.

6. 부검 결과

김포 한강로와 부천으로 갈라지는 갈림길의 공사는 완전히 마무리
되어 고가도로가 새로 생겼다. 경인 아라뱃길이 개통되면서 유람선
선착장과 물류터미널로 가는 도로를 연결하기 위한 공사가 오래전부
터 진행 중에 있었다. 4대강 공사에 이목이 쏠린 사이 경인운하는 조
용히 완성되고 마무리 공사마저 깨끗이 끝났다. 한동안 수요예측 실
패로 경제성이 거의 없어 예산 낭비라고 떠들던 여론도 잠잠해졌다.
비난의 화살은 매년 녹조라테를 창조하는 전대미문의 공적을 세운
4대강 사업이 떠맡았다. 그 덕분인지 경인운하 사업은 여론의 관심으
로부터 한 걸음 비켜나 있었다. 조금 더 가자 매립지로 빠지는 삼거리
가 나왔다. 매립지로 향하는 대형 덤프트럭들이 쉴 새 없이 옆을 지나
쳐 갔다. 여기만 지나면 버드나무 잎이 우거진 도로를 여유롭게 달릴
수 있었다.

'우리는 쓰레기가 다니는 길로는 가지 않습니다.' 교통사고 때문에

경인고속도로가 막혀 새로운 길을 찾을 때 내가 매립지 길로 가자고 제안했다. 그러나 선도차에 같이 탔던 국제협력관이 정색하며 반대했다. 아제르바이잔 국회의장 일행이 신인천발전소를 둘러보려고 가는 중이었다. 경인국도로 가거나 매립지 길로 돌아가는 두 가지 방법밖에 없었다. 부천이 고향인 나는 최소한 매립지 길은 막히지 않는다는 걸 알고 있었다. 의전관이 내 손을 들어줬다. 삼거리에서 덤프트럭이 냄새를 피우며 늘어서 있는 걸 보자 협력관의 표정이 험악해졌다. 삼거리를 지나자 고즈넉한 시골 풍경이 들어왔다. 누렇게 익은 벼가 좁은 도로를 따라 펼쳐졌다. 의장 일행이 탄 버스에서 탄성이 터져 나오더니 사진 찍기에 여념이 없다는 연락이 왔다. 이틀 내내 서울 시내만 돌아다녔던 의장 일행에게는 색다른 구경거리였다. 매립지 도로를 빠져나오자 활짝 핀 무궁화가 수백 미터 늘어서 있었다. 입구에서부터 계속 불만을 터뜨렸던 협력관의 표정이 옹색해졌다. 내가 선도차 뒷좌석에 얻어 타려 했을 때 그가 반대했다. 선도차에 기자를 태운 선례가 없다는 게 이유였다. 총장 비서실에 전화해서 겨우 허락을 얻어냈다. 사무처 직원들은 규정과 선례를 앞세워 무조건 반대부터 하려 했다. 웃기는 게 위에서 내리누르면 그 규정이나 선례는 헌신짝처럼 버려진다는 것이다. 이런 일을 몇 번 겪고 나서는 실무자에게 협조를 구하기보다 처음부터 윗선을 찾아가는 일이 많아졌다. 그런 나를 못마땅해하는 직원도 많았지만 개의치 않았다. 그들에게 규정과 선례가 있다면 나에게는 내 나름의 방식이 있었다. 기사의 마인드가 공무원하고 같을 수는 없었다.

보름이 지났지만 무궁화는 그대로다. 창문을 열고 시원한 공기를 받아들였다. 곽 형사로부터 부검 결과가 나왔다는 연락이 왔다. 확실히 뺑소니가 아니라고 했다. 전화로 설명하겠다는 그의 제안을 거절했다. 형의 죽음에 관한 이야기였다. 전화통화로 간단히 끝낼 수 있는 문제가 아니었다. 중동대로로 들어서자 고층 아파트가 빼곡히 들어선 신도시가 보였다. 내가 초등학생 때 건설되었으니 30년이 넘었다. 도시는 시간이 갈수록 흉물스럽게 변했다. 신도시 문제를 연재했던 박 기자는 주택문제를 해결하기 위해 만든 신도시가 곧 골칫덩어리가 될 거라고 했다. 아파트가 낡아 살기 불편해지면 돈 있는 사람은 빠져나가고 가난한 사람만 남게 된다. 30층이 넘는 고층 아파트를 재건축할 여력이 가난한 사람에게 있을 리 없다. 아파트는 계속 노후화되고 거주환경은 점점 나빠져 결국 슬럼가가 된다는 이야기다. 이 거대한 도시가 슬럼화되면 볼만할 것이다. 영화에서나 볼 수 있는 디스토피아가 이 도시 안에서 구현될지 모른다. 스킨헤드족이 모는 오토바이가 거리를 휩쓸고, 약물에 취한 자들이 길가 곳곳에 나뒹굴고, 10대들이 기관총을 난사하는 무법의 도시가 말이다. 해만 지면 광란에 휩싸이는 이곳은 진작부터 그 단계를 밟고 있었다. 대낮인데도 이곳을 통과하는 게 즐겁지 않았다. 멋대가리 없는 조명이 매달린 회색 건물들은 화장을 지운 늙은 매춘부를 보는 것만 같았다. 사거리를 지나자 이 고담시를 보호하는 고블린의 단단한 성벽이 보였다.

경찰서 주차장에 차를 세우고 전화를 걸었다. 일 분도 안 돼 곽 형사가 민원실 문을 열고 들어오라는 손짓을 했다. 그를 따라 2층에 있는 강력계 사무실로 올라갔다. 사무실은 세 개의 파트로 나누어져 있었다. 각 파트마다 서로 맞붙은 네 개의 철제 편수책상과 그 위쪽에 좀 더 큰 양수책상이 놓여 있었다. 수사하러 나갔는지 사람은 몇 명 보이지 않았다. 곽 형사는 자기 책상 위에서 청색 파일을 집어 들고 안쪽으로 걸어가 회의실이라는 검은 명패가 붙은 방으로 들어갔다. 방 안에는 단단한 탁자와 철제 의자 두 개가 전부였다. 회의하기에는 의자가 턱없이 부족했다. 회의 용도로 꾸며진 방이 아니라는 건 금세 알 수 있었다. 나는 발끝으로 책상 다리를 슬쩍 밀어보았다. 볼트로 고정시켰는지 책상은 꿈쩍하지 않았다. 책상 귀퉁이에 검은 얼룩이 보였다. 피가 말라서 생긴 자국일지도 모른다는 생각이 들어 얼룩에서 조금 떨어져 앉았다.

"조용히 이야기하기에는 여기가 편할 것 같아서."

곽 형사가 신문실로 데려온 것을 미안해했다. 이야기야 어디에서 하든 상관없었다. 중요한 것은 부검 결과였다. 곽 형사 손에 들린 청색 파일을 주시했다. 그 안에 형의 부검 결과가 들어 있을 것이다.

"경찰서 출입은 해보셨습니까?"

곽 형사가 의자에 걸터앉자마자 물었다. 병원에서 헤어질 때 연락처를 달라고 해서 명함을 주었다.

"신입 때는 누구나 한 번씩 거치게 되죠. 3년 동안 뻔질나게 드나들었죠."

"그럼 살인 사건도 많이 접해보셨을 테니 이야기가 어렵지는 않겠네요. 부검 결과는 여기 있습니다. 뺑소니로 보기에 석연치 않은 점이 한두 가지가 아닙니다."

곽 형사가 파일을 탁자 위에 내리치듯 던졌다. 그러고는 한쪽 팔을 탁자 위에 올리고 상체를 앞으로 내밀었다. 그것은 자신이 주도권을 쥐고 있다는 걸 보이려는 행동이었다. 그의 행동은 내가 피해자의 가족이라기보다 기자라는 쪽에 더 비중을 두고 있다는 걸 의미했다. 형사로부터 정보를 캐내려면 종종 기싸움이 필요했다. 첫 대화가 주도권을 좌우한다. 정보를 주는 형사가 주도권을 가진다고 생각하지만 늘 그런 것은 아니다. 정보는 형사만 가진 게 아니었다. 형사가 가지지 못한 고급 정보를 기자가 가지고 있을 때도 많았다. 현실적 감각은 형사가 뛰어나지만 정치적 감각은 기자가 한 수 위다. 현장을 중요시하는 형사는 까다롭지만 정치권의 눈치를 봐야 하는 윗선은 비교적 다루기 쉬웠다. 주도권을 잡기 위해 상관과의 친분을 과시하는 경우도 많이 있었다. 하지만 오늘은 곽 형사에게 순순히 주도권을 내주기로 했다. 이 자리는 취재하러 온 게 아니라 피해자 동생으로 왔다.

"대개 보행자를 치게 되면 범퍼 손상이 오는데 주로 허리 아래 다리뼈에 강한 충격을 주고 그 충격으로 몸이 뜨면서 차량 보닛이나 유리창에 부딪히면서 2차 충격이 오게 됩니다. 그리고 노면으로 떨어지면서 3차 충격이 오는데 이때 머리가 지면에 닿으면 치명적인 결과에 이르게 됩니다. 그런데 형님 머리에 난 상처를 보면 지면의 충격에 의한 것이기보다는 누군가의 의도된 힘에 의해 생긴 거라는 부검 결과가 나왔습니다."

곽 형사가 탁자 위에 팔뚝을 고정한 채 자신 있게 부검 결과를 설명했다. 일주일 전과는 달리 얼굴이 말쑥했다. 꺼칠했던 아래턱도 매끈하고 흐릿했던 눈동자도 생기가 돌았다. 먼저 만났을 때와는 완전히 딴판이다. 그때는 잠복근무하고 있었는지도 모른다. 남의 눈에 띄지 않게 머리카락과 수염을 기르고 사람들 속에 숨기 위한 위장된 모습일 수도 있었다. 어쨌든 그는 형사니까 어떤 모습을 한다 해도 이유를 갖다 붙이는 데에 문제가 없었다. 그렇다면 그는 유능한 형사일 가능성이 컸다.

"의도된 힘이라면 누군가 일부러 쳤다는 얘깁니까?"

"그렇다고 볼 수 있죠. 누군가 둔기로 내리치고 뺑소니로 위장한 거죠. 시체 주변에는 교통사고 시 흔히 볼 수 있는 스키드 마크조차 없어요. 그리고 가슴에 역과손상이 있어요. 시체를 적어도 한 대 이상의 차량이 타고 넘었다는 이야기죠. 새벽이라 차량들이 속도를 냈을 겁니다."

곽 형사가 잠시 숨을 들이켜고 내 눈을 들여다봤다. 그런 식으로 곽 형사는 자신의 주도권을 확인해가며 말을 이어갔다.

"그런데 아직 흉기를 발견하지 못했습니다. 이 정도 충격을 줄 정도면 상당히 무게가 나가는 흉기 같은데, 근처에서 발견된 것은 아무것도 없습니다. 범인이 가져갔을 가능성이 큽니다. 그리고 떨어진 귀의 단면을 조사해봤는데, 날카로운 도구에 의해 절단된 것으로 판명되었습니다. 교통사고로 인한 상처가 절대 아니라는 거죠. 누군가 칼로 사체, 아니 형님의 귀를 절단해서 주머니에 넣어주고 머리를 둔기로 내리쳐 살해하고 도로 위에 내팽개친 거죠. 아니면 죽인 뒤에 귀를 잘랐거나."

"누가 일부러 귀를 잘랐다는 얘깁니까?"

곽 형사가 고개를 끄덕이며 파일 안에서 사진을 꺼내 하나하나 책상 위에 늘어놓았다. 내 시선이 곽 형사의 손길을 따라갔다. 손바닥만 한 인화지에는 아스팔트 위에 쓰려져 있는 형의 모습이 선명하게 찍혀 있었다. 상처 부위를 중심으로 여러 각도에서 잡은 사진이었다.

"나머지 다른 상처는 모두 차량에 의해 생긴 겁니다. 다행인 것은 사후에 차가 지나갔다는 거죠."

"누가 그랬죠?"

나도 모르게 이런 한심한 질문이 나왔다.

"글쎄요. 지갑이 없어진 걸 봐서는 돈을 노린 우범자의 소행이 가장 높다고 봐야죠. 하지만 강도를 위장한 원한일 수도 있습니다. 모든 가능성을 열어놓고 수사를 시작할 생각입니다."

내가 사진 때문에 불편해하고 있는 걸 눈치챘는지 곽 형사가 사진을 수거해 파일 안에 집어넣었다.

"미안하지만 물 한잔 마실 수 있을까요?"

생각을 가다듬을 시간이 필요해 곽 형사에게 물을 청했다. 곽 형사가 밖으로 나가자 눈을 감고 그가 한 말을 다시 한 번 곱씹어보았다. 그는 형의 죽음을 사고가 아닌 사건이라고 했다. 누군가가 형의 귀를 잘랐다. 그자는 자른 귀를 형의 양복 주머니에 넣었다. 그리고 무거운 둔기로 형의 뒤통수를 내리쳐 살해했다. 그러고는 형을 도로 위로 던져서 교통사고로 위장했다. 곽 형사가 말한 사건의 요지였다. 그의 말대로라면 형은 살인 사건의 피해자였다. 살인 사건과 뺑소니 사건은 차원이 달랐다. 내 경험으로 보건대 살인 사건이라면 제대로 된 수사가 진행될 것이다. 문을 여는 소리에 감고 있던 눈을 떴다.

"조사는 어느 정도 진행이 되고 있습니까?"

곽 형사가 건네주는 생수병을 받으며 물었다.

"현재로서는 그날 형님의 행적부터 파악 중에 있습니다. 저녁에 사무실 직원과 술을 마신 것까지는 밝혀졌는데 그 이후 행적에 대해서는 좀 더 조사해봐야 알 것 같습니다."

"형사님 보기에는 어떻습니까? 우범자의 소행 같습니까? 아니면 누군가의 계획적인 범행 같습니까?"

"둘 다 가능성이 있습니다."

내가 의례적인 질문만 하자 곽 형사의 답변은 성의 없이 흘러갔다. 그래서 좀 더 깊이 들어가보기로 했다.

"세관 쪽 감사는 조사해보셨습니까?"

나의 질문에 곽 형사가 놀란 표정으로 나를 바라봤다.

"형님께서 감사를 받고 있었다는 사실 말입니까? 물론 조사 중에 있습니다. 그게 우리 일이니까요. 나는 지금 피해자의 가족하고 이야기하고 있는 걸로 아는데, 기자 선생."

곽 형사의 표정이 굳어지면서 미간에 굵은 주름이 생겼다. 기자를 대할 때 흔히 나타나는 표정이었다. 자신의 영역에 침범하려는 나를 용납하지 않겠다는 단호한 의지가 엿보였다.

"어제 세관에 가서 형의 유품을 가져왔고 사무실 사람들을 만났습니다. 형이 창고에서 물건을 훔쳐서 감사를 받고 있다는 이야기도 들었고요. 형은 절대 그럴 사람이 아닙니다. 누명을 쓰고 있는 게 분명합니다. 그 부분에 대해서도 충분히 조사해보셨습니까?"

그런다고 내가 물러날 거라 생각했다면 그건 곽 형사의 오산이었다. 나는 이대로 물러서서 던져주는 먹이나 받아먹을 생각은 조금도 없었다.

"지금 수사 중에 있습니다. 수사 결과가 나오면 알려드리겠습니다.

수사에 도움이 될 만한 이야기가 있으면 말해주십시오. 그러나 정도 이상으로 끼어드는 건 수사를 방해할 뿐입니다."

"끼어드는 게 아닙니다. 사진 속에 누워 있던 시체가 내 형입니다. 우리 형이 귀가 잘린 채 죽었다고요. 나는 형이 왜 그런 상태로 죽었는지 알아야겠습니다."

의자에서 일어나 상체를 세우고 얼굴을 곽 형사에게 바짝 들이댔다. 지금까지 그가 나를 밀어붙였으니 이제는 내가 그를 밀어붙일 차례였다. 기자증과 피해자 가족이라는 배경이면 그럴 자격은 충분히 있었다.

"지금 수사 중이라 말씀드렸잖습니까? 결과가 나올 때까지 기다리십시오."

내가 이렇게까지 밀고 나오리라고는 예상하지 못했는지 곽 형사가 피곤한 표정을 지으며 상체를 뒤로 뺐다.

"저는 형사님이 범인을 잡을 수 있게 도와주고 싶은 겁니다. 물론 수사야 형사님이 하시겠지만 저도 도움을 주고 싶습니다. 우린 형제니까, 형사님이 모르는 부분을 제가 알고 있을 수 있습니다."

목소리 톤을 낮추었다. 이 정도에서 한 발 뒤로 물러날 필요가 있었다. 형사와 대립각을 세워서 좋을 게 없었다.

"도움이 필요하면 제가 부탁드리겠습니다. 하지만 사건을 이리저리 들쑤시고 다니는 건 사양합니다. 그런 기자들 때문에 사건이 엉망이 된 게 한두 번이 아닙니다. 제 얘기가 무슨 말인지 아시겠습니까?"

나는 그가 하는 말을 이해한다는 표시로 고개를 끄덕였다.

"네. 무슨 말인지 충분히 알겠습니다. 사건에 피해가 되는 행동은 하지 않겠습니다. 무모하게 행동하던 풋내기 시절은 지났으니까요."

내가 자리에서 일어나자 곽 형사도 파일을 들고 일어섰다. 곽 형사는 자신의 책상 위에 파일을 던져놓고 주차장까지 따라 나왔다.

"형에 대해 알고 싶은 게 있으면 저한테 연락 주세요. 어머니는 충격 때문에 아직 정신이 없으세요."

"네, 조만간 다시 한 번 연락드리죠. 참, 형님 사무실에서 유품을 정리했다고 했죠?"

차에 시동을 걸자 곽 형사가 차창에 손을 얹었다.

"네, 박스째 집에 있습니다."

"혹시 핸드폰이 있던가요? 형님의 소지품 중 지갑 말고도 핸드폰이 없던데."

"핸드폰도 없어졌습니까? 제가 사무실에서 가져온 짐에는 없었습니다. 혹시나 모르니까, 다시 한 번 찾아보고 있으면 연락드리죠."

"그래주시면 고맙고요. 필요하면 유품을 가지러 가겠습니다."

"언제든지요. 그럼 다음에 뵙겠습니다. 어떤 새끼가 범인인지 모르겠지만 빨리 잡아주세요."

"노력해보죠. 경찰서 출입을 하셨으면 잘 아시겠지만 쉽게 되는 일이 아닙니다."

곽 형사가 차에서 손을 뗐다. 백미러로 뒤를 보니 곽 형사가 담배를 꺼내 물고 서 있었다. 형사는 사무실에서 마음대로 피워도 되는 줄 알았는데 그게 아니었다. 주차장 귀퉁이까지 나와서 담배를 피워야 하는 형사라니, 도무지 자세가 나오지 않았다. 형사마저 저 모양이니 담배를 이길 만한 직업이 더 이상 우리 사회에 존재하지 않는 게 분명했다.

7. 탐문

세관으로 가는 도중 최대식에게 전화를 걸었다. 곽 형사는 자기가 가진 정보를 전부 말해주지 않았다. 기자에게 모든 걸 이야기할 정도로 순진한 형사가 아니었다. 나머지는 내가 스스로 알아내야 했다. 곽 형사는 주제넘게 끼어들지 말라고 했지만 그건 기자를 몰라서 하는 말이다. 이 세상에 사건을 앞에 두고 멍청하게 바라만 보고 있을 기자는 없다. 더구나 내 형이 죽은 사건이었다. 곽 형사는 기자가 사건을 망친다고 했지만 내가 알기론 결정적인 단서를 제공한 경우도 많다. 내가 조사를 그만둘 이유가 없었다. 나는 경찰서를 출입하는 동안 형사가 사건을 해결하는 과정을 여러 번 봤다. 현장에서 잡은 실마리를 놓치지 않고 계속 따라가다 보면 사건과 관련된 증거가 하나둘 나오기 시작한다. 증거를 분석해 가설을 세우고 다시 그 가설을 증명할 증거를 찾고 진술을 확보하고, 그렇게 첨삭을 하다 보면 어느새 퍼즐이 완성되고 범인이 밝혀진다. 기사가 완성되는 과정도 마찬가지다.

기사든 수사든 끝을 보려면 부지런히 발품을 파는 것 외에는 다른 방법이 없었다.

신호가 갔지만 최대식은 받지 않았다. 받을 수 없는 상황인지 일부러 피하는 건지 알 수 없지만 후자일 가능성이 컸다.

'김영석 씨의 동생 김영민입니다. 통화가 안 돼 문자를 남깁니다. 형님과 관련하여 여쭙고 싶은 게 있어 지금 사무실로 가는 중입니다.'

문자를 먼저 보냈다. 형의 행적을 시간대별로 파악하면서 문제가 되는 부분들을 찾아보기로 했다. 아침 행적은 이모를 통해 들었지만 그 이후는 일일이 돌아다니며 알아낼 수밖에 없었다. 특히, 형이 받고 있었다는 감사에 대해 자세히 알고 싶었다. 곽 형사와 헤어지고 나서 최대식을 찾아가기로 마음먹은 것도 그 때문이었다. 어차피 국회에 들어가봤자 할 일도 없었다. 이번 국정감사는 형의 장례도 있고 해서 아영에게 모든 취재를 맡겼다. 오늘은 문화체육관광부 국감이 있었다. 지금쯤 아영은 세종시에서 열심히 취재하고 있을 것이다.

외곽순환도로를 타고 가다 서운IC에서 경인고속도로로 갈아탔다. 차량이 많지 않아 삼십 분 정도면 세관에 도착할 수 있었다. 주안을 지나칠 때 최대식으로부터 답신이 왔다. 세관으로 들어오지 말고 정문 앞에 있는 카페에서 만나자고 했다. 어디서 만나든 문제 될 건 없었다.

최대식이 말한 카페는 쉽게 찾을 수 있었다. 형이 가지고 있던 초록색 별이 그려진 은색 텀블러도 이곳 카페에서 파는 물건이었다. 나는 그를 배려해 최대한 구석에 자리를 잡았다. 그가 오기를 기다리면서 그에게 질문해야 할 것들을 머릿속으로 정리했다. 유리문 너머로 최대식의 빳빳한 머리카락이 보였다. 나는 고개를 세우고 그가 잘 볼 수 있도록 한 손을 들었다. 앞쪽만 두리번거리던 그가 나를 발견하고는 빠른 걸음으로 다가왔다.

"지난번에는 폐가 많았습니다. 형의 죽음 때문에 나도 모르게 신경이 날카로워졌나 봅니다."

우선 사과부터 했다. 형에 대한 정보를 얻으려면 나에 대한 좋지 않은 감정부터 풀어줘야 했다.

"뭐, 지난 일인데요. 괜찮습니다."

말은 그렇게 했지만 최대식은 불쾌한 표정을 감추지 않았다.

"그런데 무슨 일 때문에 그러십니까? 근무 시간이라 오래 있을 수 없습니다. 전 아무 상관 없어요. 그냥 선배님과 같은 업무를 했을 뿐입니다."

최대식은 딱딱한 말투로 이야기를 시작했다. 나와 말을 하고 싶지 않은 티가 났다.

"그날 형하고 저녁에 같이 있었다는 말을 곽 형사에게 들었습니다. 그 이야기를 듣고 싶습니다."

곽 형사가 사무실 직원이라고 했을 때 최대식이 떠올랐다. 그날 사무실의 분위기로 봐서는 형이 다른 직원들과는 잘 어울리지 않았을 것 같았다.

"그날 있었던 이야기는 형사님한테 다 말했습니다."

내 짐작이 맞았다. 최대식이 형과 저녁에 같이 있었다.

"좀 더 자세히 듣고 싶습니다. 제 형의 마지막 모습이니까요."

내가 형의 동생이라는 걸 각인시키기 위해 마지막 말에 일부러 힘을 주었다. 그에게 묻고 싶은 게 많았다. 최소한 곽 형사에게 했던 이야기만이라도 들어야 했다.

"별 이야기 없었어요. 그냥 저녁 정도 먹었을 뿐입니다."

최대식이 핸드폰을 꺼내 시간을 확인하는 동작을 해 보였다.

"오늘 바쁘시면 내일 다시 찾아올까요?"

나는 최대식의 눈을 똑바로 쳐다보았다. 내 직업이 기자라는 사실을 알고 있는지 궁금했다. 우리 같은 사람들은 쉽게 포기하지 않는다는 사실을 그가 빨리 알았으면 했다. 나는 수첩을 꺼내 테이블 위에 올려놓았다.

"그날 선배님은 오후 내내 감사담당관실에 불려 가서 조사를 받고 왔습니다."

그가 포기한 듯 핸드폰을 내려놓고 말하기 시작했다. 나는 수첩을 펴고 그의 말에 집중했다.

"사무실 분위기가 엄청 안 좋았죠. 다들 말은 안 했지만 선배님 때문에 신경이 쓰였을 겁니다. 우리 과에서 감사관실까지 불려 가서 조사를 받은 일은 처음이거든요. 과장님이 감사에 대해선 입을 다물라고 함구령을 내려서 다들 고개만 숙이고 있었죠. 선배님도 감사관실에서 돌아와서는 계속 컴퓨터만 들여다보고 있었고요. 퇴근 때쯤 되자 메신저가 왔어요. 집에 가는 길에 술이나 한잔하자고. 솔직히 내키지 않았지만 그날 선배님 기분을 생각하면 거절하기 어려웠죠."

최대식이 말을 끊고 내 눈치를 살폈다. 형의 술버릇에 대해 알고 있는지 궁금해하는 기색이었다.

"선배님 집이 부천이고 저도 송내역 근처라 퇴근길에 가끔 중동이

나 상동 근처에서 술을 마셨죠. 그날도 중동 먹자골목에 있는 황소곱창에서 한잔했습니다."

"주로 무슨 얘기를 했습니까?"

"감사 얘기였죠. 선배님은 억울하다고 했어요. 자신은 골프채를 한 번도 보지도 못했다고."

"골프채요?"

"네, 감사관실에서 골프채에 대해 물어봤답니다. 선배님이 골프채를 가지고 나가는 모습이 CCTV에 찍혔다고 들었어요."

형이 골프를 친다는 이야기는 들어보지 못했다. 그런데 생뚱맞게 골프채라니. 이해가 되지 않았다.

"어떤 골프챈데요. 비싼 겁니까?"

"그것까지는 잘 모르고요. 골프채를 가져갔다는 말만 들었습니다."

"형이 창고관리를 맡은 지 얼마나 됩니까?"

"자세히는 모르지만 적어도 3년은 됐을 겁니다. 제가 입사했을 때 이미 창고 업무를 하고 있었으니까요. 이쪽으로 발령이 나고 계속 창고관리만 맡았다고 들었어요. 그래서 불만이 많았죠. 승진하려면 기획이나 인사 파트 쪽으로 가야 하는데 계속 창고에만 박아둔다고."

"형이 창고 업무만 3년 가까이 했다면 창고의 구조에 대해 잘 알고 있을 거 아닙니까? CCTV에 찍힐 걸 뻔히 알면서 물건을 빼돌렸다는 게 말이 됩니까?"

"그게 감사관실에서 아무도 몰래 CCTV를 몇 대 더 설치했대요. 옛날에 없던 곳에다가요. 그래서 선배님도 몰랐던 거죠."

"그래서 형이 뭐라고 했습니까?"

"골프채는 모르는 일이라고요. 골프채는 자기와 상관없다고 했어요. 무얼 가져갔는지 말도 하지 않고요."

"그럼, 조사해보면 될 것 아닙니까? 당신들이 가지고 있는 압류물품 내역과 물건을 비교해보면 없어진 물건이 무언지 금방 알 수 있지 않습니까?"

최대식이 대답하지 않고 커피가 반쯤 남은 머그잔을 만지작거렸다.

"글쎄요. 감사관실에서 조사하고 있다는데 아직 아무것도 들은 게 없어서 저도 잘 모르겠습니다. 하지만 선배님이 그날 창고에서 무언가를 가지고 나간 건 확실합니다. CCTV에 찍혔으니까요."

최대식은 더 거론할 여지가 없다는 듯 딱 잘라 말했다. 최대식의 말대로 CCTV에 찍혔다면 물증은 너무 명백했다. 형을 변명해주고 싶었지만 반박할 근거가 옹색했다.

"그날 술을 어느 정도 마셨습니까?"

대신 화제를 다른 방향으로 돌렸다. 형은 평소에는 내성적이고 조용한 편이지만 술이 들어가면 사람이 돌변했다. 말과 행동이 마치 다른 사람이 된 것처럼 거칠어졌다.

"소주 세 병을 시켰는데 거의 선배님이 마셨죠. 술에 취하니까 또 옛날이야기를 자꾸 했어요. 왕년에 놀던 이야기 말이죠. 늘 듣던 거라 이 양반이 취했구나 싶었어요."

나는 최대식을 쳐다봤다. 아무리 봐도 형보다 한참 어렸다. 그런데도 형에게 '이 양반'이라는 호칭을 아무렇지도 않게 썼다.

"그 뒤 바로 헤어졌습니까?"

화가 났지만 꾹 참고 질문을 계속했다.

"아니요. 딱 한 잔만 더 하자고 해서 샤갈로 갔어요."

"샤갈?"

"네, 선배님 단골집이죠. 거기 있는 진이라는 아가씨를 좋아했거든요. 선배님이 양주를 자주 마시니까 살살거리는 건데, 그런 줄도 모르고 완전 푹 빠져 있었죠."

"거기서 몇 시까지 마셨습니까?"

"글쎄요. 정확히 생각나지 않네요. 중간에 피곤해서 먼저 나왔거든요. 선배님 주사가 심하다는 거 아시죠? 그날 완전 피곤하게 굴었거든요. 그래서 먼저 집에 갔어요. 당연히 선배님이 언제 나왔는지 저야 알수 없죠. 정 알고 싶다면 샤갈에 가서 직접 물어보시든가."

최대식의 말투가 점점 건방져져갔다. 곳곳에서 형을 무시하는 말투가 묻어났다. 기분이 상했지만 정보가 더 필요했기 때문에 내색하지 않았다.

"샤갈이 어디에 있죠?"

"부천시청 뒤쪽 먹자골목이요."

"약도를 좀 그려주시겠습니까?"

수첩의 빈 페이지를 펴서 최대식에게 내밀었다. 최대식은 대충 약도를 그려 넣었다. 최대식이 그려준 약도만으로는 샤갈의 정확한 위치를 찾기 어려웠다.

"좀 더 자세히 그려주시겠습니까? 근처에 큰 건물이라도 있으면 표시해주시고요. 이래가지고야 어디 찾을 수가 있겠습니까?"

나는 인상을 쓰며 목소리를 약간 높였다.

"전화번호가 나한테 있을 텐데."

그제야 생각난 듯 최대식은 핸드폰을 들고 전화번호를 검색하기 시작했다. 최대식이 내민 번호를 입력하고 핸드폰을 돌려주자 기다렸다는 듯이 자리에서 일어섰다.

　"이제 그만 가봐도 되겠죠. 그리고 할 얘기 다 했으니까, 다시는 전화하지 마세요. 이렇게 만나는 걸 과장님이 알면 나만 오해 받아요. 그날 과장님이 얼마나 화를 내셨는지 알아요? 고소하겠다고 펄펄 뛰셨어요. 그러니까 다시는 찾아오지 마세요."

　나는 앉은 채로 최대식을 올려다봤다. 왁스로 고정한 머리카락이 일제히 앞을 향하고 있었다. 피부는 윤기가 돌고 탄력이 있었다. 그러나 눈동자가 맑지 않았다. 사선으로 나를 비껴 보는 눈동자는 어딘지 모르게 사람을 깔보는 듯한 느낌을 주었다. 평소에 그가 형을 어떤 식으로 대했는지 알 것 같았다. 최대식의 눈동자에서 눈을 떼지 않고 노려보며 천천히 일어섰다.

　"형은 교통사고로 죽은 게 아냐. 누군가가 흉기로 뒤통수를 강타해 살해했어. 당신하고 술을 마신 그날 저녁에 말이야."

　최대식의 눈이 휘둥그레졌다.

　"오늘은 이만 헤어지지만, 형에 대해 알고 싶은 게 있으면 언제든지 연락할 거야. 그날 마지막으로 술을 마신 사람이 당신이야."

　'당신도 유력한 용의자야'라는 말을 생략했지만 최대식은 충분히 겁을 먹고 있었다. 손을 내밀자 최대식이 마지못해 내 손을 잡았다. 최대식의 손바닥이 손아귀에 들어오길 기다렸다가 있는 힘껏 움켜쥐었다. 최대식이 기겁하며 손을 뒤로 잡아 뺐다. 그러고는 뒤도 돌아보지 않고 자리를 빠져나갔다.

"대가리에 피도 안 마른 새끼가 싸가지 없기는."

나는 최대식이 충분히 들을 수 있도록 목소리를 높여 중얼거렸다.

8. 샤갈

상동에 신도시가 들어서자 중동에 있던 상권이 상동으로 옮겨갔다. 상동의 로데오거리는 근처 먹자골목에 있던 모든 유흥업소를 블랙홀처럼 빨아들였다. 저녁이 되면 로데오의 하늘은 네온사인 불빛으로 화려하게 물들었다. 근처에만 가도 뜨거운 열기가 느껴졌다. 반면에 나머지 먹자골목은 서서히 쇠락의 길로 접어들었다. 시청 뒤편에 있던 중동 먹자골목도 예외가 아니었다. 한때는 불야성을 이루었지만 젊은이들이 상동으로 옮겨가자 활기를 잃었다. 남아 있는 가게들이 애써 불을 밝히며 과거의 영화를 되찾으려 했지만 역부족이었다. 네온은 화려했지만 지나가는 사람이 많지 않아 어딘가 모르게 쓸쓸한 느낌을 주었다.

샤갈은 몰락해가는 중동 먹자골목 끝자락에 있었다. 외벽을 붉은 벽돌로 마감한 건물 한 귀퉁이에 조그맣게 간판이 보였다. 간판을 확인하고 저녁을 먹기 위해 근처 식당으로 갔다. 카페가 영업하기에는 아직 이른 시간이었다. 적어도 아홉시는 넘어야 1차를 끝낸 사람들이 카페를 찾았다.

순댓국에 소주 한 병을 시켜놓고 시간을 보냈다. 오랫동안 고기 배달을 했던 아버지는 고기보다는 부산물로 만든 음식을 좋아했다. 집에는 아버지가 가져온 부산물이 늘 가득했다. 어릴 적부터 익숙한 음식이라 그런지 형과 술을 마실 때면 으레 곱창집이나 순댓국집에서 시작했다. 차수를 옮겨도 대개 소줏집에서 끝났다. 그것도 옛날이야기다. 직장을 다니고 나서 형과 술을 마신 적은 손가락에 꼽을 정도였다. 형이 카페에 드나들었다는 사실은 의외였다. 마담이 여종업원 두세 명을 데리고 운영하는 카페는 룸이나 단란주점은 부담되고 노래방은 약해 보이는 간부급 월급쟁이에게 적당한 곳이다. 폭탄주를 돌리며 부하 직원에게 큰소리를 칠 수 있고, 여종업원과 걸쭉한 농담도 주고받을 수 있었다. 게다가 대부분 카페가 일반음식점으로 나오게 편법을 쓰고 있어 법인카드 사용이 가능했다. 부서장들은 자주 이용하지만 형 같은 하급 공무원이 오기에는 부담스러운 곳이다. 샤갈에 형이 좋아하는 아가씨가 있다면 이야기가 달라진다. 국회에도 여자에 빠져 매일 카페를 드나드는 젊은 사무관이나 비서관이 많았다. 증권사와 금융회사가 많은 여의도에는 예쁜 아가씨를 고용한 작은 카페가 곳곳에 있었다. 결혼하지 않은 총각들은 월급을 거의 카페에 갖다 바쳤다. 형이 그랬다고 해도 나는 이해할 수 있었다. 최대식의 말로는 샤갈에 형이 좋아하는 여자가 있다고 했다. 이왕이면 그 여자와 잠도 자고 결혼도 약속했길 바랐다. 술이나 마시다 끝날 인생이라면 그쪽이 훨씬 그럴듯했다. 숨겨놓은 아이라도 있다면 어머니에게 더할 나위 없겠지만 형의 소심한 성격을 봐서는 가망 없는 시나리오였다.

지하로 내려가자 짙은 선팅으로 내부를 가린 술집이 보였다. 간판을 보니 샤갈이 아니라 티파니였다. 복도를 따라 안쪽으로 더 들어가자 비슷한 종류의 카페가 몇 개 더 보였다. 샤갈은 그중 하나였다. 반투명 유리문에는 나비넥타이를 맨 고양이가 지팡이를 들고 서 있었다. 일본 애니메이션에서 본 적이 있는 고양이였다. 이름이 바론 남작이었던가? 주인공을 다른 차원의 세계로 인도하는 역할을 했다. 나도 그가 안내하는 세계로 들어갔다. 문을 열자 작은 홀 안에 테이블 서너 개가 보였다.

"어서 오세요."

안쪽에서 검정 미니스커트를 입은 여자가 커튼이 열고 나왔다.

"너무 일찍 왔나. 아직 영업 시작 안 했어?"

나는 일부러 건들거리며 말을 붙였다. 어떤 식으로 물어볼지 아직 결정하지 못했다. 아무래도 형사라고 하면 더 많은 정보를 얻을 수 있겠지만 대놓고 형사를 사칭할 수는 없는 노릇이었다. 솔직히 말하고 협조를 구하는 방법도 있지만 먹히는 경우를 거의 보지 못했다. 상황에 따라 대응하기로 생각하고 일단 홀 안을 둘러보았다.

"손님이 안 와서 문제지, 영업은 진작 시작했다고요."

볼에 살이 통통하게 붙은 아가씨가 싹싹하게 굴며 다가왔다.

"그래, 그럼 저기 안쪽은 비었겠네."

다른 손님이 오면 홀에서 대화하기가 곤란하기에 고개를 들어 안쪽 룸을 가리켰다.

"오빠 혼자 왔어? 친구들은 안 와?"

"혼자야. 맥주 좀 가져와봐."

나는 룸 안으로 들어가며 말했다.

"오빠. 홀에서 먹으면 안 돼? 이따 단체 손님 온다고 했는데."

나를 따라 들어온 아가씨의 얼굴이 금세 딱딱하게 굳어졌다.

"요 코딱지만 한 방에 몇 명이나 들어간다고 단체 손님이냐. 걱정하지 마. 금방 마시고 갈 테니까, 술이나 빨리 갖다 줘."

아가씨가 입을 삐죽거리며 나갔다. 그러거나 말거나 나는 푹신한 소파 가운데에 털썩 주저앉았다.

"재떨이도 좀 가져와."

그러고는 커튼 밖을 향해 소리쳤다. 어딜 가나 돈 있는 놈만 대우받는 세상이다. 슬슬 오기가 발동했다. 아가씨가 맥주 세 병과 마른안주를 가지고 들어왔다.

"이름이 뭐냐?"

"선이요."

"성은?"

"최요."

어느새 형사처럼 질문하고 있었다.

"미스 최. 김영석이라고 알지? 좀 마르고 밤색 뿔테 안경을 썼는데."

맥주를 따르던 선이가 멈칫하며 나를 쳐다봤다.

"아저씨 형사예요? 지난번에도 형사가 와서 그 아저씨에 대해 묻고 갔는데."

"아, 곽 형사 말이지. 물어볼 게 좀 더 있어서."

곽 형사도 이미 여기를 다녀갔다. 그런데도 아직 파악 중이라고 시치미를 뗐다.

"난 몰라요. 진이가 잘 알 거예요. 진이 단골이거든요. 요즘 그 아저씨 안 오던데 무슨 일 있어요? 나쁜 사람처럼 보이지는 않던데."

"그래, 그럼 어떤 사람으로 보였는데?"

"뺑쟁이요. 후후, 그 아저씨 별명이 뭔지 아세요?"

"뭔데?"

"'억삼이'요. 같이 왔던 회사 사람들이 그러데요. 억 마디 하면 세 마디 정도가 사실일 거라고. 술만 마시면 매일 뻥만 친대요."

선이가 손바닥으로 입을 가리고 깔깔거리며 웃었다.

"넌 재떨이 가져오란 말 못 들었냐?"

담뱃재를 바닥에 떨며 소리쳤다. 선이가 또다시 입을 씰룩거리며 나갔다. 형의 술버릇은 잘 알고 있었다. 그래도 다른 사람 입에서 그런 이야기를 듣는 게 기분 좋은 건 아니었다.

"잠깐 앉아봐. 몇 가지만 더 물어보자고."

선이가 삐쳤는지 탁자 위에 재떨이만 던져놓고 나가려 했다.

"또 뭐요? 나 영업 준비해야 하거든요."

"됐고. 그 사람, 마지막 온 날 기억해?"

"네, 대식 오빠랑 둘이 왔어요. 이 자리에서 마셨는걸요."

"대식이라는 사람 자주 오나?"

"억삼이 아저씨랑 여러 번 왔어요."

"그날 둘이서 무슨 말을 했는지 기억나?"

"모르죠. 그날 있었던 일을 제가 어떻게 기억해요. 진이라면 알지 몰라요. 마담 언니랑 곧 올 거예요."

선이가 빈 맥주병을 들고 일어섰다. 시간을 보니 열시가 다 되었다. 진이라는 아가씨가 어떻게 생겼는지 궁금했다. 어릴 적부터 드라마에 빠져 살았던 형은 탤런트나 영화배우 같은 여자를 동경했다. 그래서 인지 고등학교 때 형이 죽도록 짝사랑하던 여자는 날씬하고 예뻤다. 내가 도와줄 거라 생각했는지 나에게 자신의 속마음을 자주 털어놓았다. 하지만 나는 그럴 마음이 조금도 없었다. 뭐든지 남에게 기대서 얻으려는 형의 나약함이 마음에 들지 않았다.

'어느 게 좋은데?'

형은 내가 내민 약을 앞에 놓고 고민했다. 나는 망설이지 않고 아티발을 권했다. 돼지 씨를 받을 때 흥분제로 쓰이는 거라 효과가 만점이었다. 물론 루바킹도 괜찮았지만 루바킹은 흥분효과보다 수면효과가 강했다. 형은 자신의 한 달 용돈을 주고 나에게 아티발 한 봉지를 샀다. 정말로 그 여자를 좋아한다면 수단과 방법을 가리지 말라는 나의 조언이 먹힌 것이다. 그 여자가 전학만 가지 않았다면 실행에 옮겼을 거라고 형은 변명했지만 나는 코웃음을 쳤다. 그 후로 형이 여자친구를 사귀는 것을 보지 못했다. 나이를 먹고 어머니의 성화에 못 이겨 선을 몇 번 봤지만 제대로 사귄 적이 없었다. 과거 형의 취향을 고려해볼 때 진이라는 아가씨는 선이처럼 통통하지 않을 건 확실했다.

"안녕하세요."

몸에 착 감기는 원피스를 입은 여자가 들어왔다. 풍만한 몸매가 옷감을 따라 그대로 드러났다. 진이라는 아가씨로 보기에는 나이가 많아 보였다.

"뭔 일로 우리 집에 형사들이 이리 자주 오신대."

마담은 애써 쾌활한 척했지만 눈빛을 보니 긴장하고 있다는 걸 알 수 있었다. 술집에 형사가 있다는 자체가 부담이었다. 내가 형사인 척 행동하는 이유도 그 때문이었다.

"그렇게 됐어. 진이라는 아가씨 왔으면 잠깐 들여보내줘. 몇 가지만 물어보고 갈게."

"뭔데요? 자꾸 아가씨들 못살게 굴면 애들 다 떨어져 나가요. 그렇지 않아도 괜찮은 애 구하기가 여간 힘든 게 아닌데, 진이는 우리 집 에이스란 말이에요."

마담이 인상을 쓰며 짜증 섞인 목소리로 말했다. 자신이 호락호락 하지 않다는 걸 보여주려는 행동이었다.

"그래서 금방 물어보고 간다고 했잖아."

나도 목소리를 높이고 탁자 앞으로 몸을 내밀며 마담을 노려봤다. 나 또한 호락호락하지 않다는 걸 보여줘야 했다. 싸움은 언제나 기선 을 잡는 게 중요했다.

"알았어요. 장사 시작해야 하니까, 빨리 끝내요. 진이야 잠깐 들어 와봐."

마담이 뒤로 물러섰다. 마담의 호출을 기다렸다는 듯 커튼이 열리 면서 가슴이 움푹 파인 블라우스와 호피 무늬 미니스커트를 입은 여 자가 들어왔다.

"안녕하세요. 제가 진인데요."

여자가 당당한 목소리로 말했다. 예상했던 대로 날씬하고 예쁘장 하게 생긴 아가씨였다.

"둘이서 이야기했으면 하는데."

이대일보다 일대일로 상대하는 것이 대화를 나누기 수월했다. 특히나 나이 먹은 마담이 자리에 있으면 마음대로 이야기를 끌고 나가기 어려웠다. 마담이 진이를 한번 보더니 알았다는 듯 손바닥을 펴 보이고 나갔다. 마담이 나가자 그 자리에 진이가 앉았다. 주머니에서 수첩을 꺼내 탁자 위에 놓았다. 형사들이 자주 쓰는 수법이다. 진술이 곧 문자로 기록된다는 걸 알려줌으로써 진술인을 긴장하게 하려는 것이다. 사람이 긴장을 하면 신중하게 되고 신중해지면 미처 생각하지 못한 부분이 기억나게 되는 법이다.

"김영석 씨 알지? 지난주에 여기서 술 마셨는데."

"네, 잘 알죠. 일주일에 한 번은 꼭 오는걸요. 그날도 여기 이 방에서 술을 마시고 갔어요. 그 얘긴 벌써 형사 아저씨한테 다 했는데요."

그러나 진이라는 아가씨는 긴장하는 빛이 전혀 보이지 않았다.

"나도 알아. 그래도 빠진 부분이 있는 것 같아서. 그날 술을 어느 정도 마셨지?"

"양주 한 병 시켰는데 반쯤 마시고 나머지는 키핑했어요."

진이는 밝고 자신감이 넘치는 목소리로 말했다.

"그날 무슨 특별한 일은 없었어?"

"둘이서 평소보다 심하게 다툰 게 특별한 일이라면 특별한 일이죠. 회사에서 무슨 일이 있었나 봐요."

"좋아. 그 부분에 대해 자세히 얘기해봐."

형사나 기자가 하는 일은 사람들에게서 정보를 빼내는 일이다. 다른 것이 있다면 기자는 사정을 해야 하지만 형사는 당당하게 밀어붙일 수 있었다.

"술을 가지고 들어가니까, 이미 두 사람은 언성이 높아져 있었어요. 무슨 일 때문인지는 모르겠지만 대식이 오빠가 깨끗이 인정하고 이 정도 선에서 마무리 짓자고 했어요. 과장이 알아서 수습해줄 거라고. 하지만 아저씨는 왜 자기가 뒤집어써야 하느냐며 따졌어요. 제가 있을 자리가 아닌 것 같아서 조금 앉아 있다가 나와버렸어요. 그리고 얼마 있다가 대식이 오빠가 가버렸고요."

최대식이 감사에 대해 형에게 왈가불가할 이유가 없었다. 분명 과장의 사주가 있었을 것이다. 이죽거리던 말상의 얼굴을 떠올렸다. 그 자식은 어떡하든 형을 옭아매려 했다. 그때 면상을 갈겨주길 아주 잘했다는 생각이 들었다.

"회사에서 감사에 걸렸다는 이야기가 들리던데, 그것 때문에 그래요. 대식이 오빠가 빼돌린 물건에 대해 자꾸 물어봤어요. 비싼 건가 보죠? 아저씨가 정말 회사 물건을 훔쳤어요? 남의 물건에 손댈 사람 같지는 않았는데."

진이라는 아가씨의 얼굴을 똑바로 바라봤다. 마스카라를 진하게 한 눈은 쌍꺼풀이 선명하게 잡혀 있었다. 콧날도 오뚝 솟은 게 보기 좋았다. 피부도 하얗고 깨끗했다. 변두리 카페에 있기에는 아까운 외모였다. 형이 좋아할 만도 했다.

"언제부터 그 아저씨랑 사귀었어?"

"알기는 1년 가까이 됐죠. 하지만 사귀거나 그런 사이 아니에요. 그 아저씨가 언제나 저만 찾으니까 술을 같이 많이 마신 거죠. 그 아저씨 술에 취하면 말이 좀 많아지거든요. 목소리도 커지고. 마담 언니가 다른 손님한테 폐가 된다고 싫어했어요. 근데 내가 제발 조용히 하라고 하면 금방 목소리를 낮췄어요. 내 말을 잘 들었어요."

"만나면 주로 무슨 이야기를 했는데?"

형이 좋아하는 여자와 평소에 무슨 이야기를 나누었는지 궁금했다. 죽었지만, 형에 대해 좀 더 알고 싶었다.

"주로 자기 얘기만 했어요. 고등학교 때에는 학교에서 짱이었대요. 모든 애들이 자기가 나타나면 벌벌 떨었대요. 동네에서도 자기보다 서너 살 많은 공돌이들이 자기 앞에서는 고개도 못 들었대요. 군대도 해병대를 나왔대요. 한번은 예비군 훈련이라며 해병대 옷을 입고 온 적도 있어요."

진이의 말에 쓴웃음을 지었다. 오래전에 자취방으로 만취가 된 형이 찾아온 적이 있었다. 세상모르고 자는 형을 그대로 두고 출근했다. 퇴근해서 돌아와 보니 옷장 안에 있던 제대복이 없어졌다. 내가 기억하는 형의 모습과는 정반대였지만 고개를 끄덕여주었다. 형이 진이 앞에서 이 정도로 허풍을 떨었다면 그건 정말로 진이를 좋아했다는 증거였다. 좋아하는 여자 앞에서 자존심을 세우려는 형을 이해할 수 있었다.

"맞아. 그 사람 해병대 나왔어. 지금은 그렇게 안 보여도 옛날에는 굉장했어. 고등학교 때 소신차부에서 종점과 깡패들하고 다구리 붙었는데 전혀 꿀리지 않았어. 선생들도 함부로 건들지 못했다니까."

어차피 다시 만날 일도 없었다. 형이 원했던 이미지를 그대로 남겨주고 싶었다. 진이가 고개를 끄덕였다.

"저도 그 이야기 들은 적 있어요. 그런데 형사님이 그 이야기를 어떻게 아세요?"

웃고 있던 진이의 얼굴이 굳어졌다. 생각보다 똑똑한 여자였다. 형이 진심으로 좋아했던 여자라면 사실대로 말해주는 것이 형을 위해서도 좋았다. 어차피 시간이 지나면 알게 될 일이었다.

"그 아저씨라는 사람 이름이 뭔지 알아?"

"김영석이요. 항상 목에 공무원증을 달고 다니는걸요. 퇴근하면서 벗는 걸 잊었다고 했지만 일부러 걸고 다니는 것 같기도 했어요. 양복을 벗으면 어김없이 청색 줄에 매달린 공무원증이 나왔어요. 처음에 세무 공무원이라고 해서 우리가 얼마나 긴장했는데요."

"그럼 내 이름은 알아?"

"말도 안 해줬는데 내가 어떻게 알아요."

나는 지갑에서 명함을 꺼내 진이에게 건넸다.

"김영민. 기자예요. 아저씨 형사가 아니에요?"

"난 형사라고 한 적 없어."

진이가 어이없는 표정으로 나를 쳐다봤다.

"그런데 왜 아저씨 이야기는 물어봐요? 잠깐, 김영민이면 혹시 두 사람 형제?"

진이의 눈이 동그래졌다. 고개를 끄덕이자 진이의 표정이 굳어졌다.

"그 아저씨한테 무슨 일 생긴 거죠?"

진이가 다급하게 물었다. 목소리가 떨리고 있었다.

"죽었어. 그날 여기서 술 마시고 집으로 돌아가다가."

진이가 손으로 입을 틀어막았다. 충격을 받은 듯 잠시 아무 말도 못하고 멍하니 내 얼굴만 쳐다봤다. 형이 이 여자를 일방적으로 좋아했다는 생각은 잘못일지 몰랐다. 심하게 흔들리는 진이의 눈동자를 보자니 그런 생각이 들었다.

"어디서요? 왜요?"

진이의 얼굴빛이 점점 하얗게 변해갔다. 형의 죽음을 생각보다 심각하게 받아들이고 있었다.

"교통사고였어."

매년 수천 명이 교통사고로 죽었다. 살인 사건보다 납득이 갈 만한 죽음이었다. 어머니에게 그랬던 것처럼 진이에게도 같은 거짓말을 했다.

"범인은 잡았어요?"

진이가 입에서 손을 떼며 물었다.

"아니, 뺑소니라 아직 잡지 못했어."

"그래서 형사들이 자꾸 왔군요."

진이의 얼굴에 서서히 핏기가 돌아오기 시작했다.

"하나밖에 없는 내 형이야. 바빠서 자주 만나지 못했지만 형을 화장시켜 보내고 나니 형이 어떻게 살아왔는지 알고 싶었어."

말을 끊고 잠시 진이를 주시했다. 진이가 고개를 숙이고 훌쩍이기 시작했다.

"형이 여기에 자주 다녔다는 말을 들었어. 여기에 좋아하는 아가씨가 있다는 이야기도. 제대로 찾아온 것 같아. 너를 보니까, 형이 왜 여기에 자주 왔는지 알 것 같아. 형은 자신의 이야기에 귀를 기울여주는 사람이 필요했던 거야."

말을 하는 동안에도 진이는 계속해서 훌쩍였다. 형이 이 여자를 좋아했던 건 확실했지만 이 여자가 형을 좋아했는지는 의심이 갔다. 장

삿속으로 형을 대했을 거라고 했던 최대식의 말에 더 믿음이 갔다. 그래도 형의 죽음에 눈물을 보여주는 정도의 애정은 있었다. 그 정도면 형에게는 과분했다. 나는 티슈를 그녀 앞으로 밀어주었다.

"죄송해요. 말을 막 해서. 연락도 없고 형사들만 자꾸 찾아오기에 회사에서 사고 치고 도망간 줄만 알았어요. 술 한 잔 주실래요?"

진이가 눈물을 찍어낸 휴지를 탁자 위에 뭉쳐놓고 맥주잔을 집어 들었다. 맥주를 가득 채워주자 단숨에 술을 들이켰다.

"이거요."

잔을 내려놓은 진이가 목에서 화이트골드 체인을 꺼냈다. 하트 모양의 펜던트에는 조그마한 다이아가 박혀 있었다.

"작년 크리스마스 때 아저씨가 사준 거예요. 전 이미테이션인 줄 알았는데 진품이래요. 인터넷으로 알아보니까 꽤 비싸더라고요. 술도 양주만 마셨어요. 내가 맥주 먹자고 해도 자기는 돈 많다고 괜찮다고 했어요. 아저씨는 저한테 돈 많은 사람처럼 보이려고 애를 썼어요. 그게 저를 좋아했기 때문이라는 것도 알아요. 술 더 하실래요?"

고개를 끄덕이자 진이가 밖으로 나갔다. 나이가 마흔이 넘었어도 형은 여전히 철이 없었다. 얼마 안 되는 월급을 이런 식으로 썼다면 집에 생활비도 제대로 주지 못했을 것이다. 이제야 어머니가 김포 땅을 팔려고 내놓은 이유를 알 것 같았다.

"아저씨가 그날 키핑해놓은 거예요. 주인이 없어졌으니까, 이제 우리가 마셔도 되겠죠."

진이가 은쟁반에 맥주 몇 병과 반쯤 남은 양주병을 가지고 들어왔다.

"말아드릴게요."

진이는 대답을 기다리지도 않고 능숙하게 폭탄주를 제조해서 나에게 건넸다. 마담에게 무슨 말을 했는지 시간이 많이 지났는데도 아무도 들어오지 않았다. 그녀는 잔이 비면 바로 가져가서 폭탄주를 만들었다. 그녀도 나와 보조를 맞춰 서너 잔을 마셨다. 조금 전 슬퍼하던 모습은 찾아볼 수가 없었다. 술집 여자에게 너무 많은 걸 기대하는 건 무리였다.

"그날, 형이 어땠는지 더 듣고 싶어. 니가 마지막 본 사람이야. 우리 형을 마지막 본 사람이라고."

술기운 때문일까? 아니면 형이 마지막으로 술잔을 기울였던 자리라 그럴까? 우울하고 묘한 기분이 나를 놓아주지 않았다. 진이 또한 울적했는지 멍한 눈빛으로 허공을 바라보고 있었다. 진이를 보니 형을 위해 무언가 해주어야겠다는 생각이 들었다. 진이의 머릿속에 형에 대한 생각이 조금이라도 오래 남아 있도록 질문을 다시 시작했다.

"대식이 오빠가 가고 나서 아저씨는 혼자서 마셨어요. 저는 홀에 손님이 있었거든요. 나중에 들어오니까 많이 취해 있었어요."

"형이 술에 취하면 말이 많아진다는 거 너도 알지? 그날 무슨 이야기를 했는지 잘 기억해봐."

"승진 이야기를 했어요. 맞아요. 곧 승진하게 된다고 했어요."

"승진?"

"네. 분위기 좋은 곳에 가서 한턱내겠다는 말도 했어요."

그러고 보니 승진 문제로 올 초에 형한테서 전화가 왔던 기억이 났다. 승진에서 또 떨어졌다며 국회에 아는 사람이 있으면 힘 좀 써달라고 했다. 술에 많이 취했는지 시발, 시발 하며 상사 욕을 해댔다. 과장된 삶을 살았던 형에게 승진은 커다란 스트레스였다. 아무리 허세를 부려도 승진 누락이라는 객관적 사실 앞에서는 초라하기만 했을 것이다.

"회사에서 있었던 일에 대해서는 무슨 말 없었어?"

"아니요. 회사 이야기는 한마디도 꺼내지 않았어요. 제가 대식이 오빠하고 왜 싸웠는지 물어봤지만 딴 이야기만 했어요."

"무슨 이야기?"

"스마트폰이요. 이번에 새로 나온 최신형이라며 자랑했어요. 아저씨는 그런 걸 좋아했어요. 새로운 게 나올 때마다 바로 바꿔서 자랑했어요. 케이스도 가죽으로 된 게 아주 고급스러워 보였어요. 핸드폰을 보고 있는데 벨이 울렸어요."

"누구한테서?"

"모르죠. 아저씨에게 바로 건네줬으니까요. 아저씨는 전화를 받자마자 가야 한다며 서둘러 나갔어요. 제가 밖에까지 바래다준다고 하니까, 바람이 차다고 빨리 들어가라고 했어요. 그래서 계단 밑에서 인사를 했어요. 그게 마지막일 줄은 정말 몰랐어요."

진이가 두 손으로 얼굴을 가리고 다시 울음을 터뜨렸다. 진실인지 가식인지 알 수 없지만 가식이라면 진이는 감정 조절에 상당히 능숙하다고 볼 수 있었다. 순간적으로 감정을 변화시킬 수 있는 건 쉬운 일이 아니었다.

"몇 시쯤인지 기억나?"

"글쎄요. 자세한 시간은 모르겠지만 새벽 한두시쯤 됐을 거예요."

진이가 말한 내용을 수첩에 모두 적었다. 이야기를 끝내기 전에 수첩에 적은 내용을 읽으며 빠진 질문이 있는지 확인했다.

"조금 전에 형사들이라고 했는데, 곽 형사 말고 또 찾아온 형사가 있었어?"

마담도 형사들이라고 했다. 내가 알고 있기에는 형의 수사를 맡고 있는 사람은 곽 형사 혼자였다. 강력사건은 대개 조를 이루어 수사했다. 아직 내가 파악하지 못한 파트너가 있을지도 몰랐다. 형의 수사를 맡은 자라면 시야에서 놓치고 싶지 않았다.

"누가 곽 형사인 줄은 모르지만, 지난주 수요일 저녁에 한 번 오고, 그저께도 다른 형사가 와서 아저씨에 대해 묻고 갔어요."

지난주 수요일이라면 사고 연락을 받고 병원에 가서 부검 서류에 사인한 날이었다. 그 남자가 형사라면 부검 결과가 나오기도 전에 수사에 착수했다는 말이 된다.

"지난주 수요일에 온 사람이 무얼 물어봤는지 기억나?"

"아저씨에 대해 이것저것 물어보다가 여기서 술을 마셨다고 하니까, 이 방을 샅샅이 뒤져보고 갔어요. 무언가 찾고 있는 것 같았어요."

"뭘?"

"모르죠. 얘길 안 했으니."

"어떻게 생겼는지 기억나?"

"모자를 쓰고 있어서 얼굴은 잘 기억이 안 나요. 키가 크고 덩치도 좋았어요."

"모자? 어떤 모자였는데?"

"야구 모자요. 우리나라 구단 건 아니었어요. 삼성이나 엘지 야구 모자였다면 제가 알았을 거예요."

"나이는 얼마나 되어 보였는데?"

"글쎄요. 40은 훨씬 넘어 보이고 50은?"

진이가 고개를 갸웃했다.

"지금 이 얘기, 곽 형사도 알고 있어?"

"그럼요. 시시콜콜 물어봐서 다 이야기해준걸요."

그렇다면 곽 형사의 파트너가 아니었다. 형이 죽은 다음 날 형사가 샤갈까지 찾아오기에는 너무 빠른 시간이었다.

샤갈에서 나올 때 제법 취해 있었다. 형이 남긴 양주를 진이와 폭탄을 만들어 다 마셨다. 진이가 계단까지 따라 나와주었다. 형은 괜찮은 여자하고 사귀고 있었다. 들어가라고 손짓했지만 진이는 그대로 서 있었다. 계단을 올라가는 도중에 갑자기 궁금한 게 생각나서 진이를 향해 고개를 돌렸다.

"너 우리 형하고 자봤냐?"

"네에?"

"형하고 외박한 적이 있냐고?"

"아뇨."

"시팔, 그렇게 잘해줬는데, 한 번도 안 줬단 말이야. 나쁜 년."

술김에 욕을 내뱉고 다시 계단을 올라갔다. '병신 새끼, 그렇게 좋아했으면 잠이라도 한 번 자고 죽을 것이지.'

"시팔, 달라고 해야 주지. 말도 안 하는데 그냥 주나?"

진이가 내 뒤통수에 대고 소리쳤다. '시발년아, 그 새끼가 그런 말을 할 정도로 주변머리가 있었다면 이렇게 살다 죽었겠냐.' 나는 속으로 중얼거리며 건물을 빠져나왔다.

9. 도당공원

택시를 세워달라고 말하자 기사가 의아한 눈빛으로 나를 쳐다봤다.

"여기서 내릴 겁니다."

틀림없다는 걸 다시 한 번 강조하면서 카드를 내밀었다. 택시는 내가 내리자마자 바로 중앙선을 넘어 유턴해 왔던 길로 다시 돌아갔다. 로데오거리로 가서 서울로 가는 손님을 잡기 위해서다. 물 좋은 곳이라 소문이 나면 거리를 불문하고 사람들이 개미 떼처럼 모여들었다. 새벽이면 집으로 돌아가는 손님을 태우려고 로데오 사거리 앞에는 택시가 줄을 섰다. 삼십 분이면 여의도까지, 오십 분이면 강남까지 달렸다. 택시를 타고 경인고속도로 IC 쪽으로 가자고 하자 기사는 서울로 가는 줄 알았던 모양이다. 핸드폰을 꺼내 시간을 확인해보니 새벽 한시 사십오분이었다.

보도 위에 서서 주위를 둘러봤다. 도로 위로는 경인고속도로에 진입하려는 차들이 속력을 내며 거침없이 달렸다. 뒤로는 시커먼 나무로 둘러싸인 도당공원이 자리하고 있었다. 공원을 가로질러 위로 올라가면 굴포공단이 나온다. 전에는 이 일대가 소나무 군락이 군데군데 자리한 야트막한 언덕지대였다. 도로가 언덕지대 한가운데를 관통하면서 위쪽으로 공단이 아래쪽엔 공원이 조성되었다. 공단이 들어서자 일자리를 찾아 외지인들이 몰려왔다. 사람들이 북적대자 조용하던 동네가 변하기 시작했다. 제일 먼저 공장 사람들에게 밥을 대는 식당이 생겨났다. 이어 슈퍼가 생기고, 술집이 생기고, 당구장이 생겼다. 동네가 번화해지자 고등학생이었던 우리도 덩달아 분주해졌다. 저녁이면 몰려다니면서 외지에서 들어온 공장 아이들과 싸움을 벌였다. 대부분 우리보다 서너 살 많았지만 토박이라는 이점에 수적으로 우세했다. 10여 명이 몰려다니며 일명 '공돌이 사냥'을 했다. 공원에 진을 치고 근처를 배회하거나 지나가는 공장 아이들을 노렸다. 키가 작고 약해 보이는 재석이나 영준이가 먼저 시비를 걸었다. 싸움이 나면 뒤에 숨어 있던 아이들이 우르르 몰려나왔다. 공원 안으로 끌고 와 무릎을 꿇리고 린치를 가했다. 개중에는 친해져 친구처럼 지내는 아이들도 생겨났다. 밤이 되면 공원은 우리의 해방구였다. 우리가 진을 치고 있는 이상 이곳까지 들어오려는 사람은 없었다. 공원 중앙에 있는 야외공연장에서 술을 마시며 여자 후배들과 밤늦게까지 노닥거렸다. 아버지가 없어진 이상 나를 말릴 수 있는 사람은 아무도 없었다. 아버지의 폭력은 내 영혼을 왜소하게 만들었다. 나는 내 안에 숨어 있는 작은 영혼을 끄집어내는 일로 사춘기를 보냈다. 폭력이 내 영혼을 부풀려주었다. 폭력의 맛이 얼마나 달콤한지 그때 알았다. 정점에 오르면 무엇이 기다리는지도 알았다. 폭력과 권력은 동전의 양면이었다. 나는 이 두 가지를 분리시키지 않고 잘 활용했다. 아버지에게 받았던 폭력을 공원 안에 고스란히 풀어버렸다. 싸움이 나면 미친 듯이 싸웠다. 아이들은 나를 좋아하지 않았지만 나를 두려워했다. 그걸로 충분했다. 권력이란 그런 것이었다. 두려움과 존경. 나를 쳐다보는 아이들의 눈빛에는 감탄과 두려움이 함께 담겨 있었다. 시간이 아이들을 흩뜨려놓을 때까지 나는 도당공원의 '통'이었다. 자랑스러운 과거는 아니지만 나에게는 빛나는 한때였다.

도로를 거슬러 시내 쪽으로 몇 걸음 올라가자 나무 사이로 난 길이 보였다. 공원 북문이다. 고속도로 진입로와 맞닿고 있어 이쪽으로 통행하는 사람이 없는데도 출입구를 만들어놓았다. 주로 도피 루트로 사용되었다. 새벽까지 공원 야외공연장에서 음악을 틀어놓고 춤을 추거나 술에 취해 떠들면 신고가 들어갔다. 그때마다 공원 앞쪽 도로에 순찰차가 경광등을 번쩍이며 나타나곤 했다. 그러면 아이들은 자리를 정리하고 이곳으로 걸어 나와 유유히 집으로 가거나 공장 아이들 자취방으로 잠을 자러 갔다.

서너 걸음 더 올라가서 연석 끝에 발을 디디고 도로 앞쪽을 살폈다. 형은 여기 도로 가운데 누워 있었다고 했다. 공원 위쪽에 가로등이 보였지만 여기까지 빛을 보내기는 턱없이 멀고 약했다. 가끔 도로를 지나가는 차량에서 뿜어 나오는 전조등이 주변을 환하게 밝히고 사라졌다. 쓰러진 형을 발견한 차들은 중앙선을 넘어 피해 갔거나 미처 피할 수 없었던 차는 그대로 타고 넘었을 것이다. 적어도 한 대 이상이 넘었다고 했다.

낙엽이 바람을 타고 머리 위로 날아올랐다. 술기운이 빠지자 슬슬 한기가 돌았다. 주변을 둘러보았지만 눈에 띌 만한 것은 아무것도 없었다. 사건이 일어난 지 일주일이 넘었다. 지난번 이모와 같이 왔을 때 이 주변을 샅샅이 훑어보았지만 아무런 흔적도 찾지 못했다. 증거가 될 만한 게 있다면 곽 형사가 모두 수거해 갔을 것이다. 오늘 탐문은 이 정도에서 마치기로 했다. 택시를 잡으려고 도로변에 섰지만 빈 택시가 없었다. 서울로 향하는 총알택시만 빠르게 지나갈 뿐이었다. 콜택시를 부르려고 핸드폰을 들었다가 내려놓았다. 여기까지 온 김에 공원 안을 둘러보고 가는 게 맞았다. 그날 밤 여기서 벌어진 일을 목격한 노숙자가 있을지 몰랐다. 북문을 향해 돌아섰다. 습지였던 공원 끝자락에 아파트처럼 보이는 건물이 어둠 속에서 어렴풋이 보였다. 20년이라는 세월이 지났으니 공원도 많이 변했을 것이다. 검게 입을 벌린 공원 입구로 들어서자 원목을 형상화해서 만든 투박한 콘크리트 쓰레기통이 보였다. 그 위에 말라버린 꽃다발이 버려져 있었다. 어머니가 사고 현장에 간다는 걸 나와 이모가 말렸다. 이곳에 와본들 오열하는 것 이외에 아무것도 할 게 없었다. 대신 어머니가 준 꽃다발을 가지고 이모와 함께 왔다. 이모는 하얀 스프레이로 표시된 도로 위에 소주를 뿌리고 붉게 물든 단풍나무 밑에 꽃다발을 놓아두었다. 바람에 굴러다니는 걸 누가 집어서 여기에 갖다 버린 모양이었다. 쓰레기통을 지나쳐 계속 안으로 걸어 들어갔다. 내 기억이 맞는다면 공원 중앙에 둥근 공터가 있었다. 그 안에 적색 벽돌이 깔린 소규모 공연장과 검붉은 우레탄으로 바닥을 포장한 농구장이 있었다. 몇몇 아이들은 농구대에서 농구를 했고, 몇몇 아이들은 공연장 돌계단에 걸터앉아 여자아이들과 술을 마셨다. 학교가 끝나면 아이들은 매일 이곳으로 모여들었다. 누군가는 담배를 가져왔고 누군가는 술을 사 왔다. 여자 후배 중에 춤을 잘 추는 아이가 있었다. 가끔 공연장에서 CD를 틀어놓고 새로 나온 춤을 선보였다. 그때는 김건모의 〈핑계〉가 빅히트할 때였다. 몸매가 날씬했던 그 아이는 빠른 템포의 레게 음악에 맞춰 정신없이 몸을 흔들어댔다. 그럴 때면 술을 마시던 아이들도 농구를 하던 아이들도 모두 공연장으로 모여들었다. 그 여자 후배의 춤이 두 번 정도 돌고 나면 아이들도 판에 끼어들어 몸을 흔들어대며 환호성을 질렀다. 커다란 후드티를 입고 신들린 듯 춤을 추던 여자 후배의 모습이 아직도 기억 속에 생생했다.

공원은 오랫동안 방치되었는지 나무가 거칠게 우거져 있었다. 공연장 벽돌 바닥은 군데군데 깨져 있었고, 그 사이로 비집고 올라온 잡풀이 양치류처럼 무성했다. 공연장 뒤편에 있는 농구장으로 갔다. 이곳만 주광색 가로등이 환하게 불을 밝히고 있었다. 낡긴 했어도 농구대도 그대로였다. 농구대를 보자 과거의 기억이 떠올랐다. 당시는 『슬램덩크』가 폭발적인 인기를 끌면서 길거리 농구가 유행했다. 나도 웃통을 벗어 던지고 굵은 땀을 뚝뚝 떨어뜨리며 아이들과 농구 시합을 하곤 했다. 시합이 끝나면 농구대 밑에 둘러앉아 밤새도록 술을 마시며 떠들었다. 무엇 하나 무서울 게 없던 시절이었다.

농구대를 중심으로 근처를 천천히 둘러봤다. 누가 청소라도 한 것처럼 주변은 빈 맥주 깡통 하나 없이 깨끗했다. 더 이상 이곳에서 알아낼 건 없었다. 오랫동안 서 있어서인지 다리가 아팠다. 농구대에 기대고 잠시 숨을 돌렸다. 힘들었지만 그런대로 만족할 만한 하루였다. 형에 대해 많은 것을 알아냈다. 순탄치 않은 회사 생활, 자주 가던 단골 술집, 그리고 좋아하는 여자가 있다는 사실을 알았다. 형의 죽음을 말하자 진이는 눈물까지 흘려주었다. 가식적인 눈물 같지 않았다. 한동안 여자를 가까이하지 않았던 나로서는 울어줄 여자가 있다는 게 부러웠다. 아영을 떠올려봤다. 양 보좌관과의 자리 이후 새침해 있던 아영은 어제부터 다시 사근거리기 시작했다. 성격이 시원시원해 기자들 사이에 인기가 많았다. 방송국 최 기자가 치근대는 것은 진작부터 알고 있었다. 방송국 기자답게 깔끔하게 생긴 놈이다. 그래서인지 괜찮은 여자만 보면 찝쩍댔다. 기회가 되면 이혼한 경력이 있다는 사실을 아영에게 슬쩍 흘릴 생각이다.

핸드폰으로 농구장과 공연장 주변을 몇 컷 찍고 공원을 가로질러 남문을 향했다. 공원을 빠져나오자 도로 건너편에 편의점이 보였다. 따뜻한 캔커피를 사 들고 편의점 앞 파라솔에 앉았다. 찬바람을 쐬며 걸어서인지 취기가 많이 가셨다. 편의점에서 본 공원은 제멋대로 자란 나무와 잡풀 때문인지 마녀가 사는 숲처럼 음침했다. 좌측 뒤편으로 시커먼 건물이 희미하게 보였다. 옛날에는 그 자리에 커다란 습지가 있었다. 장마철이면 공장에서 버린 폐수가 모여들어 주변엔 고약한 냄새가 진동했다. 편의점 주인 말로는 오래전에 습지가 메워지고 그 위에 아파트형 공장이 세워졌다고 했다. 지금은 하수처리가 잘 정비되어 그런 냄새는 나지 않는다고 했다.

주머니에서 수첩과 볼펜을 꺼냈다. 사건 당일 형의 행적은 거의 다 밝혀냈다. 수첩에 적어놓은 형의 행적을 따라가며 의문 나는 사항만 따로 뽑아봤다.

'형이 창고에서 가지고 나온 물건은?'

'골프채는?'

'샤갈에 찾아온 남자는?'

'형의 귀, 누가?'

이 네 가지 의문이 남았다. 맨 처음 의문에 동그라미를 쳤다. 형이 창고에서 빼낸 물건이 무엇인지 알아보는 게 이 사건의 출발점이다. 형이 위험을 무릅쓰고 창고에서 무언가 가지고 나왔다면 그건 평범한 물건이 아닐 것이다. 겁이 많은 형이 말대가리 말처럼 단순히 돈이 필요해서 그런 짓을 하지는 않았을 것이다. 정확한 사실을 알아내려면 정보가 더 필요했다. 최대식도 형이 가져간 물건이 무엇인지 모른다고 했다. 곽 형사는 형의 감사에 대해 아직 조사 중이라고 했지만 오늘 알아본 바로는 그는 이미 많은 것을 알고 있었다. 그에게 정보를 빼내기가 쉽지 않겠지만 시도 정도는 한번 해볼 만했다.

빈 캔을 쓰레기통에 넣고 일어섰다. 마침 빈 택시가 편의점 도로 앞에 멈추었다. 택시 밖으로 나온 기사는 편의점 안으로 들어갔다. 나는 다시 의자에 앉아 기사가 나오길 기다렸다. 부천 집으로 갈까 생각해 보았지만 현명한 판단이 아니었다. 귀찮더라도 내일 다시 내려오는 게 맞았다. 편의점에서 나온 기사가 담배 한 대만 피우고 가자는 손짓을 해 보였다. 나도 주머니에서 담배를 꺼내는 것으로 대답을 갈음했다. 택시 기사와 파라솔을 앞에 두고 담배를 피웠다.

"서울 가실 겁니까?"

"흑석동까지요."

"잘됐네요. 손님 못 만났으면 빈 차로 올라갈 뻔했습니다."

기사는 제 발로 찾아온 행운에 기분이 좋은지 얼굴 가득 미소를 지었다. 나 또한 때맞추어 찾아온 택시를 보고 행운이 아직 내 근처에 머물고 있다는 생각이 들어 기분이 좋아졌다.

10. 곽 형사

커피전문점 메뉴판에 적힌 메뉴 중 가장 비싼 커피는 카페모카였다. 그래봤자 3,500원이었다. 브랜드가 아니라 가능한 가격이었다. 두 잔을 포장 주문했다. 조금 전 강력반으로 전화를 걸어 곽 형사를 바꿔 달라고 하자 여자 사무원은 바로 전화를 돌려주었다.

"여보세요."

곽 형사의 목소리가 들리자마자 바로 전화를 끊어버렸다. 곽 형사가 자리에 있는지 확인만 하면 됐다. 찾아가겠다고 하면 피할 게 분명했다. 이제 곽 형사는 나를 피해자의 동생보다는 기자로 대할 것이다. 오늘만큼은 나도 기자로서 행동할 생각이었다. 사무실에 들어가기 전 갈색 블라인드 사이로 안을 들여다보았다. 대부분 자리가 비었지만 다행히 곽 형사는 책상 앞에서 고개를 숙이고 무언가 열심히 들여다보고 있었다. 시선을 떼려는 순간 곽 형사가 고개를 들었다. 나와 눈을 마주친 곽 형사가 놀란 표정을 지었다. 나 또한 당황했다. 졸지에 훔쳐보다 들킨 꼴이 되었다. 이럴 때는 그냥 아무렇지도 않은 듯 행동하는 게 좋았다. 어설프게 변명을 해봤자 꼴만 우스워진다. 곽 형사가 의자에 기댄 채 내가 들어오는 걸 떨떠름한 표정으로 지켜봤다.

"취향을 몰라 제 마음대로 사 왔습니다."

테이크아웃 포장을 곽 형사의 책상 위에 올려놓았다.

"한 잔은 제 겁니다."

그러고는 종이 갑에 끼워져 있던 두 잔 중 한 잔을 뽑아냈다. 곽 형사가 손에 쥐고 있던 노란 형광펜을 서류철과 함께 한쪽으로 밀어놓았다. 겉표지에 사건번호와 제목이 보였다.

"웬일이십니까? 연락도 없이. 커피 배달하러 온 건 아닐 테고."

의자 등받이에 몸을 기댄 곽 형사가 경계하는 눈빛으로 쳐다봤다.

"이걸 좀 전해주려고요. 형 사무실에서 가져온 물건인데, 지난번에 물어봤잖아요. 제가 일부러 시간 내서 가지고 왔습니다."

과장된 미소를 지으며 쇼핑백을 내밀었다. 곽 형사가 일어서서 쇼핑백을 받았다. 그 속에는 형의 사무실에서 챙긴 메모장, 머그잔, 필기구 같은 잡동사니가 가득 들어 있었다. 사고 조사에 필요하다고 이모한테 대문 앞까지만 가지고 나와달라고 부탁했다. 곽 형사가 쇼핑백 안을 잠시 들여다보더니 다시 나를 쳐다봤다.

"핸드폰은요?"

"제가 묻고 싶은 건데요. 형의 핸드폰은 어디 있죠?"

내가 되묻자 곽 형사는 맥이 풀린다는 듯 의자에 앉으면서 쇼핑백을 책상 아래에 밀어 넣었다. 그러고는 허리를 완전히 의자 등받이에 기댔다. 이제 볼일이 끝났으니 가보라는 태도였다. 나는 옆자리의 빈 의자를 끌어당겨 곽 형사와 마주 앉았다.

"거기 정 형사 자린데. 그 양반 성질이 더러워 누가 자기 의자에 앉아 있는 걸 보면 가만있지 않을 텐데."

"형사님들이야 모두 한 성질 있는 거 아닙니까? 형 사건과 관련해 궁금한 게 있어서 그러는데 따뜻한 커피 드시면서 십 분만 시간 내주시죠?"

나는 안주머니에서 수첩을 꺼내 어제 적어놓은 부분을 펼치며 붙임성 있게 말했다.

"내가 해드릴 이야기는 다 해드렸는데. 더 이상 할 이야기가 없는 걸로 아는데, 기자 양반."

곽 형사가 등받이에서 허리를 떼고 자세를 바로 했다. 아무래도 이야기가 쉽게 나올 것 같지 않았다.

"기자이기도 하지만 피해자의 동생이기도 하죠. 나는 이 사건에 대해 알 권리가 있습니다. 죽은 사람이 우리 형입니다."

기자라는 신분과 피해자의 가족이라는 사실은 곽 형사를 압박하기에는 그런대로 괜찮은 무기였다.

"그래서 유족이 알아야 할 것은 모두 알려드렸습니다. 그만 돌아가시죠. 난 할 일이 산더미 같아요. 사건을 빨리 해결하고 싶으면 날 귀찮게 하지 않는 편이 좋을 겁니다."

곽 형사가 금방이라도 일어날 것처럼 어깨를 앞으로 숙였다. 자리에서 일어선다는 건 대화의 종결을 의미한다. 한번 일어선 사람을 다시 자리에 앉히기란 쉬운 일이 아니었다. 그의 영역으로 들어갈 필요가 있었다. 그가 제대로 된 형사라면 사적인 영역보다는 공적인 영역에서 이야기하는 것을 좋아할 것이다.

"좋습니다. 피해자의 동생이라는 딱지는 떼고 얘기합시다. 이제부터 기자로 대해주세요. 난 이 사건을 취재하고 싶습니다. 형의 사건이라서가 아니라 여러 가지 의문을 가진 사건이라 충분한 기삿거리가 될 수 있습니다."

곽 형사가 어깨를 뒤로 가져가 허리를 의자 뒤에 붙였다. 그가 눈치 채지 않도록 조용히 한숨을 내쉬었다. 그를 잡아두는 데는 성공했다. 이제부터가 문제였다. 대화가 끊어지면 바로 일어설 수 있기 때문에 대화는 계속 이어져야 했다. 그건 그가 흥미를 가질 만한 주제를 내세워야 가능한 이야기였다.

"취재를 하시겠다. 내가 알기론 여기 담당이 아닌 거 같은데. 국회 출입기자가 언제부터 지역 경찰서에서 벌어지는 사건까지 취재하시기로 되셨나. 난 별로 응해주고 싶은 마음이 없는데."

"신문에 싣고 말고는 데스크에서 결정하지만 기자는 사건이 있으면 언제 어디서나 기사를 쓸 수 있습니다. 물론 나중에 본부에 취재 허락을 받을 겁니다. 몇 가지 질문에 대답만 해주십시오."

"얘기하지 않았나요? 별로 해줄 말도 없고, 해주고 싶은 마음도 없다고. 전화로 사람이 자리에 있나 확인이나 하고, 고양이처럼 창문 밖에서 지켜보는 식으로 취재하는데 내가 응할 거라 생각합니까?"

곽 형사의 표정이 편해졌다. 의례적인 거절을 하고 있을 뿐 초반의 강경함이 많이 누그러졌다. 내가 내민 떡밥에 그가 입질을 하고 있다는 느낌이 오자 긴장이 조금씩 풀어졌다.

"응해만 주신다면 본사에 연락해 사건 24시 특집을 만들어드리겠습니다. 고담시를 지키는 정의의 배트맨 24시, 카메라 기자를 대동해서 24시간 밀착 취재하여 이곳에서 일어나는 모든 고충을 국민에게 알려드리겠습니다."

농담과 진담의 중간쯤 되는 수준에서 말을 했다. 곽 형사가 화를 내면 안 되기 때문에 미소와 과장된 제스처도 잊지 않았다.

"오호, 그렇게 해서 날 귀찮게 하겠다. 그 말씀이신가?"

"아니죠. 곽 형사님을 스타로 만들어드린다는 거죠. 박봉에 시달리면서도 불철주야 일하는 경찰 공무원의 귀감이 되시는 겁니다. 의향이 있으시면 언제든지 말씀만 하세요. 짬밥이 있어 회사에서 말발이 좀 먹히는 편이죠."

이 정도 진도가 나갔으면 곽 형사가 쉽게 일어나지 않을 거라는 확신이 섰다. 경찰서 출입기자 시절 형사들을 상대하며 배운 대화술이 먹혀들었다. 그들은 쉽고 단순한 화법을 좋아했다. 주도권을 주고 맞장구만 잘 쳐주면 이야기가 저절로 굴러갈 때가 많았다.

"하하, 그렇게 얘기하면 내가 겁먹을 거라 생각했어요? 그래 궁금한 게 뭡니까? 기자 양반."

드디어 곽 형사가 미끼를 물었다. 재빨리 수첩을 뒤지는 척했다. 물어보고 싶은 말은 모두 머릿속에 정리되어 있었지만 나름 신중하게 행동하고 있다는 걸 보이고 싶었다.

"형이 세관 압류창고에서 물건을 몰래 가지고 나가는 모습이 CCTV에 찍혔다고 들었습니다. 그게 골프채라는 말이 있던데, 골프를 치지 않는 형이 골프채를 가지고 나갔다는 건 말이 안 돼요. 돈이 필요해서라면 훨씬 작고 고가인 물건을 가지고 나가지 커다란 골프채를 가지고 나가지는 않았을 겁니다. 대체 형이 가지고 나간 물건이 뭡니까?"

"혹시, 김 기자님은 골프 치세요?"

이제 곽 형사는 두 손을 머리 뒤로 해서 깍지를 끼고 아주 편한 자세로 나와 대화를 즐겼다.

"네. 앞으로 골프를 못 치면 취재도 못 하죠. 자주는 아니지만 미래에 투자한다고 생각하고 가끔 나가고 있습니다."

"직업 참 좋다. 골프 치는 게 투자인 직업도 있고. 요즘은 어지간한 공무원들도 다 골프를 친다면서요?"

그의 말에 고개를 끄덕였다. 고위 공무원이나 돼야 치던 골프가 언제부터 대중화됐는지 모르겠지만, 곽 형사의 말대로 이제는 직급을 가리지 않고 골프 치는 공무원이 많아졌다.

"골프를 치신다니 골프채에 대해 좀 아시겠네. 골프채 중에서 가장 비싼 채가 뭔지 압니까?"

"글쎄요, 혼마, 아닐까요."

머릿속에서 생각나는 대로 대답했다.

"그렇죠. 혼마. 우리나라 사람들은 이걸 최고로 쳐준다는데 맞아요?"

"글쎄요. 최고인지 아닌지 모르겠지만 꽤 비싸다는 것만은 확실해요. 드라이버 하나에 수백만 원 하는 것도 있다던데."

"언제부턴가 공무원들 사이에 골프가 유행하면서 개나 소나 다 골프를 치기 시작한 거죠. 인천세관 공무원도 그 유행을 타고 골프에 빠지면서 압류창고에 있던 골프채에 눈독을 들인 겁니다."

"그럼 형이 혼마 골프채를 가지고 나갔다는 말입니까?"

"아니, 아니, 아니죠. 아직 얘기가 거기까지 가지 않았으니 넘겨짚지 마시고. 그 압류창고 안에는 오래전에 압류한 혼마 드라이버가 스무 개 정도 있었죠. 골프를 치기 시작한 직원 중 하나가 그것에 눈독을 들이고 인터넷에서 짝퉁 혼마 골프채를 사서 바꿔치기한 거죠. 그걸 안 다른 직원도 똑같은 방법으로 가짜를 가져와 바꿔치기를 하게 됩니다. 그렇게 서너 명이 바꿔치기를 하면서 소문이 나자 감사관실에서 몰래 감시카메라를 몇 개 더 설치한 모양입니다. 거기에 당신 형님이 딱 걸리게 된 겁니다. 물론 당신 형님이 가지고 나간 물건은 골프채가 아닙니다. 비디오를 봤는데 크기가 다르더군요. 하지만 그건 문제가 안 됐죠. 내가 보기엔 사무실 사람들이 암묵적으로 당신 형을 제물로 삼으려 했던 것 같아요. 조사에 들어가면 골프채가 바뀐 걸 알게 될 테고, 그러면 문제가 커지게 되니까 형님에게 모든 혐의를 씌우려고 했던 것 같아요."

곽 형사의 말을 들으니 세관 사무실의 어색했던 분위기가 이해됐다. 나에게 시비를 걸었던 말대가리도 바꿔치기한 놈 중 하나가 틀림없었다. 이 사실을 미리 알았다면 그때 사무실을 완전히 뒤집어놓았을 텐데. 코피가 터지는 정도로는 부족했다.

"그럼 감사관실에서는 사실을 알 거 아닙니까?"

"감사관실도 골치 아프겠죠. 괜히 파고들어갔다가는 기관 망신만 시킬 뿐이고, 숫자야 맞으니까 적당한 선에서 타협하려고 했겠죠. 당신 형님이 CCTV에 찍힌 건 확실하니까, 당신 형님한테 죄를 뒤집어씌우고 징계를 내리는 선에서 끝내려고 내부 정리를 한 모양입니다."

"개새끼들, 도대체 형이 가지고 나간 게 뭡니까?"

"글쎄요. 그걸 모르겠어요. 감사관실에서 장부하고 물건을 대조해봤는데 없어진 물건이 없다고 하거든요."

곽 형사도 최대식과 같은 말을 했다. 바꿔치기했더라도 형이 가지고 나간 크기의 물건만 조사해보면 없어진 물건이 무엇인지는 어렵지 않게 파악할 수 있었다. 모른다는 곽 형사의 말은 거짓일 가능성이 컸다.

"자, 궁금한 게 풀렸으면 그만 가보시죠. 저도 이제 일을 해야겠습니다."

생각하느라 잠시 대화가 끊어지자 곽 형사가 바로 내쫓으려 했다.

"한 가지만 더요. 형의 핸드폰이 없어졌는데, 위치 추적은 해보셨습니까?"

"네, 콜롬보 선생. 다 해봤어요."

"통화기록은요? 샤갈에서 형이 전화를 받고 나갔다고 했거든요. 통화기록을 조사해보면 누구와 마지막으로 전화했는지 알 수 있지 않을까요?"

"이런 샤갈까지 가보셨네. 이러다 우린 밥숟가락 놔야 하는 거 아닌지 모르겠네. 기사야 기자가 잘 쓰겠지만 수사는 형사가 더 잘해요. 다 알아봤으니까, 걱정하지 마시고 돌아가세요."

"마지막으로 통화한 사람이 누구죠?"

흐름을 탔을 때 밀어붙이면 생각지도 못한 정보가 묻어 나오는 경우가 종종 있기에 계속 다그쳐 물었다.

"그건 알려드릴 수 없습니다."

"왜죠? 누군데요?"

곽 형사가 기가 막힌다는 듯 나를 쳐다봤다. 뭐 이런 자식이 다 있나 하는 표정이었다.

"내가 꼭 알려줘야 할 의무라도 있는 것처럼 들리는데, 그런가요?"

"저는 피해자의 동생입니다. 형과 마지막으로 통화한 사람의 이름 정도는 알 권리가 있다고요."

"본인 입으로 동생 딱지는 떼고 얘기하자고 한 것 같은데. 개인정보보호법이라고 알아요? 개인정보를 함부로 알려주면 콩밥 먹는다고요. 자, 이제 그만 가요. 그리고 난 자판기 커피나 먹지, 이런 커피는 마시지 않으니까 가지고 나가요."

곽 형사가 목소리를 높이며 자리에서 일어섰다. 얼굴에는 기분 나쁜 표정이 역력했다. 나도 곽 형사를 따라 일어섰다

"자판기에서 커피 뽑아 올 동안 이 커피 가지고 나가주시면 고맙겠어, 기자 양반."

곽 형사가 내 어깨를 툭 치고 사무실 밖으로 나갔다. 자판기는 2층으로 올라오는 계단참에 있었다. 거기까지 갔다 오려면 시간이 걸렸다. 재빨리 핸드폰을 꺼내 카메라로 전환하고 곽 형사가 밀어놓은 청색 파일을 열었다. 시간이 없어 대충 넘기면서 내용을 훑었다. 반 정도를 넘어가자 프린트된 통화기록이 나왔다. 통화기록은 다섯 페이지에 걸쳐 있었다. 마지막 장만 찍었다. 사무실 문을 쳐다보았지만 아직 곽 형사가 보이지 않았다. 곽 형사가 노란 형광펜을 들고 있던 게 생각났다. 계속 넘기자 형광펜으로 밑줄을 그어놓은 부분이 보였다. 내용을 들여다볼 여유가 없어 재빨리 찍고 서류를 제자리에 돌려놓았다. 고

개를 돌려보니 블라인드 사이로 곽 형사의 모습이 보였다. 곽 형사가 종이컵을 들고 사무실로 들어왔다. 그사이 나는 핸드폰을 바지 주머니에 넣고 커피를 손에 들었다. 들킨다 해도 핸드폰은 내놓지 않을 작정이었다. 심호흡을 한 번 하고 곽 형사를 향해 도전적으로 걸어갔다. 머뭇거리면 내가 한 짓을 실토하는 것이나 마찬가지였다.

"나도 두 잔 다 마시기는 벅찹니다. 나머지 한 잔은 알아서 처리하세요."

빠른 걸음으로 곽 형사의 옆을 지나치며 말했다.

"잠깐만요."

사무실 문을 나서려는데 곽 형사가 불렀다. 잠시 멈칫했다. 그냥 무시하고 도망가고 싶은 생각이 간절했지만 그러지 않기로 했다. 그는 형사였다. 도망친다고 해결될 수 있는 문제가 아니었다. 그를 향해 고개를 돌렸다. 곽 형사가 사건 파일을 들고 다가왔다. 나는 핸드폰이 든 주머니에 손을 넣은 채 그가 다가오는 걸 지켜볼 수밖에 없었다.

"혼자만 물어보고 내빼지 말고, 나도 뭐 하나 좀 물어봅시다."

곽 형사가 빙그레 웃으며 말했다.

"혹시, 이 사람이 누군지 알아요?"

곽 형사가 파일 중간을 펼쳐서 나에게 내밀었다. 계단을 내려가는 사내의 사진이었다.

"너무 흐리네요. 이래서야 알아보기 어렵네요. 게다가 모자까지 쓰고 있으니. 다른 사진은 없습니까?"

사내는 N 자와 Y 자가 결합된 뉴욕 양키스 로고가 새겨진 야구 모자를 쓰고 있었다. 진이가 샤갈에 찾아온 남자가 모자를 쓰고 있었다고 했다. 파일을 받아 들고 이리저리 돌려가며 자세히 들여다봤다.

"뒤에 비슷한 각도에서 찍힌 사진이 몇 장 더 있을 겁니다. 하지만 다 선명하지 못해요. CCTV 화질이 좋지 않아서."

그의 말에 급히 다음 장을 넘겼다. 다음 장에는 복도 모퉁이를 도는 사내의 뒷모습이 찍혀 있었다. 얼굴은 안 보였지만 그곳이 샤갈이 있는 건물 지하라는 건 쉽게 알 수 있었다. 숨을 들이켜고 다음 장을 넘겼다. 나머지 세 장의 사진을 유심히 본 뒤에야 사내가 누군지 확신할 수 있었다.

"사진이 너무 흐려서 잘 모르겠습니다. 어디서 찍은 사진이죠?"

"샤갈에 형님을 찾아왔던 사람이라는데, 다시 한 번 잘 봐주시겠어요."

"글쎄요, 너무 사진이 흐려서……."

이제 그만 여기서 나가고 싶었다. 어디 조용한 데 가서 생각을 정리하고 싶었다.

"한 장 드릴 테니까, 혹시 생각나면 연락 주세요. 형님하고 아는 사이라면 동생분도 본 적이 있지 않을까 했는데."

곽 형사가 파일에서 처음 보았던 사진을 빼내주었다. 곽 형사가 준 사진을 받아 들고 사무실을 급히 빠져나왔다. 차 안에 들어가서 숨을 돌리고 곽 형사가 준 사진을 꺼내 다시 봤다. 모자를 쓰고 있어 얼굴이 반밖에 보이지 않았지만 양 보좌관이 틀림없었다. 진이는 그가 샤갈에서 무언가를 찾고 있었다고 했다. 형이 압류창고에서 가지고 나왔다는 물건일까? 그러고 보니 승진 문제로 물어볼 게 있다며 양 보좌관이 형의 연락처를 알려달라고 한 일이 기억났다. 양 보좌관과 형,

그리고 압류창고에서 가지고 나온 물건. 내가 모르는 사실이 그 안에 숨겨져 있었다. 이제 사건의 윤곽이 보이기 시작했다. 어디를 찔러봐야 할지도 알 것 같았다.

　나는 시동을 켜고 차를 출발시켰다. 사진은 생각지도 못한 수확이었다. 하지만 마냥 기뻐하기에는 기분이 개운치 않았다. 사진을 주며 빙그레 웃던 곽 형사의 얼굴이 떠올랐다. 사람을 깔보는 듯한 표정이 기분 나빴다. 마치 모든 것을 알고 있다는 웃음 같았다. 그의 호의도 마음에 걸렸다. 내 어깨를 치고는 파일에 시선을 주었다. 마치 알아서 보라는 신호 같았다. 게다가 미처 생각지도 못한 사진까지 챙겨주었다. 단순히 피해자의 동생이라 호의를 베풀었다고 보는 건 너무 순진한 생각이었다. 느물거리며 나를 대하는 걸 보면 곽 형사도 양 보좌관 못지않은 너구리였다.

11. 국회의사당

　차를 국회 면회실 앞에 있는 임시 주차장에 세웠다. 밖으로 나오자 둔치에서 불어온 바람이 세차게 얼굴을 치고 지나갔다. 새벽이라 그런지 바람이 매서웠다. 얼굴을 비벼 온기를 넣어주고 입고 있던 커피색 사파리룩을 벗어 승용차 안으로 던져 넣었다. 대신 뒷좌석에 걸어둔 양복 상의를 꺼내 입었다. 귀찮았지만 국회 안에서는 양복이 흔한 옷차림이다. 남의 눈에 띌 만한 행동은 자제할 필요가 있었다. 면회실로 들어서자 유리문 너머로 낯익은 방호원의 얼굴이 비쳤다. 기자 출입증을 꺼내 목에 걸고 보안검색대를 지나 안으로 들어갔다. 좌측 벽에 독도의 모습을 실시간으로 보여주는 모니터가 걸려 있었다. 어디에 카메라를 설치했는지 모르지만 독도 전체의 모습을 담아냈다. 갈매기들이 섬 위를 날아다니는 모습이 푸른 바다와 어울려 한 폭의 그림처럼 아름다웠다. 누가 생각해냈는지 모르지만 괜찮은 아이디어였다. 국회를 방문하는 사람들은 그 앞에 멈춰 서서 실시간으로 보여주는 독도의 모습을 잠시 지켜보다가 안으로 들어갔다. 시간과 날씨의 변화에 따라 독도는 여러 가지 모습을 보여줬다. 이 시간에는 독도가 어떤 모습일지 궁금해서 보안검색대를 통과하자마자 모니터를 향해 고개를 돌렸다. 그러나 화면이 꺼져 있었다. 24시간 내내 켜져 있을 거라고만 생각했던 나는 잠시 어리둥절했다. 고개를 돌리자 방호원과 눈이 마주쳤다. 얼른 고개를 숙여 인사했다. 지금은 너무 이른 시간이라 독도도 어둠에 잠겨 있을 것이다. 카메라를 돌려봤자 독도의 모습이 잡힐 리 없었다. 그런 생각이 들자 모니터가 꺼져 있는 게 수긍이 갔다. 밤을 새우느라 지친 방호원은 아는 얼굴이 보여서인지 반갑게 맞아주었다.

"일찍 나오셨네요. 바람이 차죠?"

"네, 제법 쌀쌀하네요. 어제 교문위 회의는 몇 시에 끝났습니까?"

아영한테 연락을 받아서 회의 시작 시간과 종료 시간은 이미 알고 있었다. 하지만 쉽게 답할 수 있는 질문을 던지는 것은 친근감을 형성하는 데 도움이 된다.

"잠깐만요."

방호원이 검은 철끈으로 묶은 상황철을 뒤져 위원회 회의 시간을 적어놓은 부분을 찾았다.

"여기 있네요. 교문위가, 어휴 늦게까지 했네요. 열한시 오십분에 산회했습니다."

"제가 다른 일정이 있어 중간에 나가는 바람에 시간을 체크 못 했는데 정말 고맙습니다."

다시 한 번 고개를 숙이고 고마움을 표시했다.

"별말씀을요. 오늘도 아침부터 회의하는 위원회가 많을 겁니다. 들어가시죠."

방호원은 도움을 준 것이 기뻤는지 거수경례까지 붙여가며 인사를 했다. 출입증을 카드판독기에 대자 앞을 막고 있던 투명 강화플라스틱이 열렸다. 정부청사 화재 사건 이후 공공기관의 출입이 강화되면서 출입증만 패용하면 자유롭게 드나들었던 의사당 본청 출입이 까다로워졌다. 카드 출입 시스템이 도입되더니 얼마 전부터는 공항 출입국장에서나 볼 수 있던 보안검색대까지 등장했다. 아마 보이지 않는 곳에 CCTV도 여러 대 설치했을 것이다.

의사당 건물은 일부러 원하는 곳을 찾아가기 어렵게 지은 건물 같았다. 중앙의 로텐더홀을 중심으로 두 겹의 복도가 감싸고 있었다. 복도는 대칭으로 되어 있어 어느 쪽에 서 있든 모두 똑같아 보였다. 엘리베이터에서 내리면 방향 감각을 잃어버려 어느 쪽으로 가야 할지 몰랐다. 엘리베이터 앞에 붙여놓은 안내판이 없다면 복도를 따라 의사당을 한 바퀴 돌아야 자신이 원하는 장소에 갈 수 있었다.

중간 복도를 지나 우천 시 출입문 쪽에 있는 프레스센터로 갔다. 비품 창고였던 공간을 대대적으로 리모델링해서 기자회견장과 기자실을 만들었다. 기자회견장 옆에 붙은 두 개의 기자실 중 바깥쪽에 있는 방에 내가 근무하는 신문사가 들어가 있었다. 국회에 출입하고자 하는 언론사는 지속적으로 늘어나고 취재 공간은 제한되어 있다 보니 자리다툼이 치열했다. 상시출입기자나 되어야 책상이라도 하나 차지할 수 있었다. 방은 넓었지만 열여덟 개나 되는 신문사가 들어와 있다 보니 답답했다. 사무실에 들어갈 때마다 기사의 보안을 위해 머리 꼭

대기까지 올린 파티션 때문에 마치 미로 안을 들어서는 기분이었다.

다행히 이른 새벽이라 사무실에는 아무도 없었다. 문 옆에 새로 설치된 컬러복사기 스위치를 켰다. 양 보좌관에게 건의서를 전달한 지 사흘 만에 낡은 구형 복사기가 신형 컬러복사기로 교체되었다. 프린트 기능까지 있어 사진을 출력할 때 요긴하게 쓰였다. 복사기가 예열되는 동안 정수기에서 믹스커피를 한 잔 타서 내 책상으로 왔다. 예열이 완료되었는지 붉은색이었던 LED 표시등이 파란색으로 변했다. 나는 컴퓨터에 스마트폰을 연결했다. 프린트를 누르자 성능 좋은 복사기는 따끈따끈한 A4용지를 토해냈다. 이미 액정화면으로 내용을 훑어보았지만 출력물로 다시 한 번 자세히 보고 싶었다. 출력된 A4용지를 책상 위에 올려놓고 스탠드 스위치를 켰다. 출력물에는 열두 개의 통화기록이 시간별로 나열되어 있었다. 발신 전화번호가 찍혀 있었지만 번호만으로는 상대가 누군지 알 수 없었다. 상대를 알려면 일일이 전화를 걸어 확인해보는 수밖에 없었다. 손으로 하나하나 짚어 내려가며 시간을 체크했다. 마지막 통화는 새벽 한시 삼십이분에 이루어졌다. 시간상으로 볼 때 형이 샤갈에서 나오기 전에 받은 전화일 가능성이 컸다. 전화번호 앞의 세 자리는 경기 지역번호였다. 핸드폰이 아니라 일반 가정집 전화나 공중전화에서 걸었다는 말이 된다. 부천 어머니집 전화번호는 아니었다. 상대가 흔적을 남기지 않으려고 공중전화에서 걸었다고 보는 게 정확했다. 사실대로 이야기하면 될 일을 곽 형사는 개인정보보호법까지 들먹이며 마치 무언가 있는 것처럼 말했다.

두 번째 프린트물은 곽 형사가 노란 형광펜을 끼워놓은 부분이었다. 급히 찍느라 초점이 맞지 않아 액정화면으로 확인했을 때는 무슨 글자인지 판독하기가 쉽지 않았다. 컬러로 말끔하게 출력해보니 '압류물품 목록'이라고 찍힌 굵은 고딕체 활자는 충분히 읽을 수 있었다. 문제는 곽 형사가 노란 형광펜으로 칠해놓은 목록 내용이 여전히 읽기 힘들다는 것이다. 세 글자로 된 단어라는 것은 알겠는데 뿌옇게 번진 글자는 도저히 해독할 수 없었다. 한참 머리를 굴려가며 생각해보았지만 만족할 만한 단어를 이끌어내지 못했다. 초점을 제대로 확인하지 않고 찍은 나 자신을 탓할 수밖에 없었다. 출력물을 책상 위에 놓고 곽 형사가 건네준 사진을 꺼냈다. 뉴욕 양키스 야구 모자를 푹 눌러쓴 사내는 코 밑 부분만 나와 있었다. 이 사진만 가지고는 사내가 양 보좌관이라는 걸 추측해내기 어려웠다. 양 보좌관의 얼굴 이미지를 사진 위에 씌워보자 윗부분이 그대로 맞아떨어졌다. 그건 사진 속 인물이 양 보좌관이라고 생각하고 봐서 그럴 것이다. 사진 속 인물이 양 보좌관이라고 확신하게 해준 것은 이 사진이 아니었다. 곽 형사가 건네준 파일 속에는 사진이 여러 장 있었다. 그중 한 장에 양 보좌관의 옆모습이 찍혀 있었다. 모자를 눌러썼지만 귀밑까지 가리지는 못했다. 귀밑에는 작은 콩알만 한 물사마귀가 매달려 있었다. 물사마귀를 귀밑에 달고 있는 사람이 흔한 건 아니었다. 곽 형사에게는 말하지 않았다. 필요하다면 언제든지 말할 수 있지만 아직은 확인이 좀 더 필요했다.

청소 아줌마들이 출근할 시간이 되었다. 기자실에서 나와 계단을 통해서 5층까지 올라갔다. 5층 복도로 나가는 육중한 목제 문 뒤에 숨어서 청소 아줌마가 나타나길 기다렸다. 위원회마다 위원장실, 비서실, 소회의장, 전체회의장, 전문위원실, 행정실, 입법조사관실 등 7~8개의 사무실을 쓰고 있었다. 아줌마 한 명이 위원회 하나를 맡아 끝에 있는 방부터 차례차례 청소해왔다. 제일 끝에 있는 입법조사관실부터 양 보좌관이 근무하는 위원장 비서실까지 청소하면서 오려면 족히 이십 분은 걸렸다. 그 시간이면 양 보좌관의 책상을 뒤져보기에 충분했다. 문을 여는 소리가 나서 고개를 내밀어보니 주황색 플라스틱 열쇠고리가 비서실 손잡이에 매달려 있었다. 아주머니가 끝에 있는 조사관실로 완전히 들어가는 것을 보고 비서실 문을 열고 안으로 들어갔다. 들어서자마자 예열 시간을 아끼기 위해 문가에 있는 복사기 전원 스위치부터 켰다. 왼쪽에 위원장실로 통하는 문이 있고 그 옆에 여비서의 책상이 놓여 있었다. 오른쪽에 나란히 붙은 두 개의 책상은 비서관과 비서의 자리다. 위원장실로 통하는 문과 마주 보는 방향에 양 보좌관의 책상이 있었다. 상임위원회 회의가 있는 날이면 일찍 온 의원들이 위원장실에서 차를 마셨다. 위원장실에 먼저 와서 대기하고 있으면 의원들과 편하게 얘기할 기회를 얻었다. 쟁점이 되는 현안에 대해서도 자연스럽게 코멘트를 딸 수 있었다. 자주 드나들다 보니 비서실 구조를 훤히 꿰고 있었다. 양 보좌관은 기자가 들어오면 먼저 아는 체를 하며 자리에서 나왔기 때문에 그의 책상 가까이 가본 적은 없었다. 체리색 양수책상 앞으로 가자 청색 듀오백 의자가 보였다. 보통은 사무처에서 지급하는 검정 사무용 의자를 사용하지만 허리가 안 좋거나 건강에 신경을 쓰는 직원은 개인적으로 이런 의자를 주문해 사용했다.

컴퓨터 전원 스위치를 넣고 컴퓨터가 부팅될 동안 책상 위를 살펴봤다. 형처럼 양 보좌관도 사진 몇 장을 자신의 책상 앞에 붙여놓았다. 미국에서 유학하는 딸과 함께 찍은 사진 옆에 영감의 사진이 보였다. 영감을 가운데로 왼쪽은 양 보좌관이 오른쪽은 풍채 좋은 사내가 서 있었다. 양복 깃에 달린 붉은 배지 모양을 봐서는 일본 국회의원 같았다. 뒷배경으로는 화려한 일본 성(城)이 보였다. 사진에서 눈을 떼고 책꽂이를 살폈다. 이중으로 된 책꽂이 상단에는 서류철이, 하단에는 책이 가지런히 꽂혀 있었다. 국정감·조사 책자와 교육부, 문화체육관광부에서 발간한 보고서가 대부분이었다. 특별히 눈에 띄는 서류나 책자는 없었다. 책상 밑에 있는 3단 서랍함을 열어보려 했지만 잠겨 있었다. 그사이 부팅이 완료된 컴퓨터가 윈도 화면을 띄우고 있었다. 컴퓨터부터 뒤져보기로 했다. 컴퓨터는 인터넷망과 업무망으로 나누어진 듀얼이었다. 업무망으로 들어가 파일 검색을 눌렀다. 그러고는 최근 사용한 순서대로 문서를 정렬시켰다. 국정감사와 금란가사 환수 관련 문서가 제일 많았다. 복사하려고 USB를 포터에 꽂았다. 그러나 인식할 수 없다는 메시지가 나타났다. 업무망은 보안이 걸려 있어 일반 USB로는 접근이 불가능하다는 사실이 생각났다. 출력하는 수밖에 없었다. 그러나 프린터를 예열시키려면 시간이 걸렸고 무엇보다 소리가 났다. 컴퓨터는 포기하고 다시 서랍함으로 돌아갔다. 양복 안주머니에 넣어둔 비닐 커버에서 공구를 꺼내 들었다. 형의 책상 서랍하고 구조가 다른지 걸림쇠가 쉽게 걸리지 않았다. 세 번을 쑤시고 나서야 걸림쇠에 고리를 걸 수 있었다. 나머지는 금방 해결됐다. 가늘고 뾰족한 손줄은 부드럽게 돌아갔고 서랍은 바로 열렸다. 맨 위 칸에는 볼펜 몇 개와 동전, 목캔디, 명함이 든 플라스틱 케이스가 있었다.

명함에는 교육문화체육관광위원장 밑에 궁서체로 수석보좌관 양창선이라 적혀 있었다. 명함은 컬러로 찍은 증명사진이 박혀 있는 것과 이름만 적혀 있는 것 두 종류였다. 사진이 있는 명함은 주로 선거 운동 때 많이 사용했다. 두 번째 칸에는 회계와 관계된 자료가 들어 있었다. 회계장부와 고무줄로 묶은 통장이 여러 개 보였다. 후원회 통장 이외에 양 보좌관과 여직원의 명의로 된 통장도 있었다. 회계장부를 넘겨보니 입출금 내역이 빼곡히 적혀 있었다. 마지막 세 번째 칸은 커다란 서류가 들어갈 정도로 칸이 높았다. 안에는 청색 하드커버 서류철이 가지런히 정리되어 있었다. 옆면에 제목이 적혀 있어 쉽게 내용을 파악할 수 있었다. 국정감사를 대비한 질의서와 정부 답변 자료가 대부분이었다. 제일 안쪽에 금란가사환수위원회 활동보고서라고 쓰인 검은색 하드커버가 보였다.

"빙고." 내가 보고 싶던 자료였기 때문에 나는 작은 소리로 쾌재를 불렀다. 보고서를 꺼내기 위해 서랍 안쪽으로 손을 집어넣는데 수레바퀴가 굴러오는 소리가 들렸다. 시계를 보니 십 분밖에 지나지 않았다. 아직 청소 아줌마가 들어올 시간이 아니었다. 수레 소리가 점점 가까워졌다. 다른 생각을 할 여유가 없었다. 급히 양복을 벗어 의자에 걸쳐놓고 와이셔츠 차림으로 일어섰다. 기자 출입증을 와이셔츠 안으로 집어넣고 국회 로고와 홈페이지 주소가 인쇄된 파란 목줄만 보이도록 했다. 그러고는 서랍에서 꺼낸 금란가사환수위원회 보고서를 들고 출입문으로 걸어갔다. 복사기에 도달하기도 전에 초록색 수레가 사무실 안으로 들어왔다. 회색 유니폼을 입은 청소 아저씨가 수레를 밀고 있었다.

"안녕하세요."

시선이 오기 전에 먼저 큰 소리로 인사하며 복사기 앞으로 갔다.

"아, 예."

불의에 기습을 당한 아저씨가 놀란 표정으로 고개를 들었다. 얼굴에는 잠기운이 가득했다. 아저씨가 수레를 복사기 옆에 세워놓고 안으로 들어갔다. 나는 복사기 앞에 서서 하드커버에서 분리한 문서를 플라스틱 카세트에 끼웠다. 그리고 자동 복사를 눌러놓고 안으로 고개를 돌렸다. 청소 아저씨가 책상 옆에 있는 개인 휴지통을 들고 나와 수레에 실린 대형 쓰레기통 안에 쓰레기를 비웠다. 수레 한쪽에는 신문이 쌓여 있었다. 아저씨는 탁자에 어지럽게 흩어져 있던 신문을 바인더 끈으로 묶어 수레 위에 올려놓았다. 비서실과 위원장실의 휴지통을 다 비우고 나서야 수레를 끌고 다음 방으로 건너갔다.

복사는 생각보다 시간이 오래 걸렸다. 복사기가 돌아가는 동안 다시 양 보좌관 책상으로 갔다. 다시 둘러봤지만 중요하게 보이는 자료는 회계장부와 지금 복사하는 파일 정도였다. 회계장부와 통장을 모두 꺼내 복사기로 가고 있는데 청소 아줌마가 대걸레를 들고 들어왔다.

"수고하십니다."

태연하게 인사를 했다. 나를 비서실 직원으로 생각하길 바라는 수밖에 없었다.

"네."

아주머니가 아무 반응 없이 고개를 숙이고는 위원장실로 들어갔다. 복사가 끝난 환수위 문서를 꺼내고 회계장부를 복사기 유리 판넬 위에 올렸다. 자동으로 복사했던 서류와 달리 장부는 일일이 손으로 넘겨야 했다. 통장까지 모두 복사를 마친 후 파일과 장부를 가지고 다시 양 보좌관 자리로 갔다. 서류와 장부를 제자리에 넣고 컴퓨터를 들여다봤다. 업무망에 있는 환수위원회 폴더를 열고 파일을 차례차례 출력시켰다. 위원장실에서 나온 청소 아줌마가 여직원 자리부터 시작해서 바닥을 닦으며 다가왔다. 나는 모니터에 시선을 고정하고 일에 열중하고 있는 척했다. 바닥을 닦는 대걸레가 구두 근처까지 왔을 때 몸이 뻐근한 척 기지개를 켜며 자리에서 일어났다. 아주머니가 양 보좌관의 책상 주위를 닦는 동안 복도 건너편에 있는 위원회 주방으로 갔다. 냉장고를 열고 인삼을 통째로 갈아 넣었다는 음료를 두 병 꺼내 문에 기대어 마셨다. 담배도 한 대 피우고 싶었지만 사소한 일로 주의를 끌 수는 없었다. 비서실로 다시 들어가자 아주머니가 청소를 다 마쳤는지 청소도구를 들고 나오는 중이었다.

"이거 하나 드세요."

인삼음료를 아주머니에게 건넸다.

"괜찮습니다. 고맙습니다."

아주머니가 손사래를 한 번 치고 황송하다는 듯 두 손으로 받았다. 양 보좌관의 책상으로 가보니 출력물이 다 나와 있었다. 컴퓨터를 끄고 서랍함은 공구를 이용해 원래대로 잠가놓았다. 달라진 것이 없는지 책상 위를 살펴보고는 밖으로 나왔다. 청소를 끝낸 다른 방들은 모두 문이 잠겨 있었다. 내가 있어서 비서실 문은 잠그지 않았다. 비서실로 다시 들어가 탁자 위에 있던 열쇠를 들고 나와 문을 잠갔다. 손가락으로 주홍 플라스틱 열쇠고리를 빙빙 돌리며 엘리베이터를 타고 면회실로 내려갔다. 그사이 근무 교대가 있었는지 면회실 카운터 너머에는 다른 방호원이 의자에 앉아 핸드폰을 들여다보고 있었다.

"수고하세요."

열쇠를 면회실 카운터에 던져놓고 면회실을 빠져나왔다. 깜깜했던 밖은 주변 사물을 확실히 구별할 만큼 환해졌다. 운동장에는 조기 축구 멤버로 보이는 국회 직원들이 인조 잔디밭에서 몸을 풀고 있었다. 담배를 물고 차를 주차해놓은 곳으로 향했다. 손에 든 묵직한 수확물을 생각하니 기분이 절로 좋아졌다. 이제 적당한 곳에 가서 카페인이 듬뿍 들어간 커피를 마시며 획득한 수확물을 읽기만 하면 되었다.

12. 가토의 검

국회의사당 앞 교차로에서 신호를 기다렸다. 조수석에는 방금 가지고 나온 두툼한 서류철이 든 가방이 놓여 있었다. 파란불이 켜지자 여의도 지하차도를 통과해 9호선 여의도 전철역 앞을 지나갔다. 넥타이로 목을 맨 증권맨들이 목을 움츠린 채 지하철역에서 빠져나와 건물 사이로 총총히 사라졌다. 그들의 뒷덜미를 보며 목을 매지 않는 직업을 택한 걸 다행으로 생각했다. 정해진 시간에 움직여야 하는 샐러리맨은 나로서는 감당하기 힘든 직업이다. 이른 아침부터 공사가 시작됐는지 회색 강철펜스로 둘러싸인 공사장 안에서 착암기 소리가 울려 나왔다. 이 조그마한 땅덩어리에 건물을 세울 곳이 더 있는지 365일 공사가 끊이질 않았다. KBS 별관 앞에서 좌회전해 앙카라공원을 끼고 안으로 들어갔다. 트럼프월드를 조금 못 미쳐 공용 주차장이 나왔다. 차를 세우고 앞에 있는 2층 카페로 올라갔다. 검은색 목재로 인테리어를 한 이 카페는 단단한 미송 판에 블랙펄을 칠해놓아서인지 아침 햇살을 받으면 반사된 빛이 하얗게 뿜어 나왔다. 새벽에 취재를 마치고 돌아오다가 눈부신 광택에 이끌려서 이곳에 오게 되었다. 주인은 턱수염이 가득한 남자로 매일 아침 로스팅한 커피를 직접 내려주었다. 게다가 잠이 없는지 새벽이든 한밤중이든 아무 때나 가도 가게 문이 늘 열려 있었다. 털보 주인은 가볍게 고개만 끄덕이고 커피를 내렸다. 커피를 받아 들고 입구에 놓인 재떨이를 들고 테라스로 나갔다. 춥지만 안은 금연이라 할 수 없었다. 따뜻한 커피만 들어간다면 충분히 견딜 만한 날씨였다. 자리에 앉자마자 가방에서 양 보좌관의 책상에서 가져온 서류뭉치를 꺼냈다. 청소 아저씨가 나타난 덕분에 서류가 두꺼워졌다. 이걸 자세히 보려면 2~3일은 들여다봐야 했다. 회계 자료는 나중에 살펴보기로 했다. 지금은 양 보좌관이 추진하고 있는 금란가사환수위원회의 활동보고서가 먼저였다. 보고서 맨 앞장에는 금란가사 환수 경과가 간략하게 정리되어 있었다.

금란가사 환수 경과보고

2013. 5.　규슈국립박물관 금란가사 소장 확인

2013. 10.　금란가사환수위원회 출범(채문식 교육문화체육관광위원장)

2014. 6.　한일의원연맹에서 금란가사 반환 안건 채택

2014. 9.　제1차 회의(규슈)

　　　　　-아측: 채문식 환수위 위원장

　　　　　　　월담스님 통도사 대표

　　　　　-일측: 아마테라 규슈국립박물관장

이노우에 일본문화재청 심의관

2014. 10. 금란가사 반환 촉구를 위한 한일 불교지도자 공동모임

2014. 11. 제2차 회의(서울) 아측만 참석

2015. 3. 경상북도 도의회 금란가사 반환 촉구 결의문 채택

2015. 6. 제3차 회의(규슈)

    - 아측: 채문식 환수위 위원장

    - 일측: 아마테라 규슈국립박물관장(카츠라 중의원 비공식 참석)

2015. 8. 제4차 회의(규슈)

    - 아측: 채문식 환수위 위원장

    - 일측: 아마테라 규슈국립박물관장

2015. 9. 채문식 환수위 위원장과 아마테라 규슈국립박물관장 반환 합의문 작성

다음 장에는 날짜별로 일본 측과의 회담 내용을 정리한 기록이 첨부되어 있었다. 협상은 순조롭지 않았다. 일본 측은 반환에 부정적인 자세를 보였다. 그건 누구나 예상했던 일이었다. 제3차 회의부터 분위기가 변했다. 날짜를 보니 6월 17일에 규슈국립박물관에서 열린 회의였다. 6월 17일이라는 날짜에 동그라미를 쳤다. 이 회의에서는 카츠라 구마모토 중의원이 이례적으로 참석했다고 비고란에 적혀 있었다. 양 보좌관 책상에서 본 사진이 떠올랐다. 하얀 천수각(天守閣)을 배경으로 찍은 사진에 있던 사람이 배지를 달고 있었다. 그가 카츠라 의원일 가능성이 높았다. 이후 열린 회의에서는 우리 측 의견에 상당 부분 공감한다며 정부가 승인만 한다면 반환이 가능하다는 의견

이 나오기 시작했다. 경과보고서 마지막 장에는 반환에 합의하기로 서명한 합의문 사본이 첨부되어 있었다.

다른 복사본을 꺼냈다. 대부분 이번 국정감사와 관련된 내용이었다. 위원회 전체회의 진행 시나리오와 쟁점사항이 잘 정리되어 있었다. 표지를 보니 회의 진행을 보좌하는 행정실에서 만든 자료였다. 뒤쪽에는 참고사항이라고 해서 기관별 주요 쟁점사항을 정리해놓았다. 국정감사가 끝나고 종합정리 기사를 쓸 때 아주 요긴하게 써먹을 수 있는 자료였다. 아영에게 주면 좋아할 게 분명했다.

마지막으로 투명 비닐 커버 속에 따로 보관되어 있던 서류를 꺼냈다. 금란가사환수위원회 활동보고서 사이에 끼여 있었다. 복사를 하려 했지만 컬러로 프린트된 사진이 들어 있어 그냥 들고 나왔다. 맨 앞장은 '가등의 칼 이력'이라는 한자가 적힌 일본어 문서였다. 한자만 읽어가며 해석해보려 했지만 내용이 잘 연결되지 않았다. 풍신수길이 가등청정에게 하사품으로 준다는 것과 그게 칼이라는 것 정도만 짐작할 수 있었다.

加藤の刀の履歴

豊臣秀吉(1536~1598. 9. 18) が加藤清正に下さった下賜品

▶ 加藤の刀の発見場

文禄·慶長の役(1592~1598年)当時

加藤清正か駐屯した朝鮮ハンケン道 地方。

▶ 加藤の刀に書かれている文字

1) 刀の柄に書かれている文字の内容

　豊臣秀吉が加藤清正に下さった下賜品

　加藤清正 小國 孫会依 豊臣秀吉

　素字名心家刀

2) その他書かれている模様の内容

　円形の柄に五七桐紋章が刻まれている。

다음 장을 넘기자, 컬러로 출력된 사진이 나왔다. 사진에는 낡은 검한 자루가 찍혀 있었다. 녹이 가득 붙어 있는 칼은 한눈에 봐도 오래된 물건이라는 걸 금방 알 수 있었다. 칼 손잡이는 손가락으로 잡기쉽게 일곱 개의 골이 파여 있고 끝 부분에는 빛이 바래서 누렇게 변색된 금장식이 덮여 있었다. 칼날과 칼자루를 구분해주는 타원형의 테두리도 금으로 만들었는지 누런빛을 띠었다.

다음 장에는 칼을 분해한 도면이 실려 있었다. 두 개의 도면이 나란히 놓여 있었는데 하나는 칼 몸과 손잡이에 들어가는 슴베 부분이, 다른 하나는 슴베 부분이 칼 손잡이에 들어간 상태로 그려진 것이었다. 옆에는 도반이라고 적힌 타원형의 테두리가 있었는데 이 세 개의 도면에는 부위별로 제원이 표시되어 있었다. 도신이라 적힌 칼날의 길이는 2척 2촌, 슴베 부분은 3촌으로 적혀 있었다. 스마트폰으로 검색해보니 한 척이 약 30센티, 1촌이 3센티 정도였다. 그렇다면 전체의길이가 75센티미터 정도 된다. 손으로 칼의 크기를 어림하여 재어봤다. 검 치고는 작은 편이었다. 칼날의 폭은 4센티 정도였다.

다음 장은 칼을 확대한 사진이었다. 칼등에 희미하게 새겨진 글자가 보였다. 옆에 칼등에 새겨진 글자를 옮겨 적은 글이 함께 있었다. 칼등 한쪽에는 가등청정 소국 손회의 풍신수길(加藤淸正 小國 孫會 依 豊臣秀吉)이라는 글이, 다른 면에는 소자명심가도(素字名心家刀)라는 글이 새겨져 있었다. 아무리 봐도 무슨 뜻인지 알 수 없어 다음 장으로 넘겼다.

타원형 테두리를 확대해서 찍은 사진이 나왔다. 앞면에는 나뭇잎 세 개가 모인 문양이 일곱 개 박혀 있었고, 뒷면에는 여섯 개의 꽃잎 문양이 돌아가며 새겨져 있었다. 군데군데 일본어로 흘려 쓴 글자가 보였지만 너무 흐려서 글자의 모양조차 분간하기 어려웠다.

다음 장은 국화 문양이 박힌 손잡이 끝 부분을 확대하여 찍은 사진이었다. 금으로 된 장식 덮개로 되어 있었다. 오랜 시간의 흔적을 말해주듯 누렇게 바랜 손잡이 끝에는 조그마한 구멍이 뚫려 있었다. 명주실을 매달거나 매듭을 끼워 장식하는 부분 같았다. 사진과 도면은 모두 여섯 장이었다. 가방을 뒤져 새벽에 사무실에서 출력한 A4용지를 꺼냈다. 그중 노란 형광펜으로 칠해진 압류물품 목록의 내용이 인쇄된 용지를 자세히 들여다보았다. 초점이 맞지 않은 글자는 손으로 문지른 듯 흐릿하게 번져 있어 판독하기가 어려웠다. 조금 전 보았던 가토의 검을 생각하며 뚫어지게 쳐다보자 '도검류' 정도의 추정이 가능했다. CCTV에는 형이 골프채처럼 기다란 물건을 가지고 나오는 모습이 찍혔다고 했다. 그렇다면 이 검이 형이 압류물품 보관창고에서 가지고 나온 물건일 가능성이 컸다. 정론관에서 아영에게 넘겨주었던 금란가사 환수에 대한 보도자료가 생각났다. 양 보좌관이 직접 기자들에게 돌리는 열정까지 보였다. 겉으로는 다들 비아냥거리는 듯했지만 일본으로부터 정식 절차를 거쳐 문화재를 돌려받는다는 것은 매우 상징성이 큰 사건이라는 걸 알고 있었다. 아직 수많은 우리 문화재가 일본 땅에 남아 있는 걸 감안한다면 일본으로서도 쉽지 않은 결단이었다. 아영의 말대로 쉽게 성사될 수 있는 일이 아니었다. 그런데 양 보좌관의 영감은 보기 좋게 성사시켰다. 거기에 대한 의문의 열쇠는 여기 이 문서 안에 있었다. 가토의 검과 교환을 전제로 했다면 합의가 쉽게 성사된 이유를 짐작할 수 있었다. 자료를 보고 나니 양 보좌관과 형 사이에 무슨 일이 오갔는지 짐작이 갔다.

서류를 놓고 앞에 놓인 커피를 집어 들었다. 뜨거웠던 커피는 어느새 미지근해졌다. 담뱃갑을 집어 들었지만 그새 다 피웠는지 빈 갑이었다. 할 수 없이 재떨이에서 피우다 버린 장초를 하나 골라 불을 붙였다. 궁할 때는 이것도 감지덕지다.

13. 의원회관

선거를 앞두고 수시로 찾아오는 지역 민원인 때문에 의원실은 몸살을 앓았다. 본청과 마찬가지로 의원회관도 출입통제를 강화했다. 겉으로야 보안을 이유로 내세웠지만 이면에는 의원실의 압력이 작용했을 것이다. 방호원이 일일이 의원실에 전화해서 방문객의 신분을 확인했다. 면회실 앞에서 목소리를 높이고 있는 노인도 의원실을 찾아온 모양이었다. 의원실에서 전화를 받지 않는지 방호원은 신분 확인이 될 때까지 기다려달라고 했다. 그러나 양복 깃에 태극 배지를 단노인은 호통을 치며 막무가내로 들어가려고 했다. 이를 막으려는 방호원과 실랑이가 벌어지면서 회관 출입구가 소란스러워졌다. 하루에도 서너 번씩 벌어지는 진풍경이다. 면회실 카운터에 서 있는 방호조장에게 쓴웃음을 지어 보이며 안으로 들어갔다.

국정감사로 외부에 나가 있는 보좌진들이 많아서인지 구내식당은 평소보다 한산했다. 식권 두 장을 사서 아영의 몫으로 진열대에 있는 비닐봉지를 집어 들고 내 몫으로는 사각 식판에 밥을 담아 창가로 갔다. 창밖으로 보이는 윤중로는 붉게 물든 벚나무 잎이 벚꽃 못지않은 장관을 연출했다. 막 도착한 관광버스에서 사람들이 줄줄이 내려왔다. 중국인으로 보이는 관광객들은 삼삼오오 모여들어 벚나무 터널을 배경으로 사진을 찍었다. 그 뒤로 보이는 올림픽대로와 노들길은 차량 행렬이 줄을 이었다. 출근 시간대라 그런지 양방향 모두 서행 중이었다.

"창밖에 애인이라도 왔어요?"

고개를 돌려 보니 언제 왔는지 아영이 서 있었다. 감색 정장 바지에 길이가 긴 흰색 셔츠를 입은 아영은 기사가 있는 곳이라면 어디든지 달려갈 태세였다. 소프트웨어는 아직 딱딱했지만 하드웨어는 완전히 국회에 적응했다.

"내가 애인이 있으면 이렇게 후배 밥상이나 챙기겠냐."

나는 아영의 몫으로 산 비닐봉지를 앞으로 내밀었다.

"이게 내 몫인가요?"

아영이 빈 의자에 노트북을 내려놓고 비닐봉지를 열었다.

"내가 한턱내는 거야."

아영은 봉지 안에서 샌드위치와 우유 그리고 바나나를 꺼냈다.

"커피가 빠졌는데요. 커피가 없으면 한턱낸 걸로 쳐줄 수 없는데."

"가라앉은 굽만큼 더 크려면 커피보다 우유가 필요한 거 아냐?"

나는 손끝으로 로퍼를 신은 아영의 발을 가리켰다.

"어제 회의가 늦게 끝나는 바람에 잠을 거의 못 잤다고요. 지금 키가 중요한 게 아니라 잠을 깨워줄 카페인이 더 필요해요."

나야말로 양 보좌관 책상을 뒤지느라 한잠도 자지 못했다. 커피 덕분에 버티고 있지만 오후가 되면 장담할 수 없었다.

"그래. 빨리 적응해야 할 거야. 정기국회 동안은 잠하고 친하면 안돼. 커피는 나가서 2차로 사줄게."

밤을 새워서인지 입안이 깔깔했다. 맨밥이 그냥 넘어갈 것 같지 않아 밥을 국에 말았다. 아영도 비닐 포장을 뜯고 샌드위치를 한 입 베어 물었다.

"국정감사는 어때? 해볼 만해?"

"생각만큼 다이내믹하지 않네요. 치고받고 신나게 공방이 오고 갈줄 알았는데. 맥이 많이 빠져요. 의원님들이 아무리 열심히 질문하면 뭐해요. 장관의 대답은 늘 똑같데요. 좀 곤란하다 싶으면."

"제가 이 자리에서 답변하는 것은 적절치 않은 것 같습니다."

"헐, 족집게네. 그따위 답변이 어디 있느냐고 호통치면?"

"좀 더 잘하라는 격려의 말씀으로 알아듣겠습니다."

나는 목소리를 건조하게 조작하여 영혼 없는 음성을 만들어냈다.

"음······. 선배는 짜증 안 나요."

"나도 처음엔 이 양반들이 무슨 선문답하고 있나 했는데, 지나고 보니까 이해가 가기도 해. 섣불리 대답했다가는 하루아침에 모가지가 잘릴 수도 있잖아. 영혼 없는 공무원이 나쁜 게 아냐. 영혼마저 빼앗아 간 권력이 나쁜 거지."

"그래서인지 회의가 정말 지루해요. 국회의원들은 매번 똑같은 질문만 하고 장관은 매번 같은 대답만 하고."

"원래 회의라는 게 지루한 거야. 어지간히 큰 건수가 아니면 국감장에서 히트 치기가 힘들어. 중요한 정보는 모두 보도자료를 통해 미리 나가잖아. 그래도 국감장에는 우리가 있어야 한다고. 그래야 의원들이 졸지 않고 열심히 하지. 우리마저 없어봐. 졸다가 끝날 수도 있다고."

"아하, 기자들 역할이 그런 거였구나. 의원님들 졸지 않게 하는 거. 그 중요한 걸 이제 알려주시면 어떡해요."

"이제라도 알았으면 불만 갖지 말고 열심히 자리 지키자고. 혹시 이거 무슨 내용인지 설명 좀 해줄래?"

나는 양 보좌관 책상에서 꺼내 온 일본어 문서를 아영에게 내밀었다. 블랙 카페에서 몇 번이고 들여다보았지만 일본어로 되어 있어 내용을 파악하는 데 한계가 있었다.

"이게 뭔데요? 가토 검의 이력?"

"한자가 있어 나도 대강은 알겠는데, 좀 더 정확히 해석 좀 해줘?"

아영이 문서를 자기 앞으로 가져갔다.

"가토의 검 이력, 도요토미 히데요시가 가토 기요마사에게 하사한 하사품, 가토의 검 발견 장소, 가토 기요마사가 주둔했던 함경도 지방, 분로쿠(文禄)·게이초(慶長)의 역(役), 이건 일본 애들이 임진왜란을 말하는 건데. 가토의 검에 새겨진 내용, 도요토미 히데요시 소국회 가토 기요마사, 가토의 검에 그려진 문양, 이건 어떻게 읽는지 모르겠는데. 이게 뭐예요, 선배?"

아영이 문서에서 눈을 떼고 물었다.

"혹시 일본에 있을 때 박물관에서 이렇게 생긴 칼 본 적 있어?"

이번에는 검 전체가 찍힌 사진을 아영에게 보여주었다. 임진왜란 때 도요토미 히데요시가 가토 기요마사에서 준 칼이라면 고니시 유키나가(小西行長)나 다른 장수에게도 줬을지 모른다. 그렇다면 비슷한 칼이 일본 박물관 어딘가에 전시되어 있을 수 있었다. 사진을 잠시 들여다본 아영이 고개를 저었다.

"오래된 것 같기는 한데. 골동품에 취미가 없어서 잘 모르겠는데요. 이건 어디서 난 거예요?"

"누가 좀 알아봐달라고 해서. 시간 되면 인터넷으로 한번 검색해줄래? 이것과 비슷한 검이 있는지. 난 일본어는 잘 몰라서 말이야."

"와우, 그럼 영어는 잘하신다는 거네. 그러지 말고 이런 일 좋아하는 교수님이 한 분 계신데 소개해드릴까요?"

갑자기 아영이 눈을 반짝이며 자세를 바로 했다.

"교수, 어느 대학 교수인데?"

"지금은 정년퇴직했어요. 일본에서 대학교수를 한 적이 있어 웬만한 전문가보다 나을 거예요. 이런 거쯤이야 금방 알아보실 수 있어요."

아영이 적극적으로 나왔다. 하지만 모르는 사람이 개입하는 게 내키지 않아 선뜻 대답하지 않았다.

"부탁해도 될 만큼 친해?"

"그렇다고 봐야죠. 오래전부터 잘 아는 사이예요. 제가 부탁하면 분명히 들어주실 거예요."

"일본 사람은 아니고?"

"아뇨. 머리부터 발끝까지 토종 한국인이에요."

"어떻게 아는 사이인데?"

"왜요? 나이트클럽에서 춤추다 만난 사이는 아니니까 안심하세요. 정의가 강물처럼 흐르는 분이라 저랑 말이 잘 통하거든요. 선배 같은 속물하고는 질이 다르다고요."

아영이 비꼬는 투로 말했다. 양 보좌관과의 수작을 보고 난 이후 아예 나를 속물 취급했다. 이 바닥에 나온 지 얼마 안 돼 순수와 정의를 찾지만 그녀도 속물이 될 날이 그리 멀지 않았다. 정의만 추구해서 쓸 수 있는 기사는 인터넷에 올라오는 가십 정도밖에 없었다.

"쳇물에서 속물로 승격했네. 인정하지. 그래, 나는 속물이고 속물인 내가 싫지 않거든. 정의는 고상하신 낭자께서 실현하시라고. 오케이, 부탁 좀 해봐. 커피 진하게 한잔 사줄게."

"헐, 부탁하는 자세가 너무 고압적이지 않아요? 그래도 전화해볼게요. 난 착하니까."

아영이 웃으며 핸드폰을 들고 식당 밖으로 나갔다. 그녀의 뒷모습을 보고 있자니 미소가 절로 지어졌다. 아영과 이야기를 하다 보면 기분이 유쾌해졌다. 그녀는 무슨 일을 하든 망설임이 없고 적극적이었다. 긍정의 에너지가 있다면 그녀 같은 사람에게서 뿜어 나오는 기운을 말하는 것이 틀림없다.

아영이 남긴 빈 봉투와 우유갑을 식판에 담아서 퇴식구에 던져놓고 밖으로 나왔다. 아영은 핸드폰을 들고 복도 난간에 기대어 있었다.

"언제든지 환영이래요. 근데 조건이 있대요. 나랑 함께 와야 한다는 거죠."

아영은 무엇이 그리 좋은지 생글거리며 말했다. 탐정놀이를 하는 듯 들뜬 모습이었다. 나도 일면식도 없는 사람을 혼자 만나러 가는 것보다야 같이 가는 게 나았다.

"언제쯤 시간이 되지. 오늘은 하루 종일 회의가 있지 않나?"

"오전에는 국회에서 국민체육진흥공단하고 대한체육회 국감이 있고요, 오후에는 국립고궁박물관 현장시찰이 있어요. 현장에서 조는 국회의원은 없을 테니까 오후 국감은 빠져도 되겠죠?"

다른 때 같으면 어림도 없는 소리지만 지금은 가토의 검을 조사하는 일이 나에게는 더 중요했다.

"잠깐 기다려봐."

나는 핸드폰을 꺼내 들고 난간에 몸을 기댔다.

"배 선배, 저예요. 김 기자. 오늘 오후 현장시찰 가실 거죠? 네, 사진 몇 장만 따주세요. 오늘 제가 중요한 일이 있어서 못 갈 것 같아서요. 아 예, 그럼 부탁드리겠습니다."

교문위를 담당하는 배 선배는 같은 신문사 소속은 아니지만 나하고는 형님 동생 하는 사이였다.

"와우, 그럼 해결된 거예요?"

"세상일이 그렇게 쉬운 줄 알아?"

아영에게 조용히 하라는 신호를 보내고 교문위 행정관에게 전화를 걸었다.

"각하, 접니다. 김 기자. 국감 땜시 바쁘시지. 용건만 간단히 말씀드릴게. 오늘 국감 결과보고서 그거 작성되면 메일로 받을 수 없을까? 내가 두 탕을 뛰어야 해서리, 오늘 현장까지는 못 갈 것 같아. 결재 받기 전이라도 괜찮으니까 한 장 보내주셔. 충성. 감~사합니다. 내가 로 또 당첨되면 장가 한번 보내드릴게. 하하하, 그럼 고생하시고."

전화를 끊자, 아영이 어이없는 표정으로 나를 쳐다봤다.

"그래서 사람은 평소에 덕을 많이 쌓아야 한다고. 내가 이럴 때 써

먹으려고 얼마나 친한 척했는지 알아? 결과보고서 오면 보내줄 테니까, 그거 보고 정리해서 부장님한테 넘겨."

"그럼 오전 회의도 안 들어가도 되는 거죠?"

아영의 눈이 반짝였다.

"오전 회의는 참석해서 결과보고서 가지고 와. 행정실 결과보고서와 비교해서 질이 떨어지면 시멘트 바닥에 머리 박을 줄 알아."

이런 요령을 부리려는 싹수는 애초부터 끊어주는 게 선배의 신성한 책무 중 하나였다.

"헐……. 선배는 어디 있을 건데?"

"나야 당연히 사우나에서 목욕하고 한숨 때려야지. 근데 그 교수 집이 어디야?"

"영종도요. 공항 신도시에서 웰빙 하고 계시죠. 끝나면 바로 연락할 테니까, 핸드폰은 켜놓고 한숨을 때리든지 하세요."

"걱정 말고 끝나면 전화나 바로 줘. 참, 저번에 기자회견장에서 받은 유인물 갖고 있지? 양 보좌관이 나눠준 거 말이야."

"네, 사무실 책상에 있을 거예요. 왜, 필요해요?"

"응. 볼 게 있어서. 버리지 말고 갖고 있어. 나중에 달라고 할 테니까."

"넵. 근데, 커피는 언제 사주실 거죠?"

아영이 하얀 이빨을 드러내며 웃었다. 오후를 빼먹을 수 있다는 사실에 무척 행복해 보였다. 정기국회가 시작되면 휴일이라는 게 의미 없었다. 정기국회가 있는 가을은 국회 직원뿐 아니라 기자에게도 잔인한 계절이었다.

14. 정 교수

평일 오후라 올림픽대로가 막힘 없이 잘 뚫렸다. 가양대교를 지나 공항고속도로에 진입하자 차량이 거의 보이지 않았다. 삼십 분 정도면 충분히 공항 신도시에 도착할 수 있었다. 도로 옆으로 경인운하가 보였다. 물길을 넓히려고 산기슭을 깎는 바람에 붉은 황토가 그대로 드러났다. 잡초라도 자라야 붉은 상처가 가려질 텐데. 황토 기슭 밑으로 물살이 천천히 흐르고 있었다. 폭이 넓어진 만큼 유속도 느려졌다.

"선배, 이 공사 하는 데 얼마나 들었는지 알아?"

아영도 같은 생각을 하고 있었는지 손가락으로 경인운하를 가리켰다.

"모르겠는데. 난 숫자에 약해서. 요즘 땅 파면 조는 가볍게 넘어가지 않아?"

"2조 2,500억이래. 게다가 유지 관리비로 매년 200억씩 42년간 정부가 추가 부담을 해야 하고요. 그럼에도 경제성은 빵점이야. 이건 말도 안 되는 사업이라고. 완전히 국민 혈세를 낭비한 거라고요."

아영이 손가락으로 창문을 마구 찔러댔다. 겉으로는 얌전해 보이지만 속은 완전히 다혈질이었다. 조금만 흥분하면 목소리가 커졌다. 사명감에 불타는 초년 기자 모습 그대로였다.

"열혈 기자께서 또 열 받으셨네. 문제가 있기는 하지만 관광 사업을 연계해서 다른 수익을 창출한다고 하니까 너무 부정적으로 보지 마. 살다 보면 돌이 황금이 되는 수도 있어."

"선배, 그게 말이 된다고 생각해? 수조 원을 쏟아붓고 돌이 황금이 되기를 바라는 게 21세기에 있을 수 있는 일이야? 그 돈이면 애초부터 황금을 만들어야지. 이건 제대로 한번 파헤쳐야 해. 반드시 누군가가 책임을 지도록 해야 한다고."

"파헤치면 뭐하겠노. 예산이 절약되겠지. 예산이 절약되면 뭐하겠노. 그 돈으로 또 파헤치겠지."

"선배, 농담하지 말라고. 이건 진짜 심각한 문제야. 인천항의 물류 수송을 분담한다고 했지만 주변에 도로가 다섯 개나 있어요. 차량을 이용하면 삼십 분이면 갈 수 있는 길을 두 시간이나 걸려서 가려는 회사가 어디 있겠어. 게다가 선적과 하역 작업에 들어가는 시간까지 계산하면 최소 네 시간이야. 그런데도 정부는 2조 2,500억을 들여 공사를 밀어붙였어요. 완성되고 나서 물류 기능이 실패했다고 누구나 인정하지만 책임을 지는 사람은 아무도 없어요. 오히려 해양 레저와 관광 사업을 통해 지역경제를 활성화시키겠다며 또 다른 개발을 하려고 해요. 물류비용 절감이라는 경제성을 내세워 사업을 벌이고 그게 실패하자 재빨리 관광 사업으로 탈바꿈시켜 주변 부동산 개발을 시도하려는 수작이죠. 이게 이 나라 공무원들이 하는 작태라고요."

열변을 토하는 아영의 얼굴을 보고 입을 다물었다. 농담을 더 하다가는 뼈도 못 추릴 것 같았다.

"니 말이 틀렸다는 건 아냐. 지금 지나가는 이 공항도로만 하더라도 민자를 끌어들이면서 최소운영수입을 정부가 보장하기로 해서 매년 600억이 넘게 적자를 보전해주고 있어. 앞으로도 20년간 계속 그래야 한다는 거야. 이것뿐일까? 말 많은 4대강 사업은 괜찮을까? 지자체에서 지방 토호들과 유착한 지역개발 사업들은 괜찮을까? 선거 때마다 단골 공약으로 나오는 지방공항건설 사업은 괜찮을까? 문제가 있는 걸 모르는 게 아냐. 버거운 게 너무 많이 산적해 있어서 요리할 엄두가 나지 않는다는 게 문제지. 그런데도 망하지 않는 걸 보면 대한민국도 대단한 나라야. 그지?"

나도 모르게 아영의 얼굴을 살폈다. 열혈 기자를 후배로 맞이하는 바람에 눈치까지 봐야 하는 신세가 됐다.

"일본에도 그런 일이 비일비재해요. 언젠가 후지TV에서 봤는데, 지방자치단체에서 강을 가로질러 다리를 놓는데 끝이 산 절벽으로 막혀 있는 거예요. 건너가봤자 길이 없으니 다시 돌아와야 하는 거죠. 리포터가 청사를 방문해서 인터뷰를 신청하니까, 과장이라는 작자가 나와서 한다는 이야기가 예산이 책정되어 있어서 그랬다는 거예요. 얼마나 한심한지. 근데 한국에 오니까 여기도 별반 차이가 없더라고요. 자기 돈이면 그렇게 하겠어요? 저기 우측으로 들어가야 해요."

아영이 급히 표지판을 가리켰다. 차선 변경을 해서 우측 차선으로 붙었다. 도로 바닥에 공항 신도시를 가리키는 흰 화살표가 도색된 게 보였다.

"이제 어디로 가야 하지?"

"잠깐만요. 전화 먼저 하고요. 아직 잠옷 바람일 거예요. 이 아저씨는 말을 안 해주면 도대체 옷을 갈아입을 줄 몰라요."

아영이 전화를 거는 동안 담배를 피우기 위해 차를 도로변에 세우고 밖으로 나갔다. 서울에서 사십 분 정도 왔을 뿐인데 공기가 완전히 달랐다. 바다에서 불어오는 바람이 공기를 제대로 순환시키고 있었다. 조금 전 아영이 교수라고 하지 않고 아저씨라고 했다. 무심코 나온 말 같지는 않았다. 내가 관여할 바는 아니지만 마음이 편치 않았다. 도로 건너편으로 스카이72 골프장이 보였다. 보좌관들과 두 번 치러 온 적이 있었다. 서울에서 가깝고 관리가 잘 돼 있어 손님이 많았다. 부킹조차 쉽지 않을 텐데 어디를 주물렀는지 두 번 다 스폰서가 붙어서 공짜로 쳤다. 이번 주말에 보좌관협의회 회장단과 골프를 치기로 했던 기억이 떠올랐다. 형의 사고 수습 때문에 나는 빠지기로 했다. 하지만 지금 생각해보니 양 보좌관을 편하게 살펴볼 수 있는 좋은 기회였다.

핸드폰을 꺼내 장 선배에게 전화를 걸었다. 신호가 갔지만 받지 않았다. 전화가 자동 메시지로 넘어갔다. '회장님, 저 김 기자입니다. 시간 괜찮으실 때 연락 좀 주세요.' 짧은 메시지를 남겨놓고 차 안으로 들어갔다.

"역시나 잠옷 차림이래요. 다 왔다고 옷 좀 갈아입고 있으라고 했어요. 지하차도로 들어가지 말고 우회전하면 돼요."

"그냥 아파트 이름 알려줘. 내비 찍으면 될 텐데."

"그럴 필요 없어요. 내가 안내해줄게요. 거의 다 온걸요."

열변을 토하며 혈세를 걱정하던 열혈 기자의 모습은 없어지고 애인을 만나러 가는 여대생처럼 즐거워 보였다.

"자주 오나 보지. 그 교수라는 사람하고 그렇게 친해? 기뻐하는 티가 줄줄 나네."

"우리가 좀 친해요. 조금 더 직진하다가 사거리에서 공원마을 쪽으로 좌회전하면 돼요."

새로 세워진 도시라 모든 게 깨끗했다. 도로 양옆의 가로수는 같은 크기로 깨끗하게 손질되어 있었다. 거리에는 노랗게 물든 미루나무 낙엽만 뒹굴고 있을 뿐 지나가는 사람이 한 명도 보이지 않았다. 아영의 말에 따라 좌회전 차선으로 접어드는데 전화벨이 울렸다. 발신인을 보니 장 선배였다.

"회장님, 김 기잡니다. 바쁘신데 죄송합니다. 뭐 좀 여쭤보려고. 지난번에 보좌관협의회 회장단하고 골프 치기로 한 거 있지 않습니까? 네, 제가 형님 사고 때문에 취소한 거. 거기 멤버가 누구누구였죠?"

통화가 길어질 것 같아 차를 도로가에 대고 밖으로 나왔다.

"그쪽은 양 회장하고 최 간사가 나오고요. 아, 예. 제가 다시 가면 안될까 해서요. 제 대신에 박 기자가 가기로 했다고요. 예, 형님 일은 다 마무리돼서 별문제 없습니다. 박 기자한테는 제가 연락하겠습니다. 제가 다시 가는 걸로 해주십시오."

장 회장과 통화를 끝내자마자 바로 박 기자에게 전화를 걸었다. 다행히 신호가 가자마자 박 기자가 받았다.

"박 형, 나야. 뭐 요즘 다 바쁘지. 간단하게 얘기할게. 이번 주 회장님하고 가기로 한 부킹 말이야. 다시 나한테 넘겨줘. 이유는 묻지 말고. 내가 한잔 거하게 쏠게. 좀 봐줘. 내가 정말로 가야 할 자리거든. 그래, 형 때문에 취소한 건 맞아. 그렇게 됐어. 미안해. 회장님한테는 양해를 구했어. 박 형만 오케이 해주면 돼. 대신 이번 달 안에 날짜 잡아서 공짜로 한번 모실게. 그래, 자긴 그냥 빈손으로 왔다가 볼만 치고 가면 돼. 알았지? 그래 고마워."

전화를 끊자마자 안도의 한숨이 나왔다. 이틀 남겨놓고 멤버를 바꾸는 건 예의에 어긋나는 일이었다. 다행히 깔끔하게 마무리가 되었다. 차 안에 들어가자 아영이 얼굴을 잔뜩 찌푸린 채로 앉아 있었다. 이유를 짐작했지만 모른 척하고 차를 몰았다. 사거리에서 좌회전 신호를 기다리는데 아영의 볼멘소리가 터져 나왔다.

"선배, 그렇게 골프가 치고 싶어? 지금 골프 치러 간다는 게 말이 돼? 형님 일 때문에 바쁘다고 해서 내가 국정감사도 혼자 뛰고 있는데, 한가하게 골프를 치러 간다고요?"

아영이 이해 못 하겠다는 듯 고개를 설레설레 흔들었다. 한마디 말이 나올 거라고 예상은 했지만 실제로 빈정거리는 말을 듣자 화가 울컥 올라왔다.

"그래⋯⋯."

'시팔' 소리가 목구멍까지 올라오는 걸 꾹 참아 넘겼다. 그녀와 슬슬 가까워지고 있었다. 말 한마디로 날려버릴 수는 없었다. 조금 냉정해질 필요가 있었다. 화를 가라앉히기 위해 숨을 크게 들이켰다.

"그래, 골프가 그렇게 치고 싶다. 내가 원래 속물이잖아. 그래도 애인 잠옷 때문에 안절부절못하는 여자보다는 도덕적 우월감이 처지지 않는다고 보는데."

유치하다는 생각을 하면서도 말을 뱉어냈다. 욕이 튀어나오는 것보다 나았다. 아영은 고개를 창문으로 돌린 채 말이 없었다. 마침 신호가 바뀌었다. 좌회전해 공원마을 표지판을 따라 직진했다. 차 안은 침묵만 흘렀다.

"지나쳤어요."

아영이 작은 목소리로 말했다. 착 가라앉은 목소리에 물기가 배어 있었다. 그녀가 화났을 거란 생각은 했지만 울기까지 할 줄은 몰랐다.

"미안해. 내가 조금 지나쳤어. 두 사람이 어떤 관계이든 내가 상관할 바는 아닌데, 나도 모르게 그런 말이 나왔어. 질투가 났나 봐."

"푸하하, 선배, 진짜 웃긴다. 그게 아니고 아파트를 지나쳤다고요. 저기 타운하우스야."

아영은 막 지나친 저층 아파트 단지를 가리켰다. 커다란 대리석으로 세운 간판에는 타운하우스라는 금빛 글자가 박혀 있었다. 다행히 마주 오는 차량이 없어 바로 유턴해 아파트 안으로 들어갔다. 화단 앞 주차선에 차를 세우고 밖으로 나왔다. 차에서 내린 아영이 차를 한 바퀴 돌아 나에게 걸어왔다.

"선배. 말씀 잘하셨네. 나랑 우리 아저씨 사이는 선배가 상관할 바가 아니니까 신경 쓰지 말고 여기에 온 목적에 충실하셔."

말을 마치자마자 아영은 아파트 쪽으로 몸을 돌렸다. 두 걸음 옮기다 말고 다시 고개를 돌렸다.

"아까 질투 났다고 했는데. 그건 나에게 다른 감정이 있다는 걸로 들리는데 그런 건가요?"

아영의 얼굴에는 상황을 지배한 자의 여유로운 미소가 넘쳤다. 대답에는 관심이 없는지 말이 끝나자마자 다시 현관을 향해 걸어갔다. 나는 어이가 없어 아무 말도 못 하고 달랑거리는 아영의 말총머리를 따라갔다. 현관 스크린 도어는 잠겨 있었지만 문제가 되지 않았다. 아영이 비밀번호를 누르고 안으로 들어갔다. 계단을 통해 2층으로 올라간 아영은 문이 반쯤 열려 있는 아파트 안으로 들어갔다. 현관에는 키가 작고 단단해 보이는 반백의 사내가 서 있었다. 아영은 들어가자마자 사내를 와락 껴안았다.

"어이쿠, 무겁다. 얘가 왜 이래. 어서 오세요."

사내가 아영을 옆으로 밀치고 손을 내밀었다.

"정진우라고 합니다. 아영이 애비 됩니다. 아까 전화해서 교수와 제자 사이인 척하자고 했지만 초면부터 거짓말을 할 수 있나요."

"처음 뵙겠습니다. 김영민이라고 합니다."

황급히 손을 잡으며 허리를 굽혀 인사했다.

"아빠 뭐야. 알았다고 해놓고는. 점심은 드신 거야?"

"넌 볼 때마다 밥 먹었나가 인사냐? 홀아비 생활 10년이 넘었어. 밥하나 제대로 못 챙겨 먹을라고. 앉으시죠."

정 교수는 거실 가운데 놓인 회의용 탁자를 가리켰다.

"혼자 살다 보니 방에서는 잠만 자고 생활은 여기서 다 합니다. 거실 겸 서재인 셈이죠."

직사각형으로 된 거실은 양쪽 벽 전체가 서가로 꾸며져 있었다. 천장까지 닿을 만큼 높은 책장에는 역사서, 경제서적, 사회학 서적, 하드커버 영문총서 목록, 그리고 일본어로 된 원서가 빼곡히 채워져 있었다. 피케티의 『21세기 자본』이 있는 걸 봐서는 최근 이슈에 대해서도 관심이 많은 것 같았다. 분명한 것은 책이 반듯하게 꽂혀 있지 않다는 것이다. 그건 자주 손을 댄다는 것이고 적어도 장식용으로 책을 모으는 가식 덩어리는 아니라고 볼 수 있었다. 거실 중앙에는 소파 대신 회의장에서 쓰는 커다란 회의용 사각 탁자가 놓여 있었다. 아영은 주방으로 들어가고 나는 정 교수의 안내에 따라 탁자 앞에 앉았다. 탁자 오른편에는 창문을 마주 보게 배치한 낡은 목제 책상이 있었다. 그 위에는 방금 읽고 있던 중이었는지 책이 한 권 뒤집혀 있었다. 표지가 일본어로 되어 있어 제목은 알 수 없었지만 해방출판사라는 한자가 눈에 들어왔다.

"교토에 있는 단바 망간 기념관에 대한 책입니다. 일제강점기 때 일본으로 끌려간 징용자들이 강제노역에 시달리며 망간을 캐던 광산을 개인이 사재를 털어 기념관으로 만들었어요."

내 시선이 책 표지에 머무는 걸 보고 정 교수가 말했다.

"폴란드의 아우슈비츠 기념관이나 캄보디아의 뚜얼슬랭 박물관처럼 과거의 잘못이 되풀이되지 않도록 교훈을 주자는 의도였지만 유지비를 대지 못해 폐관 위기에 몰려 있어요. 정부 차원에서라도 지원이 있었으면 좋겠는데, 쉽지 않네요."

"네에."

일본과 관련된 문제라면 위안부나 독도 문제만 알고 있었던 나로서는 그저 멍청하게 대답할 수밖에 없었다.

"기회가 되면 기사로 한번 다뤄주세요. 요즘에 이런 문제에 관심을 갖는 사람이 거의 없다는 건 알지만 그럴수록 언론에서 먼저 이끌어줘야죠."

"네에."

나는 또다시 멍청하게 대답했다.

"선배, 너무 성의 없이 대답하는 거 아냐. 진짜 써줄 수 있는 거야? 요즘 이 문제로 아빠가 고민이 많다고요. 괜히 바람만 넣지 말라고."

아영이 커피 잔을 담은 쟁반을 들고 나오며 큰 소리로 말했다. 말려들지 말라는 충고인지 비아냥거리는 건지 구분이 가지 않았다. 들어오기 전 아영과의 분위기를 생각하면 비아냥거림에 무게가 갔다. 슬슬 오기가 났다.

"기사는 쓰는 게 아니고 만드는 거야. 국회의원 하나 잡아가지고 인터뷰 따면 그 정도는 충분히 가능해."

"어떻게?"

아영이 사각 쟁반을 가슴에 품고 내 옆에 앉았다.

"외통위 위원 중 일본에 관심 있는 의원을 잡아서 이 문제에 관해서 인터뷰하겠다고 날짜 잡아달라고 하면 모르긴 몰라도 엄청 열심히 공부해서 인터뷰에 응할걸."

"그게 가능한 이야기예요?"

"가능하고말고. 의원 쪽에서야 자기 홍보를 할 수 있는 기횐데 얼씨구나 하겠지. 단바 망간 기념관에 대해 처음 들어보는 의원이라도 하룻밤이면 전문가로 변신해서 나타날 거야."

"오호, 아빠 어때? 내가 우리 선배 믿으라고 했잖아. 돌도 황금으로 만드는 분이야. 내가 본 사람 중에 가장 명석한 사람이라고."

아영이 내 곁으로 바싹 다가오며 말했다. 명석함이란 단어가 나에게는 잔머리로 들렸다.

"선배, 부장님이 오케이만 하면 특집으로 다룰 수도 있지 않을까? 내년 삼일절 특집으로 다루자고 부장님하고 얘기해봐. 선배가 좀 많이 친하잖아."

그러면서 아영은 슬쩍 내 팔짱을 꼈다. 나는 탁자 위에 올렸던 팔을 밑으로 내려 자연스럽게 팔짱을 풀면서 머리 꼭대기에 올라선 햇병아리 기자를 쳐다봤다.

"자자, 그 얘기는 나중에 하고 뭐 자문 구할 게 있다고 하셨는데, 그것부터 들어보죠."

아영이 정 교수를 적극적으로 추천한 이유가 따로 있었다. 그러나 지금 그걸 따질 계제가 아니었다. 무엇보다 나에게는 검에 대한 정보를 얻는 게 중요했다. 양 보좌관의 책상 서랍에서 복사해 온 문서와 사진을 모두 꺼내 탁자 위에 펼쳤다.

"이게 어떤 물건인지, 한번 봐주시겠습니까?"

정 교수가 돋보기를 걸치고 사진과 도면에 그려진 글과 그림을 들여다보기 시작했다.

"음, 정확히는 모르겠지만 검의 이력을 보면 임진왜란 때 도요토미 히데요시가 선봉장으로 나가는 가토 기요마사에게 하사한 검 같네요."

정 교수가 사진에서 눈을 떼지 않고 말했다.

"여기 보면 함경북도에서 발견된 거라고 했는데, 기요마사는 한때 함경북도를 점령하고 거기에 머물며 호랑이를 사냥해 히데요시에게 바쳤다고 해서 '호랑이 가토'라고 불렸죠. 조선의 호랑이를 잡았다는 건 맹수가 없었던 일본으로서는 최고의 용맹을 뜻하는 거죠. 이 검이 함경도에서 발견된 거라면 어느 정도 신빙성이 있다고 볼 수 있습니다."

"만일 이게 진짜 풍신수길이 가등청정에게 준 검이라면 값어치는 얼마나 될까요?"

"값, 돈 말입니까? 난 감정사가 아니라 잘 모르겠지만 값이야 좀 나가지 않을까요? 하지만 이런 건 돈으로만 평가할 수 있는 게 아닙니다. 가지고자 하는 사람에 따라 가치가 다를 수 있어요. 예를 들어 보통 사람에게는 그냥 녹슨 고철이지만 기요마사 가문에서 보면 귀중한 가보가 되겠죠."

"이게 진품 맞을까요?"

"글쎄요. 이런 검이 존재했는지부터 먼저 알아보는 게 순서가 아닐까요? 또 검이 존재한다고 해도 사진만 보고는 진짜인지 가짜인지 알 수 없습니다. 다만, 여길 보면 대충 만들어진 가짜는 아닐 거라는 생각이 드네요."

정 교수가 검과 손잡이를 구별하기 위해 만든 엽전처럼 생긴 둥근 테두리를 확대한 사진을 가리켰다.

"여기 새겨진 문양이 바로 도요토미 가문의 문장입니다. 오동잎이 아래에 세 갈래로 있고, 그 위에 오동꽃 세 송이가 나란히 솟아 있는 형상이죠. 세 송이 중 가운데 꽃은 꽃잎이 모두 일곱 장이고, 양옆의 꽃들은 각각 다섯 장씩 꽃잎을 달고 있어요. 그래서 고시치노기리(五七の桐)라고 불리죠. 조선총독부 문장으로도 쓰였고 지금은 일본 총리대신을 상징하는 문장으로 쓰이고 있습니다. 우리에게는 그리 기분 좋은 문장은 아니지만, 고시치노기리가 있다는 건 히데요시가 주었다는 증명서인 셈이죠."

정 교수의 설명은 전문가답게 구체적이었다.

"이 정도 크기라면 가타나(刀)보다는 와키자시(小刀)로 보는 게 맞을 것 같습니다. 사진을 두고 가시면 제가 좀 더 조사해보겠습니다. 이런 칼이 존재한다는 걸 오늘 처음 알았으니 뭐 더 드릴 말씀은 없지만 매우 흥미가 있네요. 만일 이 가토의 검이 존재한다면 꼭 한번 보고 싶습니다."

정 교수가 흥분한 듯 문서에서 손을 떼지 못하고 뒤적였다.

"저도 이 검이 지금 어디에 있는지는 알 수 없습니다. 우연히 사진이 제 손에 들어와서 조사해보는 중입니다. 캐다 보면 좋은 기삿거리가 되지 않을까 해서요. 번거롭겠지만 좀 더 알아봐주시면 고맙겠습니다."

"그럼 아까 그 건도 같이 마무리 짓죠."

듣고만 있던 아영이 이때다 싶었는지 끼어들었다. 정 교수가 눈치를 주었지만 아영은 막무가내였다.

"내년 삼일절 특집이요. 일본에 가서 단바 망간 기념관 사진도 찍고, 현지 관계자들과 인터뷰도 하고, 선배 말대로 국회의원한테 인터뷰도 따면 분량은 문제없지 않아요? 이건 이념적 성향이 들어 있지 않으니까, 회사에서도 크게 불편해하지 않을 테고. 누군가 적극적으로 추진하면 가능성이 충분한데, 그 누군가를 선배가 해주십사 하는 거죠."

아영이 열띤 어조로 나를 몰아붙였다. 말처럼 쉽게 될 수 있는 일이 아니었지만 이미 말을 뱉어놨으니 철회하기도 쉽지 않았다.

"그렇게 다그치지 마라. 너무 부담 갖지 마시고 가능하면 힘을 써주세요. 누군가는 관심을 가져줘야 하는데 사람들의 관심을 모으는 게 쉽지 않군요."

정 교수까지 이렇게 말하자 그냥 모른 체할 수만은 없었다.

"알겠습니다. 제가 나서보도록 하겠습니다. 마침 내년 취재 계획을 작성해서 올려야 하는데 그 안에 집어넣도록 하겠습니다. 까짓것 밀어붙이면 안 될 일이 뭐가 있겠습니까."

이왕 립 서비스로 끝날 거 화끈하게 응해주기로 했다. 나중에 문제가 되면 적당히 핑계를 대고 빠져나오면 그만이다. 미리 꼬리를 내리고 기죽을 필요가 없었다. 빈말이라도 일단 뱉어놓고 나중에 상황에 따라 처신하면 된다.

"오케이. 그럼 결정된 거예요. 아빠는 그 가토의 검에 대해 알아보고, 선배는 삼일절 특집 건을 성사시키고. 이게 빅딜이고 상생이죠."

아영이 커피 잔을 높이 치켜들었다. 우습게만 생각했던 그녀에게 제대로 한 방 먹었다. 아영은 정 교수를 추천할 때부터 올가미를 짜고 있었다. 그러고는 나를 끌고 와서 올가미 안에 집어넣고 바싹 죄어버렸다. 제대로 당했지만 그리 기분 나쁘지 않았다. 이 정도의 기획력과 적극성이라면 후임자로서 자격이 충분했다.

15. 아영

깃털 구름 뒤에 숨어 있던 태양이 어느새 지평선 끝에 닿아 있었다. 구름의 끝자락을 헤치고 나온 태양은 자신의 마지막 기운을 바다에 쏟아부었다. 태양의 기운을 고스란히 받은 바다는 황금빛으로 반짝였다. 아영은 영종대교 기념관 2층 테라스 난간에 기대어 넋이 나간 채 황금빛 바다를 바라보고 있었다.

나는 1층 매점에서 막 뽑아온 커피를 들고 올라오는 중이었다. 석양에 마음을 빼앗긴 아영의 옆모습은 노을만큼이나 아름다웠다. 황금빛으로 물든 그녀의 턱 선이 섬세한 빛을 발하고 있었다. 거기에 자신감이 가득 찬 표정까지, 손만 자유롭다면 한 컷 찍어놓고 싶을 정도였다.

"언제까지 거기 서 있을 거예요"

아영이 갑자기 고개를 돌렸다. 속마음을 들킨 것 같아 얼굴이 화끈 거렸다.

"여기 여러 번 들렀지만, 오늘처럼 제대로 된 석양을 보는 건 처음이에요. 아름답지 않아요?"

다행히 아영은 노을에서 헤어나지 못하고 있었다.

"나쁘지는 않네. 뜨거우니까 여기다 놓을게."

쿨한 척하는 것도 쉽지 않은 일이었다. 하얀 파라솔 안으로 들어가 철제 테이블 위에 커피를 놓고 자리에 앉았다. 그녀도 석양에서 눈을 떼고 파라솔 안으로 들어왔다.

"선배, 이런 멋진 풍경 속에 나같이 아름다운 여자랑 단둘이 앉아 있으면 가슴이 설레지 않아?"

"도대체 그런 근거 없는 자신감은 어디서 나오는 거냐? 그 정도면 병원 가봐야 하는 것 아냐?"

"근거가 없지는 않죠. 조금 전 어떤 남자가 날 뚫어지게 쳐다보던데요. 그전에는 그 남자로부터 고백도 받았고."

"고백?"

"기억 안 나세요? 질투 난다고 했던 것 같은데."

아영은 기억의 달콤함을 음미하고 있는 듯 눈매가 가늘어지고 입가에는 미소가 번졌다.

"어떤 남자가?"

"날 흠모의 눈길로 쳐다보던 바로 그 남자죠."

나는 부인할 만한 단어를 찾았지만 쉽게 머릿속에 떠오르지 않았다.

"그 남자가 어떤 여자에게 고백을 하고 추파를 던지며 유혹하고 있다는 이야긴가?"

그건 부인하고 싶지 않은 심정이 더 컸기 때문인지도 모른다.

"빙고~~"

발음을 길게 끌려고 동그랗게 모은 아영의 붉은 입술이 도발적으로 보였다.

"그 남자가 잘하고 있는 것 같아 보여?"

"아직 저녁 먹자는 말이 없는 걸 봐서는 그닥 잘하고 있는 것 같지는 않은데요."

"저녁?"

"어머, 여기까지 데려와놓고 저녁도 해결해주지 않을 생각이었어요?"

아영의 눈이 오전처럼 반짝였다. 또 무슨 꿍꿍이가 있는 건지 불안감이 스멀스멀 기어올라왔다.

"아버님은 여기서 혼자 계시는 거야?"

"네. 주말에는 내가 내려가지만 평일에는 혼자 지내세요. 혹시 모르죠. 나 몰래 연애라도 할지. 우리 아빠가 조금 작기는 해도 여자들한테 인기 많아요."

"누가 뭐라 했어. 어머님은?"

나는 조심스럽게 물어봤다. 거실에는 아영과 정 교수 그리고 어머니로 보이는 여자가 함께 찍은 사진이 걸려 있었다. 사진 속의 아영은 붉은 넥타이에 칼라가 있는 흰색 교복을 입고 있었다. 서른인 아영의 나이를 생각하면 상당히 오래된 사진이었다.

"돌아가셨어요. 교통사고로."

아영이 낮은 목소리로 말하며 바다를 향해 시선을 돌렸다. 태양이 바다 속으로 막 가라앉는 중이었다. 황금빛이었던 바다가 붉은색으로 변하고 있었다. 그녀의 얼굴도 노을을 받아 붉게 물들었다.

하얀 철제 테이블 아래로 분홍색 매니큐어를 칠한 발톱이 시선을 끌었다. 얼핏 보아도 10센티는 되어 보이는 높은 하이힐 위에 분홍색 발톱이 놓여 있었다. 아침에 의원회관에서 볼 때는 분명히 굽 낮은 로퍼를 신고 있었다. 그러고 보니 재킷 안의 흰색 셔츠도 아이보리 블라우스로 바뀌었다. 턱 선이 유난히 눈에 띈 것도 화장이 진해진 탓이었다. 오랜만에 멋을 낸 아영이 도도한 자세로 바다를 바라보고 있었다. 그 모습이 눈에 많이 익다는 생각이 들었다. 곧바로 닥터 강의 모습이 떠올랐다. 우아하고 자신감이 넘치는 닥터 강은 결코 허물어뜨릴 수 없는 성곽과 같은 존재였다. 허리를 곧추세우고 팔짱을 긴 아영에게 닥터 강의 모습을 오버랩시켜봤다. 그랬더니 둘이 아주 닮아 있었다. 가슴이 두근거리며 팔목으로 짜릿한 통증이 올라왔다. 오랜만에 맛보는 쾌감이었다.

"어디로 갈까?"

열한시 방향으로 국회의사당 건물이 보였다. 5년 동안 국회로만 출근한 탓에 의사당 돔만 보면 마음이 편안해졌다. 퇴근 시간 때라 그런지 차들이 점점 늘어났다. 여의도로 빠지기 위해 차를 우측 차선으로 붙였다.

"여의도만 아니면 어디든지 좋아요."

"여의도가 어때서. 깨끗하고 좋잖아."

"비싸고 노티 나요. 거기 좀 벗어나서 젊은 분위기 나는 곳으로 가요. 신촌이나 홍대같이."

"그래. 그럼 홍대 가자."

홍대 먹자골목은 국회에서 가까워 가끔 술을 마시러 다녔다. 국회 앞을 지나쳐 서강대교를 넘었다. 아직 일곱시도 안 됐는데, 홍대 앞 먹자골목 공용주차장은 이미 꽉 차서 자리가 없었다.

"차를 국회에 두고 올 걸 그랬나."

빠지는 차가 있는지 보려고 주차장을 다시 한 바퀴 돌았지만 이른 시간이라 그런지 나가는 차량이 없었다.

"저기는 어때요?"

아영이 골목 안을 가리켰다. 내부 공사를 하는지 각목과 페인트 통이 셔터가 내려진 가게 앞에 쌓여 있었다. 그 옆에 차 한 대 들어갈 공간이 보였다.

"자 그럼, 주차 문제는 해결됐고, 이제 메뉴 고르는 문제만 남았네. 어디로 갈까?"

언덕진 골목 안에 음식점 간판이 나란히 늘어서 있었다. 앞장서서 골목 안으로 들어갔다. 노트북 가방을 둘러멘 아영이 힘들게 따라왔다. 차에 두라고 했지만 아영은 자신의 분신인 양 노트북을 끌어안고 내렸다. 받아줄까 하는 생각도 해보았지만 그냥 두기로 했다. 자신이 선택한 만큼 책임의 무게도 자신이 감당하는 게 맞았다. 골목의 가게들은 일반 가정집을 개조해 저마다 특성 있게 꾸며놓았다. 건물 안에 박힌 여의도 음식점보다 개성 있어 보였다.

"글쎄요. 전 아는 데가 없는데요. 홍대 이름만 들었지 직접 온 건 오늘이 처음이거든요."

"맞아. 일본에 오래 있었다고 했지. 그럼 어디가 좋을까?"

홍대에 가기로 했을 때부터 이미 갈 곳을 정해놓았다. 형의 사건을 조사하느라 신경을 많이 써서인지 아영의 카페인만큼이나 나도 알코올 생각이 간절했다. 여기서 조금만 더 올라가면 곱창 골목이 나왔다.

곱창에 소주 한잔이면 그동안 쌓인 피로를 말끔히 풀 수 있었다.

"이러는 게 어떨까? 걸어가다가 손님이 제일 많은 집으로 들어가는 거야. 보통 손님이 많은 집이 가장 맛있거든."

"그거 좋은 생각인데요. 여기까지 왔는데 맛있는 거 사줘요."

"오케이, 사주고말고. 그럼 메뉴에 상관없이 손님이 가장 많은 집으로 가기다."

골목을 빠져나와 큰길로 나갔다. 수(秀)노래방을 지나 좌측으로 들어가면 곱창 골목이 나왔다. 다른 가게에도 손님이 많았지만 부추곱창집은 늘 손님이 바글거렸다. 골목으로 들어서자 곱창 굽는 구수한 냄새가 가득 풍겼다.

"이 집에 손님이 제일 많다."

황소 캐릭터 간판을 단 부추곱창집에 사람이 가득했기 때문에 자신 있게 말했다.

"곱창이요?"

아영의 눈이 동그래졌다.

"이게 술안주로는 최고야. 자, 들어가자고. 이 근처에 이 집보다 사람 많은 집은 없어. 저기 자리 있다. 빨리 들어가자. 저기 뺏기면 한참 기다려야 해."

서둘러 가게 안으로 들어가 하나 남은 자리를 차지했다. 아영이 마지못해 따라 들어왔다.

"왜, 곱창 못 먹어? 이게 얼마나 맛있는데."

"먹어본 적이 없어서……."

아영이 난감한 표정을 지었다. 그녀의 입에서 다른 이야기가 나오기 전에 얼른 주문부터 했다.

"그래, 그럼 이제 먹어보면 되겠네. 자리 잡은 김에 곱창 한 판에 소주 한 병만 먹고 나가자. 솔직히 이게 너무 생각났거든. 2차는 진짜 원하는 거 사줄게."

아주머니가 초벌구이 한 곱창을 가져와 가스불 위에 올려놓았다.

"그래서 사람 많은 데로 가자고 한 거예요?"

아영이 기가 막힌다는 듯 노려봤다. 그러거나 말거나 나는 지글지글 끓는 곱창을 흐뭇하게 바라봤다. 벌써 목에 감겨오는 소주의 싸한 맛이 생각나서 침이 절로 넘어갔다.

한 판만 먹고 나가기로 한 곱창이 어느새 두 판이 됐다. 그것도 바닥을 드러내고 있었다. 내가 가르쳐준 대로 노랗게 익은 곱창을 양념 부추와 함께 먹은 아영의 눈이 반짝였다. 한 판을 흡입하듯 해치워버리고 다시 한 판을 추가했다. 소주도 세 병째였다.

"선배, 난 이게 이렇게 맛있는 줄 몰랐어. 어릴 때 내가 살던 곳에서 조금 가면 쯔루하시라는 조선인 부락이 있거든요. 거기 가면 조선시장이 있어요. 어머니는 항상 그곳으로 장을 보러 다녔어요. 집 근처에 있는 카스미에 가자고 해도 어머니는 조선시장만 갔어요. 이왕 팔아주는 거 우리 거 팔아줘야 한다나. 조선시장 안쪽에 정육 골목이 있는데 그 안으로 들어가면 내장을 담은 고무 대야가 있었어요. 그걸 볼 때마다 소름이 끼쳤어요. 저걸 어떻게 먹나 했죠. 그런데 음……. 괜찮네."

술기운이 올라오는지 아영의 혀가 조금씩 꼬여갔다. 나도 기분 좋은 취기를 느끼고 있었다.

"아빠는 시장 사람들과 술을 자주 마셨어요. 거기는 한국 시장하고 똑같아요. 포기김치도 있고, 고무 통에 담긴 젓갈도 있고. 자주 가다보니 정이 들었는지 쓰쿠바에 있을 때는 한국보다 쯔루하시 조선시장이 더 그리웠어요. 내 얘기가 무슨 얘긴지 알아, 선배?"

"모르지. 니 속을 내가 어떻게 알아. 그럼 오사카로 가지, 왜 동경으로 갔어? 쓰쿠바는 동경 쪽에 있는 거 아냐?"

"정확하게 이바라키현. 동경에서 태평양 쪽으로 한 80킬로쯤 떨어졌나. 나도 내가 자란 오사카로 가고 싶었는데 아버지가 위험하다고 반대해서."

"뭐가? 이바라키라는 동네는 지진이 안 나고 오사카만 지진이 난대?"

"지진이 아니고, 음 뭐랄까요. 신변의 위협. 암튼 복잡해요. 일본에서 자리 잡은 아빠가 한국에 온 것도 그 때문이야. 엄마의 죽음이 석연치 않았거든. 난 아직 엄마가 교통사고라고 생각 안 해. 아빠도 마찬가지고."

아영이 남은 소주를 털어 넣었다. 석연치 않은 죽음이란 어떤 죽음을 말하는 걸까? 곽 형사도 형의 죽음이 석연치 않다고 했다. 아영의 어머니에 대해 좀 더 묻고 싶었지만 그런 이야기를 나누기에 이곳은 너무 시끄러웠다.

"다 먹었으면 나갈까? 이제부터는 원하는 데로 모실게. 말만 하셔."

배가 부른지 아영은 바싹 익은 곱창을 젓가락으로 뒤집고만 있었다.

"응, 나가 선배. 밥은 됐고 어디 가서 술이나 한잔 더 해요. 오늘 술발이 좀 받네. 이래뵈도 내가 좀 마시는 편이거든."

말은 그렇게 했지만 노트북 가방을 둘러메면서 아영은 휘청거렸다. 하는 수 없이 노트북 가방을 받아주었다.

우디로 올라가는 2층 나무 계단 위에 매단 조명이 흐려서 밑이 겨우 보일 정도였다. 아영은 불안한 듯 내 팔을 잡았다. 나무 마루 위로 두더지처럼 고개를 내밀자 넓은 바가 보였다. 이곳은 언제 와도 자리가 넉넉했다. 연인들은 주로 구석에 자리를 잡아 가운데 테이블은 항상 비어 있었다. 그녀를 가운데 빈 테이블로 이끌었다.

"여기가 내 단골이야. 우리나라에 몇 개 안 되는 진정한 바라고 할 수 있지."

흑석로를 따라 올라가다 편의점에서 우회전해 조금 들어가면 카우보이모자를 쓴 우디 인형 LED 간판이 보였다. 시내의 바처럼 화려하지 않고, 오래된 물건으로 인테리어를 해서 편안한 느낌을 주었다. 가볍게 2차 하기에 더없이 좋은 곳이었다.

"어때, 분위기가 클래식한 게 한잔하기 딱 좋지 않아? 밤새 영업하는 곳이라 회의가 늦게 끝날 때면 가끔 들러 한잔하곤 해."

"나쁘지는 않은데요. 특히, 저기 저 아저씨가 맘에 드네요."

아영이 입구로 올라오는 계단 뒤에 있는 실물 크기의 브론즈 인형을 가리켰다. 나무 벤치에 몸을 기대고 밀짚모자를 깊숙이 눌러쓴 채 졸고 있는 주정뱅이였다. 그걸 증명이라도 하듯 한 손에는 주석으로 만든 포켓용 양주 케이스가 들려 있었다.

"저 아메리칸 노숙자? 저 양반이 뭐가 마음에 들어?"

"느긋하게 한잔하고 햇볕을 쬐며 조는 게 인생을 달관한 것 같지 않아요? 게다가 다리 좀 봐. 맨발에 발가락까지 너무 리얼하다."

"니 말을 듣고 보니 리얼하긴 리얼하다. 뭐 마실래? 나는 블랙러시 안이나 한잔해야겠다."

빨간 조끼를 입은 여종업원이 건네준 메뉴판을 보지도 않고 아영에게 넘겼다.

"저도 똑같은 걸로 주세요."

"도수가 제법 있는데, 괜찮겠어?"

"염려 마세요. 아직 멀쩡하니까. 설마 취했다고 버리고 가지는 않겠죠."

뒤로 묶었던 머리끈이 풀렸는지 머리카락이 아영의 얼굴을 반쯤 가리고 있었다. 아영이 머리카락 사이로 손가락을 집어넣고 뒤로 넘기자 얼굴 전체가 환하게 드러났다. 그걸 보고 있자니 기분이 주체할 수 없을 정도로 좋아졌다. 밀려오는 행복한 감정을 억누르기 위해 잠시 눈을 감았다.

"선배, 졸려? 괜찮아?"

"무슨 소리. 오랜만에 여자와 카페에 앉아 있으려니 감동이 밀려와서 그런다. 담배 피울래? 여기가 좋은 것은 금연의 사각지대라는 거야."

나는 테이블 위에 라이터와 담배를 올려놓았다.

"글쿠나. 나도 들어올 때부터 사람들이 아무렇지도 않게 담배를 물고 있는 게 이상타 했어. 걸리면 어떡하려고 그러죠?"

"주인이 벌금으로 때우겠다는 대단한 각오를 가진 사람이야."

담배를 꺼내 물고 재떨이 대용으로 갖다 놓은 종이컵에 물을 부었다.

"제가 원래 바른 생활 하는 사람인데, 대세가 이렇게 흐르니 어쩔 수 없네요."

아영도 분위기에 편승해 담배를 꺼내 물었다.

"그래. 너도 가끔 일탈 좀 해야 해. 넌 너무 경직된 삶을 살고 있어. 융통성이란 말이야, 기계를 돌리는 윤활유 같은 거야. 그게 없으면 뻑뻑해진다고. 보이는 표면이야 어쩔 수 없다지만 이면에서까지 그럴 필요는 없어."

"아저씨, 아저씨. 그건 아니거든요. 담배 한 대 피웠다고 급 도매금으로 넘기시려고 하는데, 옳고 그른 건 분명히 있어요. 담배 한 대 피우는 정도의 일탈은 괜찮지만."

아영이 담배 연기를 맛있게 내뿜었다. 천장에 매달린 커다란 임페리얼 실링팬이 담배 연기를 사방으로 분산시켰다. 여종업원이 블랙러시안 두 잔과 딱딱한 옥수수튀김을 한 접시 내려놓고 갔다.

"마셔봐. 달콤할 거야."

"음. 진짜 달콤하네요. 커피 맛이 나는데요."

"칼루아 향이야."

술잔을 들고 낡은 가죽 의자에 몸을 깊숙이 기댔다. 블랙러시안은 달콤했지만 도수가 높았다. 그건 목 넘김이 좋다는 말이지만 그만큼 쉽게 취한다는 말도 된다.

"선배 덕분에 호사하네요. 분위기 좋은 바에서 칵테일도 마시고. 일본에 있을 때는 주로 연구실에서 맥주만 마셨는데."

"쓰쿠바의 남자들하고 말이지. 오사카에서 자랐다며 그쪽으로 가지 않은 이유는 뭐야? 어머님이 교통사고라고 했지. 그것하고 관계되는 일이야?"

아영이 곱창집에서 석연치 않은 죽음이라고 했을 때부터 계속 신경이 쓰였다.

"의혹이 많은 사고였어요. 당시 아빠는 오사카대학에서 시민사회에 대한 강의를 하고 계셨어요. 현실 참여를 중시하는 아빠는 지역 모임에도 적극적이었죠. 그중에도 특히 '헌법 9조를 지키는 모임'의 오사카 지부를 적극 후원하셨어요. 헌법 9조는 일본의 무력행사와 군대 보유를 금지하고 있거든요. 그 때문에 일본 극우단체로부터 많은 협박을 받았어요."

유리컵에 담긴 얼음이 녹자 짙은 호박색이었던 액체가 옅은 황금색으로 변했다. 적당히 화학적 결합을 이룬 블랙러시안은 특유의 칼루아 향을 내며 혀 안으로 부드럽게 밀려들어왔다. 아영도 숨을 고르기 위해 블랙러시안을 한 모금 삼켰다.

"어머니는 그날 내 생일상을 차려준다며 조선시장에 장을 보러 가는 길이었어요. 목격자들 말로는 어머니가 신호를 받고 횡단보도에 들어서자마자 갑자기 트럭이 나타나 어머니를 그대로 치고 달아났대요. 범인을 잡고 보니 그게 중학생이었어요. 차에 키가 꽂혀 있어 호기심에 몰다가 사고를 냈다는 거예요. 미성년자이고 고의성이 없는 과실이었기 때문에 보호관찰로 끝났어요. 근데 그 차 주인이 꽃가게를 운영하는 골수 우익단체 회원이었어요. 배달을 가려고 키를 꽂아놓은 채 트럭을 가게 앞에 세워놓았는데 없어졌다는 거예요. 도난 신고도 전화로 하지 않고 파출소에 가서 직접 신고서를 작성했대요. 보통은 먼저 전화로 하고 나중에 신고서를 작성하는데 말이죠. 도난 신고를 했다는 이유만으로 그 사람도 처벌받지 않았죠. 이상하다고 생각했지

만 심증만 있지 물증이 있어야죠. 그때가 북한의 일본인 납치 문제로 시끄러울 때였어요. 요코다 메구미(横田めぐみ)가 북한에 납치됐다고 밝혀지면서 매일 톱뉴스에 나오고 재일교포에 대한 증오가 극에 달할 때였죠. 아버지는 총련 쪽은 아니지만 아버지가 지원하는 평화헌법 지키기 모임에 총련 쪽 사람들도 많이 참여하고 있었어요. 그 때문에 불안해했는데 어머니가 그런 사고를 당하게 되자 나에게도 무슨 일이 생길까 봐 한국으로 들어오실 결심을 하신 거죠."

목이 마른지 아영은 말하는 중간중간 블랙러시안을 홀짝거려 잔은 바닥을 드러냈다. 벨을 눌러 종업원을 불렀다. 그리고 피나콜라다와 맨해튼을 한 잔씩 주문했다.

"그래서 오사카로 못 가고 쓰쿠바로 간 거야?"

"그렇게 된 거죠. 한국에서 대학을 마치고 일본 문무성에서 실시하는 국비 장학생 시험에 합격했는데, 아빠가 반대하는 거예요. 5년 동안 일본 정부에서 등록금도 내주고 생활비도 주고 공짜로 공부할 수 있는데, 이런 좋은 기회를 놓친다는 게 말이 돼요. 그래서 오사카와 거리가 먼 관동지역으로 가기로 합의를 봤죠."

"그때부터 교수님은 혼자 사신 거고?"

"네. 처음 1년 동안은 아버지 고향인 제주에서 살았어요. 그러다 대학에 자리가 나서 서울로 올라오신 거죠. 3년 전에 정년퇴직하고 제주도에 다시 내려가려 했지만 여기 일도 있고 사랑하는 딸도 보기 힘들고, 그래서 절충안으로 바다가 보이는 영종도로 오신 거죠."

"일이라면 아까 말한 망간 기념관 살리기 같은 걸 말하는 건가?"

"그런 셈이죠. 일본에서는 전쟁 반대 운동을 했지만 아무래도 그쪽

운동은 일본 사회당이나 공산당에서 많이 참여하고 있으니까, 우리나라에서 하려면 부담이 되잖아요. 대신 재일교포들의 권익 찾기에 나선 거죠. 우토로 문제나 조세이 수몰사고같이 잘 알려지지 않은 일제 강점기의 사건을 한국에 알리는 일을 하고 계세요. 요즘은 단바 망간 기념관 살리는 일에 빠져 계시죠."

"그래서 내가 일본 전문가를 찾으니까 옳거니 하고 나를 끌어들인 거고?"

"너무 기분 나쁘게 생각하지 마요. 서로 좋은 거니까. 저마다 타고난 소질을 계발하라고 했잖아요."

"누가?"

"각하의 아버님께서. 이것 너무 달다. 칵테일 맞아? 파인애플 주스 같은데요."

피나콜라다에 입을 댄 아영이 인상을 찡그렸다.

"무슨 소리, 럼이 들어간 거야. 우아한 여성에게 맞는 거지."

"됐거든요. 나랑 바꿔 먹어요."

아영은 피나콜라다를 나에게 밀고 잽싸게 맨해튼을 가져가서 체리를 빼내고 한 모금 마셨다.

"음, 괜찮은데요. 씁쓸한 맛이 나는 게 내 취향이네. 이건 이름이 뭐예요?"

"맨해튼이라고, 니가 좋아하는 저 아메리칸 노숙자의 별명하고 같아."

"맨해튼이면 뉴욕에 있는 섬 아니에요?"

"그게 원래는 인디언 말로 '주정뱅이'라는 뜻이야."

"헐, 정말요?"

"맨해튼이 원래 인디언 땅이잖아. 그런데 인디언 추장이 술에 취해 백인에게 팔아버리자 화가 난 인디언들이 자기네 말로 주정뱅이라는 뜻인 '맨해튼'을 외치며 비난을 했다는 거야. 그걸 들은 네덜란드인이 그게 그 지역 명칭인 줄 알고 그대로 썼다는 거지."

"캥거루 같은 이야기네요."

"그렇지. 슬프고도 씁쓸한 이야기지. 그래서 맛도 쓴맛이 나."

피나콜라다를 아영의 앞으로 밀고 맨해튼을 가져와 한 모금 마셨다.

"그러지 말고 한 잔 더 주문하죠. 난 우아한 파인애플 주스보다 씁쓸한 맨해튼이 더 당기는데요."

아영이 웃으며 타협안을 제시했다.

"이거 꽤 도수가 높은 술이야. 쉽게 취한다고. 벌써 블랙러시안을 마셨잖아."

"내가 알아서 마실게요. 국감 따라다니느라 정말 오랜만에 마시는 술이에요. 이런 기막힌 사연이 있는 칵테일을 언제 맛보겠어요."

아영이 종업원을 호출했다. 하는 수 없이 맨해튼을 한 잔 더 주문했다.

"인디언의 슬픈 역사를 위하여!"

아영이 새로운 잔을 받자 잔을 높이 들며 건배 제의를 했다.

"발가락이 아름다운 아메리칸 노숙자를 위하여!"

나도 아영의 뒤쪽에 있는 브론즈 인형을 향해 잔을 들어 보였다. 우린 서로를 바라보며 웃음을 나누었다. 그리고 가볍게 잔을 부딪치고 새빨간 액체를 들이켰다.

16. 옥탑방

우디에서 나온 시간은 열한시가 넘어서였다. 골목에서 불어오는 가을바람을 맞으며 아영의 노트북을 어깨에 메고 언덕길을 올라갔다. 몸이 자유로워진 아영은 내 팔짱을 끼고 걸었다. 옥상정원에서 스카이뷰를 보며 맥주 한잔 더 하자는 나의 제안에 아영이 흔쾌히 따라나섰다.

내가 사는 곳은 흑석동 언덕 위에 자리한 4층짜리 빌라 꼭대기 옥탑방이다. 일반 주택을 허물고 4층으로 올린 지 얼마 안 된 빌라였다. 방을 구하려고 사흘 동안 흑석동 일대를 돌아다니다 겨우 찾아냈다. 술을 자주 마시다 보니 무조건 지하철역과 가까워야 했다. 일찌감치 9호선이 지나는 흑석역이나 동작역을 기점으로 방을 물색했다. 부동산에서 옥탑방이라고 했을 때 그다지 내키지 않았지만 방을 보고 단번에 마음을 바꿨다. 일반적으로 생각하는 옥탑방과는 달랐다. 불법으로 개조한 게 아니라 처음부터 허가를 받고 지어서인지 일반 원룸처럼 깨끗했다. 녹색 우레탄으로 방수 처리한 옥상은 넓은 정원을 연상시켰다. 무엇보다 옥상 난간에서 보이는 전망이 일품이었다. 양옆은 빌라가 들어서 있어 답답했지만 앞쪽은 2층 단독주택 한 채만 있어 시야가 탁, 트였다. 서울에서는 좀처럼 조망하기 어려운 한강이 한눈에 들어왔다. 주인아줌마가 전망 보는 비용은 따로 내야 한다고 농담을 할 정도로 근사했다. 바로 밑층에 사는 주인아줌마는 아이가 없다는 이유만으로 즉시 계약을 해주었다.

"스카이라운지로 모신다더니 정말 하늘 꼭대기까지 걸어 올라갈 셈이에요?"

나는 아영의 하이힐을 슬쩍 내려다봤다. 경사가 가팔라 오르기가 쉽지 않을 거란 생각이 들었다.

"원래 님은 먼 곳에 있는 거잖아."

하이힐이 삐끗해 발목이라도 부러진다면 애써 여기까지 끌고 온 보람이 없어지고 만다. 하이힐을 벗기고 내 구두를 신길 수 있다면 그렇게라도 하고 싶었다. 아영이 잡고 있는 내 팔뚝에 힘이 들어가는 건 어쩔 수 없었다.

"다 왔어. 여기서부터 천국으로 올라가는 직행 엘리베이터만 타면 돼."

나는 휴(休)먼스 빌이라고 쓰인 4층 건물 앞에 도착하자 자신만만하게 말했다.

"더 이상 갈 곳도 없는데요, 선배."

아영은 혀를 조금 내밀고 웃으며 말했다. 그녀 말이 맞았다. 언덕 끝에 자리한 이 건물 뒤로는 아카시아 나무가 가득한 야산이었다.

현관 비밀번호를 누르고 안으로 들어섰다. 엘리베이터는 주인아줌마가 사는 4층까지만 운행됐다. 나머지 한 층은 계단을 이용해야 했다. 옥상으로 올라온 아영은 신기한 듯 주변을 두리번거렸다.

"이게 그 유명한 옥탑방이라고 하는 거예요?"

"그렇지. 왕세자에 버금가는 인물이 살고 있으니. 여기 앉아봐."

문 앞에 설치한 라운드형 원목 테이블에 그녀를 앉혔다. 그러고는 방문 옆에 있는 스위치를 올렸다.

"와우!"

파라솔 가운데 매달린 할로겐램프에 불이 들어오자 아영이 탄성을 질렀다.

"완전 근사한데요. 야외무대 같아요. 이거 모두 선배가 만든 거예요?"

그녀는 의자까지 딸린 원목 테이블이 신기한 듯 두 손으로 어루만졌다.

"아니, 인터넷 검색을 열심히 했지. 펜션 하다 망한 사람이 올려놓은 거야. 애인 생기면 술이나 한잔할까 하고 주문했는데, 주인아줌마가 득달같이 쫓아 올라와서 난리를 치더라고. 그래서 나갈 때 그냥 두고 나간다고 했더니 두말하지 않고 내려가던데. 저쪽으로 가봐. 야경이 보일 테니까."

한강이 보이는 앞쪽 난간을 가리켰다.

"우와! 백만 불짜리다. 한강이 다 보이네. 선배, 여기 진짜 멋있어요."

"내가 이 옥탑방을 고른 이유가 바로 이거라고. 여기서 맥주 하나

들고 야경을 감상하면 63빌딩 클라우드보다 더 멋질걸."

우쭐해진 나는 아영의 옆에 섰다. 한강철교 위로 전철이 지나가고 있었다. 사고가 났는지 강변으로 빨간 미등이 꼬리를 물고 늘어선 행렬이 보였다. 멀리 남산타워에서는 빨간 불빛이 반짝이고 있었다.

"서울은 정말 아름다운 도시야. 세계 어느 나라도 수도 한복판에 이렇게 큰 강이 흐르는 나라가 없어요. 이건 축복이에요. 더 이상 한강을 건들면 안 돼요. 그대로 잘 보존해서 후손에게 물려줘야지."

"시집도 안 간 처녀가 후손이 많은 사람처럼 얘기하네."

"그러는 선배는? 근데, 정말 선배는 왜 결혼 안 했어? 키도 크고, 얼굴도 그만하면 잘생겼고, 속물근성을 봐서는 처자식 굶길 것 같지도 않은데."

아영의 말에 결혼하지 않은 이유를 생각해봤다. 아버지처럼 그런 가정을 만들 바에는 차라리 혼자 사는 게 낫다는 생각이 은연중 머릿속에 자리 잡은 걸까? 아니면 혼자 지내는 것에 익숙해져 있어 가정의 필요성을 느끼지 못했을지도 모른다. 아무튼 지금처럼 혼자 사는 것도 그리 나쁘지 않았다.

"아직 구속될 준비가 되지 않았어. 기자라는 게 가정에 충실할 수 있는 직업이 아니잖아. 맥주 가지고 올게."

아영을 혼자 남겨두고 방으로 들어갔다. 종일 비워둬서인지 방 안은 찬기가 돌았다. 보일러 온도를 맞춰놓고 바닥에 떨어진 옷가지를 주섬주섬 주워 옷장 안에 집어넣었다. 책상 서랍을 뒤져 요즘은 거의 사용한 일이 없는 콘돔 박스를 찾았다. 두 개를 꺼내 침대 밑에 있는 서랍에 넣었다. 그러고는 냉장고에서 맥주를 꺼냈다. 옷걸이에 걸려 있던 카키색 사파리룩과 카스 한 팩을 들고 밖으로 나왔다. 아영은 여전히 난간에 기대 야경을 바라보고 있었다. 그녀에게 다가가 사파리룩을 씌워주고 탭을 따서 맥주 캔을 건넸다. 아영은 맥주를 난간에 내려놓고 어깨에 걸친 사파리룩을 제대로 고쳐 입었다. 추웠는지 지퍼를 목까지 올렸다.

"따뜻해서 좋은데, 색깔이 영 아니네. 선배가 늘 입고 다니는 야상은 커피색 아니야?"

"그건 주로 야외 취재용이라 차에 있어."

"남자들은 군대가 싫다고 하면서도 이런 국방색을 즐겨 입는 거 보면 이율배반적이야."

아영이 맥주 캔을 드는 대신 담배를 꺼냈다.

"국방색은 일종의 향수라 할까? 남성들의 영원한 노스탤지어거든."

그녀에게 불을 붙여주고 그녀가 내려놓은 맥주 캔을 집어 들었다. 아영은 연기를 내뿜으며 한강을 바라봤다.

"한국에 오니까 활력이 넘쳐 좋다. 일본에 있다 오면 다이내믹 코리아라는 말이 팍팍 실감 난다니까."

"일본은 어땠는데? 유학 가서 재미없었나 보네."

"쓰쿠바가 원래 재미없는 도시예요. 익스프레스가 개통한 뒤로 건물이 많이 들어섰긴 했지만 조금만 벗어나면 완전 시골이거든요. 대중교통이 불편해서 자전거를 타고 다녔더니 다리통만 굵어졌어요. 게다가 불안해서인지 아빠가 매일 전화하니까, 일탈도 못했죠. 가끔 같은 연구실에 있는 한국 유학생들과 술이나 마시는 게 유일한 낙이었죠. 그러고 보니 자꾸 내 얘기만 하고 있네. 그러지 말고 공평하게 선배 얘기도 좀 해줘."

"나, 나야 지방에서 대학 겨우 졸업하고, 백수로 있는데 대학 때 학보사에서 알고 지내던 선배가 자기가 근무하는 지방 신문사로 오라고 하더군. 처음에는 고생 좀 했지. 그런데 조금 지나자 이 일이 나한테 짝 달라붙는 거야. 속물이 되는 순간 어두웠던 내 앞길에 광명이 비친 거지. 5년 만에 우리 회사로 스카우트될 정도로 승승장구했지."

인생이라는 게 몇 마디 단어로 정리될 수 없었다. 정식으로 시험 쳐서 들어간 게 아니라서 내가 받은 수모는 이루 말할 수 없었다. 잔일은 모두 도맡아 했고 밤새우기를 밥 먹듯이 했다. 그걸 5년이라는 단어로 압축해서 말하자니 속이 쓰렸다. 다시는 과거로 돌아가고 싶지 않았다. 이제 겨우 주류에 편입했다. 앞으로도 자신이 있었다. 우리 회사 선배 중 국회의원 배지를 단 사람이 많았다. 나름대로 경력과 인맥을 잘 관리한다면 정치부 기자에게는 기회가 오기 마련이다.

"그런 축약식으로 말고, 좀 더 진지하게 얘기해줘요."

아영은 다 비운 캔을 흔들었다. 팩에서 다시 한 캔을 꺼내 아영에게 건넸다. 나에게는 그녀에게 자랑스럽게 말할 과거가 없었다. 그렇다고 나의 어두운 과거를 그녀 앞에 끄집어내놓고 싶지도 않았다. 나에게는 지금 현재가 중요했다. 이대로 계속 나갈 수만 있다면 나의 미래도 그리 나쁘지만은 않았다. 나의 머릿속에는 항상 많은 계획이 세워져 있었다. 미래도 충분히 승산이 있었다.

"꽤 마신 것 같은데 생각보다 말짱하네. 술이 진짜 센 것 같은데. 유전이야, 아니면 노력이야?"

시시한 나의 과거에서 화제를 돌리기 위해 맥주 캔을 들어 올려 건배 제스처를 했다.

"외로운 유학생활 동안 술만 마셔서 그래요. 연구실에서 한국 유학생들끼리 밤새도록 술 마시며 한국 정치를 걱정하며 토론하곤 했어요. 그때는 정말 뜨거웠는데."

"그 먼 데서 뜨거움을 느꼈다면 지금은 본토, 그것도 정치의 핵심에 들어왔는데 느낌이 어떠서? 화끈한 느낌이 와야 하는 거 아냐?"

"선배, 놀리지 마. 나 요즘 회의감이 많이 들어. 정의나 도덕 이런 절대적 가치가 정치에 부딪혀 한 방에 나가떨어지는 걸 보고 있으려니 서글픈 마음뿐이야. 제도권 밖에 있을 때는 너무나 존경했던 분들인데 국회에 들어와서 자신의 신념조차 지키지 못하고 입장을 바꾸는 걸 볼 때마다 너무 화가 나."

열혈 기자가 열을 받기 시작했는지 숨도 쉬지 않고 맥주를 들이켰다.

"정치인이 되고 나면 사고가 우리하고 달라져서 그래. 자기에 대한 사랑만 극대화되거든. 에고이즘의 극치라고 할까? 그 인간들은 보통 사람보다 몇 배나 강한 이기적 유전자를 가지고 있어. 자신이 아무리 아니라고 해도 몸속에 박힌 이기적 유전자가 무의식적으로 자기애를 발현시켜 모든 일을 자신한테 유리한 행동으로 이끌게 되는 거지. 국회의원이 되고 나면 가장 신경 쓰이는 게 뭔지 알아. 국가의 발전, 국민의 행복. 웃기지 말라고 그래. 그들에게 가장 중요한 건 다음 선거에서 살아남는 것뿐이야. 그래서 민심보다는 표심에 자신의 이기적 유전자가 쏠리게 되어 있어. 행동이나 말은 국가와 국민을 위한 거라고 하지만 실제로는 몸속 깊이 뿌리박힌 이기적 유전자에 의해 다음 선거를 위한 전략적 포석으로 사용되는 것뿐이야. 물론 바보가 아닌 이상 겉포장은 국민을 내세워 그럴듯하게 꾸미겠지. 거기에 무슨 신념이 들어가겠어. 들어가봤자 양념 정도로 끝나겠지."

사고 처리가 끝났는지 막혔던 강변북로의 차량이 속력을 내고 있었다. 내 이기적 유전자가 향하고 있는 방향은 어딜까? 성공적인 삶을 살고 있는 사람들은 모두 이기적이었다. 자기애가 없는 사람은 결코 다른 사람 위에 설 수 없다. 내 이기적 유전자가 나를 그쪽으로 이끈다면 나는 기꺼이 이끌려 갈 것이다. 나는 이미 권력의 맛을 봤다. 비록 폭력에 의한 것이었지만 결코 잊을 수 없는 달콤함이었다. 그보다 훨씬 강력한 권력을 얻는다면 마다할 이유가 없었다. 물처럼 매끄럽게 흘러가는 차량 행렬을 보며 나는 잠시 생각에 빠졌다.

"하지만 정치인은 그러면 안 되잖아요. 자신을 위해 살려면 딴 직업을 선택해야죠. 표만 생각하는 정치인이라면 돈만 생각하는 장사치하고 뭐가 달라요."

"맞아, 다르지 않다는 걸 니가 빨리 깨달아야 이 생활이 편해진다고. 내가 국회에 들어와서 느낀 건데, 자신의 입지 같은 데 연연하지 않고 국가의 장래를 위해 정치를 하는 정치가는 정말 드물어. 대부분 다음 선거에서 살아남기 위해 기를 쓰는 정치꾼들뿐이야. 정치가야말로 자신의 가치와 신념을 지킬 줄 알기 때문에 추종하는 무리가 생기고 일가를 이루는 사람이지. 그릇 자체의 크기가 일반 정치인하고는 달라. 보통 초선에서 재선, 삼선으로 갈수록 정치꾼에서 정치인으로 정치인에서 정치가로 커가는 거야. 정치라는 게 1, 2년 해서 알 수 없어. 오랫동안 해야 그 세계의 움직임이 보이거든."

5년 동안 국회에 드나들었다. 그동안 국회의원이 되는 과정을 옆에서 생생히 지켜보았다. 비서 때부터 친하게 지냈던 보좌관이 출마해 자기 영감을 제치고 국회의원이 되기도 하고, 당에서 일하던 당직자가 비례대표 추천을 받아 국회의원이 되기도 했다. 준비만 잘 하고 있으면 언젠가는 기회가 왔다. 국회의원이라는 게 하늘 꼭대기에 있는 것만은 아니었다.

"그게 파벌 아냐, 선배. 일본 정치가 왜 저렇게 됐는데. 보스를 중심으로 한 파벌주의 때문이라고. 지금이 어느 땐데 선배는 그런 고리타분한 이야기를 하는 거야. 이제는 한국도 일본도 명망가를 중심으로 한 파벌주의는 해체돼야 한다고. 정당의 정치 이념에 맞는 사람들이 모여 이념에 따른 정치를 해야 한다고. 한두 사람의 손에 의해 정당이 좌지우지되는 시대는 굿바이 해야 돼."

나는 이 귀여운 아가씨를 바라보며 미소를 지었다. 초년기 때 가질 수 있는 이상이었다. 수십 년 동안 그 체제가 이루어져왔다면 그건 이유가 있는 것이다. 현실에서는 국민의 수준에 맞는 정치를 해야 한다. 현실을 모르고 하는 이야기지만 그런 아영이 싫지 않았다. 자기 주관도 없이 시키는 대로 움직이는 머리 빈 애들보다야 나았다.

"천천히 마셔라. 진짜 취하겠다."

또다시 팩에서 맥주를 빼 드는 아영의 손을 제지했다. 사소하지만 이런 배려가 여자에게 잘 먹혔다.

"선배야말로. 같이 마셨는데 어떻게 그렇게 멀쩡해?"

"집안 내력이야. 조상님으로부터 알코올 분해효소를 잔뜩 물려받았나 봐. 어지간히 마시지 않고서는 술에 취한 적이 없어. 덕분에 직장에서 살아남는 데 큰 도움이 됐지. 형은 그 때문에 살해됐지만."

"그건 또 무슨 소리예요? 교통사고로 돌아가셨다면서."

형의 사건에 대해 아직 누구에게도 말하지 않았다. 다들 교통사고로 죽은 줄 알고 있었다. 아영에게 형의 이야기를 해주어도 괜찮은지 잠시 망설였다. 형이 양 보좌관과 엮여 있다면 국회 안에 내 편을 만드는 것도 나쁘지 않았다. 아영과 같이 인기 많고 순진한 사람이라면 더욱 좋았다. 가토의 검에 관한 정보를 얻기 위해서라도 아영은 필요한 존재였다.

"형은 교통사고를 당한 게 아냐. 누군가에게 살해된 거지."

"네에?"

무슨 소리냐는 듯 아영의 눈이 동그래졌다. 나는 형의 사건에 관한 이야기를 시작했다. 가만히 듣고 있던 아영은 내 입에서 양 보좌관이 나오자 너무 놀라 입을 다물지 못했다.

"잠깐 선배, 그러니까 선배 말은 양 보좌관이 선배 형님을 살해했단 말이야?"

나는 무겁게 고개를 끄덕였다.

"무슨 근거가 있어서 하는 말이야? 그런 말을 하려면 최소한 납득할 만한 증거가 있어야 하는 거 아니에요?"

좁아진 아영의 미간이 풀어지지 않았다. 내 말을 믿기 어렵다는 표정이었다.

"물론 결정적인 증거는 없어. 하지만 끔찍하게 분명한 사실은 가지고 있지. 형이 죽었고, 죽기 전에 압류창고에서 가토의 검을 가지고 나왔고, 그 검에 대한 자료는 양 보좌관의 책상 안에 있었고, 내가 양 보좌관에게 형의 전화번호를 알려줬고."

"왜요?"

"양 보좌관에게 형의 승진을 부탁한 적이 있어. 인천세관에 근무한다고 하니까, 핸드폰 번호까지 알려달라고 해서 건네줬지."

"하지만 양 보좌관이 선배 형님을 시켜 세관 창고에 있던 가토의 검을 가져오게 했다는 증거는 아직 없는 거잖아요?"

"물론 형이 죽었기 때문에 양에게 물어보는 것 이외에는 확인할 방법이 없어. 하지만 내가 조사한 바로는 형이 창고에서 가져간 물건이 그 가토의 검일 가능성이 커. 그걸 가지고 양 보좌관이 금란가사 반환을 성공시킨 거야. 반환 일지를 봤더니 올해 6월부터 우호적 분위기로 가더니 8월 협상 때부터는 급진전하면서 반환 가능성을 언급하고 있었어. 그러고는 9월 초에 반환하기로 합의문까지 작성했어. 3년 동안 지지부진했던 일을 3개월 만에 속전속결로 끝낸 거야. 너도 지난번에 이상하다고 했잖아."

"그러게요. 내가 너무 쉽게 되는 것 같아 이상해서 양 보좌관한테 질문했더니, 선배가 중간에 태클 걸었잖아요."

이제야 내 말에 신뢰가 가는지 아영은 내 편에서 말을 받아주었다.

"그때는 금란가사 반환이 형의 죽음하고 연결되어 있는 줄은 꿈에도 몰랐지."

"가토의 검을 양 보좌관한테 넘겨줬다면서 왜 선배 형님을 살해한 거죠?"

"아직 자세한 이유는 모르겠어. 가토의 검에 대해 숨기려고 했거나 그렇지 않으면 가토의 검을 넘겨주는 과정에서 형과 양 보좌관 사이에 알력이 생겼는지도 모르고. 아무튼 둘 사이에 무슨 일이 있었던 것만은 확실해."

"그럼, 경찰에 신고해야 되는 거 아니에요?"

"물론 신고해야지. 하지만 지금은 아냐. 아직은 모든 게 추측에 불과해. 양 보좌관이 가토의 검에 대한 자료를 갖고 있다고 해서 그를 범인으로 몰 수는 없어. 증거가 될 만한 것들을 좀 더 찾아내서 내 생각이 맞는다는 걸 증명해야만 해. 그렇지 않으면 그냥 소설이 되고 말 거야."

양 보좌관의 책상에서 가져온 가토의 검에 대한 자료와 샤갈 지하 CCTV에 찍힌 인물이 양 보좌관이라는 사실을 곽 형사에게 말해주면 그의 눈은 번쩍할 것이다. 하지만 서두를 필요는 없었다. 내가 정보를 건네는 것보다 그가 수사를 통해 직접 사실에 접근해오는 게 무난했다. 아직 검의 실체도 파악하지 못했고 형과 양 보좌관 사이에 무슨 일이 오고 갔는지 확실하지도 않았다. 성급하게 접근했다가는 비웃음만 살지 모른다. 그는 기자란 사건을 들쑤시고 다니면서 일을 꼬이게 하는 존재로 생각하는 사람이었다.

"그래서 골프를 친다고 한 거예요? 양 보좌관이 나온다니까?"

"양 보좌관은 아직 내가 이 사건에 의심을 품고 조사하고 있는지 몰라. 아무런 의심을 사지 않을 때 살펴볼 필요가 있을 것 같아서."

"그랬구나. 난 그것도 모르고 화를 냈으니, 미안해요."

"괜찮아, 하고 용서했으면 좋겠는데, 내가 쿨하지 않아서리. 나도 뭔가 얻어먹고 싶은데."

그녀의 얼굴을 바라보며 장난기 어린 목소리로 말했다. 그러자 아영이 고개를 들고 내 볼에 가볍게 입술을 댔다.

"이걸로 퉁쳐요."

그러고는 고개를 돌렸다. 나는 아영의 어깨를 잡아당겨 입술을 찾았다.

"지나쳤어요."

입술이 떨어지자 아영이 나를 밀쳤으나 나는 그녀의 어깨를 놓지 않았다.

"이번엔 어디를 지나쳤는데?"

"진짜 지나쳤다니까요."

이번에는 아영이 고개를 들고 내 입술을 찾았다. 달콤한 키스가 오랫동안 이어졌다.

"선배, 지금 이가 부딪치고 있는 거 알아. 추우면 말을 해야지."

"추위 때문이 아냐. 너처럼 예쁜 여자랑 키스하는데, 안 떨 남자가 어디 있니?"

춥기는 했지만 이가 부딪칠 정도로 추운 날씨는 아니었다. 하지만 아영의 말처럼 내 턱이 떨리면서 이가 부딪치고 있었다.

"선배, 정말 웃긴다. 그걸 나보고 믿으라고? 그래, 그렇다고 치고 방으로 들어가자. 따뜻한 커피라도 한잔 마셔야지 그렇지 않으면 감기 걸릴 것 같은데."

내가 하고 싶은 말을 그녀가 해주었다. 그녀가 순수하다는 걸 믿어도 좋았다. 나는 아영의 손을 꼭 잡고 자연스럽게 방으로 이끌었다. 온도를 올려놓은 방 안은 공기가 훈훈했고 바닥은 적당히 따뜻했다.

"여기가 황태자에 버금가는 사람이 산다는 방이야? 혼자 살기 딱 좋은 크기네."

아영이 호기심 어린 눈으로 방 안을 둘러보며 말했다.

"둘이 살기도 괜찮은 크기야."

"그거 작업 멘트로 괜찮네. 선배, 녹색 좋아해?"

아영은 옅은 녹색 바탕에 나뭇잎 무늬가 새겨진 실크 벽지를 손끝으로 가볍게 쓸며 물었다.

"주인아줌마가 자기 맘대로 꾸며놓은 거야. 침대 시트도 깔 맞춰야 한다고 저렇게 해놓고."

나는 녹색으로 치장된 침대를 가리켰다.

"주인아줌마가 선배 엄마야? 왜 그러셨대?"

"자기 동생이 인테리어 하는데 싸게 해준다고 해서, 알아서 해달랬더니 이렇게 만들어놨어."

"아줌마 맘대로가 아니네. 선배가 일임한 거네. 그 동생이란 사람 결혼 안 했지?"

이번에는 창가로 가서 녹색 격자무늬가 들어간 커튼을 유심히 살폈다.

"어떻게 알았어? 자기는 소울 데코를 전공했다나. 아주 열심히 꾸미더군."

"선배가 맘에 있었던 거 아냐? 신혼집처럼 꾸며놨잖아."

"그런가. 나도 맘에 들었는데, 문제는 그 동생이 남자라는 거야. 커밍아웃도 할까?"

"푸하하, 됐어, 됐어. 이건 가족사진이야?"

창문에서 떨어진 아영은 내 책상으로 와서 유리 액자에 끼워놓은 사진을 집어 들었다.

"이게 선배겠네. 옆에 계신 분이 형님이야? 별로 닮지 않았네."

형의 유품을 정리하면서 가져온 사진이었다. 나에게는 유일하게 남아 있는 가족사진이기도 했다.

"우린 형제지만 닮지 않았어. 나는 아버지를 닮고, 형은 엄마를 닮아서 그래. 성격도 마찬가지야. 아버지는 모든 일에 열정적인 반면 엄마는 차분하고 내성적인 분이셔. 사람들 만나는 걸 좋아하지 않아 부천에 혼자 조용히 살고 계셔."

이제 어머니만 죽으면 우리 가족은 나 혼자 남게 된다. 누가 우리 가족에 관해 묻는다면 나는 이 사진을 보이며 슬프게 말할 것이다. 가끔 다투기는 했지만, 우리 가족은 서로 사랑했다고. 가정이 무너진 사람이 정치인으로 성공하기란 매우 어려운 일이다. 그런 의미에서 이 사진은 나에게 매우 소중한 소품이었다.

"아버님은?"

"돌아가셨어. 오래전에"

그녀의 손에서 사진을 받아 들었다. 양복을 입은 아버지는 다행히 점잖아 보였다. 사진을 책상 위에 내려놓았다. 그사이 아영은 책상 옆에 있는 책장으로 옮겨갔다. 그러고는 책장에 꽂힌 책을 하나하나 쓰다듬으며 제목을 천천히 읽어나갔다. 마치 내가 어떤 사람인지 파악하려는 것 같았다. 책장 속의 책은 오래전에 선별해서 꽂아놓았다. 책을 통해 사람을 읽을 수 있다는 건 닥터 강에게 배웠다.

'왔니?'

닥터 강의 사무실에 들어서면 제일 먼저 두꺼운 책이 가득 꽂힌 책장이 눈에 들어왔다. 닥터 강은 늘 책을 들여다보고 있었지만 내가 들어가면 책에서 눈을 떼고 활짝 웃어주었다.

닥터 강이 아버지에 대해 이야기를 해보자고 할 때 나는 무슨 말부터 해야 할지 몰랐다. 아버지가 오래전에 행방불명이 되었기 때문에 그에 대한 기억은 흐릿했다. 아버지가 사라진 뒤 나는 의식적으로 아버지의 모습을 내 기억 속에서 지워버리려 노력했다. 그래서인지 생각나는 건 암울한 분위기와 숨 막히는 공간뿐이었다.

'아버지가 움직이면 주변의 공기가 무거워졌어요. 아버지가 사라지고 나서야 공기는 원래의 무게로 돌아왔어요. 나도 그때서야 마음껏 숨을 쉴 수 있었고요.'

아버지가 옆에 있으면 나는 거의 숨을 쉬지 않았다. 소리를 내면 나의 존재가 들킬까 두려웠다. 아버지 폭력에 맞서는 나의 방어기제는 철저히 나를 숨기는 것이었다.

'엄마는 늘 고개를 숙이고 다녔어요. 멍이 들거나 부르튼 입술을 사람들에게 보여주기 싫었기 때문이죠. 엄마가 살아 있을 동안에는 나도 같이 움츠리고 살았어요. 엄마와 난 하나로 묶여 있었으니까요. 엄마가 죽었을 때 그 끈이 풀어진 거죠. 그제야 비로소 나는 기지개를 켤 수 있었죠.'

닥터 강은 내 이야기에 귀를 기울여주고 고개를 끄덕여주었다. 나의 과거는 그녀의 호기심을 자극했다. 내가 숨 막히는 폭력 속에서 어떻게 버텼는지 궁금해했다. 나의 폭력적 성향의 원인을 찾고 싶어 하는 그녀를 위해 작은 거짓말을 만들어냈다. 그것은 우리만의 비밀로 취급되었다. 비밀을 나누어 가짐으로써 우리 사이에는 유대감이 형성되었다. 닥터 강은 나를 충분히 이해해주었고, 기꺼이 멘토가 되어주었다.

'손목에 난 상처도 아버지가 그랬니?'

내 옆구리의 길게 찢진 상처를 보았을 때처럼 닥터 강은 내 손목의 번들거리는 상처를 보고 마음이 아프다는 듯 얼굴을 찡그렸다.

'아니요. 이건 제가 일부로 만든 거예요. 전 앞으로 해야 할 일을 모두 기억하고 싶었어요. 아버지가 엄마에게 가했던 폭력을 잊고 싶지 않았어요. 언젠가는 똑같은 만큼의 아픔을 돌려주겠다고 늘 생각했죠. 하지만 가끔 잊어버리기도 했어요. 그럴 때는 여기에 난 상처를 핥았어요. 여기서는 언제나 쓰리고 아린 맛이 났죠. 그건 엄마가 죽었을 때 느꼈던 아픔과 비슷했어요.'

주로 도당공원에서 술에 취해 벌인 짓이었다. 어른들의 관심에서 밀려난 아이들은 가끔 자신을 과시하고 싶어 했다. 문신이나 담뱃불로 지진 자국을 드러내고 다님으로써 특별한 존재로 인정받을 수 있었다. 나도 아이들이 보는 앞에서 같은 곳을 담뱃불로 여러 번 지졌다. 그 자국은 점점 넓어졌고 세포 조직이 서로를 잡아당기면서 반들반들한 화상 자국으로 변했다. 그로 인해 불편했던 것은 한여름에도 짧은 와이셔츠를 입지 못한다는 것뿐이었다. 원래 짧은 와이셔츠를 좋아하지 않았기 때문에 자학에 대한 대가치고는 그리 크지 않았다.

'자신을 학대하는 건 옳지 않아. 너에게는 앞으로의 인생이 있어. 아버지에게 복수하는 것은 니 인생의 행복을 찾는 것뿐이야. 어머니도 살아 계셨다면 분명 그렇게 생각하셨을 거야.'

닥터 강은 내 손목에 난 일그러진 흉측한 상처를 어루만져주었다. 손길은 부드럽고 섬세했다. 그런 닥터 강이 좋았다. 그녀가 상처를 입는다면 나도 진심으로 그녀를 어루만져주고 싶었다. 하지만 그녀처럼 우아한 동물이 상처를 입는다는 것은 상상하기 힘들었다. 그런 상상을 하는 것만으로도 내 성욕은 용암처럼 끓어올랐다.

'너도 곧 성인이 되면 사회에 나갈 텐데, 사회가 그리 만만한 곳이 아니야. 지금처럼 하고 싶은 대로 해서는 살아갈 수가 없어. 화가 나도 참고, 억울해도 참아야 해. 그러기 위해서는 자신의 본성과 다른 얼굴을 하고 살아야 해. 남들도 다 그렇게 살아가고 있어. 싫어도 가면을 하나씩 쓰고 사는 거지. 너도 너에게 맞는 가면을 지금부터라도 만들어야 해.'

닥터 강은 나에게 과거보다는 미래를 생각하게 했다. 미래에 대한 준비도 함께 해주었다. 거울을 보며 웃는 연습도 시켰고 분노가 넘칠 때 호흡을 통해 마음을 다스리는 방법도 가르쳐주었다. 상담이 끝나고도 나는 계속 그녀를 찾아갔다. 그녀는 항상 나를 반갑게 맞아주었다. 아영에게 끌리는 이유도 닥터 강에게 느꼈던 아련한 감정을 아영이 되살려주었기 때문일 것이다. 나는 반질반질한 손목의 상처를 보았다. 그 위를 어루만지던 닥터 강의 간지러운 손끝이 상처에서 느껴졌다. 지금은 어디에 살고 있는지 모르지만 상처를 보면 늘 그녀가 생각났다.

닥터 강에 대한 그리움이 밀려오자 더 이상 참을 수가 없었다. 책속에 빠져 있는 아영에게 다가가 어깨를 잡아 돌려세웠다. 아영의 맑은 눈이 나를 바라봤다. 그녀의 눈동자 안에 있는 나를 보며 자신감을 얻었다. 그녀의 뺨에 손을 댔다. 술에 취해 붉게 물든 뺨은 부드럽고 따뜻했다. 아영이 손에 든 책을 놓고 자신의 손을 내 손 위에 포갰다. 아영의 뒷덜미에 손을 밀어 넣어 목을 고정시키고 입술을 찾았다. 그녀의 입술을 열고 혀를 강하게 밀어 넣자 그녀는 맥없이 무너졌다. 몸을 돌려 그녀를 침대에 눕히고 불을 껐다. 어둠 속에서 그녀의 거친 숨소리가 들렸다. 마음이 급한 나에게는 애무보다는 삽입이 먼저였다. 섹스가 끝나자 아영은 피곤한 듯 베개를 끌어안고 잠이 들었다. 나도 그녀의 하얀 등을 감싸 안은 채 눈을 감았다. 서랍 안에 넣어놓은 콘돔이 생각났다. 임신한다면 그건 그녀가 알아서 처리해야 할 문제였다. 잠이 쏟아졌다. 아영의 고른 숨소리가 턱밑에서 들려왔다. 오랜만에 깊은 잠에 빠져들었다.

17. 미러클

"나이스 샷!"

캐디가 소리쳤다. 양 보좌관이 친 공이 일직선으로 날아가더니 페어웨이 위에 안착했다. 양 보좌관이 만족한 웃음을 띠며 티 박스에서 내려왔다. 첫 번째 샷이라 몸이 굳었을 텐데 양 보좌관의 샷은 흔들림이 없었다. 두 번째 순서는 나였다. 양 보좌관을 향해 손을 가볍게 들어 올리고 티 그라운드 위로 올라갔다. 양 보좌관과는 여러 번 플레이해봤다. 드라이버 거리는 많이 나가지 않지만 방향만은 정확했다. 퍼터도 신중해서 남들보다 시간을 많이 잡아먹었다. 재미있게 플레이를 하는 놈은 아니었다. 양 보좌관에 대해서는 잠시 잊어버리고 경기에 집중하기로 했다. 티를 꽂고 공을 올린 후, 빈 스윙을 두 번 했다. 아직 몸이 풀리지 않았는지 스윙이 생각만큼 부드럽게 돌아가지 않았다. 첫 샷부터 욕심을 내면 십중팔구 오비가 나기 마련이다. 드라이버를 한 뼘 내려 잡고 다시 한 번 스윙했다. 먼저보다 훨씬 부드러워졌다. 이 리듬을 타면 무난할 것 같았다. 준비를 끝냈고 방향을 잡으려고 그린 쪽으로 고개를 돌렸다. 페어웨이 위에 양 보좌관이 친 빨간 컬러 볼이 보였다. 평소 내 비거리를 생각하면 저 정도는 우스운 거리다. 양 보좌관이 방향성이라면 나는 비거리다. 보통 양 보좌관보다 30미터, 많게는 50미터까지 더 나갔다. 그러나 여태까지 한 번도 양 보좌관을 이겨보지 못했다. 그동안은 지지 않으려고 신중하게 플레이를 했다. 오늘 경기 목적은 이기는 게 아니라 양 보좌관에 대한 탐색이다. 오늘 만큼은 승부를 떠나 마음껏 치자는 생각이 들었다. 한 뼘 내렸던 드라이버를 다시 길게 잡았다. 어드레스를 마치고 시선을 티 위에 올려놓은 하얀 공에 고정했다. 모든 신경을 집중시키고 허리를 틀면서 드라이버를 천천히 들어올렸다. 드라이버가 정점에 올라왔다는 생각이 드는 순간 힘껏 휘둘렀다. 쩡, 하는 소리와 함께 공이 튀어 나갔다. 맞는 순간 손목이 미처 따라오지 못했다는 걸 느낄 수 있었다. 공이 오른쪽으로 심하게 휘어져 날아갔다. 첫 타석부터 오비였다.

"어깨에 너무 힘이 들어가는 거 아닙니까?"

전반 마지막 홀에서도 슬라이스를 내자 양 보좌관이 웃으면서 말했다. 아홉 홀을 도는 동안 세 번이나 오비를 냈다. 스코어 기록은 물 건너간 지 오래였다. 핸디를 받았는데도 벌써 내 돈이 나가기 시작했다. 이 상태로 계속 간다면 경기를 마치기도 전에 지갑이 텅 빌 게 분명했다. 양 보좌관은 차근차근 끊어가며 보기플레이를 하고 있었다.

"그러게 말입니다. 요즘 안 좋은 일만 생겨서 그런지 공도 잘 안 맞네요."

"안 좋은 일이라뇨? 무슨 일 있습니까?"

양 보좌관이 티 박스에서 내려오는 나를 보며 물었다. 양 보좌관 옆에서 잠시 걸음을 멈추었다. 그리고 그의 눈을 똑바로 쳐다보았다.

"일전에 제가 세관에 근무하는 저의 형 승진을 부탁드린 적이 있죠. 그 형이 며칠 전에 죽었습니다. 누군가에게 살해되었죠. 귀까지 잘린 채 말입니다."

작지만 분명한 목소리로 말했다. 양 보좌관의 입이 벌어졌다. 누가 봐도 놀란 표정이었다. 캐디가 드라이버를 건네자, 그제야 정신이 드는지 드라이버를 들고 허둥지둥 티 박스로 올라갔다. 나는 팔짱을 끼고 뒤편에 서서 양 보좌관을 유심히 지켜봤다. 겉으로 보기에는 전과 마찬가지로 신중하게 어드레스를 했다. 어디서도 동요하는 빛을 찾을 수 없었다. 그러나 샷을 했을 때 어깨에 힘이 들어갔는지 공이 심하게 말려 나가더니 왼쪽 오비 티를 넘어 나무 사이로 사라졌다. 또박또박 나가던 양 보좌관이 처음으로 오비를 냈다. 샷이 흔들린 게 틀림없었다.

"어이구, 드디어 한 번 봐주시네."

장 회장이 양 보좌관을 향해 위로의 말을 던졌다. 그러나 양 보좌관은 아무 대꾸도 하지 않은 채 굳은 얼굴로 티 박스에서 내려왔다. 얼굴색이 하얗게 질려 있었다. 그 모습을 보자 후반전부터 게임이 재미있어질 거란 생각이 들었다.

전반을 마치고 다들 하우스에서 맥주를 한잔하는 동안 현금인출기로 가서 돈을 찾았다. 아무래도 실탄이 더 필요했다. 게임 도중 빈 지갑을 보이기 싫었다. 오늘 게임은 어차피 포기했다. 돈이야 얼마를 잃든 상관없었다. 전반전에 양 보좌관에게 잽을 한 번 갈겨놓은 것으로 만족했다. 후반전에 제대로 된 어퍼컷을 먹인다면 더할 나위 없겠지만. 돈을 찾아서 하우스 식당으로 들어가자 양 보좌관과 간사인 최 보좌관, 그리고 장 회장이 말을 멈추었다.

"김 기자가 평소에는 잘 치는데, 오늘은 컨디션이 영 아닌가 봐."

사람 좋은 장 회장은 나를 변호해주었다.

"그래서 말인데. 양 회장님께서 후반부터는 많이 딴 사람은 OECD 가입을 하자고 하시네."

장 회장이 손을 들어 양 보좌관을 가리켰다. 양 보좌관을 쳐다보자 그는 크게 선심 쓴다는 듯 고개를 끄덕였다.

"친선 게임인데, 너무 출혈이 크신 것 같아서."

"그럼 뭐로 할까요? 오물빤쓰만 할까요? 스리플까지 할까요?"

최 간사가 양 보좌관을 거들며 나섰다. 내가 들어오기 전에 세 사람이 이미 합의를 본 것 같았다.

"스리플까지는 너무했고, 오물빤쓰까지만 하죠."

장 회장이 대화를 마무리하려 했다. 돈을 일정액 이상 딴 사람이 오비, 물해저드, 벙커, 스리퍼터를 하게 되면 돈을 두 배로 내는 것이다. 돈을 많이 잃은 사람을 배려하기 위한 룰이었다.

"그러지 마시고 그냥 하시죠. 아직 후반이 남았는데. 경기라는 게 마지막까지 모르는 거 아닙니까? 실탄도 충분히 보급해 왔고. 따봤자, 집 한 채 살 돈도 안 되는데 중간에 룰을 바꾸면 경기가 재미없어지지 않습니까?"

처음부터 OECD를 정했으면 모를까 중간에 하자는 것은 배려도 되지만 자존심을 뭉개는 것도 됐다. 내가 정색을 하자 서로 눈치를 보며 얼굴만 살폈다.

"그럼, 그럽시다. 많이 따신 분이 캐디피나 주기로 하죠."

장 회장이 어색한 분위기를 없애려고 내 말을 받아주었다.

"그대로 가는 겁니다. 좋아, 실력이 안 되면 주력으로라도 만회하겠습니다."

나는 앞에 놓인 500시시 맥주잔을 들어 단숨에 비웠다. 나의 과장된 행동에도 불구하고 어색한 분위기는 풀리지 않았다. 땅콩을 입에 털어 넣으며 정면에 앉은 양 보좌관을 쳐다봤다. '그런 어쭙잖은 호의로 위기를 모면하려는 모양인데 어림없는 수작이지.' 내가 무슨 생각을 하는지 모르는 양 보좌관은 내게 미소를 지어 보였다. 하지만 누가 보아도 억지로 갖다 붙인 미소라는 것을 알 수 있을 정도로 어색했다.

전반 마지막 홀에서 오비를 냈던 양 보좌관은 금방 회복해서 자기 페이스를 찾았다. 나만 여전히 슬라이스와 훅을 반복하며 갈지자를 그리고 있었다. 게임에 집중할 수 없으니 당연한 결과이기도 했다.

"나이스 파, 사장님 완전 프로시네."

"역시 언니 말이 맞았어. 잔디가 '준메'인 줄 알았는데 '꺅꾸'네. 그냥 쳤으면 모자랄 뻔했다. 옜다, 팁이다."

양 보좌관이 만 원짜리 한 장을 캐디에게 찔러줬다. 양 보좌관은 후반에 들어와서 의도적으로 나를 피했다. 대신 캐디에게 팁을 주며 농담을 걸기 시작했다. 그러자 캐디가 양 보좌관 옆에 착 달라붙어 떨어지지 않았다. 과연 너구리다웠다. 다시 한 번 잽을 날릴 기회를 찾았지만 둘이 붙어 있는 바람에 기회가 쉽게 찾아오지 않았다.

"오른쪽으로 휘면 슬라이스, 왼쪽으로 휘면 훅, 한가운데로 날아가면 뭐라 하는 줄 아세요."

덤불 속으로 들어간 공을 찾고 있는데, 언제 왔는지 캐디가 옆에서 말을 붙였다.

"뭔데?"

"미러클이요. 기적이래요."

"그래서 나보고 기적 같은 건 기대하지 말라는 건가?"

나도 모르게 퉁명스럽게 말을 내뱉었다. 양 보좌관과 죽이 맞아 다니는 캐디에게 좋은 말이 나올 리 없었다.

"어머, 그게 아니고요. 오늘 게임이 잘 안 되시니까, 양 사장님이 위로 좀 해드리라고 해서 한 말인데."

캐디가 페어웨이를 향해 고개를 돌렸다. 그쪽을 보니 양 보좌관이 잔디밭 한가운데를 걸어가고 있었다. 양 보좌관도 나를 보고 있었는지 손을 흔들었다. 엿이나 한 방 먹이고 싶은 걸 꾹 참았다.

"잠깐 들렀다 가죠. 아무래도 알코올 부족 같아요. 막걸리라도 한잔 해야겠습니다."

13번 홀을 마치고 14번 홀로 넘어가는 길목에 그늘집이 보였다. 양 보좌관이 계속 피하는 바람에 제대로 마주할 기회가 없었다. 그늘집에 잠시 들른다면 기회가 날 수도 있었다. 나와 장 회장, 그리고 양 보좌관은 막걸리를 한 잔씩 마셨고, 술이 약한 최 간사는 커피를 마셨다. 후반 들어 양 보좌관이 확실히 선두를 굳혔다. 캐디에게 팁을 찔러주자 라이에 신경을 많이 써주는지 롱 퍼터도 자주 컵에 빨려 들어갔다. 장 회장과 최 보좌관은 자기 스코어를 유지하고 있었다. 나 혼자 죽을 쑤고 있었다.

"오늘은 양 회장님 날이네요. 80대 초반은 무난하겠습니다."

장 회장이 마른 멸치를 고추장에 찍으며 양 보좌관을 칭찬했다. 전반 마지막 홀에서 스리 오버를 한 뒤로는 계속 파, 보기로만 이어나갔다. 장 회장의 칭찬에도 양 보좌관은 빙그레 웃기만 했다. 오늘은 평소보다 말을 아끼고 있었다.

"남자들이 왜 골프를 좋아하는지 아십니까?"

연거푸 막걸리를 두 잔 마신 나는 약간 취한 척하며 수다를 떨기로 했다. 지금 같은 분위기로 마지막 홀까지 간다면 양 보좌관과 마주할 기회를 만들기 힘들었다. 딱딱한 분위기가 바뀌려면 수고해야 하는 사람이 하나는 있어야 했다.

"남자가 불완전한 동물이라 그래요. 세상에서 가장 완전한 동물은 여자라고 해요. 숫자로 치면 남자는 일이 부족한 구이고 여자는 완전을 나타내는 숫자 영이지요. 그래서 불완전체인 남자는 부족한 일, 즉 작대기를 가지고 자신을 완성하기 위해 구멍을 찾아 헤매는 존재가 될 수밖에 없다는 거죠. 골프는 남자의 숙명인 셈이죠. 가끔 엉뚱한 구멍을 찾는 사람들이 있어 문제지만."

내가 너스레를 떨자 장 회장과 최 간사는 크게 웃어주었지만 정작 흔들려야 할 양 보좌관은 억지미소를 그대로 유지하고 있었다. 평소 같으면 추임새를 넣으며 한 술 더 뜨고도 남을 인간이었다. 아무래도 전반에 먹인 잽의 충격 때문에 경계심이 높아진 것 같았다. 이렇게 방어적으로 나온다면 오늘 게임이 밋밋하게 끝나고 말 것이다.

남은 막걸리를 마시고 화장실에 가는 척하며 먼저 자리에서 일어났다. 분산이 되어야 잽이든 어퍼컷이든 먹일 수 있었다. 밖에서 기다리다가 양 보좌관이 화장실에 가면 따라붙을 생각이었다. 그늘집 옆에 서서 방금 경기를 끝내고 나온 13번 홀을 바라봤다. 울긋불긋 물든 나뭇잎들이 코스 주위를 따라 아름답게 펼쳐져 있었다. 13번 홀에는 원색 골프웨어를 입은 남녀 두 쌍이 플레이 하고 있었다. 부부인지 애인인지 모르지만 공이 날아갈 때마다 나이스를 외치는 여자들의 목소리가 경쾌했다. 그늘집 문이 열리는 소리가 나더니 두런두런 말소리가 들렸다. 벽에 붙어 서서 그늘집 문 앞을 살폈다. 장 회장과 최 간사가 화장실이 있는 좌측으로 돌아가고 양 보좌관이 혼자 남아 주머니에서 담배를 꺼내고 있었다. 재빨리 라이터를 꺼내 들고 양 보좌관 옆으로 다가갔다.

"불, 여기 있습니다."

양 보좌관이 라이터를 꺼내기 전에 먼저 불을 켜서 담배 끝에 대주었다.

"아, 예. 고맙습니다."

갑자기 나타난 나를 보고 양 보좌관이 놀란 표정을 지으며 급히 담배에 불을 붙였다. 나도 담배를 꺼내 물고 옆에 섰다. 캐디는 30미터쯤 앞에 있는 티 박스에서 양 보좌관이 사준 캔커피를 마시고 있었다.

"날씨가 참 좋죠. 운동하기에는 최고의 날씨지 않습니까?"

가벼운 이야기부터 꺼내 대화를 유도했다. 그러나 양 보좌관은 아무 대꾸 없이 앞만 주시했다. 옆모습을 슬쩍 보자 귀밑에 콩알만 한 물사마귀가 보였다. 샤갈에 들른 사람은 양 보좌관이 틀림없었다.

"저의 형과 만난 적 있습니까?"

시간이 별로 없을 것 같아 단도직입적으로 물어보았다. 양 보좌관이 나를 향해 고개를 돌렸다.

"무슨 소립니까?"

양 보좌관이 시큰둥한 표정으로 대꾸했다.

"저한테 형 연락처를 달라고 해서 핸드폰 번호를 알려준 적이 있는데, 기억이 전혀 안 나시는 모양이네."

양 보좌관은 아무 말도 하지 않고 고개를 다시 앞으로 돌렸다.

"보좌관님이 형한테 세관에서 물건을 빼내 오게 시켰습니까?"

"음……."

양 보좌관이 낮은 신음을 냈다. 입술 끝이 떨리고 있었다. 무슨 말이 나올지 그의 입술을 쳐다봤다.

"무슨 말씀을 하시는 건지 잘 모르겠는데."

양 보좌관이 시치미를 뗐다. 입을 꾹 다문 채 앞만 쳐다보고 있는 그를 보고 있자니 한 대 후려치고 싶은 생각이 들었다. 내 방식대로 멱살을 잡아 내동댕이친다면 무슨 이야기라도 들을 수 있을 것 같았다.

"사장님 이제 준비하셔야 하는데요. 앞 팀이 빠졌어요."

캐디가 양 보좌관을 향해 소리쳤다. 양 보좌관은 기다렸다는 듯이 담배꽁초를 바닥에 던지고 캐디를 향해 걸어갔다. 나는 양 보좌관이 버린 담배꽁초를 짓이기고 근질근질한 손을 어루만지며 양 보좌관의 뒤를 천천히 따라갔다.

어느새 마지막 홀까지 왔다. 아무리 포기한 경기지만 스코어가 너무 엉망이었다. 양 보좌관이 어느 정도 동요할 거라 생각했는데 경기가 다 끝나도록 흔들림이 없었다. 이미 티 샷을 끝낸 양 보좌관의 공은 첫 홀과 마찬가지로 페어웨이 한가운데 자리 잡고 있었다. 골프는 멘털 게임이었다. 마음에 조그마한 충격이 와도 금방 샷으로 나타났다. 내가 던진 말에 양 보좌관이 어떤 식으로든 반응을 보일 거라 생각했다. 전반 마지막 홀에서 양 보좌관의 얼굴이 하얗게 질렸을 때 나는 회심의 미소를 지었다. 그러나 그 이후 양 보좌관은 꿈쩍도 하지 않았다. 오히려 그런 양 보좌관에게 신경을 쓰느라고 내가 사정없이 무너졌다.

티 위에 놓인 볼을 바라보고 페어웨이 위에 안착한 양 보좌관의 볼을 바라봤다. 오늘 마지막 드라이브였다. 양 보좌관의 볼을 훌쩍 넘기고 싶은 생각뿐이었다. 오비가 나도 상관없었다. 어차피 버린 경기였다. 이를 악물고 빈 스윙을 두 번 했다.

"힘이 너무 들어갔어."

보다 못한 장 회장이 충고했다. 나는 들은 척도 하지 않고 타석에 섰다. 하얀 볼의 뒤통수를 정확히 가늠했다. 공을 뚫어지게 쳐다보고 있자 점점 부풀어 오르더니 형의 뒤통수만큼 커졌다. 이를 악물고 드라이버를 들어 올렸다. 손목이 정점에 올라왔다는 느낌이 오는 순간 힘껏 채를 던져버렸다. 챙, 하는 소리가 귓전을 때렸다. '굿 샷' 하는 외침에 고개를 들었다. 공이 잔디밭 가운데를 힘차게 날아가고 있었다. 오늘 친 공 중 최고였다.

"250미터는 날아간 것 같아요. 진작 이렇게 치시죠. 오잘공이네요."

캐디가 드라이버를 받으며 말했다.

"그러게요. 살다 보면 미러클이 한 번쯤 오게 되는 것 같습니다."

티 박스를 내려오며 양 보좌관을 향해 고개를 돌렸다. 양 보좌관은 팔짱을 낀 채 나를 보고 있었다. 오랜만에 샷이 제대로 들어가자 장

회장과 최 간사가 차례로 하이파이브를 해주었지만 양 보좌관은 팔
짱을 풀지 않고 나를 노려보기만 했다.

18. 나쁜 피

집 둘레를 한 바퀴 돌아보았다. 집이 망가지고 있다는 사실이 실감났다. 화단은 손을 대지 않아 잡풀이 무성했다. 담쟁이덩굴이 휘감은 뒤편은 한동안 치우지 않았는지 수북이 쌓인 낙엽 속에서 썩은 냄새가 올라왔다. 마당에 서서 낡은 집을 바라보았다. 업자는 이 정도 평수면 빌라를 올리기에 충분하다고 했다. 부천으로 유입되는 인구가 해마다 늘고 있어 입주자를 찾기는 어렵지 않았다. 어머니만 허락하면 바로 공사에 들어갈 수 있었다.

"왔니?"

내가 들어오는 걸 보았는지 이모가 현관문을 열고 나왔다.

"너는 어째 집에 한 번도 안 오냐. 꼭 이렇게 전화를 해야 오니?"

어머니가 몸살을 앓고 있다고 했다. 심한 정신적 충격을 받은 사람들에게서 공통으로 나타나는 현상이다. 정신적 충격이 몸으로 전이되면서 사람들은 대부분 심한 몸살을 앓았다. 어머니에게도 몸살은 사정없이 몰아칠 것이다. 유일한 핏줄인 형을 잃었으니 그럴 만도 했다.

이모는 내가 얼마 전 택배로 보낸 빨간색 카디건을 걸치고 있었다. 화려한 색상으로 유명한 브랜드였다. 원색을 좋아하는 어머니에게 화해의 뜻으로 보내드렸다. 이모가 이 집의 주인이 되어가고 있었다.

"어머니는 어떠셔?"

"입안에 하얗게 염증이 생기고 구멍이 나서 병원에 갔더니 구내염이래. 의사 말로는 피곤하고 신경을 많이 쓰면 생기는 병이래. 영석이 죽고 나서 언니가 제대로 먹지도 자지도 못해서 그럴 거야. 오늘도 물밖에 아무것도 먹은 게 없어. 이러다 언니마저 죽는 거 아닌지 모르겠어. 영민아, 니가 잘 달래서 밥이라도 먹게 해. 이럴 때 잘해야 티가 나는 거야."

수선을 떠는 이모를 밀치고 현관 안으로 들어갔다. 집 안이 어수선한 게 어머니의 손길이 닿을 때와는 분위기가 달랐다. 주방에서 삼겹살 굽는 냄새가 났다. 아버지의 고기 냄새에 질린 어머니는 아버지가 사라지고 나서 집에서 고기를 구운 적이 한 번도 없었다. 죽 전문점에서 사 온 야채죽을 이모에게 건넸다.

"점심은? 니 엄마 때문에 고기를 좀 구웠는데 먹을래?"

어이가 없어 이모를 쳐다봤다. 역시 이모가 어머니를 대신해줄 수는 없었다. 오갈 데가 없어 들어온 불쌍한 노인네일 뿐이었다.

"참, 어제 형사가 왔다 갔어."

이모가 목소리를 낮추어 말했다.

"형사라고 하니까 내가 괜히 떨리더라."

나를 바라보는 눈빛이 중요한 정보를 제공했으니 알아달라는 눈치였다. 고개를 끄덕이자 이모가 흡족한 표정으로 죽을 가지고 주방으로 갔다.

안방에서 귀에 익은 찬송가가 흘러나왔다. 안방 문을 열자 어머니가 옷매무시를 가다듬은 채 요 위에 앉아 있었다. 내 목소리를 듣고 자리에서 일어났을 것이다. 어머니는 내 앞에서 흐트러진 모습을 보이는 걸 싫어했다.

"괜찮아요, 어머니?"

얼굴이 많이 수척해져 있었다. 어머니가 나를 보고 싶어 한다는 이모의 전화를 받았을 때 어머니의 마음이 열리고 있다고 생각했다. 형이 죽은 마당에 이 세상에서 기댈 사람은 나밖에 없었다. 그러나 아무 말 없이 고개만 끄덕이는 어머니의 눈동자는 언제나처럼 차가웠다. 내가 일곱 살 때 어머니가 형을 데리고 왔다. 그때부터 나는 어머니의 사랑을 받으려고 무척 노력했다. 석준이었던 내 이름을 영민으로 바꿀 때도 불만을 갖지 않았다. 심지어 어머니를 괴롭히던 아버지가 빨리 죽기를 바라기까지 했다. 그런데도 돌아오는 건 언제나 얼음처럼 차가운 눈빛이었다. 나의 기대가 가볍게 무너졌다. 나는 오른쪽 손등을 문질렀다. 어머니가 거기에 뜨거운 눈물을 흘려주었다. 그건 형이 죽었기 때문에 가능한 일이었다.

"형사가 찾아왔다면서요?"

현실로 돌아왔다. 너무 초조해할 필요는 없었다. 형이 죽고 나서 어머니와 마주하는 시간이 많아졌다. 언젠가는 마음이 열릴 것이다. 어머니의 미간이 좁아지더니 이모를 책망하는 시선으로 방문을 바라보았다.

"어머니 제 말 안 들리세요?"

다시 조용히 말했다. 그러나 어머니는 대답이 없었다.

"형사가 찾아왔느냐니까?"

이렇게 큰 소리로 말하지 않으면 어머니는 언제나 내 말을 무시했다.

"지난번 병원에서 본 그 형사가 왔었다."

"그자가 왜 찾아왔던가요?"

곽 형사가 어머니를 찾아올 이유가 없었다. 범인을 찾는다면 도당 공원을 뒤지든지 양 보좌관을 찾아가야 했다. 이런 곳에서 시간을 낭비할 이유가 없었다.

"영석이에 대해서 이것저것 물어보더라."

"그래서요?"

어머니가 입을 다물었다.

"우리 집에 관해 얘기했어요? 술만 마시면 행패를 부리던 아버지와 그 피를 물려받아 못된 짓만 하던 배다른 아들에 대해서도 이야기했냐고요?"

내 과거가 발가벗겨진 채 곽 형사 귀로 들어갔을 거란 생각이 들자 기분이 몹시 나빠졌다.

"그래, 영석이 살인범을 잡는 데 필요한 이야기는 다 해줬다."

어머니가 나를 노려봤다. 차갑고 커다란 눈이 매섭게 올라갔다. 살은 빠졌지만 두 눈만은 여전히 날카로웠다. 나는 잠시 입을 다물었다.

"미안해요. 속이려던 게 아니고 교통사고로 죽었다는 게 어머니 마음이 편할 거라 생각했어요."

"내 마음이 편할 거라고? 내 마음이 편해지려면 어떤 놈이 우리 영석이를 그렇게 죽였는지 알아야겠다."

독기를 품은 눈빛이 나를 떠나지 않았다. 마치 벌레가 내 몸 안으로 기어들어오는 기분이었다.

"어느 놈이 그랬는지는 경찰이 찾아줄 거예요. 어머니는 그냥 편히 계세요. 괜히 신경 써봤자, 몸만 축나요. 벌써 입안이 다 헐었다면서요. 형은 이미 죽었어요. 범인을 잡는다고 살아오는 것도 아니잖아요. 그만 잊어버리세요."

서서히 짜증이 일었다. 그놈의 영석이는 죽어서도 우리 영석이다. 병신 새끼처럼 비실거리며 어머니 치마 품으로 숨어들던 영석이의 어릴 적 모습이 떠올랐다.

"어떻게 그런 말을 할 수 있어? 영석이가 죽었다고. 가엾은 우리 영석이가 죽었다고. 아무리 사이가 안 좋았다지만 어떻게 그런 말이 쉽게 나올 수 있어?"

어머니에게 나는 안중에도 없었다. 영석이에 대한 애정만 가득했다. 이제 짜증을 넘어 분노가 밀려왔다.

"무슨 소리야? 우리 사이가 안 좋았다고? 어머니는 우리 사이를 잘 모르는 모양인데, 우린 형제라고. 카인과 아벨 이후 형제는 늘 싸웠다고. 우리가 싸웠다고 사이가 나쁘다고 하는 건 어머니가 우릴 형제로 보지 않았기 때문이야. 형제로 봐주었다면 다른 엄마들처럼 대수롭지 않게 넘어갔을 거라고. 어머니처럼 형을 유난스럽게 감싸지는 않았을 거란 말이야."

어릴 적 생각만 하면 속이 뒤집혔다. 무슨 일이 벌어지면 무조건 내 탓이었다. 어머니에게 아들은 영석이뿐이었다. 나는 아버지의 더러운

피를 이어받은 괴물 같은 존재였다.

"어머니는 내가 저녁마다 형을 공원으로 끌고 나가 술을 먹였다고 나를 미워하지만, 그건 어머니가 진짜 모르고 하는 소리야. 형이 먼저 나가자고 했어. 거기에 형이 좋아하는 여자가 있었어. 날씬하고 춤을 잘 추던 여자아이를 형이 얼마나 좋아했는데. 걔를 보려고 형은 하루도 빠지지 않고 공원에 나간 거야. 오히려 끌려 나간 사람은 나라고. 귀찮다고 해도 형은 늘 같이 가자고 했어. 그 여자애가 노숙자들에게 몹쓸 짓을 당해서 공원을 떠났을 때 내가 형의 복수까지 해줬다고."

나도 모르게 오래전 이야기를 꺼내고 말았다. 그 일로 한동안 본드에 취해 살았고 정신 상담까지 받아야 했다. 내가 무슨 이야기를 하는지 모르는 어머니는 날카로운 눈으로 나를 노려보기만 했다. 어머니가 형을 데리고 우리 집에 온 날이 생각났다. 엄마가 약을 먹고 죽자 나는 정말로 투명인간이 되어버렸다. 커다란 집에 혼자 남겨졌다. 어쩌다 집에 들어온 아버지는 나를 거들떠보지도 않았다. 아버지에게 있어 나는 언제나 집어 던질 수 있는 나무토막 같은 존재였다. 어머니가 형과 함께 우리 집에 오던 날 나는 새로운 가족이 생겼다는 기쁨에 강아지처럼 마룻바닥 위를 마구 뛰어다녔다. 이제는 어둠 속에서 혼자 떨지 않아도 된다고 생각하니 몸이 저절로 들썩여졌다. 마루 한쪽에 앉아 사탕을 빨고 있는 형을 보고만 있어도 웃음이 절로 나왔다. 그러나 나는 또 한 번 버림을 받아야 했다. 술에 취한 아버지가 집 안을 한번 휩쓸고 가면 어머니는 영석이를 꼭 껴안고 다독거려주었다. 나는 옆에서 손가락을 깨물며 그 모습을 지켜봤다. 그때가 아버지에게 맞는 것보다 더 아팠다. 아버지와 마찬가지로 어머니도 나를 투명

인간처럼 취급했다. 내가 할 수 있는 일이라곤 아무도 알아주지 않는 분노를 차곡차곡 쌓아놓는 것밖에 없었다. 그 생각을 하자 몸이 점점 뜨거워졌다.

"이젠 그만 현실을 보라고. 어머니가 그렇게 사랑하고 끼고 돌았던 영석이가 어떻게 됐는지 보라고. 매일 술이나 처마시고, 주정이나 부리다가 대가리가 깨져서 죽어버렸잖아. 그런데 나를 봐. 그렇게 무시하고 사람 취급도 안 하던 나는 대한민국에서 내로라하는 신문사의 기자가 됐다고."

"니가 어떻게……."

어머니가 목이 멨는지 말을 잇지 못했다.

"어떻게 영석이에 대해 나한테 그런 식으로 말할 수 있니?"

어머니의 입술이 부들부들 떨리기 시작했다. 목줄기를 타고 튀어나온 경동맥이 팔딱팔딱 자맥질을 하고 있었다. 눈빛은 고양이보다 더 날카로워졌다. 나 또한 영석이에 대한 질투로 가슴이 터질 것만 같았다. 과거의 억울했던 기억들이 한꺼번에 떠올랐다. 그건 절대 잊을 수 있는 기억들이 아니었다. 내 머리 깊숙한 곳에 각인되어 있다가 감정이 고조되면 불거져 나와 나를 분노케 했다.

"왜 못 해. 내가 틀린 말 했어? 영석이 그 새끼가 그렇게 살다 죽은 게 내 탓이냐고. 그 새끼가 바보처럼 굴다 죽은 게 내 탓이냐고."

내 말에 충격을 받았는지 어머니는 숨도 쉬지 않고 나를 노려보고만 있었다. 아버지가 했던 것처럼 부르르 떨고 있는 어머니의 목덜미를 숨이 멈출 때까지 조르고 싶은 욕망이 일었다. 가느다란 어머니 목은 한 줌이면 충분히 움켜쥘 수 있었다. 욕망을 참기 위해 이를 악물 수밖에 없었다. 더 있다가는 무슨 짓을 할지 몰라 방문을 걷어차고 나왔다. 문 앞에 있던 이모가 화들짝 놀라 물러섰다. 베란다 창문 너머로 고개 숙인 미모사가 보였다. 베란다로 가서 미모사를 들어 바닥에 내동댕이쳤다.

"시팔, 이렇게 나약한 것들만 키우지 말라고."

"너 미쳤어? 이게 무슨 짓이야."

이모가 새파랗게 질린 얼굴로 소리쳤다.

"그래, 이모도 엄마가 불러서 왔지. 내가 무슨 짓을 할지 모른다고. 시팔, 난 아무 짓도 안 해. 이제는 옛날의 내가 아니라고. 왜 다들 옛날의 영민이로만 생각하는 거야."

다가서는 이모를 밀치고 마당으로 나왔다. 참기 어려운 분노가 아직 몸에서 빠져나가지 않았다. 몸이 뜨거워 견딜 수 없었다. 삽을 들어 화단에 있는 꽃들을 모조리 내리쩍었다. 그래도 화가 풀리지 않았다. 집에 불이라도 확, 싸지르고 싶은 심정이었다. 엉망이 된 화단에 주저앉아 담배를 꺼내 물었다. 창문에서 어머니가 나를 내려다보고 있는 걸 알았지만 고개를 들지 않았다. 어머니는 눈물을 흘리고 있을 게 분명했다. 늙었지만 어머니는 아직 여우였다. 그날 어머니의 눈물을 보지 않았다면 지금까지 속고 지냈을 것이다.

고기가 들어오는 날인지 아버지가 생간을 신문지로 둘둘 말아서 가지고 돌아왔다. 싱크대 위에 올려놓은 간은 십 분도 못 돼 깨끗이 손질되어 아버지 술상에 올라왔다. 형은 아버지가 무서워서 방 안에서 꼼짝도 못 했지만 사람이 그리웠던 나는 아버지 술상을 기웃거렸다. 술을 따르는 어머니 옆에 슬그머니 앉아 어른들의 이야기에 귀를 기울였다. 시간이 가면서 아버지의 목소리가 높아졌다. 어머니가 운영하던 찻집을 두고 아버지가 화를 내고 있었다. 어머니는 얼굴이 하얗게 변해 계속 변명을 했지만 아버지의 화는 좀처럼 가라앉지 않았다. 아버지의 눈동자가 서서히 풀리는 걸 보고 방으로 도망가야 할 때가 된 것을 알았다. 어머니가 내 손을 잡고 있지만 않았다면 진작 도망쳤을 것이다. 작고 따뜻한 어머니의 손은 아버지의 목소리가 높아갈수록 내 손을 꽉 잡고 놓아주지 않았다. 아버지의 눈이 점점 게슴츠레해졌다. 그건 도망갈 때가 지났다는 신호였다.

'갈보 같은 년.' 아버지 입에서 욕설이 튀어나온 순간 겁을 참지 못하고 어머니의 손을 뿌리쳤다. 곧바로 상이 뒤집히고 어머니의 머리채가 아버지 손에 잡혔다. 어머니의 입에서 날카로운 비명이 터져 나왔다. 나는 구석에 숨어 아버지가 어머니를 때리는 걸 지켜봤다. 엄마가 맞을 때처럼 아버지의 주먹이 어머니를 내리칠 때마다 숫자를 세었다. 열을 세기도 전에 어머니는 바닥에 길게 누워버렸다. 엄마는 스물을 넘겨도 끄떡없이 버텼는데 어머니는 그러지 못했다. 아버지는 어머니가 바닥에 눕자 더 때리지 못하고 밖으로 나가버렸다. 이 희한한 사태가 이해되지 않았다. 엄마가 숨이 넘어가는 소리를 낼 때도 멈추지 않았던 아버지의 주먹이었다. 아버지가 나가자 어머니는 몸을 일으켜 세우고 헝클어진 머리와 옷을 매만졌다. 나는 구석에서 기어나와 어머니에게 다가갔다. 어머니 몸에 손이 닿을 만큼 가까이 가자 어머니가 자리에서 일어섰다. 그러고는 차가운 눈빛으로 나를 내려다봤다. 눈물이 가득한 눈동자는 싸늘했다. 눈물이 가득한 눈과 싸늘한 시선이 어딘지 모르게 어색했다. 둘은 전혀 어울리지 않는 조합이었다. 어느 쪽이 진짜인지 어린 나로서는 헷갈리기만 했다. 이러한 상황이 여러 번 반복되고 나서야 둘의 부조화가 거짓 눈물 때문이라는 걸알았다. 어머니의 눈물은 아버지의 주먹에 대응할 수 있는 유일한 무기였다. 어머니는 연기에 능한 노련한 여우였고, 아버지는 포악한 포식자였다. 어린 내가 상대하기에는 힘이 부쳤다. 나는 강해질 때까지기다려야만 했다. 이제 나는 아버지보다 강해졌고 어머니보다 영리해졌다. 아버지는 술주정뱅이가 되어 행방조차 묘연했고, 어머니는 영석이를 잃어버린 순간 늙고 지친 여우가 되었다. 내가 더 이상 고개를숙일 필요가 없었다. 화단에서 일어나 창문을 당당하게 노려봤다. 역시 어머니가 나를 내려다보고 있었다. 우리 집은 강한 자가 지배해왔다. 아버지와 형이 사라지고 어머니의 힘이 빠진 지금 내가 유일한 강자였다. 내가 뚫어지게 쳐다보자 어머니가 슬그머니 고개를 돌려버렸다. 처음 있는 일이었다. 뜨거웠던 몸이 급속히 차가워졌다. 몸속에 갇혔던 뜨거운 기운이 단번에 기체로 승화하여 날아갔다. 그건 누구나체험할 수 있는 느낌이 아니었다. 여우의 날카로운 이빨에 찢겨본 어린 시절이 있다면 모를까? 나는 한 모금을 더 빨고 아직 연기가 나오고 있는 담배꽁초를 화단 안에 던져버렸다. 그러고는 철제 대문을 발로 걷어차고 밖으로 나왔다.

19. 영종도

김포공항역에 내리자 바로 맞은편이 공항철도로 갈아타는 승강장이었다. 승강장 앞으로 가서 전광판을 올려다보았다. 전광판에는 다음 열차가 막 디지털미디어시티역을 출발했다는 표시가 들어와 있었다. 시간을 확인해보니 약속 시간까지 겨우 맞출 수 있을 것 같았다. 노량진역에서 간발의 차로 급행을 놓치는 바람에 시간이 많이 지체되었다. 다행히 환승이 복잡하지 않아 지체된 시간을 만회할 수 있었다. 조금 느긋해진 마음으로 빈 의자를 찾아 앉았다. 저만치서 중국어로 떠드는 한 무리의 사람들만 제외하면 플랫폼은 텅 빈 것이나 마찬가지였다.

어제 부천 집에 다녀오고 나서 온종일 우울했다. 닥터 강의 치료는 확실했다. '너는 침묵하는 법을 배워야 해. 분노가 올라와도 절대로 그것을 입 밖에 내면 안 돼. 내면의 소리에 귀를 기울일 줄 알아야 해. 그걸 할 줄 알 때 사람들은 너를 새롭게 볼 거야.' 나는 매일 닥터 강의 말을 실천하려 했다. 내면에서 끓어오르는 분노를 침묵으로 덮고 태연한 얼굴로 세상을 대면하려 했다. 쉽지 않았지만 꾸준히 연습한 결과 나는 서서히 변화했다. 천천히 그러나 꾸준한 걸음으로 다시 태어나는 연습을 했다. 과거의 분노는 어두운 기억 속에 묻어놓았다. 가끔 분노가 침묵을 뚫고 나와 주변의 눈총을 받기도 했다. 때로는 그러한 분노가 도움이 되기도 했다. 모두 눈치나 보며 머무적거릴 때 나의 거친 행동은 용기로 평가 받았다. 그러나 어제 어머니 집에서 보였던 행동은 아니었다. 내가 보였던 분노는 어머니와의 관계를 다시 어렵게 만들었다. 가식도 여러 번 하면 습관이 된다던 닥터 강의 말처럼 어머니와 친해지려면 착한 아들이 되는 연습이 더 필요했다.

은색 바탕에 푸른색 로고가 찍힌 전철이 미끄러지듯이 안으로 들어왔다. 인천국제공항에는 자주 갔지만 공항철도를 이용하는 것은 이번이 처음이었다. 전철 안도 플랫폼과 마찬가지로 한가했다. 나와 같이 탄 중국인들을 제외하면 휴가 나온 것으로 보이는 군복 차림의 병사 한 명뿐이었다. 빈자리가 많았지만 자리에 앉지 않고 출입문에 기대어 밖의 풍경을 내다보며 열차의 흔들림에 몸을 맡겼다.

곧 운서역에 도착한다는 안내 멘트가 스피커에서 흘러나왔다. 전철에서 내려 에스컬레이터를 타고 내려가자 출입구가 보였다. 그 너머에 아영이 서 있었다. 나와 눈이 마주친 아영이 손을 흔들었다. 그녀 뒤편으로 짙은 감색 재킷에 연한 밤색 터틀넥을 입은 정 교수의 모습이 보였다.

"생각보다 빨리 왔네."

아영이 먼저 내 손을 잡았다. 나를 바라보는 아영의 눈길이 전과 달라졌다. 하룻밤으로 이렇게 친해질 수 있는 게 남녀 사이라는 걸 새삼 깨달았다. 정 교수가 다가오는 걸 보고 슬그머니 손을 뺐다.

"멀리까지 오라고 해서 미안하네."

정 교수가 손을 내밀었다.

"아닙니다. 당연히 와야죠. 제가 번거롭게 해드렸는데요. 어디로 가시겠습니까? 오늘 저녁은 제가 모시겠습니다."

"무슨 소리, 여기까지 왔는데 내가 사야지."

"인사치레는 그만들 하시고 나가시죠. 아빠가 여기 오래 사셨으니까 맛있는 곳으로 안내하고, 나는 차를 가져왔으니 운전을 하고, 선배가 고생하며 왔으니까 제일 쉬운 걸로 돈을 내면 되겠네."

아영이 가운데서 나와 정 교수의 팔짱을 끼고 이끌었다. 차는 역 앞 공영주차장에 주차되어 있었다. 정 교수가 먼저 뒷좌석에 타는 바람에 나는 자연스럽게 아영의 옆자리에 앉았다. 차가 주차장을 빠져나와 도로에 들어섰지만 정 교수는 행선지를 말하지 않았다. 그래도 갈 곳을 미리 정해놓았는지 아영은 거침없이 도로를 질주했다. 차는 공항 신도시를 빠져나가 을왕리를 향해 달렸다.

"흑석동에서 여기까지 오는 데 얼마나 걸려요?"

"생각보다 빨리 오더라고. 노량진역에서 급행을 놓쳐서 그렇지 제대로만 탔으면 한 시간이면 올 수 있을 것 같은데. 차를 가지고 다닐 때는 몰랐는데 공항철도를 타니 서울 외곽 정도밖에 안 되네."

"그렇지 선배? 여의도 정도면 출퇴근이 가능해. 일본에서는 출퇴근이 한 시간 넘는 게 보통이야."

"그럼 너도 여기서 출퇴근하지 왜 혼자 서울에서 사냐? 비싼 방세

물고, 주말에 번거롭게 내려와야 하고."

"아빠, 기사 정리하고 다음 날 스케줄 준비하고 나면 밤 열두시가 넘어. 전철도 다 끊어진다고. 그러지 말고 아빠가 서울로 와."

"난 서울은 답답해서 싫다. 고향이 제주도라 그런지 물가 근처에 살아야지 물하고 멀리 떨어져 있으면 숨이 막혀."

"내가 한강 전체가 내려다보이는 곳을 소개시켜줄게, 그리로 이사 오실래요? 전혀 답답하지 않은 곳을 알고 있거든요."

아영이 나를 슬쩍 보고 웃었다. 아영이 말하는 것은 옥탑방 앞쪽에 있는 2층 단독주택이었다. 근처에서 그 집만이 유일한 단독주택이었다. 얼마 전에 그 집도 빌라로 개축하려고 건축허가를 냈지만 승인 받지 못했다. 앞집이 올라가서 전망이 가려지면 이사 간다고 하자 주인 아줌마는 염려 붙들어 매라고 했다. 구청 간부인 주인아저씨가 살아 있는 한 그 집은 허가를 받을 수가 없다고 했다. 그것도 모자라 주인 아줌마는 옆집과 작당해서 공사를 반대하는 플래카드까지 붙였다. 거창하게 일조권 침해와 소음 공해를 내세웠지만 자기들은 집을 올리고 그 집만 못 올리게 하는 것은 이치에 맞지 않았다. 가끔 아래를 내려다보면 머리가 허연 영감님과 노마님이 사철나무로 싸인 좁은 화단에 물을 주거나 라일락 나뭇가지를 쳐내는 모습을 볼 수 있었다. 오래된 집이라 난방이 잘 안 되는지 언제나 두툼한 옷을 입고 있었다. 언젠가 강남에 산다는 딸이 아랫집에 와서 주인아줌마와 한바탕 싸우고 간 적도 있었다. 집 문제로 시끄러워지자 노부부가 먼저 개축을 포기했다. 아영에게 그런 사정을 이야기했더니 그 집을 사서 빌라를 올리려는 계획을 세웠다. 그 집 앞으로는 장애물이 없어 영구적으로 한강 조망을 확보할 수 있는 절호의 기회라고 했다. 그러기 위해서는 두 가지 난관이 있었다. 하나는 앞집을 매입할 자금을 구하는 것이고, 또 하나는 주인아주머니와 원수가 되는 것이다. 앞집이 올라가면 지금의 한강 조망이 가려질 게 당연하니 아주머니와 원수가 되는 건 어쩔 수 없고, 자금은 자기 아버지를 설득하면 될 것 같다고 그날 아영은 농담 비슷하게 말했다.

차는 선녀바위 근처 식당 주차장으로 들어갔다. 식당은 크지 않았지만 깔끔하고 운치 있게 꾸며져 있었다. 시내에서 꽤 멀리 떨어져 있는데도 가게 안에는 손님이 가득했다.

"예약하지 않으면 자리가 없어요. 서울서도 일부러 찾아오는 집이에요."

아영이 이름을 대자 주인은 안쪽 테이블로 안내했다. 주변 테이블을 둘러보니 해산물이 가득 든 커다란 냉면 사발을 하나씩 끼고 있었다.

"이 집은 물회가 메인이야. 물회하고 파전까지 시키면 많을지 모르지만 여기까지 왔는데 맛은 보고 가야죠."

아영이 메뉴판을 보지도 않고 주문했다. 술은 만장일치로 막걸리를 시켰다.

"음식이 나오기 전에 가토의 검에 대해 조사한 걸 말해주는 게 좋겠지."

정 교수는 옆에 끼고 있던 가죽 가방에서 문서를 꺼냈다.

"그때도 얘기했네만 쯔바(鍔), 아 미안하네. 도반에 새겨진 오동나무 잎 문장을 볼 때 도요토미 가문의 칼이 분명해. 게다가 검에 새겨진 글에 가토 기요마사가 나오는데 기요마사는 히데요시와 6촌 간으로 어릴 적부터 친했고, 고니시 유키나가와 함께 임진왜란 때 선봉에 세울 정도로 히데요시의 신임을 받았네. 히데요시가 하사한 검일 가능성이 크다고 봐야지. 그리고 우연의 일치일지도 모르지만 가토의 검 크기가 일본의 칠지도와 거의 비슷하네. 제원이 표시된 걸 보니 칼의 전체 크기가 75센티미터라고 했는데 칠지도가 정확히 74.9센티미터이니 거의 같다고 봐야지."

"칠지도는 뭡니까?"

이름 정도는 어디선가 얼핏 들어본 것도 같았다. 하지만 정확히 어떤 의미를 가진 물건인지는 몰랐다.

"일본 나라현에 있는 이소노카미 신궁에서 발견된 검으로 나무뿌리처럼 여섯 갈래로 갈라져 있어 제례 의식 때 제구로 쓰이던 물건으로 보고 있네. 일본의 극우 역사학자들은 칠지도의 발견으로 『일본서기』의 신뢰성이 확보됐다며 『일본서기』에 기술되어 있는 임나일본부설을 정설이라고 주장하는 근거로 삼고 있네. 칠지도 몸체에 백제 왕세자가 왜왕에게 하사했다는 문구가 있는데도 말이야."

"그거야 자신들이 유리한 것만 보려는 민족적 습성 때문 아니겠어요? 불편한 것들은 진실이라도 외면하려 하고요. 위안부 문제 보세요. 일본 대사관 앞에서 23년째 수요 집회를 열고 있지만 그들은 전혀 반응하지 않고 있어요. 아무 못된 습성을 지니고 있는 사람들이라고요."

목소리가 높아진 걸 보니 열혈 기자께서 또 발동이 걸린 것 같았다.

"그리고 인터넷을 검색하다 재미있는 사실을 하나 발견했네."

정 교수가 문서들 사이를 헤집고 프린트된 A4용지를 꺼냈다.

"2005년 1월 13일 아사히신문 천성인어(天聲人語)라는 칼럼인데,

내용은 스기하라 나오키(杉浦直紀)라는 역사학 교수가 만주사변 관련 자료 수집차 중국 연변에 갔다가 임진왜란 때 도요토미 히데요시가 가토 기요마사에게 하사한 검을 발견했다는 한 조선족 사내를 만났다는 이야기일세. '그 사내는 북한에서 넘어온 골동품을 수집하던 중 이 검을 발견했다고 한다. 그는 내가 일본인으로 역사를 전공했다고 하자 검을 꺼내 보이며, 이 검은 일본이 이웃 나라를 침략해 해를 끼친 증거물로서 일본의 수치가 담겨 있으니 일본 정부가 이를 회수해야 한다고 주장했다. 가격을 묻자 1억 위안(우리 돈으로 약 16억 5천만 엔)이라는 엄청난 금액을 불렀다. 그러나 그가 제시한 가격은 둘째 치고, 그 검이 진품인지 어떻게 알 수 있겠는가? 지금 북한은 식량난으로 먹을 것을 얻으려고 무덤이 도굴되고 많은 골동품이 압록강을 건너 중국으로 넘어오고 있다고 한다. 가토의 검도 그 속에 섞여 들어온 물건일 수 있다. 하지만 그 와중에 사기꾼들이 끼어들어 장난을 칠 가능성도 충분히 있다. 그에게 검의 진품 여부를 의뢰할 생각이 없느냐고 묻자, 돈을 먼저 가져와야 한다는 말로 대화를 끝냈다. 북한은 이번에 요코다 메구미의 유골을 보내왔지만 정부에서 DNA를 검사한 결과 거짓으로 판명 났다. 가토의 검도 과학적 조사를 거치면 진품 여부가 금세 판명이 난다. 그럼에도 진품 여부는 가릴 생각을 하지 않고 돈부터 요구하는 것을 보면 메구미의 유골처럼 가짜일 가능성이 크다. 지금 정부에서는 북한과의 국교 수교를 전제로 과거에 대한 배상 문제가 나오고 있다. 하지만 선결 문제로 납치 사건에 대한 정확한 실태 파악과 함께 사죄가 우선되어야 함은 두말할 나위도 없다. 지금 내 눈앞으로 북한 땅이 보인다. 거기에 북한에서 죽었다고 주장하는 메구미 씨가 살고 있을지 모른다. 정부는 북한과의 수교 논의에 매달리기에 앞서 이 문제에 대한 매듭부터 확실히 지어야 한다.' 이렇게 끝을 맺고 있네."

정 교수가 번역해주는 기사를 들으며 내가 알고 있는 정보와 비교해봤다. 함경북도에서 넘어왔다는 것. 히데요시가 기요마사에게 주었다는 것. 많은 부분이 일치하고 있었다.

"글을 쓴 스기하라 나오키라는 사람은 누구입니까?"

"인명록을 조사해보니까 규슈대학 역사전공 교수더군. 일수회(一水會) 멤버인 걸 봐서는 우익적 성향이 깊은 자라고 봐야지. 끝에 보면 단둥에서 압록강 너머 북한 땅을 바라보며 쓴 것으로 되어 있네. 내 생각에는 2004년 12월에 북한에서 보내준 요코다 메구미의 유골이 가짜라고 일본 정부가 발표하면서 북한에 대한 일본 내 감정이 상당히 안 좋을 때야. 그맘때 이 글을 쓴 것 같아."

"죄송하지만, 요코다 메구미 사건이 정확히 어떤 사건입니까?"

벌써 이 사건이 두 번째 언급됐다. 정 교수나 아영은 잘 알고 있는 것 같았지만 나로서는 생소한 사건이었다.

"북한에 의한 일본인 납치의 상징적인 사건이라 보면 될 걸세. 1977년에 요코다 메구미라는 열세 살 된 소녀가 니가타현에서 실종된 사건이 있었는데, 일본으로 망명한 북한 공작원이 메구미 씨가 북한에 의해 납치됐다고 밝히면서 일본 사회가 떠들썩했지. 북한은 일본인 납치를 계속 부인하다가 2002년 북일 정상회담에서 고이즈미가 김정일에게 일본인 납치를 인정하면 국교 수교와 함께 일제 식민지 통치에 대한 배상금을 지불하겠다고 약속하자, 돈이 필요했던 김

정일은 납치를 인정하고 책임자 문책과 함께 재발 방지를 약속하게 되네. 하지만 사실을 인정하면서 오히려 일본 내에서는 북한을 비난하는 여론만 들끓게 되네. 수교와 배상은 고사하고 문제만 악화시킨 꼴이 된 거지. 그 후 북한에서는 메구미가 우울증으로 자살했다고 발표하고 일본 측에 유골을 전달하지만 일본 정부에서는 DNA 감정 결과 가짜라고 주장하고 있네. 유족들은 아직 메구미 씨가 북한에 살아 있다고 믿고 있지. 몇 년 전인가, 일본에서 메구미의 납치 사건을 다룬 영화도 나왔는데. 제목이 뭐더라?"

정 교수가 아영에게 물었다.

"〈다녀왔습니다〉. 영화라기보다는 인터뷰와 상황 재연을 가지고 만든 짧은 다큐에 가까운 영상물이에요. 자, 자, 두 분 모두 흥분을 가라앉히시고 파전 좀 드세요. 다 식겠어요."

해산물이 잔뜩 들어간 쟁반만 한 파전이 상 한가운데 놓여 있었다. 정 교수의 이야기를 듣느라 음식이 나왔는지도 몰랐다.

"자, 우선 배고플 테니 먹자고."

정 교수가 파전을 집자 나도 아영이 잘라놓은 파전 한 조각을 집어 들었다. 그러나 머릿속은 가토의 검에 대한 생각으로 가득했다. 함경북도 어딘가에 있던 가토의 검이 북한 국경을 넘어 중국으로 왔고, 조선족 사내의 손에 들어갔다가 어떤 이유인지 모르지만 한국으로 들여오려다가 세관에 압수를 당하게 된다. 스기하라 교수는 가토의 검이 가짜일 가능성이 높다고 주장했지만 지금까지 상황으로 봐서는 진품일 가능성이 컸다. 가짜였다면 금란가사 환수가 그렇게 쉽게 성사되지 않았을 것이다.

"선배, 그만 생각하고 먹어. 자 자, 한 잔씩 마시세요. 와우 드디어 오늘의 메인이 나왔네."

종업원이 커다란 냉면 사발에 담긴 물회를 상 위에 올려놓았다. 사발 안에는 보기에도 먹음직스러운 싱싱한 해산물이 가득했다. 아영이 물회를 비벼 정 교수와 내 개인 접시에 덜어주었다. 가토의 검에 대한 이야기는 조금 미루기로 하고 호화스러운 만찬에 동참했다. 물회는 화려한 색상만큼이나 맛이 좋았다. 막걸리가 비자 정 교수가 소주로 바꾸자고 했다. 술에 대한 취향이 나와 비슷했다. 소주가 두어 잔 돌자 나는 이야기를 계속 이어나가고 싶었다.

"가토의 검에 대해 나온 또 다른 기사는 없었습니까?"

"나도 그 이후 가토의 검에 대한 행방이 궁금해서 다른 신문이나 간행물을 검색해보았지만 어디에서도 가토의 검에 대한 기사는 찾아볼 수 없었네. 호기심 많은 일본인이 그걸 그냥 놔두지는 않았을 텐데 말이야."

"아마 조용히 주시하며 기회를 엿보고 있었겠죠. 시끄럽게 해서 주목을 받기보다는 아무도 몰래 손에 넣을 생각으로요. 그런 것만큼은 치밀한 사람들 아니에요?"

아영이 물 잔을 만지작거리며 말했다. 정 교수는 아영의 말에 수긍이 가는지 고개를 끄덕였다.

"잠깐 물어볼 게 있는데요."

갑자기 형의 귀가 생각났다. 일본에서 가토의 검을 주시하고 있었다면 형도 감시 대상이 될 수 있었다. 귀를 자른다는 건 우리나라에서는 보기 드문 범죄였다.

"얼마 전에 본 다큐에서 임진왜란 때 일본 놈들이 우리 백성들의 귀를 베어 가서 묻어둔 이총(耳塚)이라는 무덤이 나오는 걸 봤는데, 일본 놈들은 사람의 귀를 잘 자릅니까?"

뜬금없이 귀에 대한 이야기가 나오자 두 사람은 의아한 표정을 지었다. 아영에게도 형이 귀가 잘렸다는 이야기는 하지 않았다.

"귀를 묻어놓은 무덤이라고 해서 이총이라 불리지만 실제로는 귀보다 코가 많이 묻혀 있을 걸세."

정 교수가 잔을 비우고 내려놓자 나는 재빨리 술을 채웠다.

"임진왜란 때 히데요시가 병사들의 전공을 논하려고 조선 병사의 목을 베어 오라고 했다가 부피가 문제가 되자 대신 귀나 코를 가져오게 했지. 나중에 귀는 사람당 두 개라 계산하기 좋게 코를 베어 오라고 했던 모양이야. 코보다 귀가 덜 혐오스러우니까 이총이라 불리지만 실제는 비총(鼻塚)이 맞을 걸세. 아마 일본 사람이 귀를 잘 자른다는 속설이 있다면 이총 때문에 누군가가 퍼트린 도시괴담 같은 걸세. 그건 전쟁으로 말미암은 특수한 상황이라 그런 거였지. 지금 현실에서는 맞지 않는 이야기일세."

정 교수의 말에 나는 고개를 끄덕였다. 가토의 검에 대한 기사가 나와서인지 내가 너무 앞서나가고 있는지 몰랐다. 확실한 사실만 추려서 볼 필요가 있었다.

"선배, 갑자기 귀는 왜?"

"아냐. 그냥 어디서 본 게 생각나서."

대충 얼버무리고 술을 입에 털어 넣었다. 벌써 소주가 세 병째였다. 3년 전에 정년퇴직했다면 나이가 꽤 됐을 텐데 정 교수는 젊은 사람

못지않게 술을 잘 마셨다. 아영도 술을 잘 마시는 걸 보면 술에 관해 서는 나름 내력이 있는 집안이었다. 아영은 운전 때문에 물만 들이켰 다. 옥탑방에서의 하룻밤이 생각났다. 형의 죽음 이후 밤이면 기분 나 쁜 악몽이 찾아와 잠을 제대로 잘 수 없었다. 그녀 덕분에 모처럼 깊 은 잠에 빠질 수 있었다. 그날 이후 아직 둘만의 시간을 갖지 못했다. 기회가 된다면 아영을 다시 옥탑방으로 불러들이고 싶었다. 그녀의 하얀 등을 안고 다시 한 번 잠에 취하고 싶었다. 내가 쳐다보는 걸 알 았는지 아영이 물 잔을 들어 건배하는 제스처를 해 보였다. 하지만 내 가 무슨 생각을 하고 있는지는 알아채지 못한 것 같았다. 나는 급히 미소를 보이고 술잔을 들어주었다. 정 교수도 덩달아 술잔을 드는 바 람에 세 사람은 의미 없는 건배를 하고 말았다.

20. 타운하우스

주방으로 들어간 정 교수가 양주를 한 병 가지고 나왔다.

"히비키(響)라는 건데. 일본에서 귀국한 제자가 선물로 가져온 거네. 이걸로 한잔할 텐가, 아니면 맥주도 있는데 그걸 마실 텐가?"

한잔 더 하기 위해 물횟집에서 나온 정 교수가 길 건너편에 있는 호프집으로 가려 하자 아영이 말렸다. 내가 취했다는 게 이유였다. 가토의 검에 대해 이야기를 하느라 흥분해서 평소보다 빨리 마시기는 했지만 취할 정도는 아니었다. 운전 때문에 물만 마시는 게 짜증이 났는지 아영은 좀처럼 양보하지 않았다. 아영과의 실랑이가 계속되자 정교수가 집에 가서 마시자는 타협안을 냈다.

"양주로 하겠습니다."

소주나 양주처럼 독한 술이 내 취향에 맞았다. 정 교수의 손에서 양주병을 받아 밀봉된 뚜껑을 열었다.

"적당히들 마시세요."

아영이 잔과 얼음 통을 탁자 위에 내려놓았다.

"넌 한잔 안 할래?"

정 교수가 쟁반을 가지고 다시 주방으로 가려는 아영을 보고 말했다.

"안주만 챙겨드리고, 전 방에 들어가서 쉴래요. 낼 회의가 있어서 일찍 나가봐야 하거든요. 선배는 어떡할 거야?"

"어떡하긴. 술을 저리 마셨는데 여기서 자야지. 낼 아침에 둘이 같이 출근하면 되겠네."

정 교수가 당연하다는 듯이 말했다.

"아닙니다. 택시 부르면 됩니다. 요즘은 아무 때나 불러도 금방 옵니다."

아영과의 사이를 눈치챘을지도 모른다는 생각이 들어 황급히 손을 흔드는 어색함마저 보이고 말았다.

"오랜만에 술 상대를 만나서 아빠 아주 신이 났어. 알아서들 마시세요. 전 빠질 테니까."

아영이 쟁반을 머리 위로 들어 올려 보이고는 주방으로 갔다. 어색함을 감추기 위해 얼른 잔을 가져다 얼음을 채웠다. 정 교수가 호박색 액체를 잔에 붓자마자 바로 한 모금을 입안에 넣고 굴려보았다. 부드럽고 깔끔하게 넘어갔다.

"괜찮네요. 웬만한 양주보다 낫네요."

'響' 자가 새겨진 양주병을 집어 들었다. 시바스리갈처럼 원형이지만 좀 더 묵직한 느낌이었다.

"산토리에서 만든 건네, 우리나라에는 잘 알려지지 않았지만 세계적으로는 꽤 이름 있는 양주라네."

양주병을 내려놓고 다시 한 모금을 삼켰다. 소주를 많이 마신 상태라 목에서 거부반응을 보일 거라 생각했는데 의외로 잘 넘어갔다.

"안주할 게 별로 없네."

아영이 사과를 담은 접시를 내려놓으며 말했다.

"찬장 안에 니가 나 먹으라고 사 온 견과류가 있을 텐데. 봉지에 하나씩 포장돼 있는 것 말이야."

정 교수가 자리에서 일어섰다.

"배가 불러 안주는 없어도 될 것 같습니다. 이 사과면 충분합니다."

나의 사양에도 불구하고 정 교수는 주방으로 가서 봉지에 든 견과류를 가지고 왔다.

"하루에 하나씩 드시라고 했는데 하나도 안 드셨네. 나중에 치매 걸려도 난 몰라."

아영이 비닐봉지를 뜯어 안에 있던 견과류를 사과 옆에 깔아놓고는 샤워를 하겠다며 안으로 들어갔다.

"물어볼 게 있네."

아영이 사라지자 정 교수가 기다렸다는 듯 나를 쳐다보며 말했다.

"전에 왔을 때 자네는 우연히 가토의 검을 알게 돼서 조사한다고 했는데, 그게 단가? 또 다른 이유는 없는 건가?"

정 교수의 물음에 할 말이 없었다. 그때는 굳이 사실대로 말할 필요가 없어 대충 생각나는 대로 둘러댔다. 하지만 도움을 받고 있는 마당에 계속 속일 수만은 없었다. 전부는 아니더라도 어느 정도 사실을 말해줄 필요가 있었다.

"죄송합니다. 속이려고 한 건 아닙니다. 단지 좋은 일이 아니라서."

형이 세관에서 가토의 검을 바꿔치기한 것부터 시작해서 그 때문에 살해당했다는 것과 가토의 검에 대한 정보가 교문위 위원장의 보좌관인 양창선이라는 자에게서 나왔다는 것, 그리고 가토의 검이 금란가사 반환과 관계가 있어 보인다는 이야기까지 했다.

"그럼, 자네 말대로라면 가토의 검과 금란가사를 교환하자는 일본의 제안에 따라 양 보좌관이라는 자가 자네 형님을 사주해 가토의 검을 세관에서 빼내서 일본에 넘겼다는 말인가? 그 과정에서 자네 형님이 살해당하고?"

"확실히 단정 지을 수는 없지만 제가 조사한 바로는 그럴 가능성이 크다고 봅니다."

"음……."

낮은 신음과 함께 정 교수가 눈을 감았다. 형의 소심한 성격을 잘 알고 있던 나로서는 형이 물건을 훔쳤다는 사실이 놀라웠다. 그만큼 승진에 목을 매고 있었다는 말이 된다. 그런 형을 생각하자 마음이 착잡해졌다. 아무리 배다른 형제라지만 우린 성격이 너무 달랐다. 형은 소심하고 내성적인 반면 나는 일단 일부터 저지르고 보는 성격이었다. 하는 일도 달랐다. 형은 세관 창고를 지켰고 나는 거리를 활보했다. 가족이라는 인연으로 엮이지만 않았다면 우린 그다지 친하지 않은 고교 동창생 정도로 지냈을 것이다.

"그럼, 자네도 그 가토의 검을 직접 본 적은 없겠네?"

"네. 형이 죽은 시기가 금란가사 반환에 최종적으로 서명한 시기하고 거의 일치하는 걸 봐서는 이미 일본으로 넘어간 것 같습니다."

"그렇게 보는 게 맞겠지. 꼭 한번 보고 싶었는데."

정 교수가 아쉬운 표정을 지었다. 정 교수는 형의 죽음보다 검에 대해 더 많은 관심을 두고 있었다.

"저는 아직 이해가 안 됩니다. 금란가사 반환 일지를 보면 일본의 국회의원과 문무성 공무원까지 금란가사 반환 협상에 참여한 걸로 되어 있습니다. 가토의 검이 얼마나 중요한지 모르지만 대한민국 공무원을 사주해서 압류창고에 있는 검을 빼돌리고 또 살인까지 할 정도로 중요한 겁니까? 만일 이 일이 세상에 밝혀진다면 일본 정부도 곤란해질 게 아닙니까? 그렇게까지 할 만큼 가토의 검이 가치가 있는 물건입니까?"

가토의 검을 추적하면서 계속 궁금했던 사항이었다. 기요마사 가문의 가보로서 가치가 있을지 모르지만 그것치고는 너무 많은 사람이 관여하고 있었다.

"무기로 쓰인다면 충분히 위험을 무릅쓰고라도 손에 넣을 가치가 있는 물건일 수도 있지."

"무기로 쓴다고요. 그 낡은 검에서 광선이라도 나온답니까? 아니면 핵폭탄이라도 된다는 겁니까?"

나도 모르게 퉁명스럽게 말했다. 낡은 가토의 검을 무기로 쓴다는 말이 나에게는 농담처럼 들려 기분이 상했다.

"어쩌면 핵무기보다 더 무서울지도."

정 교수가 착 가라앉은 목소리로 말했다. 정 교수의 말투로 봐서는 농담하고 있는 것 같지 않았다. 나는 잔을 내려놓고 정 교수가 무슨 말을 할지 주시했다.

"자네, 전에도 가토의 검의 가치에 대해 물은 적이 있었지. 그때는 그냥 가치 있는 골동품이라고만 생각했네. 하지만 일본에서 그 정도로 집착을 가지고 있었다는 말을 듣고 보니 새로운 해석이 나올 수도 있을 거란 생각이 드네. 낡은 검이지만 거기에 의미를 부여한다면 우리가 상상하는 이상의 파급 효과를 낼 수도 있어."

"무슨 말인지 아직 잘 이해가 안 됩니다. 그 낡은 칼에 무슨 의미를 부여한다는 말입니까?"

계속해서 이해할 수 없는 말을 하고 있는 정 교수에게 은근히 짜증이 났다. 올라오는 화를 누르기 위해 술잔을 들었다.

"천천히 마시게. 그렇게 마시다가는 금방 취하겠네."

정 교수가 내 팔을 잡아 제지했다. 그러고는 아직 반이나 남아 있는 잔을 빼앗아 자신의 앞으로 가져갔다.

"좀 쉬면서 내 말 좀 들어보게. 지금 일본에 대해 주변 국가들이 가장 우려하는 것이 무언지 아는가?"

"그거야 우경화 아닙니까?"

"그렇지. 그런데 일본이 우경화되면 무슨 일이 벌어지는데 우리가 그렇게 두려워하는 걸까? 일본의 재무장, 군대 보유, 솔직히 대부분 사람은 일본이 헌법을 개정해 군대를 보유하고 군사대국으로 간다고 해도 설마 우리하고 전쟁을 벌일까 하는 생각을 하고 있네. 우리나라 사람뿐 아니라 내가 아는 일본인도 대부분 그래. 자신들이 무장한다면 그건 어디까지나 자위권 차원이지 또 한국을 침략하고 전쟁을 일으키겠느냐고."

"그렇겠죠. 전쟁을 벌인다는 게 어디 쉬운 일입니까? 게다가 요즘 같은 시대에 전쟁을 한다면 국민들이 어디 가만히 있겠습니까?"

"전쟁은 국민이 원한다고 일어나고 원하지 않는다고 일어나지 않고 그러진 않네. 옛날에는 왕의 기분이나 자존심에 따라 전쟁을 일으켰듯이 현대에는 정치를 이끄는 지배층이 필요하면 얼마든지 명분을 만들어 전쟁을 일으킬 수 있네. 일례로 이라크 전쟁을 들 수 있지 않은가? 생화학무기 같은 대량살상무기를 제거한다는 명분을 내세웠지만 전쟁이 끝난 다음 이라크에 대량살상무기가 존재한다는 어떠한 증거도 찾지 못했네. 처음부터 그들이 원한 것은 땅속에 묻혀 있는 석유였다는 걸 사람들은 알고 있었지만 전쟁을 막지는 못했네."

정 교수가 갑자기 왜 이런 이야기를 하는지 알 수 없었다. 가토의 검에서 시작된 이야기가 엉뚱한 곳으로 흘러가고 있는 것 같아 짜증이 났다.

"지금도 전쟁은 명분만 만들면 언제든지 일으킬 수 있네. 일반 국민들은 전쟁과 같은 중요한 의사 결정은 합리적 판단에 의해 신중히 내려질 거라고 생각하지만 실은 그렇지 않네. 아무리 민주화된 사회라도 그릇된 지도자의 결정을 막기는 힘들어. 주위에 찬성하는 참모들만 두면 여론을 조작해 얼마든지 전쟁을 벌일 수 있네."

"그러니까, 교수님 말씀은 일본이 우경화되면 명분을 만들어 또다시 우리를 침략한다는 얘깁니까?"

"국민이 생각하는 전쟁과 지배층이 생각하는 전쟁은 다르기 때문에 그 가능성을 완전히 배제할 수 없다는 이야기일세."

"글쎄요."

교수 앞에 있던 내 잔을 가져와 마시고는 다시 양주를 채웠다. 정 교수의 말에 공감할 수 없었다. 요즘처럼 무기가 발달한 시대에 전쟁은 양국의 파멸을 의미했다. 아무리 우둔한 지도자라 할지라도 파멸이 자명한 전쟁을 쉽게 벌일 수는 없는 일이다.

"이건 내 사견이네만, 가토의 검하고도 관련이 있을 것 같아 얘기하겠네. 자네, 일본 하면 생각나는 정신이 뭔지 아나?"

"그야, 사무라이 정신이죠."

"그래, 흔히들 일본 하면 사무라이 정신, 무사도(武士道)를 이야기하지. 하지만 일본에는 또 하나의 정신이 있네. 쵸닝(町人) 정신이라고 상(商)의 정신이지. 쵸닝은 합리주의를 바탕으로 실리를 추구하는 계층을 말하네. 과거 일본 사회는 사무라이의 무의 정신과 쵸닝의 상의 정신이 번갈아가며 지배해왔네."

"그래요?"

나는 시큰둥하게 대답했다. 나의 차가운 반응에도 아랑곳하지 않고 정 교수는 말을 이어나갔다. 일본 사회의 지배이데올로기에 대한 정 교수의 견해는 이러했다. 무의 사무라이 정신이 일본 사회를 지배할 때는 주변 국가를 침략하고 일본 자신에게도 해가 됐지만 상의 정신이 지배하게 되면 이웃 나라와 선린관계를 유지하게 되고 일본도 발전한다는 논리였다. 정 교수는 이러한 사실은 일본의 과거 역사를 보면 명확히 알 수 있다고 했다. 그러면서 사무라이 정신과 쵸닝 정신이 번갈아가며 지배하던 일본 역사를 간략하게 설명해주었다. 사무라이 정신이 일본 사회의 지배적인 이데올로기가 된 것은 무로마치 바쿠후(幕府) 말기의 혼란한 전국시대였다. 전국을 통일하기 위해 수많은 싸움이 벌어지면서 무의 정신이 일본 사회의 지배이데올로기가 된 것은 어쩌면 당연하다고 볼 수 있었다. 전국을 통일한 도요토미 히데요시가 중국을 지배하겠다는 개인적 야망과 극에 달한 사무라이의 불만을 외부로 분출시키기 위해 일으킨 전쟁이 임진왜란이었다. 이로 인해 한성의 인구가 10만에서 3만으로 줄고, 전국 농경지의 절반이 황폐화되는 등 말 그대로 조선 반도는 쑥대밭이 되었다. 히데요시가 죽고 실권을 잡게 된 이에야스가 에도에 막부를 설치하면서 사무라이 정신은 쇠퇴하고 대신 쵸닝 정신이 일본 사회의 새로운 이데올로기로 자리 잡았다. 상을 중시했던 쵸닝 정신으로 일본은 상공업과 무역을 중시하는 정책을 펼치게 된다. 그 결과 겐로쿠(元祿) 호황이라는 일본 최대의 전성기를 맞이하고 우리나라하고도 통신사가 열두 번이나 방문하는 등 평화로운 관계를 유지하게 된다. 그뿐만 아니라 유럽의 여러 나라와도 교류하면서 자포니즘이라는 일본풍의 사조까지 유럽 예술사에 탄생시켰다. 하지만 메이지 유신으로 일본이 근대화에 성공하면서 사회 변혁이 시작되자 다시 사무라이 정신이 고개를 내밀었다. 사무라이 정신은 제국주의 야망에 사로잡힌 군국주의자과 결합해서 대동아공영권을 외치며 영토 확장을 위해 아시아를 유린하기 시작했다. 일본의 침략주의 정책으로 우리나라뿐 아니라 중국, 대만, 필리핀 등 아시아 각국이 일본의 만행에 고통을 받았다. 그러나 극단적 제국주의 정책을 펼치던 일본은 미국의 히로시마 원폭으로 패망하고 미군정이 들어서면서 재벌을 해제하고 무력행사를 금지하는 평화헌법이 만들어진다. 이로 인해 사무라이 정신은 수면 아래로 가라앉고 상의 정신이 다시 일본 사회의 지배이데올로기로 자리 잡게 된다. 그 결과 일본은 경제, 문화, 사회 전반에 걸쳐 눈부신 발전을 이루고 지금까지 세계 여러 나라와 평화로운 관계를 유지하고 있다는 것이다.

"일본만큼 양면성을 확실히 드러내는 나라도 드무네. 무의 정신이 일본을 지배하면 자신뿐 아니라 이웃 나라에까지 엄청난 피해와 아픔을 주고, 상의 정신이 지배하면 경제 발전을 하면서 주변국들과도 평화롭게 공존해왔네. 이 두 가지 정신이 번갈아가며 일본을 지배했고, 그때마다 양면의 얼굴을 내보였지. 그런데 지금 일본이 우경화되면서 사무라이 정신이 다시 일본 사회의 지배이데올로기로 부상하고 있네. 또 한 번의 교체가 이루어지려는 과도기란 말일세. 그렇게 되면 주변국에 어떠한 영향과 피해를 주게 될지는 일본의 과거 역사를 보면 충분히 알 수 있을 걸세."

말을 마친 정 교수는 목이 말랐는지 주방에서 캔맥주를 가져와서 나에게 하나를 건넸다.

"그런데 일본의 우경화하고 가토의 검이 무슨 관계가 있습니까?"

나는 정 교수가 건네준 캔을 따면서 따지듯 물었다. 내가 알고 싶은 것은 가토의 검에 대한 이야기였다. 일본의 우경화까지 관심을 쏟을 만큼 한가하지 않았다.

"그래, 그 이야기를 하려다 보니 서론이 길어졌네. 일본에서 가장 큰 도시는 동경하고 오사카일세. 이에야스가 막부를 설치한 에도, 즉 동경을 중심으로 하는 관동지방이 상의 정신의 근거지라면 오사카를 중심으로 하는 관서지역은 무의 정신의 근거지라고 볼 수 있지. 작년 중의원 선거에서 관서지방을 중심으로 하는 극우세력이 국회에 대거 입성하면서 정치세력화에 성공했네. 제도권 안에 안착한 그들은 역사를 왜곡 날조하고 평화헌법의 개정을 외치며 일본의 재무장을 공공연하게 주장하고 있네. 그들은 이제 막 제도권에서 둥지를 틀었기 때문에 자신들의 정치적 기반을 공고히 할 필요가 있었을 걸세. 그래서 그 지역의 극우세력들을 하나로 묶어줄 정치적 지주의 필요성을 느끼지 않았을까 하는 생각이 드네."

말을 잠시 멈춘 정 교수는 책장에서 몇 권의 책을 뽑아 왔다.

"기요마사에 관한 논문일세. 기요마사 하면 일본에서는 조선에서 호랑이를 잡은 장수로 유명하지. 그래서 그를 호랑이 가토라고 하며 신격화해 모시는 사람이 많아. 중국의 관운장과 같은 존재라고 할까? 축성술에 용맹까지 겸비한 기요마사는 구마모토뿐만 아니라 그가 태어난 나고야에서는 신적인 존재일세. 그를 기리기 위해 세워진 가토 신사를 중심으로 그를 신격화하는 작업이 이루어지고 있네. 신사뿐만 아니라 불교계에서도 그의 무덤이 있는 본묘사(本妙寺)를 중심으로 그에 대한 신격화가 이루어지고 있네. 그의 기일 전날에는 본묘사 승려들이 하룻밤에 법화경 여덟 권을 사경해서 그의 영전에 바치는 행사를 하는데, 지금도 10만 명 이상이 그 행사를 보려고 절을 찾아올 정도라고 하네."•

정 교수가 맥주 캔을 집어 들었으나 비었는지 이내 내려놓았다. 일어서려는 정 교수를 제지하고 주방으로 갔다. 냉장고를 열고 비닐 팩으로 묶인 캔맥주를 통째로 들고 왔다. 탭을 따서 정 교수에게 건네고 나도 하나 집어 들었다.

• 「일본에 있어서 가토 기요마사의 임란전설과 신앙에 관한 연구」, 노성환, 『東아시아 古代學』 제19집, 2009. 6.

"구마모토 지역에서는 매년 9월 15일 가토 기요마사를 기념하기 위한 축제가 열리네. 그런데 올해부터는 축제가 10월로 한 달 연기됐다고 하네. 그쪽에 사는 친구한테 알아보니 날짜도 3일로 늘리고 규모도 크게 해서 축제를 성대하게 치르기 위해 일정을 연기했다고 하네. 특이한 건 이 축제에 거물급 우익 정치인들이 준비위원으로 참여하고 있다는 걸세. 이제까지 뒤에서 후원만 했지 이번처럼 전면에 나서는 건 처음이라고 하네. 그런 만큼 이번 축제가 성대하게 치러질 거라고 주민들은 많은 기대를 하고 있다고 하네. 이것이 기요마사의 모습일세. 평상시에는 가토 사당에 모셔놓지만 축제기간 중에는 이렇게 가마에 앉혀 거리를 활보하네."

정 교수는 논문 사이에 끼여 있던 사진을 꺼내 나에게 건네주었다. 사진 속에는 화려한 갑옷에 커다란 투구를 쓴 가면 인형이 좌대에 앉아 있었다.

"이 갑옷은 요로이(鎧)라는 의장용 갑옷일세. 처음에는 가죽에 쇠비늘을 넣어 전투용으로 만들었지만 갑옷이 전투에서 기능을 상실하자 금은과 비단 끈으로 장식해 의장용으로 사용하네. 머리에 쓴 투구는 가토의 투구라고 해서 매우 유명하네. 키가 작은 가토는 투구를 유난히 높였다고 하네. 그리고 손에 쥐고 있는 미늘창은 조선의 호랑이를 잡은 가토의 창으로 투구만큼이나 유명하지. 임진왜란 당시 함경도에서 저 창으로 호랑이를 잡아 히데요시에게 바쳤다고 하네. 자 이제 남은 건 옆에 차야 할 검일세. 그의 투구나 창은 하나하나 의미가 있는 만큼 검도 그냥 검이어서는 안 되겠지. 적어도 히데요시가 하사한 검 정도는 돼야지. 게다가 그 검이 조선을 치고 중국 대륙을 정복

하라고 내린 거라면 극우주의자들에게는 더할 나위 없겠지. 그런 상징성을 가진 검을 차고 있다면 가토의 신격화는 무게를 더할 걸세. 올해는 그 모든 걸 갖춘 기요마사를 극우주의자들이 자신들의 정신적 지주로 내세울 거라는 생각이 드네. 만일 가토의 검이 이번에 기요마사 축제를 통해 일본 관서지방 극우주의자들의 정신적 통일을 이루는 데 기여한다면 그 가치는 충분히 있다는 걸세. 자네 형을 죽이고서라도 가져갈 만큼 말일세."

정 교수는 심각한 얼굴로 말을 마치고 맥주 캔을 입으로 가져갔다. 일본이라는 나라가 어떻게 돌아가는지 자세히는 모르지만 신문이나 인터넷으로 접한 정보만 가지고도 정 교수의 말을 충분히 이해할 수 있었다. 이제야 일본에서 왜 그렇게 가토의 검에 집착하는지 알 것 같았다. 가토의 검은 내가 생각했던 것보다 훨씬 가치가 있는 물건이었다.

21. 도반

눈을 떴다. 아니 목이 너무 말라 저절로 눈이 떠졌다는 편이 옳았다. 자리에서 일어나 벽에 몸을 기대고 정신을 추슬렀다. 천장을 올려다보니 반투명 유리 안에 갇힌 형광등이 보였다. 스위치는 문 옆에 붙어 있었다. 뚫어지게 쳐다보았지만 달리 방법이 없었다. 기어가든 걸어가든 몸을 움직여야만 불을 켤 수 있었다. 울렁거리는 속을 달래며 힘들게 기어가서 스위치를 올렸다. 형광등은 교체할 시기가 지났는지 노란색에 가까운 빛을 냈다. 주위가 낯설었다. 살구색 벽지는 초록색으로 꾸며진 내 방과는 전혀 다른 분위기였다. 가구 하나 없이 텅 빈 방에 내가 깔고 있던 흰 요와 이불만 있었다. 숙취 때면 늘 그랬듯이 관자놀이 부근이 지근지근 밟듯이 쑤셔왔다. 그제야 어젯밤 술자리가 기억났다. 몇 시까지 정 교수와 술을 마셨는지 기억이 없었다. 아영이 그만 마시라고 성화를 부리지 않았다면 밤을 새웠을 것이다. 아영이 챙겨주는 칫솔로 이를 닦고 이 방에 들어오자마자 그대로 곯아떨어졌다.

몇 시쯤 되었을까? 핸드폰을 찾아보았지만 머리맡에는 늘 가지고 다니는 수첩밖에 보이지 않았다. 양복 상의가 넥타이와 함께 벽에 얌전하게 걸려 있었다. 그 밑에 정 교수의 것으로 보이는 낡은 추리닝이 놓여 있었다. 아영이 갈아입으라고 주었지만 건드려보지도 못하고 쓰러졌다. 양복 윗도리를 더듬어 주머니에서 핸드폰을 꺼냈다. 시간을 확인해보니 새벽 네시가 조금 넘었다. 방문을 열고 밖으로 나갔다. 어젯밤 보았던 집 구조를 머릿속에 그리며 주방으로 생각되는 방향을 향해 걸어갔다. 식탁 위에 물병과 컵이 놓여 있었지만 뱃속에서는 좀 더 차가운 것을 원했다. 냉장고에서 페트병에 든 매실 음료를 찾자마자 그대로 들이켰다. 뱃속으로 찬 기운이 스며들자 살 것 같았다.

"내 그럴 줄 알았어. 괜찮아요?"

고개를 돌려보니 잠옷 위에 털실로 짠 카디건을 걸친 아영이 주방 앞에 서 있었다. 얼른 페트병을 제자리에 넣고 냉장고를 닫았다. 입을 대고 통째로 들이켜는 모습을 봤을 거라 생각하니 조금 민망했다.

"괜찮아. 커피를 마시면 더 괜찮겠지만."

과장되게 고개를 끄덕이며 식탁에 앉아 컵에 물을 따랐다.

"기다려봐요. 금방 물 끓일게."

아영이 찬장에서 조그마한 주전자를 꺼내 가스레인지 위에 올려놓았다.

"믹스로 할래요? 아니면 원두 내려줄까?"

"그냥 믹스로 줘. 술 먹은 다음에는 그게 낫더라고."

물이 끓자 아영이 커피를 두 잔 타서 나와 마주 보고 앉았다.

"냄새 좋다. 난 왜 이런 싸구려 믹스커피를 좋아하는 걸까?"

구수한 커피 향이 코끝으로 파고들어왔다. 두통은 여전했지만 정신은 한결 맑아졌다.

"선배만 그런 게 아니고, 우리나라 믹스커피가 외국에서 얼마나 인기가 많은 줄 알아요. 일본에 있을 때 연구실 청소 아줌마한테 아침마다 한 잔씩 타드렸는데 맛있다고 소문이 나서 다른 분까지 오는 바람에 어떤 때는 열 잔까지 타준 적도 있다니까요. 달고 맛있다고 피곤할 때 이것만 한 것이 없다고 이구동성으로 말하던데. 나이 드신 분들이 많았는데, 그분들 입맛에 너무 잘 맞았던 거죠. 선배도 늙어서 그럴 거야."

"커피 한 잔 주면서 너무 나간다. 어제 교수님하고 많이 마셨지? 도대체 몇 시까지 마신 거야?"

"말도 마요. 두 분이서 아주 작정을 했어. 집에 술이 떨어졌기 망정이지 밤새울 뻔했어. 아버지가 술을 그렇게 많이 마신 건 근래 들어 처음 봐요."

"예전에는 많이 봤다는 거네."

"일본에 있을 때는 아빠 제자들이나 모임 사람들이 자주 왔어요. 우리 집에서 술자리가 벌어지면 새벽은 기본이었죠. 밤새도록 떠드는 바람에 잠도 제대로 못 잘 정도였으니까요. 그런데도 공부 잘한 걸 보면 나도 기특해요."

"그래, 요즘은 개나 소나 깔때기 들이대는 게 유행이라지. 그렇게 늦게까지 집에서 술 마시면 어머니가 힘드셨을 텐데."

"아니요. 울 엄마가 한술 더 떠서 사람들이 오면 못 가게 하고 바로 술상을 내왔어요. 엄마도 토론하는 걸 좋아했거든요. 유학 왔다가 아빠랑 연애했는데 자신들은 육체적 결합에 앞서 사상적 통합을 먼저 이루었다나. 울 엄마는 엄청 잘 웃고 화통했어요. 사람들은 아빠보다 엄마를 더 좋아한 것 같아요. 엄마는 노래도 잘하고 기타도 잘 쳤어요. 오사카 조선인 학교에서 방과 후에 애들한테 풍물도 가르쳤고요. 팔방미인이셨죠. 한국에서 학생운동 하다가 일본으로 도피성 유학을 왔대요. 그런 부채의식이 엄마를 더 적극적으로 만들었는지 몰라요. 한국도 일본처럼 풀뿌리 시민운동이 자리 잡아야 한다며 지역운동에도 관심이 많으셨죠. 그런 엄마의 죽음은 한순간에 우리 집을 나락으로 빠뜨렸어요. 그 때문에 아빠도 10년은 더 늙었을 거예요."

아영의 눈가에 눈물이 맺혔다. 가볍게 시작한 이야기가 생각지도 못한 방향으로 흘러갔다. 눈가에 맺힌 눈물이 떨어지기 직전까지 왔다. 터치해줘야 한다는 생각이 들었지만 손이 쉽게 가지 않았다.

"미안해요. 나도 모르게 눈물샘이 터졌나 봐요. 그런데 어제는 아빠하고 무슨 이야기를 그리 오래 했어요?"

아슬아슬했던 눈물방울이 안으로 빨려 들어가는 걸 보자 다행이란 생각이 들었다.

"가토의 검에 대한 얘기지. 교수님은 가토의 검이 극우주의자들에게 이용당할 것을 걱정하셨어."

어젯밤 정 교수가 한 말이 생각났다. 가토의 검이 그런 상징을 지니고 있다면 일본에서 어떤 대가를 치르고라도 가져가려 했을 것이다.

"극우주의자들?"

아영이 무슨 소리냐는 듯 고개를 갸웃했다. 나는 정 교수가 한 말을 간략하게 설명해주었다. 일본에 대한 지식이 많은 아영은 금방 이해되는지 고개를 끄덕였다.

"그럼, 너도 극우주의자들이 정신적 지주로 삼기 위해 가토의 검을 가져갔을 거란 교수님 의견에 동감하는 거야?"

"지금 일본의 상황을 보면 충분히 가능성 있는 이야기죠. 국회의원 뿐 아니라 올 지방자치단체장 선거에서도 극우 정치인들이 대거 당선됐잖아요. 70년대 미시마 유키오가 군국주의 부활을 외치며 자위대 옥상에서 할복했을 때만 해도 대부분의 일본인들은 냉소를 보냈는데, 이제는 미시마 유키오의 정신을 이어받자는 신우익 세력까지 등장하는 판이니. 게다가 아베 정권이 우향우를 해서 국가 개조에 시동을 걸고 있으니 금상첨화겠죠."

아영의 표정이 심각해졌다. 역시 가토의 검은 금란가사 하나로만 넘기기에는 아까운 물건이었다.

"그나저나 형님 문제는 어떻게 할 생각이에요? 국가를 팔아먹은 양 보좌관을 그냥 둘 수는 없잖아요. 빨리 경찰에 알려서 잡아들여야 하는 거 아니에요?"

"그럴 거야. 내일, 아니 오늘, 날이 밝으면 곽 형사를 찾아갈 거야. 가토의 검에 대해 조사한 정보를 다 넘겨줄 생각이야. 경찰이 본격적으로 수사한다면 양 보좌관을 잡아들이는 데 어렵지 않을 거야."

곽 형사가 사진 속 인물의 신원을 밝혀냈는지 궁금했다. 만일 양 보좌관이라는 걸 알았다면 나에게도 연락이 왔을 것이다. 곽 형사가 추궁한다면 사진이 흐려서 알아보기 어려웠다고 핑계를 댈 생각이다. 그러나 아직 연락이 없는 걸 봐서는 아무것도 밝혀내지 못했을 가능성이 컸다. 아무리 형사라지만 흐릿한 사진만 가지고 양 보좌관을 찾아내기란 쉽지 않은 일이었다.

"아빠를 소개한 게 도움이 됐어요?"

"물론이지. 덕분에 많은 걸 알게 됐어. 내 가설도 탄탄해졌고. 나 혼자였으면 도저히 알아낼 수 없었을 거야."

"골프장에서 양 보좌관은 어땠어요?"

"그 너구리가 나보다 한 수는 위라는 것만 확인했어. 둘이 있을 때 형의 죽음에 대해 슬쩍 언급을 했더니 얼굴색이 하얗게 변하더군. 하지만 금방 냉정을 찾고 요리조리 피하는 바람에 더는 떠볼 수가 없었어. 돈만 수억 날렸지."

"돈이요?"

"양에게 신경 쓰느라 게임을 망쳤거든. 하지만 그가 범인이라는 확신은 더해졌어. 전반 마지막 홀에서 형이 귀가 잘린 채 살해당한 것이라고 한마디 던졌더니 하얗게 질리면서 한 번도 내지 않던 오비를 내더군. 그건 그가 충격을 받았다는 확실한 증거야."

"귀? 귀가 잘렸어요?"

아영이 놀란 듯 물었다. 그제야 형의 귀에 관해서는 이야기하지 않았다는 사실이 생각났다.

"형은 발견 당시 귀가 잘려 있었어. 잘린 귀는 위생봉투에 담긴 채양복 주머니에 들어 있었고. 그래서 곽 형사가 단순한 뺑소니가 아니라 살인 사건으로 보고 수사를 시작한 거야."

나는 비통한 표정으로 말했다. 하얀 붕대로 감싸여 있던 형의 귀가 떠올랐다. 곽 형사는 날카로운 물건으로 솜씨 좋게 잘라냈다고 했다.

누군지 모르지만 놈은 형의 귀를 잡고 잘 벼린 칼로 쓱 내리그었을 것이다. 자신의 몸에서 분리된 귀를 보고 형은 무슨 표정을 지었을까? 하얗게 질린 형의 모습을 상상하는 것은 어렵지 않았다. 살아 있는 사람의 귀를 자르는 건 어떤 느낌일까? 형의 귀를 자른 놈을 잡는다면 꼭 물어보고 싶었다. 고흐라면 어떤 느낌인지 알고 있을 거란 생각이 뜬금없이 떠올랐다.

"그래서 어제 귀에 대해 물어봤던 거예요? 아니, 도대체 무얼 숨겼는데 사람에게 그런 짓을 해요. 그 커다란 칼을 가지고 다니지는 않았을 거 아냐."

아영이 끔찍하다는 듯 몸서리를 쳤다. 순간 머릿속을 스쳐 가는 생각이 있었다. 칼이 온전히 일본으로 넘어갔다면 양 보좌관이 위험을 무릅쓰고 샤갈에 나타났지 않았을 것이다.

"어디 가요?"

내가 갑자기 일어서자 아영이 물었다. 급히 방으로 들어가서 머리맡에 있던 수첩을 열고 하드커버 갈피에 끼워놓은 가토의 검 도면과 분해도를 꺼냈다. 가토의 검은 칼 본체와 도반이라고 하는 타원형의 받침대 그리고 칼자루로 분리되어 있었다. 엽전처럼 생긴 도반에는 정 교수가 히데요시 가문의 문장이라고 말한 오동나무 잎 문양이 새겨져 있었다. 도반을 잠시 주시했다.

"갑자기 왜 그래요?"

뒤따라 들어온 아영이 물었다.

"아냐, 아무것도. 형이 무언가 숨기지 않았을까 하는 생각이 들어서."

그러고 보니 양 보좌관이 샤갈에 나타난 것은 도반을 찾으러 온 것일 수도 있었다. 진이는 양 보좌관이 룸 구석구석을 뒤졌다고 했다.

"뭐, 짚이는 게 있어요?"

"형이 가토의 검을 빼돌려 양 보좌관에게 넘겨주는 과정에서 살해됐다면 니 말대로 칼 전체는 아니지만 무언가를 빼돌렸기 때문이 아닐까? 금란가사 반환이 성립됐다는 건 가토의 검이 이미 일본으로 넘어갔다는 이야기야. 하지만 형이 칼의 일부를 빼돌렸을 수도 있어. 그 때문에 양 보좌관과 형이 갈등을 빚었을 수도 있는 거고. 여기 이 도반 같은 걸 말이야."

나는 오동잎 문양이 새겨진 도반을 가리켰다.

"숨기기에는 적당한 크기네요. 아빠가 여기에 새겨져 있는 문양이 진위를 판별하는 데 중요한 역할을 한다고 했어요."

아영이 고개를 끄덕이며 동의해주었다. 복잡하기만 했던 퍼즐이 조금씩 맞아 들어갔다. 모든 일에는 반드시 원인이 있었다. 원인을 찾아 거기에 물을 부으면 길이 만들어진다. 도반이 종착역일 수도 있었다.

"그런데 여긴 누구 방이야?"

"그냥 빈방이에요. 이쪽은 집값이 싸서 서울 전세금의 반만 줘도 집을 살 수가 있어요. 혼자 사시기에는 집이 너무 커요. 빈방이 이것 말고도 하나 더 있어요. 직장이 멀지 않으면 내가 내려와 살아야 하는 건데. 그래서 말인데, 전에도 내가 말했잖아요. 선배 앞집 말이야. 그거 사서 빌라로 올리면 어떨까 싶은데. 한강이 바로 보이잖아. 여기서 혼자 사시는 것도 그렇고 서울로 모셔서 같이 살고 싶어."

"돈 많네. 그 집 올리려면 주인아줌마하고 대판 싸워야 할걸."

"돈은 아버지가 가진 걸 정리하면 될 것 같고, 건물 올리는 건 정당한 권리라 행정소송을 걸면 문제없을 거라 선배가 말했잖아. 선배가 도와주면 될 것 같은데."

"내가 왜? 내 집도 아닌데."

"어떻게 알아? 나 외동딸인데."

아영이 슬며시 내 어깨에 머리를 기대왔다. 나는 넝쿨째 굴러 들어온 이 호박을 어떻게 해야 하나 잠시 고민에 빠졌다. 아영의 검은 머리카락 사이로 손을 집어넣자 부드러운 모발이 손바닥을 쓸고 지나갔다. 얼굴을 잡아당겨 아영과 시선을 마주했다. 환한 아영의 얼굴이 들어오자 더는 아무런 생각을 할 수 없었다. 아영의 입술을 찾으며 요 위로 밀어붙였다.

"잠깐만요."

내 손이 가슴 위로 올라가자 아영이 나를 밀치고 일어섰다.

"여긴 선배 방이 아니라고. 우리 아빠는 노인네라 잠귀가 아주 밝다고요. 참으시고, 새벽이니까 좀 더 주무시죠."

아영이 미소를 지으며 손을 흔들고 방을 나갔다. 나는 아영이 사라지는 모습을 멍하니 바라봤다. 방문이 닫힌 후에도 벽에 등을 기대어 한참 동안 아영이 사라진 방문을 노려봤다. 아버지는 기분이 내키면 언제나 어머니의 머리채를 휘어잡았다. 나도 방문을 나서는 아영의 머리채를 잡아채서 이불 위에 눕히는 상상을 해봤다. 웃고 있던 아영의 얼굴이 겁에 질려 하얗게 변했다. 괜찮은 결과가 나올 것 같았다. 지갑 속에서 콘돔을 꺼내 이불 속으로 들어갔다. 머리채를 잡힌 아영이 눈물을 흘리기 시작했다. 조금 지나자 아영의 얼굴이 서서히 닥터 강으로 변했다. 나는 정신을 잃은 닥터 강을 침대 위에 내려놓았다. 닥터 강은 기다란 머리카락이 흐트러진 채 무방비 상태로 천장을 향해 눈을 감고 있었다. 꾸겨진 흰 블라우스 단추를 뜯어내고 침대 가에 앉아 그녀의 하얀 팔목을 쓰다듬었다. 내가 담배를 물자 그녀의 입에서 가느다란 신음 소리가 새어 나왔다. 우아한 그녀가 상처를 입자 내 속의 마그마가 끓어오르면서 몸이 뜨거워졌다. 이건 내가 원하던 느낌이었다. 아무나 느낄 수 있는 쾌감이 아니었다. 내가 정점으로 치달은 순간 아버지가 떠올랐다. 아버지의 거친 손에는 어머니의 부드러운 머리카락이 잡혀 있었다. 어머니가 눈물을 흘리며 내 이름을 불러댔다. '갈보 같은 년.' 욕설과 함께 힘껏 정액을 배설시켰다. 머리 위까지 올라왔던 물살이 발끝으로 빠져나가자 머릿속이 멍해지고 몸이 축 늘어졌다. 졸음이 밀려오면서 몸이 나른해지자 손가락 하나 꼼짝하기 싫었다. 옥탑방이었다면 그대로 잠들었겠지만 여긴 내 영역이 아니었다. 이 안에 흔적을 남겨놓을 수는 없었다. 이불 속에서 빠져나와 화장실로 갔다. 콘돔을 짜서 정액은 변기에 흘려보냈다. 콘돔을 버릴 곳을 찾았지만 마땅한 곳이 없었다. 돌아가는 길에 처리하기로 하고 휴지로 돌돌 말아 주머니에 넣었다. 세면대에서 손을 씻고 거울에 비친 얼굴을 들여다봤다. 눈이 빨갛게 충혈되긴 했어도 사내의 얼굴은 자신에 차 있다고 볼 수 있었다.

22. 야쿠자

강력계 사무실에 들어섰을 때 곽 형사는 통화 중이었다. 나를 보자 손을 들어 아는 체해 보이고는 통화를 계속했다. 전화기를 내려놓고 나서도 고개를 들지 않고 서류철만 뒤적였다. 내가 다가가자 서류철을 들고 급히 안쪽 사무실로 들어갔다. 나는 곽 형사의 책상 앞에 서서 유리창을 통해 그가 상사로 보이는 사내와 대화를 나누는 모습을 지켜봐야 했다. 시간이 꽤 흘렀는데도 곽 형사는 나오지 않았다. 사내가 건네준 커피까지 받아 들고 서 있는 걸 보면 일찍 나올 생각이 없어 보였다. 내가 기다리고 있다는 사실조차 잊은 듯했다. 하는 수 없이 곽 형사 의자에 앉았다. 나를 피하는 게 분명했다. 슬슬 오기가 발동했다. 언제까지 안에 있을 수는 없었다. 곽 형사가 나올 때까지 꼼짝하지 않을 생각이었다. 책상 위에는 곽 형사가 작성하다 만 서류가 어지럽게 널려 있었다. 혹시 형의 사건과 관련된 자료가 있을까 해서 서류를 뒤적거렸다.

"남의 자리에 함부로 앉는 게 취밉니까?"

철제 책꽂이에 꽂힌 서류철을 유심히 살펴보고 있는데 곽 형사가 뒤에서 소리쳤다. 내가 일어서자 곽 형사는 바로 의자를 당겨 갔다. 졸지에 자리를 잃어버린 나는 그가 의자를 책상 앞으로 끌고 가는 바람에 옆으로 밀려나기까지 했다. 곽 형사의 책상에서 한 걸음 떨어진 곳에서 그를 노려보다가 손에 든 서류철을 책상 위에 던져버렸다.

"이게 뭐요?"

곽 형사가 파일은 쳐다보지 않고 나를 보며 물었다.

"당신이 원했던 거."

그는 돌려서 말한다고 넘어올 얼치기 형사가 아니었다. 정면으로 돌파하는 게 가장 빠른 방법이었다. 오늘은 처음부터 강하게 밀어붙일 작정을 하고 왔다.

"내가 무얼 원했는데?"

"나보고 이거 가져오라고 한 거 아냐."

그제야 파일에 눈을 돌리고 내용을 들춰봤다. 파일에는 그동안 조사한 자료가 전부 들어 있었다.

"이게 뭐냐니까?"

곽 형사가 파일을 밀치며 말했다. 그도 말을 놓았다. 나는 처음부터 그럴 작정이었다. 많아야 서너 살 위였다. 곽 형사가 나를 이용했다는 사실을 안 순간 적어도 내치지는 못할 거라 생각했다. 내가 강하게 밀고 나갈 수 있는 이유가 거기에 있었다. 옆의 빈 의자를 가져와 곽 형사와 마주 보고 앉았다.

"거두절미하고 선수끼리 본론 들어가자고. 당신은 나에게 쇼를 하며 형의 사건 파일을 보여줬어. 찾기 어려울까 봐 형광펜으로 줄도 그어놓는 친절까지 베풀면서 말이야. 그래, 그 덕분에 내가 조사해 온 게 바로 이 파일이야."

나는 곽 형사 앞에 있는 파일을 손끝으로 가리키며 말했다.

"그리고 이건 당신이 건네준 사진이야. 이 자가 누군지도 알아냈어."

수첩 사이에 끼워놓았던 양 보좌관의 사진을 펴서 곽 형사 앞으로 밀었다.

"그래, 누군데?"

곽 형사가 사진을 힐끗 보고는 나에게 시선을 돌렸다.

"국회 교육문화체육관광위원회 위원장의 보좌관으로 있는 양창선이란 자야."

말을 하는 내내 곽 형사의 표정을 살폈다. 특히 눈동자를 유심히 봤다. 경찰서 출입기자 시절 동안 형사와 수없이 인터뷰를 했다. 그들의 심리 변화를 파악하는 데는 나름 일가견이 있었다. 내 말에 관심을 보인다면 그는 제일 먼저 눈동자가 흔들릴 것이다.

"이 새끼가 우리 형을 죽였어. 내가 모든 걸 조사해 왔으니까, 이제 당신은 이 새끼를 잡아 처넣어주기만 하면 돼."

곽 형사는 팔짱을 끼고 내 이야기를 듣고만 있었다. 얼굴에는 아무런 표정 변화가 없었다.

"범행 동기부터 알려드릴까? 이걸 보면 답이 나올 거야."

손을 뻗어 책상 위에 놓인 파일을 집어 들었다. 그 안에서 국회 정론관에서 양 보좌관이 기자들에게 뿌렸던 보도자료를 꺼내 곽 형사에게 건네줬다. 곽 형사는 팔짱을 풀고 그 자료를 받아 들었다.

"그걸 보면 규슈국립박물관이 통도사의 금란가사를 반환하기로 합의했다는 내용이 실려 있어. 교문위 채문식 위원장이 금란가사반환위원회 위원장으로 그가 이번 반환 건을 성공시킨 것으로 되어 있지만 실은 양 보좌관의 작품이야. 그걸로 자기 영감이 내년 선거에서 공천을 받게 되면 당선이야 문제없는 동네니까, 국회 입성은 무난할 테고. 5선이 되면 국회의장까지 바라볼 수 있게 되는 거지. 물론 영감이 국회의장이 되면 양도 한자리 차지할 거고."

"그래서?"

곽 형사의 눈빛이 조금씩 흔들리기 시작했다. 내 이야기에 흥미를 갖기 시작한 것이다. 이제부터 곽 형사를 내 페이스대로 이끌어가야 한다. 의자를 당겨 곽 형사에게 바싹 다가갔다.

"그런데 문화재 반환이라는 게 쉽지 않다는 게 문제지. 인정 문화재로 등록된 이상 일본 정부, 규슈국립박물관, 그리고 금란가사를 기증한 가토 가문의 입장, 이 세 가지가 맞아떨어져야 비로소 반환이 가능하게 되지. 그래서 3년 동안 협상은 결론을 내리지 못하고 지지부진했는데 올 6월 초부터 갑자기 반환 쪽으로 급선회하더니 9월 초에 반환 합의문에 사인까지 했어."

파일 안에서 잘 정리된 반환 일지를 꺼내 곽 형사에게 넘겨줬다.

"그걸 보면 형이 죽은 지 일주일 만에 합의문에 서명을 하게 돼. 그 말인즉슨 6월 초에 일본에서 가토의 검을 가져오면 금란가사를 반환해주겠다고 제의가 왔고, 양 보좌관은 형을 통해 세관에 있던 칼을 입수해 일본에 넘기고 일본과 반환에 합의했다는 말이 되지."

잠시 숨을 고르고 다시 곽 형사를 쳐다봤다. 곽 형사의 눈빛이 다시 잠잠해졌다. 이쯤에서 그가 적극적으로 질문해댈 것으로 생각했는데 뜻밖에 조용히 있자, 조금 불안해졌다.

  "이게 도요토미 히데요시가 임진왜란 때 조선을 치라며 가토 기요마사에게 하사한 검이고, 형을 죽음으로 내몬 바로 그 검이야. 세관 창고에서 형이 가지고 나온 게 바로 이 검이라고."

  이번에는 가토의 검이 찍힌 사진을 곽 형사에게 주었다. 곽 형사는 사진을 받아 들고 한참을 살펴봤다. 확실히 관심을 보이고 있었다. 가토의 검이 갖고 있는 의미를 말할까 하다 그만두었다. 이야기가 복잡해지면 그를 설득하기 어려울지 몰랐다. 그에게 중요한 것은 범행과 관련된 사실뿐이었다. 나는 잠시 숨을 돌리며 그의 입이 열리기만 기다렸다.

  "그러니까, 나보고 기자 따위가 조사해 온 정보를 가지고 다시 한번 수사를 해보라 그런 건가?"

  곽 형사가 손에 든 사진을 책상 위에 던져버렸다. 예상치 못한 그의 반응에 나는 당황했다. 정보를 알려주기만 하면 그가 적극적으로 나올 거라 생각했다. 적어도 이런 식으로 나오리라고는 생각하지 못했다.

  "누가 가져온 거면 어때. 이 정도 정보라면 양, 그 새끼가 범인이라는 게 확실하잖아."

  의자를 더 끌어당겨 곽 형사에게 바싹 다가갔다. 그가 수사할 의지가 없다면 지금까지 기울인 노력은 물거품이 되고 만다.

  "형사 생활만 10년이 넘었어. 기자가 며칠 조사한 걸 가지고 해결될 사건이면 진작 해결했어."

"그럼, 나에게 왜 이걸 가져오게 한 거야?"

손에 든 서류철을 다시 곽 형사 책상에 던져버렸다. 그의 냉담한 태도가 나를 뜨겁게 만들었다.

"내가 당신에게 뭘 보란 적도 없고, 가져오라고 한 적도 없어. 당신이 내 책상에서 무얼 보았든 간에 내가 상관할 바 아냐. 그리고 당신이 가져온 정보를 가지고 수사할 생각도 전혀 없고."

"양 보좌관이 형을 사주해서 칼을 빼냈어. 형을 죽인 범인에 가장 근접한 사람이 양 보좌관이라고. 여기에 있는 정보는 다 확실한 거야. 그런데 왜 수사를 못 한다는 거지?"

계속 목소리를 높이며 윽박질렀지만 곽 형사의 반응은 미지근했다. 그의 태도를 보고 있자니 불현듯 내가 모르는 사실을 그가 가지고 있다는 생각이 들었다.

"양 보좌관이 자네 형을 사주해서 세관에서 가토의 검인가를 빼냈다 이 말이지. 그렇게 되려면 둘 사이에 친분 관계가 있어야 하는데 한 명은 지방 말단 세무공무원이고, 한 명은 국회의원의 보좌관이야. 둘이 알고 지낼 만한 접점이 전혀 없어. 그 두 사람이 어떻게 알게 되었을까? 난 그게 더 궁금한데."

곽 형사가 자세를 바로 하고 나를 쳐다봤다. 그가 무슨 말을 하는지 알았다. 그는 나를 의심하고 있었다.

"그래, 내가 알려줬어."

곽 형사의 시선을 피하지 않았다. 그를 설득하려면 양 보좌관에 대한 정보를 충분히 줄 필요가 있었다.

"언제가 술자리에서 양 보좌관에게 형의 승진을 도와달라고 부탁한 적이 있어. 양 정도의 마당발이라면 인천세관에 충분히 압력을 넣을 수 있다고 생각했지. 사진 속 인물이 양이라는 걸 안 순간 그 생각이 난 거야. 그래서 그의 사무실을 뒤졌고 가토의 검을 찾아냈어. 내 생각으로는 승진을 미끼로 형을 사주해서 검을 손에 넣자 검의 존재를 숨기기 위해 형을 살해한 게 틀림없어."

"얼씨구 혼자서 북 치고 장구 치고, 사건 마무리까지 다 하네. 그렇게 혼자서 마스터베이션을 하면 위로가 좀 되나 보지."

곽 형사가 코웃음까지 쳐가며 노골적으로 비웃었다.

"자네, 사람 죽이는 게 쉬운 일이라 생각해? 피가 낭자한 방법으로 사람을 죽이는 건 보통 잔인한 성격을 가진 자가 아니면 할 수 없는 일이야. 과연 양 보좌관이 그럴 만한 배짱이 있을까?"

곽 형사가 그럴 리가 없다는 듯 고개를 가로저었다. 내가 세운 가설과 그동안 모은 정보를 다시 한 번 되짚어봤다. 아무리 생각해도 양 보좌관을 의심하기에 충분한 정보였다.

"그가 직접 죽일 수 없다면 다른 사람을 시켰을 수도 있지. 돈만 주면 살인을 할 수 있는 사람은 얼마든지 있어. 일본에 부탁해서 사람을 보내달라고 할 수도 있고."

내 말에 곽 형사가 처음으로 고개를 끄덕였다. 그러고는 컴퓨터로 가더니 폴더를 열고 안에 든 사진을 클릭했다.

"일본에서 보낸 자라면 이 자를 말하는 건가. 하야시 다카야마. 우리나라 이름 임고산. 재일교포 3세로 극동회 소속 야쿠자지. 당신 형님이 살해되는 날 밤에 양 보좌관하고 같이 있었고. 어때, 이만하면 구미가 당기지?"

곽 형사의 말이 끝나기도 전에 나는 의자에서 일어나 컴퓨터 화면에 바싹 다가갔다. 그리고 컴퓨터 안의 사진을 자세히 들여다봤다. 죄수복을 입고 번호판을 들고 서 있는 머그샷 속에 짧은 머리에 각진 턱을 가진 사내가 고개를 들고 정면을 쳐다보고 있었다.

"일본 경시청에서 받은 거야. 자네가 흥미를 가질 이야기 하나 더 해줄까? 자네 형님의 귀가 잘린 거 말이지. 경시청에 문의해봤더니 재미있는 이야기를 하더군. 야쿠자가 사람을 협박할 때 쓰는 수법 중 하나라고 말이야. 짧은 시간 내에 감당할 수 없는 공포를 주려고 하는 짓이래. 보통 원하는 대답이 나오지 않으면 물건을 집어 던지거나 소리를 지르는데 그 정도 가지고는 상대가 공포에 적응할 수 있는 내성만 키워준다는 거지. 야쿠자의 경우 바로 나이프로 귀를 자른다네. 순식간에 자신의 신체 일부가 잘려 나간다고 생각해보게. 상대가 무얼 숨기고 있든 간에 바로 내어주었을 걸세. 물론 재차 답을 안 하면 바로 다른 쪽 귀를 잘라버리지."

곽 형사는 야쿠자의 고문 방식이 재미있다는 듯 손으로 자신의 귀를 내리치는 장면까지 보여주었다.

"아무리 깡패라지만, 사람에게 쉽게 그런 짓을 할 수 있어? 나중에 수습을 어떻게 하려고."

"잘라낸 귀를 위생처리한 천이나 붕대로 감싸서 병원으로 바로 가져가면 봉합할 수 있어. 야쿠자도 원하는 걸 얻고 나서는 바로 귀를 건네주고 병원으로 갈 수 있게 조치를 취해주지. 상대는 이미 겁을 먹었어. 봉합 수술을 하고 치료를 받으면 됐지, 그것을 문제 삼을 만큼 배짱이 있는 사람은 드물어. 만일 상대가 그럴 정도의 인물이라면 다른 수를 쓰겠지. 이자가 당신 형의 귀를 잘랐는지는 모르겠지만 당신 형을 죽이지는 않았어."

곽 형사의 말이 귀에 제대로 들어오지 않았다. 야쿠자의 얼굴을 뚫어지게 쳐다봤다. 형의 귀를 날카로운 칼로 내리그은 놈이 바로 이자였다. 이자가 내가 인터뷰를 해야 할 바로 그놈이었다.

"이 새끼를 잡아야 해."

내 입속에서 꺼질 듯 작은 소리가 새어 나왔다. 나도 모르게 눈이 감겼다. 새파란 안색에 검게 변한 입술 그리고 피에 범벅이 된 두개골까지, 침대에 누워 있던 형의 형체가 머릿속에 뚜렷이 떠올랐다. 속이 메스꺼워졌다.

"무슨 이유로? 양 보좌관과 같이 있었다는 이유만으로? 그는 여권을 갖고 적법하게 들어왔고 적법하게 출국했어. 물론 그가 범행을 저질렀다는 확실한 물증만 있다면 언제든지 잡을 수 있네. 일본 경시청과 공조채널은 늘 가동되고 있으니까. 하지만 그가 범인이라는 증거가 없어. 만일 그가 살인을 했다면 흉기를 사용하지 쓰레기통을 이용하지는 않았을 거야."

"쓰레기통?"

"형을 죽인 흉기를 찾아냈네. 공원 안쪽에 있는 콘크리트 쓰레기통이야."

곽 형사가 다른 폴더를 열어 파일을 클릭했다. 그러자 컴퓨터 그래픽으로 그린 쓰레기통 모형과 두개골 모형이 떴다.

"여기가 자네 형의 머리에 난 상처고 이게 쓰레기통이야. 여기 나뭇가지 모양으로 튀어나온 모서리하고 함몰된 부분하고 정확히 일치한다는 감식반의 결과가 나왔어. 잘 보라고."

곽 형사가 화면 아래 버튼 모양의 단추를 클릭하자 두개골이 천천히 이동하더니 함몰된 부분이 튀어나온 쓰레기통 모서리에 정확히 들어갔다.

"도로에서 쓰레기통이 있는 공원 안까지는 10여 미터 정도 떨어져 있어 조금만 어두워져도 보이지 않아. 그자가 거기에 콘크리트로 만든 쓰레기통이 있다는 걸 알 리가 없어."

곽 형사가 컴퓨터에서 물러나 돌아앉았다. 그 바람에 나도 같이 뒤로 물러서 의자에 앉았다. 컴퓨터 화면이 슬라이드로 변하면서 사진이 하나씩 넘어가기 시작했다. 쓰레기통 모형, 함몰된 두개골 모형, 그리고 공원 쓰레기통 사진, 검은 피딱지처럼 엉겨 붙은 형의 뒤통수 사진이 천천히 흘러갔다. 속이 울렁거렸다. 나도 모르게 헛구역질이 나와 손으로 입을 막고 사무실을 뛰쳐나왔다. 화장실에 들어가자마자 변기를 붙잡고 구역질을 해댔다. 다행히 점심을 거른 탓에 속에 든 게 없었다. 쓴 물만 조금 넘어왔다. 시큼한 냄새가 입안에 가득 고였다. 찬물로 양치를 서너 번 하고 밖으로 나왔다. 곽 형사가 복도 벽에 몸을 기대고 있었다.

"커피나 한잔합시다. 내가 사드리지."

곽 형사가 복도 한쪽에 있는 엘리베이터를 눌렀다. 나는 그의 뒤를 패잔병처럼 따라갔다. 식사 시간이 지나서인지 매점은 한산했다. 곽 형사가 따뜻한 커피 두 잔을 가지고 왔다.

"경찰서 출입기자 출신치고는 비위가 약하시네."

곽 형사가 비웃는 투로 말했다.

"양은요? 그 시간대면 차가 하나도 없으니까 하야시를 데려다주고 바로 부천으로 가서 형을 죽이고 올 수 있지 않을까요?"

"양 보좌관은 호텔을 나와서 십 분 뒤에 국회의사당 면회실을 통해 사무실로 들어간 게 확인됐어요. 그리고 세시 십분경에 국회에서 나와 집으로 갔고요. 본인에게 확인했고 그날 당직을 선 방호원과 열쇠 수불대장 그리고 면회실에 설치된 CCTV를 통해서 확인했어요. 양 보좌관의 알리바이는 의심의 여지가 없습니다."

곽 형사는 모든 사실관계의 확인이 끝났는지 자신에 찬 어조로 말했다.

"내 생각에도 양 보좌관이 하야시하고 당신 형님을 만나 추궁을 한 건 확실하지만 살인까지는 가지 않았어요."

"추궁이라고요? 그 자식은 형의 귀를 잘랐다고요. 당신 입으로 말하지 않았어요. 귀를 자르는 고문은 야쿠자의 방식이라고."

"그것도 증거가 불충분해요. 모든 게 정황에 따른 추측에 불과한 거죠. 이미 하야시는 출국해서 확실한 증거가 없으면 불러오기가 쉽지 않을 겁니다."

곽 형사는 너무 쉽게 두 사람을 포기했다. 형의 귀를 자를 만큼 대담한 자가 형이 죽기 전까지 곁에 있었다. 게다가 그자는 형을 죽이기 위해 일본에서 건너온 살인 전문가였다. 알리바이가 명확하다고 해서 모든 혐의에서 벗어났다고 결론을 내리는 것은 섣부른 판단이었다.

"당신 형님 사건은 원점에서 다시 시작하고 있으니까, 조금 기다려 봐요. 지금 블랙박스를 뒤지고 있으니까 뭔가 나올 겁니다."

"블랙박스요?"

"네. 형님이 살해되던 날 그 시간대에 경인고속도로를 탄 택시들이 꽤 있을 겁니다. 지금 수배해놓았으니까, 조만간 결과가 나오겠죠."

곽 형사의 말에 새벽 한시가 넘은 시간임에도 고속도로에 진입하기 위한 차량이 여러 대 공원 앞 도로를 질주하며 지나갔던 기억이 났다.

"자, 그럼 범인이 잡히면 연락드릴 테니까, 쓸데없는 수고 그만하시고 돌아가십시오. 조사해 온 파일은 제가 참고로 가지고 있겠습니다."

곽 형사가 자리에서 일어서서 매점 밖으로 나갔다. 나는 아직 이야기가 끝나지 않았다. 급히 곽 형사의 뒤를 쫓아나갔다.

"잠깐만요."

엘리베이터를 타려는 곽 형사를 불러 세웠다. 그러나 곽 형사는 내 말을 무시하고 그냥 엘리베이터 안으로 들어갔다. 문이 닫히는 엘리베이터 사이로 발을 집어넣어 간신히 올라탈 수 있었다.

"또, 뭡니까?"

내가 타자마자 곽 형사가 닫힘 버튼을 눌렀다.

"한 가지만 물어볼게요. CCTV대로라면 양 보좌관이 형이 죽은 다음 날 샤갈에 찾아갔다는 얘긴데 그 이유가 뭡니까?"

"그건 당신이 직접 만나서 물어봐요. 서로 잘 아는 사이 아닌가요?"

곽 형사가 비웃는 투로 말했다. 엘리베이터가 멈추자 곽 형사는 뒤도 돌아보지 않고 사무실로 들어가버렸다. 나는 멍하니 그의 뒤통수만 쳐다볼 수밖에 없었다.

23. 동경구락부

차를 국회 후생관 앞 주차장에 세웠다. 부천에서 돌아오는 내내 기분이 좋지 않았다. 곽 형사는 이미 양 보좌관에 대해 모두 걸 파악하고 있었다. 그러면서도 일절 내색하지 않았다. 오히려 나를 이용해 가토의 검에 대한 정보만 빼내 갔다. 곽 형사에게 제대로 당했다는 걸 인정하지 않을 수 없었다.

퇴근 시간이 임박해서인지 후생관 홀에는 사람이 거의 없었다. 커피전문점도 문을 닫으려는지 밖에 내놓은 쟁반을 정리하는 중이었다. 에스프레소를 주문하고 종이컵에 뜨거운 물을 따로 부탁했다. 후생관 앞에는 사철나무를 정원수로 심어놓은 커다란 화단이 있었다. 원형의 화단 가장자리는 널찍한 대리석으로 둘러놓았다. 우측으로 조금만 가면 벤치가 놓인 휴식 공간이 있지만 지원들은 가까이 있는 대리석 화단을 더 선호했다. 점심시간이면 식사를 마친 직원들이 커피를 한 잔씩 들고 화단에 앉아 담배를 피우며 잡담을 하느라 빈자리를 찾기 어려울 정도였다.

화단에 엉덩이를 걸치고 에스프레소를 뜨거운 물이 든 종이컵에 부었다. 진하게 마시고 싶을 때면 종종 이런 식으로 만들어 마셨다. 커피를 한 모금 마시고 담배를 꺼냈다. 그러나 담뱃갑이 비어 있었다. 담배를 사려면 본청에 있는 휴게실까지 가야 했다. 커피를 들고 주차장을 가로질러 본청까지 가기는 번거로웠다. 어떻게 할까 망설이는데 아영이 주차장 반대쪽에서 걸어오는 게 보였다. 강림하는 구세주를 만난 기분이 이럴까? 아영을 향해 힘차게 손을 흔들었다.

"어떻게 알았어, 내가 여기서 눈이 빠지도록 기다리는 걸? 우린 역시 텔레파시가 통하나 봐."

"그러게요. 회의가 끝나서 회관에서 저녁이나 먹을까 하고 나왔는데, 선배가 청승맞게 앉아 있는 게 보이더라고. 곽 형사는 만나봤어요?"

"담배나 먼저 하나 줘."

아영이 손에 들고 있던 낡은 파우치에서 담배를 꺼냈다.

"그 손가방 바꿔라. 좀 있으면 구멍 나겠다."

"그럼 하나 사주시든가."

아영이 웃으며 담배를 내밀었다. 커피를 아영에게 넘기고 담배를 받아 들었다.

"어휴, 커피가 왜 이리 써. 또 에스프레소에 물 탄 거야."

아영이 커피를 마셔보고는 인상을 썼다.

"잘 안 됐구나. 곽 형사가 뭐라고 해요? 양 보좌관이 범인이 아니래요?"

내가 화가 나거나 일이 잘 풀리지 않을 때면 이런 식으로 마신다는 걸 알고 있었다.

"곽 형사도 양을 의심해서 조사했었나 봐. 하지만 알리바이가 확실하대. 형이 살해되던 시간에 여의도에 있었던 걸로 확인됐어."

"꼭 양 보좌관이 아니더라도 다른 사람을 시킬 수도 있지 않아요?"

"나도 그렇게 생각했어. 아무리 출세에 눈이 멀었다지만 사람을 죽이는 게 쉬운 일은 아니니까. 그런 일을 전문으로 하는 자라면 몰라도."

곽 형사의 컴퓨터에서 본 야쿠자의 얼굴이 생각났다. 각진 얼굴의 그 사내가 형의 귀를 서슴없이 잘랐을 것이다.

"곽 형사가 일본에서 건너온 야쿠자의 사진을 보여줬어. 그날 양하고 부천에 있었대."

"어머, 그럼 진짜 일본에서 야쿠자가 온 거야? 그 사람이 죽인 거예요?"

"아니, 그 자식도 알리바이가 있어. 형이 죽은 그 시간에 국회 앞 호텔에 양과 같이 있었다는 게 CCTV로 확인됐어."

"그럼, 둘 다 범인이 아니라는 말이에요?"

"아직 아니라고 단정하기는 일러. 그놈은 형을 죽이기 위해 비행기까지 타고 일본에서 넘어온 전문가야. 쉽게 잡힐 놈이 아니라는 거지. 뭔가 속임수가 있을 거야."

"그럼, 어떻게 되는 거죠? 곽 형사가 수사하지 않으면 모든 게 헛수고가 된다면서요. 이대로 접을 건가요?"

내가 듣고 싶은 말이었다. 절대 이대로 접을 수는 없었다. 나는 대리석 바닥에서 일어섰다. 그리고 아영을 똑바로 바라보며 말했다.

"아니, 이제부터는 내 방식대로 밀고 나갈 거야."

나는 우회하며 빙빙 도는 것보다 정면으로 부딪치는 걸 좋아했다. 그런데도 양 보좌관과 만나는 걸 피한 이유는 곽 형사가 제대로 수사할 거라 믿었기 때문이다. 이제 곽 형사에 대한 믿음이 사라졌다. 그가 내게 준 것은 상실감밖에 없었다. 내가 직접 행동할 이유가 생긴 것이다. 나는 들고 있던 담배꽁초를 바닥에 던지고 있는 힘껏 짓이겼다.

"왜 담배꽁초는 그렇게 비벼대요? 불만 끄면 되지."

아영이 나를 밀고 심하게 뭉개진 꽁초를 집어 들었다. 그녀가 벌레를 짓이기는 이 쾌감을 알 리 없었다. 아영을 뒤로하고 주차장으로 가서 차 트렁크에서 파일을 꺼냈다. 양 보좌관을 만나게 될 것에 대비해 한 부를 더 만들어놓았다.

"그게 무슨 서류예요?"

뒤따라온 아영이 물었다. 나는 대답 대신 핸드폰을 꺼냈다. 그리고 전화번호를 눌렀다.

"갑자기 누구한테 거는 건데? 설마……."

손가락을 세워 아영을 조용히 시켰다. 신호가 계속 갔지만 양 보좌관은 받지 않았다. 영감이나 기자들이 수시로 전화를 걸기 때문에 보좌진들은 전화에 늘 신경을 곤두세우고 살았다. 양 보좌관이 전화를 놓칠 확률은 극히 낮았다. 음성사서함으로 넘어간다는 멘트가 들렸다. 일단 전화를 끊었다.

"만나서 어떻게 할 건데요? 만나봐야 싸움만 할 것 같은데."

"맞아. 싸워야지. 이렇게 된 이상 그 자식하고 직접 맞붙어보는 수밖에. 근데 이 새끼가 전화를 안 받네. 여태까지 내 전화를 씹은 적이 없는데. 골프장 이후 뭔가 낌새를 챈 게 틀림없어. 오늘 상임위 회의 있었지? 몇 시에 끝난 거야?"

"조금 전에요. 회의가 끝나는 거 보고 내가 나온 거니까."

"그럼 아직 위원장실에 있을 텐데."

다시 핸드폰을 꺼내 재발신 버튼을 눌렀다. 신호가 갔지만 역시 받지 않았다. 신호가 음성사서함으로 넘어가자 호흡을 가다듬고 천천히 말을 했다.

"나 김영석이 동생, 김영민이야. 내가 왜 전화했는지 알 거야. 사무실에 있는 거 알고 있어. 오 분 내로 전화 주지 않으면 사무실로 찾아갈 거야. 내가 찾아가면 일이 시끄럽게 되는 건 각오해야 할 거야. 무슨 얘긴지 알아들었으면 바로 연락 줘."

"진짜 어쩌려고 그래요?"

아영이 걱정스러운 표정으로 물었다.

"어쩌기는. 일단 만나봐야지. 이 자료를 그 새끼 코밑에 들이밀고 무슨 대답이 나올지 들어봐야지. 적어도 우리 형한테 무슨 짓을 했는지는 알아야겠어."

내 말이 끝나기 무섭게 핸드폰이 울렸다.

"아, 김 기자님."

양 보좌관의 목소리는 양물이라는 별명에 걸맞게 언제나 혈기왕성했다.

"김 기자가 아니라 김영석이 동생, 김영민이라고. 귀가 잘리고 대가리가 터져 죽은 김영석이 동생이라고. 지금부터 내 말 잘 들어. 이십 분 내로 동경구락부로 나와. 뭐, 영감하고 지역구 내려간다고? 웃기는 소리 하지 마. 만일 이십 분 내로 오지 않으면 내가 사무실로 찾아가서 쑥대밭을 만들어놓을 거니까, 알아서 해. 정확히 이십 분이야."

말을 마치자마자 바로 전화를 끊어버렸다. 낮게 가라앉은 내 음성에는 분노가 담겨 있어 혈기왕성하고는 거리가 멀었다. 아영은 심각한 표정으로 나를 계속 바라보고 있었다. 손을 내밀자 아영이 담배에 불을 붙여 건네주었다. 길게 한 모금을 빨아들이고는 정문을 향해 걸어갔다. 그러나 몇 걸음 못 가 아영에게 팔목을 붙잡혔다.

"선배, 지금 너무 흥분했어. 조금 가라앉히고 가. 이러다 일내겠어."

"흥분? 내가 지금 흥분했다고 말하는 거야? 난 지금 얼음처럼 차다고. 그러니까, 걱정하지 마."

내 몸은 이미 뜨겁게 달궈져 있었다. 그와 맞붙어 불만 지피면 활활 타오를 수 있었다.

"선배, 눈빛이 달라졌어. 분명 흥분했다니까?"

"그 자식이 이리로 나올 거야. 여기서 만나면 더 우스워질 수가 있어. 먼저 가서 기다려야 해. 그러니까 이 손 놔."

나는 최대한 목소리를 억제하며 아영이 잡은 손을 뿌리치려 했다.

"그럼 나도 같이 가. 선배 혼자 두면 안 되겠어."

"염려하지 마. 일부러 목소리를 높인 거니까. 그 너구리가 보통 단수가 아니잖아. 좋게 말해서는 눈 하나 깜짝하지 않을 놈이야. 난 괜찮으니까, 회의 결과나 정리하고 있어. 끝나면 바로 전화 줄게."

"그래도……."

아영은 손을 놓지 않았다. 꽉 잡은 그녀의 손이 수갑처럼 내 팔목을 단단히 죄어왔다.

"이거 놔. 시팔, 더 이상 말씨름할 시간 없어."

나도 모르게 소리치며 아영의 손을 세차게 뿌리쳤다. 깜짝 놀란 아영은 한 발짝 뒤로 물러섰다. 아영의 눈이 동그래져 있었다. 순간 내가 실수했다는 걸 알았다. 그녀는 단지 나를 걱정해주었을 뿐이었다.

"미안해. 사무실에 가 있어. 끝나면 바로 전화할게."

그녀의 어깨에 손을 얹고 가볍게 어루만지며 조용히 말했다. 다행히 아영은 고개를 끄덕이며 뒤로 물러났다. 욕이 튀어나온 것이 찜찜했지만 더 이상 머물 시간이 없었다. 아영을 뒤로하고 빠른 걸음으로 국회 정문을 향해 걸어갔다.

동경구락부는 한가했다. 점심시간에는 예약하지 않으면 자리가 없을 정도로 붐볐지만 저녁에는 그 정도로 사람이 많지 않았다. 양 보좌관이 오면 안내해줄 것을 부탁하고 방으로 들어갔다. 시간은 십 분이 조금 지나 있었다. 사무실에서 바로 출발했다면 충분히 도착할 수 있는 시간이었다. 소주 폭탄주를 만들어 두 잔을 연거푸 마셨다. 오늘은 골프장에서처럼 간을 보는 정도로 끝낼 생각이 아니었다. 그와 오랫동안 만난 만큼 그의 성격을 잘 알고 있었다. 그는 국회에서 20년을 버틴 능구렁이였다. 초장부터 확실히 밀어붙이지 않으면 아무것도 얻지 못할 공산이 컸다. 경우에 따라서는 피를 볼 생각까지 했다. 장지문을 약간 열어놓고 출입문을 주시했다. 이십 분이 넘어서야 가게 문을 열고 들어오는 양 보좌관이 보였다. 남은 술을 마시며 장지문이 열리기만 기다렸다.

"아이구, 이거 김 기자님 뭔 일 있습니까? 무슨 전화를 그렇게 하십니까?"

양 보좌관이 너스레를 떨며 방 안으로 들어섰다. 그 정도 흔들어댔으면 화낼 만도 한데 양 보좌관은 평상시와 똑같이 행동했다. 그의 별명이 너구리라는 건 그냥 붙은 게 아니었다.

"오늘은 당신하고 친목 도모를 하러 온 게 아냐. 김 기자가 아니라 김영석이 동생 김영민으로 왔다고. 내 말이 무슨 말인지 알겠어?"

나는 차갑게 대꾸했다. 내가 무엇 때문에 왔는지 짐작하고도 남을 텐데 표정 하나 변하지 않고 뻔뻔스럽게 굴었다. 호들갑을 떨던 양 보좌관의 얼굴이 굳어졌다. 잠시 어색한 시간이 흘렀다.

"언니야!"

갑자기 양 보좌관이 종업원을 불렀다.

"안쪽 방 비어 있지? 우리 그 방으로 안내 좀 해줘라."

그러고는 일어서서 밖으로 나갔다. 나는 서류 파일을 들고 양 보좌관의 뒤를 따랐다. 종업원이 주방 근처에 있는 구석진 방으로 우릴 안내했다.

"음식은 됐고. 중요한 이야기를 해야 하니까, 내가 부를 때까지 아무도 이 방에 들지 마."

중앙에 네 명이 앉을 수 있는 좌식 원목 테이블이 있는 다다미방이었다. 구석에 있어 밀담을 나누기 딱 좋아 보였다. 양 보좌관이 안쪽으로 들어가고 나는 창호지가 발린 미닫이문을 등지고 앉았다.

"맥주 좀 갖다 줘요."

문을 닫는 여종업원에게 술을 주문했다. 여종업원이 양 보좌관의 눈치를 살폈다. 양 보좌관이 고개를 끄덕이자 여종업원은 재빨리 맥주를 가져왔다.

"자네가 불렀으니 먼저 용건을 말해보게."

양 보좌관이 정색을 한 채 말했다. 그는 자신이 먼저 질문할 수 있었음에도 그 권리를 나에게 넘겼다. 질문을 한다는 것은 주도권을 줄 수 있다는 걸 의미했다. 그는 이미 수동적으로 답변만 하려는 생각을 갖고 있었다. 질문에 들어가기에 앞서 나는 맥주를 잔에 가득 채워 단숨에 마셨다. 그러고는 도발적인 눈빛으로 그를 쏘아보며 파일에서 가토의 검이 찍힌 사진을 꺼내 양 보좌관에게 던졌다.

"우리 형을 사주해서 빼낸 게 이거였나?"

"이게 어떻게……."

사진을 집어 든 양 보좌관의 얼굴이 굳어졌다.

"그건 중요한 게 아냐. 오늘 여기서 걸어서 나가고 싶으면 어떻게 된 일인지 사실대로 말해야 할 거야."

작았지만 말 한마디 한마디에 힘을 주었다. 양 보좌관은 사진에서 눈을 떼지 못하고 있었다.

"그걸 빼내려고 나에게 형의 연락처를 달라고 한 건가?"

양 보좌관은 아무 대답도 하지 않고 사진만 들여다보았다. 나는 잠시 시간을 주고 그의 입이 열리기를 기다렸다. 목이 말랐는지 양 보좌관도 맥주를 따라 한 모금 마시고 내려놨다.

"그래 내가 부탁했네. 압류창고에 있는 검만 빼내 오면 승진을 책임진다고 하니까, 모조품을 하나 구해달라고 해서 골동품 가게에서 비슷한 칼을 하나 구해줬네. 그리고 얼마 후 칼을 넘겨받았고."

"그런데 왜 형을 죽였지?"

맥주잔을 드는 양 보좌관의 손이 허공에서 멈췄다. 나를 쳐다보는 양 보좌관의 눈동자가 심하게 흔들렸다.

"무슨 소리야. 내가 왜 사람을 죽여? 무슨 말도 안 되는 소리야."

양 보좌관이 펄쩍 뛰었다. 그가 이렇게 나올 거라 이미 예상하고 있었다.

"그럼 하야시라는 야쿠자 새끼를 시켜 죽였나?"

내 입에서 하야시라는 이름이 나오자 양 보좌관의 입이 순간적으로 벌어졌다. 급히 입을 다문 양 보좌관이 침묵 속에 빠졌다. 나는 양 보좌관의 눈에서 한순간도 시선을 떼지 않았다. 오염된 정보로 기사를 쓰게 되면 회복하기 힘든 치명타가 된다. 그래서 거짓말하는 사람에 대한 연구를 많이 했다. 표정의 변화, 목소리의 떨림, 동공의 수축과 확대. 형사들은 이런 요소를 통해 거짓말하는 사람을 구별할 수 있다고 했다. 인터뷰는 임상시험과도 같았다. 수많은 인터뷰를 실시하면서 위의 요소들이 어떻게 변화해가는지 집중적으로 연구했다. 나중에 진실 여부가 판단되면 그들의 변화 과정을 되새기며 복기해나갔다. 인터뷰 횟수가 많아질수록 거짓말을 잡아내는 확률도 높아질 거라 생각했다. 아직 단언하기는 어렵지만 효과가 있는 것만은 확실했다. 내 경험으로 보건대 거짓말을 하는 자는 눈동자가 평소보다 많이 흔들렸다. 나는 그걸 보고 상대가 거짓을 말하고 있다고 확신했다. 혼자만의 확신일지라도 상대를 밀어붙일 때는 충분한 동력이 될 수 있었다.

"나도 어쩔 수가 없었네. 일본 측에서 일방적으로 사람을 보내왔어. 자네 형하고 조용히 만날 수 있게 주선만 해달라고 했네."

"하야시라는 자가 우리 형을 죽였나?"

다시 한 번 조용히 물었다.

"그 사람도 자네 형을 죽이지 않았어."

"그럼, 귀는 잘랐나?"

준비를 하고 왔기 때문에 나는 계속해서 질문을 퍼부을 수 있었다. 준비가 없었던 양 보좌관으로서는 생각할 여유를 갖지 못할 것이다.

"뒷좌석에서 순식간에 벌어진 일이었네. 난 백미러로 그 광경을 보고 너무 놀라 무슨 짓이냐고 소리쳤어. 그런 짓을 할 줄 알았다면 애초에 만나지도 못하게 했을 거야. 그런데 뭐가 잘못됐는지 하야시가 차를 세우라고 소리쳤어. 갓길에 차를 세우고 돌아다보니 당신 형이 입에 거품을 물고 발작을 일으키고 있었어."

어릴 때부터 형은 아버지의 폭력이 극에 달해 감당할 수 없게 되면 그대로 까무러치곤 했다. 그것은 아버지의 폭력에 맞서는 형 나름의 방어본능이었다. 야쿠자가 주었던 공포를 생각하면 형이 그런 반응을 보였다고 해도 이상할 건 없었다.

"그래서?"

"하야시가 붕대와 약을 꺼내 자네 형님 귀를 치료한 뒤 몸을 뒤져보았지만 도반을 찾을 수가 없었네. 할 수 없이 귀를 주머니에 넣어주고 길가에 내려주는 수밖에. 그때 당신 형은 정신이 돌아오고 있었어. 죽지 않았다고. 일이 복잡해질 것 같아 하야시는 다음 날 바로 출국시켰네. 자네 형하고는 그게 다야."

양 보좌관의 입에서 도반이라는 단어가 나오는 순간 나도 모르게 고개를 끄덕였다. 역시 내 짐작이 맞았다.

"칼을 넘겨줬는데 어째서 일본에서 야쿠자까지 건너온 거지?"

그가 도반을 찾고 있다는 걸 다시 한 번 확인해보고 싶어 질문을 던졌다.

"넘겨주었다? 그래, 주기는 했지."

양 보좌관의 말투가 갑자기 냉소적으로 변했다.

"자네 형이 딴마음을 먹었네."

"딴마음?"

"그래, 돈을 요구했어."

나는 자칫 잔을 놓칠 뻔했다. 형이 그런 요구를 했으리라고는 생각도 못 했다.

"처음에는 승진만 시켜주면 된다고 하더니 칼을 손에 넣자 사람이 변했어. 일본과 약속한 시한도 있고 해서 영감 몰래 내 돈으로 2천을 만들어주었지. 그런데 돈을 받고는 칼을 다 넘기지 않고 도반을 빼고 주었네. 죽은 사람한테 이런 말 하는 건 안됐지만 당신 형은 좋은 사람이 아니야."

말을 하는 양 보좌관의 눈을 똑바로 노려봤다. 양 보좌관은 내 시선을 피하지 않았을 뿐 아니라 눈동자의 움직임도 없었다.

"도반을 돌려주는 조건으로 이번에는 다시 1억을 요구하더군. 어이가 없더군."

나야말로 어이가 없었다. 자신들의 전공인 배신을 누구에게 뒤집어씌우려는 건지 웃기지도 않는 수작이었다.

"헛소리 그만해. 내가 그 말을 믿을 거라 생각해. 우리 형은 내가 잘 알아. 그런 짓을 할 만한 위인이 못 된다고."

맥주잔을 꽉 움켜쥐었다. 형의 채무관계는 내가 다 정리했다. 통장 어디에도 2천만 원이라는 돈이 들고 나간 흔적은 없었다. 형이 죽었다고 이 너구리가 형을 가지고 장난을 치고 있었다.

"그래. 나도 그렇게 생각하네. 자네 형을 서너 번 만났지만 그럴 만한 위인이 전혀 못 돼. 그런데 나에게 그렇게 협박을 했어. 그건 말이야, 뒤에서 누군가 사주한 사람이 있다는 말이 되는데."

양 보좌관이 말꼬리를 흐리며 나를 노려봤다. 그가 무슨 말을 하려는지 감이 왔지만 근거를 가지고 하는 말은 아닐 거라 생각했다. 배후로 나를 지적한다면.

"난 그 사람이 자네라고 생각하는데, 자네 생각은 어떤가?"

역시 그랬다. 그의 상상력은 형편없었다. 덕분에 대화가 어느 방향으로 갈지 예측이 가능해졌다.

"내가 뒤에서 형을 조종해 돈을 뜯어내려고 했다. 그런 건가?"

빙그레 웃는 미소도 잊지 않았다. 나는 상대의 마음을 읽을 수 있을 뿐 아니라 내 표정을 관리할 수도 있었다. 유능한 기자였으니 당연했다.

"그럴 수도 있고. 아니면 애초부터 도반을 넘겨주지 않을 작정이었는지도 모르고."

그의 터무니없는 주장은 나를 즐겁게 했다. 내가 탄 배가 리듬을 타고 있다는 느낌이 들었다. 바람도 순풍이었다.

"이제 그만 도반을 돌려주게."

"내가 왜 도반을 넘겨주어야 하는데."

"그건 자네 물건이 아니야."

"당신 것도 아니지."

"곧 반환식이 있을 거야. 그때까지 도반을 넘기지 않으면 이번 협상이 무산될 거야. 게다가 일본 애들이 가만있지 않을 거라고. 도반을 넘기지 않으면 일본에서 다시 사람을 보낼 거야. 그럼 당신도 나도 죽은 목숨이야."

나는 잔에 천천히 맥주를 따르며 죽은 목숨을 애도했다. 거기에 내가 속할 이유가 없었다. 내가 이렇게 여유를 갖는 건 이 사건의 본질을 파악했기 때문이다. 양 보좌관과의 대화에서 그런 깨달음을 얻었다. 대오각성은 아닐지라도 내 앞길을 밝혀줄 햇살 정도는 되었다.

금란가사 반환식은 단순히 문화재를 돌려받는 행사가 아니었다. 이건 양국의 정치꾼들이 벌이는 거대한 정치 노름판이었다. 게임은 마무리 단계에 와 있었다. 남은 것은 각자의 몫을 챙기는 것뿐이었다. 그 몫을 결정하는 것이 도반이었다. 도반이야말로 이 노름판의 꽃놀이패였다. 도반만 수중에 넣는다면 나도 한몫 잡을 수 있다는 이야기가 된다. 형이 도반을 숨겼다면 그걸 찾을 수 있는 사람은 나밖에 없었다. 나는 욕망을 거세하면서까지 도덕적인 군자로 살 생각은 없었다. 오히려 욕망이 다가온다면 충분히 타락할 준비가 되어 있었다. 때문에 이 노름판에 끼기로 마음먹기까지 그리 오래 고민할 필요가 없었다.

"도반을 넘기면 나한테는 무슨 이로운 일이 생기게 되는 거지?"

"원하는 게 뭔지 말해보게."

내가 고민할 게 있다면 바로 이것이었다. 이 노름판을 통해 얻을 수 있는 것. 어디까지 가능한지 그 크기를 가늠해보는 것. 심각하게 고민할 수밖에 없는 문제였다.

"이번 협상이 성사되면 당신 영감은 공천을 받아 국회의원이 되고, 그리고 국회의장까지 되겠지, 당신도 한자리 차지할 거고. 모두 한 자리씩 해먹는데 말이야."

"말을 돌리지 말고 확실하게 말해보게."

양 보좌관은 조급했지만 나는 아니었다. 이건 협상이 아니라 일방적인 통보였다. 내가 조급할 이유가 없었다. 이런 상황이 나에게 찾아온 것이 감사할 뿐이었다. 나는 내가 가진 메뉴판을 쫙 펼치고 양손에 나이프와 포크를 챙겼다. 이제 메뉴 선택만 남았다. 요리는 양 보좌관이 할 것이다.

"나도 여러분과 같이 한자리하고 싶은 것뿐이야. 그래 아주 단도직입적으로 말해주지. 영감이 의장이 되면 공보수석 자리를 나에게 넘겨주게. 그럼 나도 도반을 넘길 테니까."

"지금 직제에는 공보수석은 따로 없는 걸로 아는데. 대변인이 그 업무를 하고 있지 않은가. 대변인 자리를 달라는 건가?"

"대변인은 언론만 담당하고 있지만 내가 원하는 건 국회 홍보와 언론을 모두 총괄하는 공보수석이야. 자리야 새로 신설하면 되는 거고."

대변인 혼자서는 언론을 상대하기 힘들었다. 국회에 대한 국민의 인식이 좋지 않은 건 국회에 문제가 있어서이기도 하지만 언론의 속성상 국회의 순기능보다 역기능에 초점을 두고 보도하는 경향 때문이기도 했다. 홍보와 언론을 총괄적으로 기획하고 운용하는 공보수석이 있으면 그런 면에 있어 대응이 좀 더 유연하게 이루어지지 않을까 하는 생각을 오래전부터 했다. 그래서 내 메뉴 목록 제일 위에 올려놓았다.

"자네가 보기에는 우리가 하루아침에 잘리고 임명되고 하니까 우습게 보이는 모양인데, 우리도 나름대로 체계가 있네. 아무리 국회의장이 임명권을 가지고 있다고 하지만 이제 막 40을 넘긴 자네를 수석 자리에 앉힐 수는 없어. 학력도 경력도 어느 정도 있어야 한다고. 게다가 없는 자리를 새로 만들어달라고 하는 건 너무 무리한 요구야."

그럴 리가 없었다. 아직 양 보좌관은 자신이 처한 상황을 잘 이해하지 못했다. 내가 다시 한 번 수고해야 했다.

"무리라고? 조금 전 당신 입으로 말하지 않았어? 죽은 목숨이라고. 당신 목숨값치고는 그리 비싼 값은 아닐 텐데. 그리고 이건 당신이 결정할 문제가 아니야. 지금부터 내가 하는 말 똑똑히 잘 듣고 영감한테 가서 전해. 내가 가진 것은 도반뿐이 아니야. 도면을 보면 내가 다른 것도 같이 가지고 있다는 걸 짐작할 수 있을 거야. 책상 안에 여러 가지 재밌는 게 많더군. 후원회 회계장부하고 통장 같은 거 말이야. 회계사 하는 친구한테 정리 좀 해달랬더니 흥미 있는 사실을 알려주더군. 회계장부에 기재되지 않은 뭉칫돈이 여러 개 있다고 하던데. 그리고 여비서 이름으로 된 통장을 당신이 보관하고 있는 걸 보면 아마도 차명계좌겠지. 모두 정리해서 잘 보관해놨어. 자, 이제 내 요구가 그렇게 무리인지 아닌지는 영감하고 잘 상의해서 판단해보게. 난 말이야, 영감하고 될 수 있는 한 사이좋게 지내고 싶어. 이 말도 꼭 좀 함께 전해주었으면 해."

양 보좌관의 얼굴이 점점 새파랗게 변해갔다. 자신이 처한 상황을 제대로 인식할 필요가 있었다. 도반과 뒤가 구린 회계장부라면 양 보좌관이 말한 학벌이니 경력이니 하는 지저분한 핸디캡은 충분히 상쇄하고도 남았다. 양 보좌관은 나의 제안을 놓고 생각에 잠겼다. 하지만 그가 선택할 길은 별로 없어 보였다. 나는 그가 잘 판단할 수 있도록 시간을 주기로 하고 맥주병을 집어 들었다. 맥주병은 잔을 반도 못 채우고 바닥을 드러냈다. 장지문 사이로 고개를 내밀고 빈 맥주병을 흔들어 보이자 홀에 있던 여종업원이 득달같이 맥주를 가져왔다. 나는 잔을 마저 채웠다. 그리고 천천히 들이켰다. 시간은 충분히 줄 생각이었다.

"좋아, 자네 요구를 받아들이겠네. 영감은 내가 알아서 설득할 테니까 염려 말게. 우리 영감이 국회의장이 되면, 난 정무수석이 되고, 자네는 공보수석이 될 걸세."

당연히 그래야만 했다. 나는 고개를 끄덕였다. 이제야 비로소 자신이 처한 상황을 제대로 인식한 것 같았다.

"그러기 위해서는 이번 반환을 제대로 마무리 지어야 해. 반환식이 5일밖에 남지 않았어. 당장에라도 도반을 돌려주게."

"물론 돌려주고말고. 하지만 지금은 아냐. 그리고 당신한테 돌려주고 싶은 생각은 전혀 없어. 도반을 내가 직접 영감을 만나 건네줄 거야. 당신은 내 말을 영감에게 그대로 전하기만 하면 돼."

다 마신 잔을 한쪽으로 밀어놓았다. 양 보좌관이 마지못해 고개를 끄덕였다. 이로써 제1막이 막을 내렸다.

"알았네. 시간을 정해주면 영감을 만날 수 있도록 조치를 취해놓겠네. 다시 한 번 말하지만 시간이 그리 많지 않아. 그리고 그 회계자료 말인데, 그건 영감한테 말하지 말게. 내 선에서 처리할 일이야. 일이 시끄러워지는 걸 원치 않아. 자네의 요구는 틀림없이 지켜질 걸세. 자, 그럼 이야기는 다 정리된 건가?"

말을 마친 양 보좌관이 자리에서 일어서려 했다.

"아직 안 끝났어. 이 양반아."

나는 손을 올려 그를 제지했다. 서둘러 나가고 싶은 심정이야 이해가 갔지만 아직 제2막이 남아 있었다.

"처음 문제가 아직 안 끝났잖아. 우리 형이 죽었어. 당신 형이 죽은 게 아니라 내 형이 죽었다고. 그것도 귀가 잘린 채 말이야."

양 보좌관이 범인이든 아니든 상관없었다. 양 보좌관을 그냥 보내지 않기로 마음먹었다. 미닫이문 사이로 홀에 앉아 있는 아영을 보았기 때문만은 아니었다. 그동안 양 보좌관과 거래를 하면서 은연중 수직적 관계라는 암묵적 동의가 형성되어 있었다. 이제는 그런 역학관계를 정리할 때가 됐다. 앞으로는 동등한 위치에서 모든 게 이루어져야 한다. 그렇게 되려면 내가 만만한 상대가 아니라는 걸 양 보좌관에게 인식시킬 필요가 있었다. 오늘이 아니면 그런 기회를 잡기 힘들었다.

"이미 말하지 않았나. 당신 형 죽음하고 우리하고는 상관없다고. 귀가 잘렸다고 사람이 죽지 않아. 게다가 치료도 해주었고, 공원에 내려줄 때는 분명히 살아 있었어."

"그때는 살아 있었는지 모르지만 아침에 뻣뻣하게 죽은 시체로 발견됐어. 귀가 잘리고 머리가 피투성이가 된 채로 말이야. 당신과 그 야쿠자 새끼가 마지막으로 형과 같이 있었어. 곽 형사는 알리바이가 확실하다고 했지만 난 그런 걸로 넘어갈 만큼 어리석지 않아."

내 몸은 서서히 달아오르기 시작했다. 2막의 시나리오를 생각하자 몸속의 아드레날린이 들끓기 시작했다. 상황이 심상치 않다는 걸 눈치챘는지 양 보좌관의 얼굴이 심각하게 굳어졌다. 양 보좌관이 상 위에 올려져 있던 손을 슬며시 바닥으로 내렸다.

"이 새끼가 어딜 도망치려고."

양 보좌관이 바닥을 짚고 일어서려는 순간 앞에 놓인 빈 맥주병으로 양 보좌관의 머리통을 내리쳤다. 픽, 소리와 함께 깨진 유리 파편이 사방으로 흩어졌다. 양 보좌관이 머리를 감싸며 주저앉았다. 주둥이만 남은 맥주병을 놓고 다시 빈 맥주병을 집어 들었다. 고개를 숙인 양 보좌관의 옆 바닥으로 힘껏 던졌다. 바닥에 부딪힌 병이 요란한 소리를 내면서 산산조각이 났다. 공격이 빗나간 것으로 생각한 양 보좌관이 벌떡 일어서 상을 타고 넘어 나를 덮쳤다. 양 보좌관은 무서운 힘으로 내 목을 조였다. 숨이 막히고 눈앞이 깜깜해졌다. 손을 뻗자 양 보좌관의 귀가 잡혔다. 귀를 뒤로 힘껏 잡아당겨 양 보좌관과 간격을 벌려 숨을 돌렸다. 그사이 장지문이 열리면서 사람들이 뛰어들어왔다. 아영이 그들 사이에 끼어 있었다. 사람들이 나에게서 양 보좌관을 떼어냈다. 나는 재빨리 목을 부여잡고 자리에 주저앉아 숨을 헉헉거렸다. 급히 다가온 아영이 넥타이와 와이셔츠 단추를 풀어주었다. 하얀 가운을 입은 주방 남자가 양 보좌관을 붙잡고 있는 사이 여종업원이 수건으로 양 보좌관의 머리를 감쌌다. 양 보좌관이 밖으로 나가면서 나를 노려봤다. 빨갛게 물든 수건에서 피가 뚝뚝 떨어지고 있었다. 나는 피 묻은 손등에 입을 댄 채 양 보좌관을 향해 미소를 보내주었다.

24. 진이

택시에서 내리자 빗방울이 한두 방울 떨어지기 시작했다. 야외 파라솔에서 술을 마시던 사람들이 맥주잔을 들고 급히 호프집 안으로 비를 피했다. 정확한 위치를 몰라 긴가민가하며 내렸는데 샤갈은 한 블록 위였다. 비를 맞지 않으려고 건물 옆에 바싹 붙어 걸었다. 눈에 익은 붉은 벽돌 건물이 보였다. 간판을 확인하고 계단을 통해 지하로 내려갔다. 지하 세계는 부산한 지상과는 달리 조용했다. 문이 굳게 닫힌 카페가 군데군데 자리 잡고 있었지만 방음이 잘 돼 있는지 아무 소리도 새어 나오지 않았다. 바론 남작이 그려진 문 앞에서 걸음을 멈췄다. 문을 열자 어두컴컴한 조명 사이로 홀이 보였다. 한창 손님이 있어야 할 시간인데 홀은 텅 비어 있었다. 룸 커튼이 열리더니 선이가 고개를 내밀었다. 나를 보더니 놀란 표정을 지으며 나왔다.

"이 늦은 시간에 웬일이세요?"

"술집에 술 마시러 왔지. 무슨 일로 오겠어."

바 앞에 빨간 스툴 서너 개가 나란히 놓여 있었다. 그중 하나에 엉덩이를 걸쳤다.

"손님이 왜 이리 없어? 이래서야 어디 밥 먹고 살겠어."

"요즘은 새벽이나 돼야 한두 명 올까, 불경기라더니 돈 쓰는 놈들 씨가 말랐나 봐요."

선이가 쪽문을 통해 바 안쪽으로 들어가서 수건을 꺼내 건네주었다.

"비가 많이 오나 봐요? 어깨가 젖었어요."

"많이는 아니고 지금 막 오기 시작했어. 손님이 없다면 내가 좀 팔아줄까. 양주 작은 걸로 하나 주고, 과일 좀 깎아."

선이가 얼음 통과 양주를 가져와 바 위에 올려놓고 마주 앉았다.

"마담은 안 나오냐?"

얼음 통에서 얼음을 꺼내 온더록스를 만들어 선이에게 건네주고 다시 한 잔을 만들었다.

"언니는 오늘 일이 있어 못 나올 거예요. 하긴 나와봤자 손님도 없고."

내가 술잔을 채우는 동안 선이가 과일을 깎아 은쟁반에 가지런히 담았다.

"대충 해라. 모양낼 필요 없어. 그럼, 너 혼자야? 진이도 없고?"

진이 이야기가 나오자 선이의 입술 끝이 올라갔다.

"잠깐 밖에 나갔어요. 왜요, 아저씨도 진이가 마음에 있어요? 하긴 여기 오는 손님치고 진이 보러 오지 않은 남자는 없으니까."

선이가 깎던 사과를 내려놓고 술잔을 집어 들었다.

"난 수술한 애는 별로야. 너처럼 자연산이 좋아. 근데 눈은 수술한 것 같다. 한쪽이 좀 치우친 거 같은데."

"이쪽이 자꾸 내려앉아서 그래요."

선이가 처진 눈을 만졌다. 쌍꺼풀이 너무 진하게 잡힌 게 부자연스러워 보였다.

"싼 데서 했지? 이왕 할 거면 돈 좀 들여서 해야지."

"그러게 말이에요. 강남 가서 해야 하는데. 진이는 전체를 강남에서 했어요. 전혀 어색하지 않죠? 완전 잘 나왔죠?"

전체를 했다는 것이 어디까지인지 감이 오지 않았다. 진이를 생각하자 얼굴 윤곽이 금세 머릿속에 그려졌다. 이목구비 하나하나가 또렷했다.

"전체를 다 뜯어고치려면 돈도 많이 들 텐데?"

"수천은 있어야 해요. 그 때문에 빚도 엄청 졌어요."

선이가 실수했다고 생각했는지 얼른 입을 닫고 내 눈치를 살폈다. 나는 건성으로 듣고 있는 척하고 술잔을 기울였다. 문이 열리는 소리가 났다. 고개를 돌려보니 화려한 꽃무늬 미니스커트와 쇄골까지 드러난 블라우스 차림의 진이가 들어오고 있었다. 밖으로 나가기에 적당한 차림이 아니었다. 나와 눈이 마주치자 놀란 듯 눈이 동그래졌다.

"여긴 웬일이세요?"

"술집에 술 마시러 왔지 무슨 일로 오겠어. 지나가는 길에 들러봤다. 비도 오고 술도 한잔 생각나서. 오늘도 룸에 예약 손님 있냐?"

"먼저 앉는 사람이 임자죠. 옮겨드릴까요?"

"그래. 담배 피우려면 여기보다는 안이 나을 것 같다."

나는 마시고 있던 잔을 들고 먼저 룸 안으로 들어가 소파에 앉았다. 어제 양 보좌관과의 만남은 매우 만족스러웠다. 형이 숨긴 게 도반이라는 사실을 확인했고, 그걸 미끼로 자리까지 보장 받았다. 언론을 다루는 공보수석이라면 누구라도 탐내는 자리였다. 누구하고도 원만한 관계를 유지할 수 있기 때문에 야심이 있는 자라면 더욱 그럴 것이다. 국회의장 임기 동안 눌러앉아 있으면 많은 인맥을 구축할 수 있었다. 그것은 국회의원에 대한 나의 꿈이 생각보다 일찍 실현될 수 있다는 걸 의미한다. 지금 생각해봐도 어제의 협상은 만족할 만했다. 평소에 꿈을 잊지 않고 있었기에 가능한 일이었다.

진이가 양주와 안주를 은쟁반에 담아서 들어왔다. 쟁반을 내려놓으려고 허리를 숙이자 블라우스가 늘어지면서 루비색 브라에 싸인 가슴이 그대로 드러났다. 나를 위한 배려인지 블라우스 단추가 들어올 때보다 하나 더 풀어져 있었다. 거기에 내가 유감을 가질 필요는 없었다.

"날씨도 꿀꿀한데, 말아 먹게 맥주도 몇 병 가져와라."

오히려 가슴을 다 들여다보는 호사를 누렸기에 내 목소리가 더 부드러워졌다. 진이가 룸에서 나갈 때까지 가슴에서 시선을 떼지 못했다. 형이 반할 정도의 미모였다. 근래 술집에서 만난 아이 중 최고였다. 저 정도 미모라면 어딜 가더라도 환영 받을 만했다. 이미 다른 곳으로 옮겼을 거라 생각했는데 다행히 아직 샤갈에 있었다. 어제 아영이 병원에 가자는 걸 뿌리치고 집으로 왔다. 찢어진 손을 대충 소독하고 형의 방에서 가져온 다이어리를 꺼냈다. 그동안 사건에 몰두하느라 다이어리의 존재는 까맣게 잊고 있었다. 양 보좌관 말대로 형이 도반을 빼돌렸다면 숨겨놓은 장소도 형만 알고 있을 것이다. 일기장 어딘가에 도반에 관한 내용이 적혀 있을 가능성이 있었다. 처음부터 차근차근 읽어나갔다. 다이어리에는 진이에 대한 애정과 감상적인 문구가 가득했다. 형이 진이를 얼마나 좋아했는지 짐작할 수 있었다. 두 사람은 내가 예상했던 것보다 훨씬 가까운 사이였다. 낮에도 가끔 만나 데이트를 즐기고 있었다. 거의 다 읽어갈 무렵 눈에 띄는 메모가 보였다. '2천만 원'이라는 글자 위에 동그라미가 여러 번 그려져 있었다. 그 밑에 화살표가 있고, 화살표 끝에 1억이라고 적혀 있었다. 형이 적은 게 분명하다면 양 보좌관 말은 거짓이 아니었다. 그리고 다이어리에 이 내용을 적었다면 결론은 하나밖에 없었다.

"진짜 술 마시려고 왔어요?"

"그럼 진짜 술 마시러 왔지, 가짜 술 마시러 여기까지 왔겠어."

내가 웃으며 농담을 던지자 굳어 있던 진이의 얼굴에 미소가 번졌다.

"솔직히 말해 니가 보고 싶어서 왔다. 이 정도면 만족하냐?"

내 말에 진이는 하얀 이가 다 보일 정도로 커다란 미소를 지었다. 긴장이 풀어졌는지 진이는 빈 잔을 가져가 폭탄주를 말기 시작했다. 비 맞은 흔적이 없는 걸 봐서는 건물 밖에 나간 것 같지는 않았다. 알코올 냄새가 나는 것으로 보아 건물 안의 다른 카페에서 출장을 뛰고 온 듯했다. 문이 열리는 소리가 들렸다. 진이가 커튼을 젖히고 밖을 내다보더니 다시 자리에 앉았다.

"바쁘면 가봐도 돼. 난 혼자 조용히 마시다 갈게."

"혼자 온 손님이에요. 맥주 마시러 왔나 봐요. 선이가 있으니까 괜찮아요. 근데 정말 무슨 일로 온 거예요?"

"왜, 나는 여기에 술 마시러 오면 안 되는 이유라도 있어? 형이 여기에 금덩이라도 숨겨놨니?"

"무슨 소리예요. 다시 올 거라고 생각도 못 했으니까 그렇죠."

진이가 당황한 표정을 지으며 어깨가 붙을 정도로 바싹 다가왔다. 그 바람에 웨이브 한 머리카락이 내 어깨에서 찰랑거렸다.

"향기 좋은데. 라벤더?"

"아뇨. 샤넬 베르가못이요. 선물 받은 거예요."

"골빈 놈이 많나 보네."

말을 해놓고 보니 형을 지칭한 것 같아 머쓱했다. 하지만 틀린 말이 아니었다. 시선을 테이블 밑으로 내리자 진이의 하얀 넓적다리가 보였다. 내가 흘끔거리는 걸 눈치챘는지 진이가 다리를 꼬아주었다. 짧은 스커트가 위로 말려 올라가면서 스타킹 밴드가 드러났다. 그 위에 손을 슬쩍 올리자 진이가 웃으며 몸을 기대왔다.

"우리 한잔해요."

진이가 코 먹은 소리를 내며 잔 위에 씌웠던 냅킨을 바닥에 던졌다. 거품이 살짝 덮인 폭탄주는 황금빛을 띠고 있었다. 배합이 제대로 됐다는 증거였다. 진이와 나는 경쟁을 하듯 단숨에 들이켰다. 빈 잔을 내려놓자 진이가 사과 한 조각을 입으로 베어 물고 나머지 반은 내 입에 넣어주었다. 그러고는 술잔을 수거해 다시 제조를 시작했다.

"그때는 경황이 없어 제대로 못 봤는데, 오늘 보니까 너 정말 예쁘게 생겼다. 콧날이 장난이 아닌데. 오뚝한 게 진짜 조각 같다."

우뚝 솟은 진이의 콧날에 손을 대며 말했다. 기분이 좋은지 진이의 얼굴에는 웃음이 가득했다.

"쌍꺼풀도 진한 게 진짜 기가 막히게 잘 나왔다. 그지."

내 손끝이 콧날에서 길게 솟아나온 속눈썹 부근으로 옮겨갔다. 진이가 술을 따르다 말고 나를 쳐다봤다. 도톰한 입술이 조금 일그러졌다.

"이 정도로 고치려면 얼마나 들지?"

"뭐가요? 아저씨 이상하네. 나, 갈래요."

진이가 굳은 표정으로 자리에서 일어섰다.

"앉아봐. 그렇게 화낼 일은 아닌데. 왜, 찔리는 게 있어?"

진이의 팔을 억지로 잡아당겨 자리에 앉혔다.

"아파. 왜 이래요 진짜."

"2천은 들어갔을 테고."

"네에?"

진이의 눈동자가 커지며 기다란 속눈썹이 바르르 떨렸다. 겁을 먹었는지 동공이 커지는 게 보였다.

"얼굴 뜯어고치는 데 말이야."

진이가 다시 일어서려 했지만 내 손이 어깨를 누르고 있어 쉽지 않았다.

"니가 형에게 시켰지? 돈을 요구하라고. 얼마나 뜯어낼 작정이었어?"

"몰라. 놔, 시팔 새끼야."

진이가 내 손을 뿌리치기 위해 몸을 세차게 흔들어댔다. 적당히 해서는 털어놓을 것 같지 않았다. 진이의 어깨를 두 손으로 꽉 붙잡고 얼굴을 바싹 들이댔다.

"내가 대신 말해볼까? 형이 너에게 가토의 검에 대해 이야기했지. 곧 승진할 거라고 자랑하면서 말이야. 형의 성격상 그런 걸 좋아하는 사람한테 숨길 사람이 아냐. 넌 그 얘길 듣고 돈이 될 수 있을 거라 생각했지. 그래서 형을 꼬드겨 승진 대신 돈을 요구하게 시켰고. 니 말을 들고 형이 돈을 요구했더니 정말로 2천이 들어왔어. 너는 웬 횡재냐 했겠지. 그래서 1억을 더 요구하라고 했고, 형은 테두리 부분을 빼내고 칼을 돌려주면서 1억을 요구했고, 그래서 죽임을 당한 거고. 안 그래 씨발년아."

말을 하는 사이 나도 모르게 몸이 뜨거워졌다. 앞에 있는 빈 맥주병을 커튼 사이로 집어 던졌다. 바닥에 부딪힌 맥주병이 요란한 소리를 내며 깨졌다. 의자가 밀리며 누군가가 일어서는 소리가 났다. 어떤 놈인지 모르지만 들어오길 기다렸다. 그놈을 본보기로 진이의 기를 죽일 생각이었다. 문이 열리는 소리가 났다. 놈은 이쪽으로 들어오는 대신 밖으로 나가버렸다. 선이가 룸 안으로 뛰어들어왔다.

"뭐야. 시팔, 손님 다 내쫓고. 경찰 불러요."

선이가 앙칼지게 소리쳤다.

"경찰, 부르려면 진작 불렀어야지. 불러봐. 아직 늦지 않았으니까 불러보라고 이 씨발년아. 다 콩밥 먹여줄게."

과일 쟁반을 들어 맞은편 벽을 향해 집어 던졌다. 은쟁반이 요란한 소리를 내며 바닥에 나뒹굴었다. 그사이 진이가 소파 뒤로 해서 선이 옆으로 갔다.

"시팔, 돈 받으러 온 모양인데, 웃기지 마. 그 돈은 벌써 카드빚 갚는 데 다 썼어. 그리고 내가 빌린 것도 아냐. 아저씨가 그냥 준 거지. 그래, 본인이 대박 하나 잡았다고 하길래, 농담으로 카드빚 좀 갚아달라고 했다. 그랬더니 2천만 원을 챙겨 오데. 지난번에 나한테 자봤냐고 물어봤지? 그래, 2천 받고 좆나게 해줬다. 시팔, 그럼 된 거 아냐. 그 아저씨가 먼저 이런 카페 차리는 데 얼마나 드느냐고 물어봐서 1억 정도는 있어야 한다고 말했을 뿐이야. 그다음 일은 나도 몰라. 시팔, 내가 알 바 아니라고."

말을 마친 진이가 돌아서서 밖으로 나가려고 했다. 나는 자리에서 일어서 진이의 어깨를 잡아채 뺨을 갈겼다. 진이가 소파 위에 쓰러지고 선이가 비명을 질렀다.

"알 바가 아니라고? 야이, 쌍년아, 니가 형을 꼬셔 돈을 요구하지만 않았다면 형은 죽지 않았어. 2천 받았으면 됐지, 1억을 왜 달라고 했어. 형이 그랬다고? 내가 우리 형을 너무 잘 알거든. 니가 뒤에서 꼬리 치지 않았으면 절대 그런 생각 못 할 사람이야. 내가 돈 받으러 왔다고 생각하는 모양인데, 그 2천은 형하고 떡 친 값으로 해줄 테니까 걱정 마라. 그거 하나 마음에 든다."

진이가 입가에 묻은 피를 닦으면서 소파에서 일어섰다.

"그럼 된 거네. 계산 끝난 거니까, 더 이상 찾아오지 마, 개새끼야."

진이가 다시 룸 밖으로 나가려 했다. 나는 얼른 진이의 앞을 가로막았다. 그 바람에 선이가 나에게 밀려 룸 밖으로 튕겨 나갔다.

"주고 가."

"뭘, 시팔 놈아. 계산 다 끝났다며."

"2천은 형하고 떡 친 값으로 해서 잊어줄 테니까, 형이 맡긴 거 내놔. 어차피 다 끝난 일이야. 그거 가지고 있어봤자, 엽전 값도 안 돼. 형의 마지막 유품이야. 돌려줘. 더는 문제 삼지 않을 테니까."

"무슨 소리야. 내가 뭘 가지고 있다고 그래. 난 돈만 받았을 뿐이야. 엽전인지 땡전인지 내가 가지고 있는 건 아무것도 없어."

진이가 앙칼지게 소리쳤다. 그녀의 눈동자는 전혀 흔들림이 없었다. 그 때문에 내가 잠시 방향을 잘못 잡은 것은 아닌가 하는 생각이 들었다. 나는 진이의 눈을 들여다보면서 머릿속으로는 형이 다른 곳에 숨겼을 가능성에 대해 생각해봤다. 형의 성격은 내가 잘 알고 있었다. 진이의 얼굴을 다시 한 번 보았다. 이 정도의 여자라면 간이라도 빼주었을 것이다. 더 의심할 여지가 없었다. 내 확신이 흔들리기 전에 일을 끝내야 한다. 나는 진이의 멱살을 움켜쥐었다.

"시팔, 왜 이래 진짜. 선이야, 마담 언니한테 전화해. 아저씨도 불러"

시간을 오래 끌어서 될 일이 아니었다. 그 야쿠자 새끼는 형의 귀를 잘랐다. 나는 맥주병을 들어 바닥 부분을 탁자 위에 대고 힘껏 내리쳤었다. 병 조각이 위로 튀면서 내 오른손에 파편이 박혔다. 날카로운 병 조각 끝을 수천만 원이 들어간 진이의 얼굴에 바싹 들이댔다. 내 손목을 타고 흘러내린 핏물이 진이의 볼에 떨어졌다.

"어디 있어?"

진이가 떨면서 손가락으로 밖을 가리켰다. 진이를 끌고 홀로 나왔다. 선이가 핸드폰을 귀에 대고 있었지만 무시하고 진이를 바로 통하는 쪽문으로 밀어 넣었다. 선이를 쳐다보자 분위기가 심상치 않다는 걸 느꼈는지 귀에 대고 있던 핸드폰을 내려놓았다. 잠시 후 진이가 반으로 접힌 편지봉투를 들고 나왔다. 나와는 눈도 마주치지 않은 채 바위에 편지봉투를 던져놓고는 다시 안으로 사라졌다. 나는 피가 묻지 않도록 조심하면서 봉투를 집어 들었다. 손가락 끝에 동그란 물건이 잡혔다. 봉투를 거꾸로 세우자 고시치노기리 문양이 새겨진 녹슨 도반이 손바닥으로 떨어졌다. 나는 도반을 꽉 쥐었다. 선이가 보고 있어 참으려고 했지만 입가에서 비어져 나오는 웃음을 참기 힘들었다.

25. 봉환식

눈을 뜬 지 오래지만 몸이 욱신거려 일어나기 싫었다. 도반이 손에 들어오자 긴장이 풀어졌는지 좀처럼 걸린 적 없는 몸살이 찾아왔다. 아침에 사거리약국 대머리 약사한테서 약을 샀다. 주인아줌마가 그 집의 약은 어지간한 감기는 한 방에 날려버린다고 했다. 사거리 주변에는 유흥업소가 많았다. 그곳에 종사하는 사람들은 병원에 갈 시간이 없어 독한 약을 선호했다. 대머리 약사는 처방전 없이도 몇 개의 알약으로 강력한 효력을 가진 약을 만들어주었다. 덕분에 종일 잠만 잤다.

커튼 사이로 들어온 햇빛이 침대 끝에 걸려 있었다. 그건 오후가 한참 지났다는 걸 의미했다. 침대에서 일어나 앉았다. 아직 몸속에 약 기운이 남아 있는지 머리가 어지러웠다. 허기가 져서 그럴지도 모른다는 생각에 냉장고를 열어보았지만 캔맥주 몇 개와 유통기한이 지난 팩 우유가 하나 있을 뿐이다. 식사는 아침에 약을 사러 가면서 해장국

한 그릇 먹은 게 전부였다. 뭐라도 먹으려면 식당이 있는 사거리까지 내려가야 했다.

추리닝 위에 군용 사파리를 걸치고 밖으로 나왔다. 아직 해가 있어 어둡지 않았다. 철제 난간에 기대어 한강을 바라보며 담배를 피웠다. 시원한 바람을 맞고 있는 사이 정신이 조금씩 맑아졌다. 형의 사건은 아무런 진전이 없었다. 택시회사에 협조를 받아 조사한 블랙박스에 서는 아무것도 나오지 않았다. 곽 형사는 그 시간에 사건 현장을 지나 서울로 간 택시는 많지만 시간이 오래돼서 영상이 남아 있는 블랙박 스를 찾기가 어렵다고 했다. 살인 사건은 시간이 지날수록 해결될 확 률이 낮아진다는 건 상식이었다. 형의 사건도 미해결로 끝날 가능성 이 높았다.

어디선가 초인종 소리가 났다. 소리 나는 쪽으로 고개를 돌려봤다. 앞집 대문 앞에 모자를 깊숙이 눌러 쓴 사내가 작은 종이 상자를 손에 들고 서 있었다. 뒤에는 일행으로 보이는 또 한 명의 남자가 서 있었 다. 할머니가 마당으로 내려와서 누군지 묻자 택배라는 소리가 들렸 다. 하지만 사내 뒤에는 택배 차량이 보이지 않았다. 이상하다는 생각 이 들어 다 피운 담배꽁초를 사내를 향해 튕겼다. 사내가 나를 올려다 보는 순간 할머니가 문을 열었다. 사내는 할머니와 몇 마디 속삭이더 니 물건을 건네지 않고 그냥 가버렸다. 할머니가 허리를 굽혀 대문 앞 에 떨어진 담배꽁초를 주워 들었다. 그러고는 나를 향해 손가락질했 다. 억울했지만 사정을 설명하기에는 거리가 너무 멀었다. 고스란히 손가락질을 받고 있는데 아영이 대문 앞에 나타났다. 할머니가 대문 을 닫고 안으로 들어가버렸다.

"담배꽁초를 밑에다 버린 거예요? 할머니가 화가 많이 났던데. 왜 그랬어요?"

아영이 죽집 이름이 적힌 쇼핑백과 분신처럼 갖고 다니는 노트북을 야외 탁자 위에 내려놓으며 따져 물었다.

"내가 뭘, 뭘 어쨌다고 그래?"

전후 사정을 들어보지도 않고 먼저 힐난하는 투로 말하는 아영에게 화가 났다.

"몰라서 묻는 거예요? 선배가 담배꽁초를 아래로 던져버렸고, 그래서 할머니가 화가 나신 거 아니에요. 제가 잘못 알았나요? 그게 아니라면 내가 이해되도록 설명을 해주세요."

사실대로 말하면 쉽게 끝날 문제였지만 그러고 싶지 않았다. 사실관계는 중요치 않았다. 그보다 내가 일방적으로 몰리는 상황이 기분 나빴다.

"설명? 내가 뭘 설명해야 하는데?"

배가 고파 테이블 위에 놓인 쇼핑백에 손을 대고 싶었지만 손이 가면 집어 던질 것만 같아 참고 바라만 보았다.

"선배, 참 이상하다. 선배가 잘못한 거 아니에요? 선배가 화를 낼 이유가 없잖아요?"

"이유? 이유는 담배꽁초를 버린 내가 한심해서 그런다. 본전도 못 찾을 걸 왜 그랬는지. 죽이 되든 밥이 되든 그냥 두고 볼걸, 주제도 모르고 나섰다고 생각하니 밸이 뒤틀려서 그런다."

내 속은 이미 뒤집어졌는데 무슨 이유가 필요하겠는가? 이럴 때는 아무 말 하지 않고 있어주는 게 나에게 도움을 주는 것이다.

"도대체 무슨 말을 하는 거예요? 선배는 말을 돌려 하는 나쁜 습관이 있어요. 그건 상대를 얕보는 거라고요. 무슨 말인지 상대가 알아들을 수 있도록 정확히 말해줘야 하는 거 아니에요?"

갈수록 가관이었다. 도대체 이 여자의 머릿속 구조는 어떻게 생겼는지 궁금했다. 도려내서 들여다보고 싶을 정도였다. 더 이야기하고 싶은 기분이 아니었다. 어릴 적에도 늘 이런 오해를 받고 살았다. 형을 감싸기 위해 어머니는 모든 잘못을 나에게 돌렸다. 아버지가 선물 받은 양주를 깨트린 것은 형이었지만 같이 있었다는 이유로 내가 형을 밀어서 깨트린 게 되었다. 없어진 어머니의 금반지도, 쏟아진 아버지 약사발도 모두 내가 한 짓이 되었다. 그때마다 아버지에게 죽도록 얻어맞았다. 내가 한 짓이 아니라고 변명도 해보았지만 소용없었다. 아버지는 애당초 내 말에 귀를 기울일 생각이 없었다. 어머니도 형을 보호할 생각밖에 없었다. 어렸던 나는 그냥 속수무책으로 당하는 수밖에 없었다. 이제는 더 이상 내 잘못이 아닌 일로 비난 받으며 살기 싫었다.

입을 꾹 다물고 쇼핑백을 끌어당겨 안에 있는 죽을 꺼냈다. 죽이 든 플라스틱 통을 잡은 손끝이 떨리는 게 보였다. 아영은 아직 화가 안 풀렸는지 자리에 앉을 생각은 하지 않고 팔짱을 낀 채 나를 노려보았다. 닥터 강에게도 비슷한 말을 들은 적이 있었다. 어릴 적부터 폭력에 시달려서 세상 바라보는 눈이 경도되어 있다고. 그래서 말이 항상 삐딱하게 나온다고. '그건 나쁜 습관이야'라고 아영과 똑같은 말을 했다. 닥터 강의 충고가 떠오르자 마음이 조금 진정되었다. 호흡을 조절하면 화가 가라앉는다고 했다. 죽 통을 내려놓고 심호흡을 크게 했다.

"그게 말이야."

닥터 강 말이 맞았다. 있는 사실을 그대로 이야기하면 된다. 쓸데없는 일로 감정을 상하게 해 에너지를 소비할 필요가 없었다.

"그럼, 그 사람들이 강도였단 말이에요?"

"모르지. 강도였는지 집을 잘못 찾은 택배원인지. 단지 이상하다는 느낌이 들어 액션을 취했을 뿐이야. 마침 손에 담배꽁초가 있었으니까."

죽 그릇을 잡아당겨 뚜껑을 열었다. 김이 모락모락 나는 게 맛있어 보였다. 사거리에 죽 전문점이 두 군데 있었다.

"전복죽이야?"

"선배, 지금 전복죽이 중요해? 괜히 오해 받은 거잖아. 먹고 있어. 내가 가서 전후사정을 말해주고 올게."

말을 끝내기 무섭게 아영은 계단을 향해 뛰어갔다.

"됐어, 됐어. 그냥 넘어가자고."

말리려고 일어섰지만 아영은 이미 계단 밑으로 사라졌다. 쫓아갈까 하다 말았다. 잡는다고 가만히 있을 성격이 아니었다. 내려간 김에 그 사내가 뭐라 했는지 물어봤으면 좋겠다는 생각이 들었다. 전복죽을 다 비울 때쯤 아영이 올라왔다.

"무슨 얘길 그리 오래 했어? 내 오해는 확실히 풀어줬어? 할머니가 고맙다고는 해? 뭐 선물 같은 거 주지 않으시던?"

죽이지만 먹을 것이 뱃속으로 들어가자 농담이 나올 정도로 기분이 좋아졌다.

"할머니는 뵙지도 못했어요. 마침 그 집 딸이 왔더라고. 대문 앞에서 한참 얘기했어요. 자기가 말씀드리겠다고, 고맙다고 전해달래요.

벌써 다 먹었어요? 배가 많이 고팠나 보네?"

"덕분에 아사 직전에서 벗어났다. 강남에 산다는 딸이 왔나 보네. 본 김에 한강 프로젝트에 대해 의논 좀 하지 그랬어."

"안 그래도 그것 때문에 늦어진 거예요. 얘기가 잘 됐어요. 말이 통하더라고요. 부모님하고 상의해서 다시 연락 주기로 했어요. 참, 아빠가 동영상을 보내왔어요. 그것 때문에 와서는 딴 데 정신을 팔고 있었네."

정 교수는 구마모토 지역신문에서 가토의 검을 기요마사의 영정 앞에 바치는 봉환식(奉還式)을 거행한다는 기사를 읽고 직접 가토의 검을 보고 싶다며 어제 일본으로 건너갔다. 아영은 노트북을 꺼내 전원을 켰다.

"아빠가 찍은 것하고, 구마모토아사히 방송에서 찍은 것하고 두 개 보냈는데, 아무래도 전문가가 찍은 게 나으니까 그걸 틀어줄게요. 아빠가 찍은 건 너무 흔들려서 보기 힘들어."

방송은 뉴스 형식으로 진행됐다. 데스크에 있는 아나운서가 현장의 앵커를 연결해 소식을 전하는 방식이었다. 화면 가득히 수많은 인파가 보였다. 주최 측에서는 봉환식을 찾은 인파가 너무 많아 발 디딜 틈이 없다고 했다. 적어도 10만이 넘는다고 했다. 가토의 검은 기요마사 가문에서 창고를 청소하다 발견한 것으로 오랫동안 방치된 바람에 많이 상했으나 전문가에게 맡겨 완벽하게 복원시켰다고 전했다. 가토의 검을 복원하느라 축제가 한 달 연기됐다는 말도 덧붙였다. 올해는 가토의 창과 투구 그리고 복원된 가토의 검까지, 가토 기요마사의 신물(神物)이 완벽하게 갖추어진 축제가 성대하게 치러질 예정이라고 말했다. 상기된 표정으로 방송하는 젊은 여성 앵커의 말을 아영이 통역해주었다.

　갑자기 사람들이 웅성거리는 소리가 커졌다. 여성 앵커에게 고정되어 있던 카메라가 신사 내부를 비추었다. 아영은 내전(內殿)에 있던 가토의 검이 신주(神主)에 의해 외전(外殿)으로 옮겨지고 있다고 했다. 신사의 도리이(鳥居) 앞에서는 오래전부터 가토를 신처럼 숭배해온 숭경회(崇敬會) 사람들이 대기하고 있었다. 그들은 가토의 검이 실린 가마를 메고 구마모토 시내를 통과해 기요마사가 축성했다는 구마모토 성을 돌아 그의 무덤이 있는 본묘사에 가서 영정 앞에 검을 바치는 봉환식을 거행한다고 했다. 가토의 검이 도리이를 통과했다는 멘트가 나왔지만 워낙 사람이 많아 가마의 윗부분만 조그맣게 보였다.

　화면이 데스크로 돌아왔다. 두 명의 남녀 아나운서와 한 남자가 대화를 하고 있었다. 아영은 자막을 보고 남자가 구마모토대학의 교수라고 했다. 교수라는 자가 가토의 검을 분해한 그림이 그려진 스티로폼 보드를 들고 검의 구조에 대해 설명하고 있었다. 크기나 모양이 내가 가지고 있는 분해도와 비슷했다. 설명이 끝나자 보조 진행자가 커다란 상자를 들고 나왔다. 상자를 열자 잘 닦인 칼날과 황금빛 손잡이가 달린 검이 보였다. 가토의 검을 실물 크기로 만든 모형이었다. 모형은 내가 사진 속에서 보았던 실물과는 많이 달랐다. 사진 속 가토의 검은 곳곳에 검푸른 녹이 슬어 있었지만 복원된 검의 날은 하얗게 살아나 있었다. 사진에서는 볼 수 없었던 물결무늬가 칼등을 타고 칼끝까지 뻗쳐 있었다. 신비한 느낌은 사라진 대신 단아한 기품이 자리 잡았다. 화면이 칼끝부터 시작해서 손잡이까지 천천히 훑으며 내려갔다. 도반을 어떻게 처리했는지 궁금해 화면을 열심히 지켜봤다. 금빛을 띤 도반에는 오동나무 잎 문양이 선명했다. 화면이 가토의 검에서 사회자 쪽으로 옮겨갔다. 교수라는 사내는 검을 가리키며 무언가 열심히 설명하고 있었다.

"뭐라고 하는 거야 저 자식."

"칼날에 새겨진 글자에 대해 설명하고 있어요. 히데요시가 기요마사에게 검을 하사한 목적에 대해 말하는 것 같아요."

"목적. 그게 우리나라를 쑥대밭으로 만들라는 거 아냐. 미친 새끼들, 남의 나라에 가서 사람 죽이고 오라고 칼을 내주는 게 그렇게 자랑스러워. 저 새끼들도 한번 당해봐야 해."

주머니에서 담배를 꺼내 물었다. 영상을 보고 있자니 검의 가치가 더 확연히 와 닿았다. 이번 거래가 절대로 분에 넘치는 것이 아니었다. 가토의 검은 그만큼의 가치가 있는 물건이었다.

"잠깐만요. 선배가 말했던 도반에 대해 말하는 것 같아요."

교수라는 자가 칼날과 손잡이를 막아주는 테두리 부분을 짚어가며 열심히 떠들었다.

"고시치노기리에 대한 이야기예요. 아빠가 말한 것하고 똑같네요. 도요토미 가문의 문장으로 이 칼의 진품 여부를 판정하는 데 가장 중요한 열쇠가 된대요. 총리대신도 가토의 검에 대해 많은 관심을 표명했는데, 저 문장이 총리실 문장으로 쓰이고 있는 만큼 가토 가문의 보물일 뿐만 아니라 일본 문화재로서도 중요한 가치가 있대요. 축제가 끝나면 바로 감정을 마치고 심의위원회를 열어 국가문화재로 지정할 예정이래요."

"그래."

방 안에 숨겨둔 도반이 생각나서 나도 모르게 웃음이 나왔다. 지금쯤 양 보좌관은 연락이 오기를 기다리며 애를 태우고 있을 것이다. 하지만 아직은 넘겨줄 생각이 없었다. 마지막까지 버텨서 효과를 극대화시킬 생각이다.

　"뭐가 좋아서 혼자 웃어요?"

　"아냐. 만약 양 보좌관이 도반 없이 칼만 넘겼다면 어떻게 되는 거지? 일본에서 그냥 대충 뭉개고 진짜라고 하지 않을까?"

　"글쎄요. 그렇게 하기는 쉽지 않을 거예요. 가짜라면 전문가들로 구성된 심의위원회를 통과하기 힘들 거예요. 근데 진짜 형님이 도반을 빼돌린 게 맞아요?"

　"그런 것 같아. 양 보좌관도 도반을 찾고 있었어. 그는 내가 형과 공모해서 빼돌렸다고 의심하고 나를 협박했어. 그래서 싸움이 벌어졌고."

　"그랬군요."

　아영은 고개를 끄덕였다.

　"그럼, 형님은 도대체 도반을 어디에 둔 거죠? 집에 없는 건 확실해요?"

　"어제 어머니랑 집 안을 샅샅이 뒤져봤지만 아무것도 찾지 못했어. 아무래도 양 보좌관이 찾아서 일본으로 넘긴 것 같아. 일본에서 저렇게 자신하는 걸 보면 말이야."

　나는 아직 가토의 검 모형을 보며 설명에 열중하고 있는 교수를 보며 말했다.

　"그럴지도 모르죠. 하지만 형님이 어딘가에 잘 숨겨놓아서 아직 찾지 못했다면 이건 좋은 기회가 될 수도 있을 거예요. 도반이 우리 손에 들어온다면 새로운 협상을 할 수 있을지도 몰라요."

아영의 눈이 반짝였다. 그녀가 무슨 생각을 하는지 모르겠지만 이미 끝난 일이었다.

"그나저나 정 교수님은 언제 오시지?"

도반에 관심이 계속 집중되는 걸 원하지 않았기 때문에 정 교수에게 화제를 돌렸다.

"내일부터 가토 마츠리(加藤祭)가 시작돼요. 아빠는 모두 보고 오실 생각인가 봐요. 극우 정치인들이 얼마나 참석하는지, 이번 마츠리에 어떤 우익단체가 관계했는지도 조사하고요. 오사카 청년회에서 도와주기로 했대요."

가토의 검 때문에 여러 사람이 바빠졌다. 정 교수도 그중 한 사람이었다. 하나의 사물을 놓고 저마다 하는 일이 달랐다. 그래서 사회가 무리 없이 돌아가는 것이다. 나까지 굳이 나서 무리할 필요는 없었다. 나는 그저 내 몫이나 잘 챙기고 조용히 구경이나 하면 된다.

"선배, 전화 오잖아."

"응?"

도반에 정신이 팔려 핸드폰이 울리고 있다는 걸 몰랐다. 발신자를 보니 곽 형사였다. 이 시간에 곽 형사가 전화를 걸 이유는 많지 않다. 범인에 대한 단서라도 잡은 것일까? 나는 급히 전화를 받았다.

"범인을 잡았다고요."

나도 모르게 소리를 질렀다. 내 목소리를 듣고 아영도 놀랐는지 손으로 입을 막았다.

"어느 새끼야. 아니, 내가 금방 갈게요. 아이, 내일까지 어떻게 기다려. 알았다니까요. 방해 안 할게요. 일단 갈 테니까, 가서 얘기하죠. 네, 누구라고요?"

전화를 끊고 나자 온몸의 힘이 쭉 빠졌다. 현기증이 나서 원목 의자에 그대로 주저앉았다.

"범인을 잡았대요? 누구래요?"

아영이 다급하게 물었다.

"단순 펵치기였대. 확실한 건 가봐야 알겠어."

옷을 갈아입기 위해 방으로 들어갔다. 추리닝 대신 면바지와 재킷을 걸치고 침대 끝에 잠시 걸터앉았다. 범인이 잡혔다. 곽 형사가 마지막 퍼즐 조각을 찾은 것이다. 게으른 형사였다면 뺑소니로 처리하고 종료시켰을 사건이었다. 모든 게 제자리를 찾았는데도 기분이 개운치 않았다. 명치끝에 무언가가 걸린 것같이 가슴이 답답했다. 차 키를 꺼내 손에 쥐고 밖으로 나왔다.

"선배 괜찮겠어? 얼굴에 식은땀이 많이 흐르는데. 손도 떨고 있고."

부탁할 생각은 아니었지만 그녀가 모성애를 발휘할 만큼 내 모습이 초췌해 있었다.

"감기약을 먹어서 그런가 봐. 갑자기 심장이 마구 뛰고 그러네. 안되겠다. 운전 좀 해줘라."

아영이 고개를 끄덕이며 내 손에 있는 키를 빼앗듯 낚아챘다.

26. 오래된 악몽

"경인고속도로 탈게요."

노들길을 빠져나와 파천교 앞에서 신호를 기다리고 있던 아영이 표지판을 보며 말했다.

"편한 대로 해."

나는 차에 오르자마자 의자를 뒤로 젖히고 몸을 뉘었다. 가는 내내 곽 형사의 말이 머릿속에서 떠나지 않았다. '근처 우범자 짓입니다.' 내가 '누구라고요?' 하고 다시 묻자, 곽 형사는 '근처 애들 짓이라고요' 하고는 전화를 끊어버렸다.

"선배, 이제 여기서부터 어떻게 가요?"

눈을 떠보니 부천IC를 빠져나가고 있었다.

"공원을 따라 계속 직진하면 돼."

좌측으로 나무숲이 보였다. 도당공원이다. 형이 살해된 장소는 반대편 진입로 쪽이었다. 컴컴한 숲 속을 잠시 바라보다 다시 눈을 감았다. 오래전에 친구들과 이 공원 안을 배회하며 지낸 적이 있었다. 덩치만 컸지 아직 솜털이 가시지 않은 우리는 브레이크 없는 기관차 같았다. 폭주를 시작하면 누구도 막지 못했다. 술에 취한 아이들이 벽돌로 사람의 머리를 마구 내리치는 장면을 그려보았다. 상대가 누구든 속수무책으로 당할 수밖에 없었다. 춤을 잘 추던 여자 후배가 갑자기 동네를 떠났다. 아버지가 지방으로 발령이 나서 이사 갔다고 했지만 조금 지나자 다른 소문이 돌았다. 집으로 돌아가는 길에 노숙자들에게 끌려가 만신창이가 되었다는 것이다. 확인되지 않은 소문이지만 아이들은 후자를 더 믿는 눈치였다. 그 무렵 공장에서 사고를 당해 쫓겨난 사람들이 낮에는 구걸하고 밤에는 공원 안으로 들어와 노숙하며 지냈다. 우리는 시시한 소문이라고 웃어넘겼지만, 여자 후배들은 공원에 나오는 걸 꺼려했다. 공원에 나오는 아이들의 수가 점점 줄어들었다.

'하자.' 제일 먼저 말을 꺼낸 건 형이었다. 초저녁부터 술을 마셔서 모두 취해 있었다. 술이 떨어져 심심하던 참이었다. 형의 말이 떨어지자마자 아이들의 눈이 나에게 쏠렸다. 나는 아이들의 눈을 하나하나 들여다봤다. 아이들의 눈에서 생기가 돌기 시작했다. 금방이라도 자리에서 튀어 오를 기세였다. 마지막으로 형과 눈을 마주쳤다. 형은 간절한 눈빛으로 나를 봤다. 나는 고개를 끄덕였다.

'가자.' 내 말이 떨어지자 아이들이 소리를 지르며 자리에서 일어섰다. 몇 명이 뛰어가서 숨겨둔 각목과 쇠파이프를 가져왔다. 아이들은 하나씩 집어 들고 내 뒤를 따랐다. 며칠 전부터 노숙자 텐트를 습격하자는 말이 간간이 흘러나왔다. 여자 후배들이 나오지 않자 분위기가 시들해졌다. 옛날 분위기로 돌아가려면 공원에서 노숙자를 쫓아내야 했다. 동문 입구에 낡은 천으로 엮어 만든 노숙자 텐트가 몰려 있었다. 공연장과 가장 가까운 입구였지만 여자 후배들은 공원을 한참 돌아 남문으로 드나들어야 했다.

'잠깐.' 형이 내 팔을 잡았다. 형이 손가락으로 가리키는 벤치를 봤다. 사내 하나가 벤치 위에서 쪽잠을 자고 있었다. 산발한 머리와 지저분한 옷은 전형적인 노숙자였다. 우리는 사내를 둘러쌌다. 사내에게서 지독한 냄새가 났다. 머리맡에는 빈 소주병이 뒹굴고 있었다. 사내가 이상했는지 눈을 떴다. 어리둥절해하던 사내가 분위기를 눈치챘고 두 손으로 머리를 감쌌다. 내가 먼저 소주병으로 사내의 머리를 내리쳤다. 그걸 신호로 아이들도 일제히 사내를 가격하기 시작했다. 사내의 머리에서 피가 터졌다. 사내가 의자 아래로 굴러떨어졌다. 아이들은 소리를 지르며 사내를 마구 짓밟았다. 벤치 밑으로 기어들어간 사내가 반대쪽으로 도망쳤다. 우리는 사내를 쫓았다. 공원은 우리들의 아지트였다. 우리만큼 공원을 잘 아는 사람은 없었다. 사내를 공원 끝에 있는 늪으로 몰았다. 공원 끝에서 50여 미터 떨어진 곳에 굴포천 지류가 흐르고 있었다. 장마가 지면 하천이 범람하여 물이 공원 안까지 흘러들어왔다. 그 때문에 지대가 낮은 공원 끝은 오래전부터 커다란 습지가 형성되어 있었다. 공단에서 흘러나온 폐수도 장맛비와 함께 자연스럽게 습지 안으로 스며들었다. 온갖 오물과 화학약품이 섞인 습지는 냄새가 심해 아무도 접근하는 사람이 없었다. 사내는 늪 가장자리까지 쫓겨 갔다. 몽둥이를 든 아이들이 사내를 가운데 두고 서서히 좁혀왔다. 피투성이가 된 사내가 바닥에 무릎을 꿇었다. 일곱 개밖에 남지 않은 손가락을 머리 위로 올리고 싹싹 빌었다. 아이들이 사내를 둘러쌌다. 내 손에는 오면서 주운 빨간 벽돌이 들려 있었다.

'시발놈의 새끼, 여기가 어디라고.' 나는 으르렁거리며 벽돌을 형에게 건넸다. 벽돌을 받은 형이 주저했다. 내가 인상을 쓰자 마지못해 벽돌을 사내의 머리를 향해 던졌다. 벽돌에 맞은 사내가 옆으로 고꾸라졌다. 그걸 신호로 아이들이 앞다투어 사내에게 달려들었다. 아이들은 고개를 숙인 사내의 뒤통수를 마구 갈겼다. 사내가 개구리처럼 파르르 떨었다. 사내를 뒤집자 입에서 거품이 흘러나왔다. 아이들은 피투성이가 된 사내를 굴려서 늪 속으로 밀어 넣었다. 사내가 일곱 개 남은 손가락으로 늪 가장자리를 잡으려 했다. 나는 각목으로 사내의 머리를 쭉 밀었다. 그러자 사내가 움켜잡았던 잡초가 뜯기면서 사내의 몸이 늪 가운데로 쑥 밀려갔다. 그리고 천천히 늪 속으로 가라앉았다. 우리는 늪 가장자리에 쪼그리고 앉아 담배를 피우며 말없이 그 광경을 지켜봤다. 사내가 사라지고 그 자리에서 기포가 몇 방울 올라왔다. 담배꽁초를 습지 안으로 튕겨버리고 자리에서 일어났다. 아이들은 흥분했는지 마구 떠들며 농구장으로 향했다. 겁에 질린 형은 내 옆을 떠나지 않았다.

'잘했어.' 나는 형의 어깨를 두들겨주었다. 겁에 질린 형이 주머니에서 돈을 꺼냈다. 그 돈으로 아이들과 밤새도록 농구장에서 술을 마시며 승리감에 취해 떠들었다. 공단이 조성되면서 수많은 사람이 일자리를 찾아 오고 나갔다. 노숙자 하나 사라진 것에 대해 관심을 갖는 사람은 아무도 없었다. 사내가 어디로 사라졌는지 아는 사람은 그때 같이 있었던 우리 일곱 명뿐이었다.

"선배, 일어나. 다 왔어. 괜찮아? 식은땀을 계속 흘리네."

오래전 일이다. 언제 그런 일이 있었는지 기억도 못 할 정도로 세월은 빨리 흘러갔다. 이제는 기억의 밑바닥에 끈적거리는 거품 정도밖에 남아 있지 않았다. 형이 죽지 않았다면 완벽하게 잊을 수 있는 과거였다. 이렇게까지 부풀어 오를 줄은 몰랐다. 차는 중부경찰서 안으로 들어가고 있었다. 아영이 주차장에 차를 세우는 걸 보고 몸을 일으켰다. 등짝과 겨드랑이 사이가 땀으로 흠뻑 젖어 있었다. 차문을 열고 나가자 시원한 바람이 불었다. 바람이 잘 통하도록 팔을 약간 벌린 채 경찰서 건물 안으로 걸어갔다.

2층 강력계 사무실 안에는 곽 형사가 보이지 않았다. 복도에서 핸드폰을 걸었지만 받지 않았다. 전화를 끊으려는데 엘리베이터 문이 열리면서 곽 형사가 핸드폰을 흔들며 걸어 나왔다.

"범인은 어디 있습니까?"

곽 형사에게 다가가 물었다. 그러나 곽 형사는 대답 대신 아영을 쳐다봤다.

"후뱁니다. 몸이 안 좋아 대신 운전을 부탁했죠."

"이 밤중에 선배가 호출하면 재깍 나와야 하나 보죠. 이런 선배와 일하시느라 힘드시겠어요."

곽 형사가 환하게 웃으며 아영과 수다스럽게 인사했다. 나를 대할 때하고는 얼굴 표정이 사뭇 달랐다. 아영에게 차 키를 넘기길 잘했다는 생각이 들었다. 그녀가 함께 있어 가능한 분위기였다.

"지금 막 심문 끝내고, 유치장에 집어넣었습니다. 얼굴 정도는 볼 수 있는데 보실랍니까?"

당연히 어떤 놈인지 내 눈으로 확인하고 싶었다. 고개를 끄덕이자 곽 형사가 방금 내린 엘리베이터 버튼을 눌렀다. 곽 형사와 함께 건물 뒤편에 있는 유치장으로 갔다. 회색 철문을 열고 들어가자 책상에 앉아 있던 젊은 순경이 차렷 자세를 취하고 곽 형사에게 경례를 붙였다. 곽 형사가 가리키는 철장 안을 보자 머리를 노랗게 염색한 아이가 무릎을 껴안고 고개를 숙인 채 앉아 있었다. 그 옆에 머리를 짧게 쳐올린 아이가 벽에 머리를 딱 붙이고 눈을 감고 있었다.

"야, 고개 좀 들어봐."

곽 형사가 소리치자 노랑머리가 천천히 고개를 들어 이쪽을 쳐다봤다. 그러고는 피식 웃더니 바닥에 침을 뱉었다. 그러자 옆에 있던 아이가 노랑머리에게 몸을 기울여 무언가 속삭였다. 아이의 귀에는 십자 모양의 귀고리가 박혀 있었다. 가운데 박힌 큐빅이 아이가 움직일 때마다 반짝였다. 노랑머리와 귀고리가 동시에 이쪽을 바라보더니 쿡쿡거리기 시작했다.

"이 새끼들이."

곽 형사가 손에 들고 있던 수첩으로 철장을 쳤다. 그러자 귀고리가 가운뎃손가락을 세워 내밀었다. 나는 두 사람보다 먼저 돌아서서 유치장을 나왔다.

"선배. 몸이 안 좋은 것 같은데, 오늘은 그냥 돌아가고 낼 다시 온다고 할까?"

설렁탕집에서 말없이 앉아 있자 아영이 걱정스러운 표정으로 말했다.

"아냐. 괜찮아. 금방 나온다고 했으니까, 얘기나 들어보고 가자."

곽 형사가 경찰서 앞에 있는 설렁탕집에서 기다리라고 했다. 아직 저녁을 먹지 못했다며 주문까지 부탁했다. 아영은 설렁탕 하나와 수육 하나를 시켰다.

"아이고, 이거 잘 먹겠습니다. 아줌마, 소주도 한 병 줘."

음식이 나오자 때맞춰 곽 형사가 가게 안으로 들어왔다.

"이 집은 24시간 영업을 해서 우리가 아주 편해요. 음식 맛도 괜찮고요."

곽 형사는 수저보다는 소주병을 먼저 잡았다. 나에게 먼저 한 잔 따라주고는 자신의 잔에도 가득 채워 단숨에 들이켰다.

"우후, 이 맛으로 내가 산다니까. 억울하시겠어요. 술도 못 마시고 대리운전까지 해주고. 한 잔 정도는 괜찮을 것 같은데."

말은 그렇게 했지만 아영에게 술을 따르지는 않았다. 곽 형사가 따라준 소주를 조금씩 마시며 식사가 끝나기만 기다렸다. 곽 형사는 설렁탕과 수육을 부지런히 오가며 배를 채웠다.

"재들이 형을 죽인 게 확실합니까?"

곽 형사가 수저를 놓자마자 물었다.

"블랙박스에서 영상도 확인했고, 자백도 받았어요."

"지난번에는 블랙박스에서 아무것도 찾지 못했다고 하지 않았나요?"

"맞아요. 그때는 부천 택시회사만 대상으로 조사해서 아무것도 나오지 않았어요. 그래서 이번에는 일반 차량까지 범위를 확대했죠. 부천뿐 아니라, 서울, 분당까지 진입로를 통해 갈 수 있는 모든 지역에 공문을 보냈죠. 그날 교통사고로 신고된 사건 중에 블랙박스를 증거품으로 잡은 사건이 있으면 보내달라고요. 열한 건이 왔는데, 그중 신사동 사거리에서 벤츠와 아우디가 추돌한 사건이 있었죠. 서로 상대의 과실을 주장해서 블랙박스를 분석해 사건을 종료했는데, 아우디 운전자가 블랙박스를 찾아가지 않아 아직 경찰에서 보관하고 있었답니다. 운 좋게 그 블랙박스에서 영상이 나왔어요. 차 주인이 그날 부천 로데오에서 술을 마시고 대리운전으로 강남까지 갔는데, 그 시간에 공원 도로에 아이들이 몰려 있는 게 찍혔죠. 확대해보니까, 영상이 희미해서 얼굴을 구별하는 건 힘들었지만 노랑머리만큼은 확실히 보이더라고요. 그래서 공원에 잠복해 있다가 술을 마시고 있는 놈을 잡았죠. 몇 놈 더 있었지만 모두 미꾸라지처럼 빠져나가서 한 놈밖에 잡지 못했어요. 신원 파악은 다 했으니까, 잡는 건 시간문제죠. 늦게나마 행운이 따라준 거죠."

곽 형사가 녹말 이쑤시개로 이를 쑤시며 느긋하게 말했다.

"동기가 뭐였습니까?"

기자 의식이 발동했는지 그의 말을 수첩에 적고 있던 아영이 물었다. 제3자인 아영에게는 흥미 있는 기삿거리가 될 수 있었다.

"걔들 말로야 형님이 공원 도로변에 쓰러져 있어 괜찮나 보려고 갔다가 욕심이 나서 핸드폰하고 지갑을 훔쳤다고 하는데, 그거야 애들이 변명하느라 하는 말이고, 술에 취한 피해자를 퍽치기 한 것 같아요. 조사해보니까, 공원 일대에서 취객을 노린 퍽치기 사건이 여러 번 있었더라고요. 조사해보면 알겠지만 그것도 다 쟤들 짓 같아요. 공원으로 끌고 가서 살해하고는 교통사고로 위장하려고 도로 위에 던져놓고 간 게 분명해요. 요즘 애들 무서워요. 게임을 많이 해서인지 사람 하나 죽이는 걸 우습게 안다니까. 저런 새끼들은 애초부터 싹을 잘라야 해요. 감방에 처넣고 다시는 햇빛을 못 보게 해야 한다고요. 일찌감치 방향을 이쪽에 맞췄으면 진작 해결했을 텐데, 양 보좌관이 나타나는 바람에 엉뚱한 곳만 쫓다가 시간을 보냈습니다."

사건이 해결돼서인지 곽 형사는 홀가분한 표정이었다.

"애들이 훔친 분실물은 모두 찾았나요?"

"네, 애들이 진술한 장소에서 지갑하고 부서진 핸드폰을 찾았죠."

"핸드폰이 부서졌어요? 산 지 얼마 안 됐다고 하던데."

나도 모르게 인상을 쓰며 말했다. 진이의 말로는 구입한 지 얼마 안 된 최신형이라고 했다.

"이것들이 추적이 될까 두려웠는지 아주 박살을 냈어요."

곽 형사가 지긋지긋하다는 듯 고개를 저었다.

"그것 말고 혹시 도반이라고 칼 테두리도 가져갔는지 알아봐주실래요?"

아영의 물음에 정신이 번쩍 들었다.

"도반이요?"

곽 형사가 되물었다. 아영이 나를 쳐다봤다. 이야기해도 괜찮은지 동의를 구하는 눈치였다.

"그러고 보니 그 자식들이 가지고 있을 수도 있겠네요. 형이 가토의 검을 양 보좌관에게 넘길 때 일부를 빼고 넘겼답니다. 도반이라고 칼 손잡이와 칼날 사이에 끼우는 엽전처럼 생긴 건데."

나는 도반의 모양에 대해 곽 형사에게 자세히 설명해주었다.

"글쎄요. 낼 한번 물어보죠. 하지만 그런 쓰레기 같은 걸 쟤들이 뭐하러 가져갔겠어요."

"그렇겠죠? 돈도 안 되는 걸 가져갈 리가 없죠. 아무튼 낼 다시 연락 드릴 테니까, 찾아는 봐주세요."

곽 형사의 말에 맞장구를 치며 이야기를 마무리했다. 자리에서 일어나자 곽 형사도 남은 술을 마시고 따라 일어났다.

"도반은 가토의 검이 진품인지 판정하는 데 결정적인 역할을 해요. 그게 있어야 가토의 검이 그 가치를 인정받는다고요. 곽 형사님이 생각하는 쓰레기 같은 물건이 아니에요. 가볍게 넘길 일이 아니니까, 내일 꼭 한번 물어봐주세요."

뒤따라 일어선 아영은 도반에 대한 미련을 버리지 못하고 곽 형사에게 다시 한 번 부탁했다. 식탁에 놓인 계산서를 들고 빠른 걸음으로 카운터를 향해 걸어갔다. 계산을 마치고 뒤를 보니 두 사람은 아직도 이야기 중이었다.

"그만 가자고."

두 사람을 향해 소리치고 먼저 가게 문을 나섰다. 잠시 후 아영과 곽 형사도 가게 밖으로 나왔다.

"제가 사야 하는 건데. 잘 먹었습니다. 그럼 조심해서 올라가세요."

차에 올라타자 곽 형사가 차창에 다가와서 말했다.

"그래서 양 보좌관이 샤갈에 찾아갔었나?"

아영이 시동을 걸자 곽 형사가 물러서며 혼잣말로 중얼거렸다.

27. 합의

대머리 약사가 지어준 약봉지를 침대 위로 던져버리고 비닐 봉투에서 스카치블루를 꺼냈다. 아직 몸살기가 남았지만 오늘 같은 날은 한잔해야 할 것 같아 편의점에 들렀다. 취하지 않고서는 도저히 잠이 올 것 같지 않았다. 맥주잔으로 연거푸 두 잔이나 마셨는데도 취기가 오지 않았다. 한 병이면 족할 줄 알았는데 오늘은 어림없어 보였다. 결국 냉장고에서 맥주를 꺼내 남은 양주와 섞어 양을 늘렸다. 술이 바닥 날 때쯤 되어서야 취기가 올라오는 걸 느낄 수 있었다. 이 정도면 죽은 사내의 얼굴이 떠오르지 않을 것이다. 꿈이라도 피를 흘리며 눈깔이 돌아간 사내를 만나는 게 기분 좋을 리는 없다. 곯아떨어진다면 기분 나쁜 꿈이 파고들어올 여지가 없을 것이다. 악몽 때문만이 아니라 형의 사건이 해결된 것을 축하하는 명목으로 한잔해도 되는 날이었다. 남은 술을 모두 맥주잔에 따르고 침대 위로 던져버린 약봉지를 집어 들었다. 대머리의 약이 강력하다는 건 이미 체험했다. 알코올과 대머리의 감기약이면 악몽을 보지 않고 아침을 맞이할 수 있을 것이다. 나는 약을 털어 넣고 남은 술을 들이켰다. 그리고 침대 속으로 기어들어갔다.

아침에 일어나자마자 오랜만에 동네 사우나에 가서 땀을 뺐다. 내 생각은 주효했다. 정신없이 곯아떨어진 덕에 악몽 없이 아침을 맞이할 수 있었다. 물론 머리가 아프다는 부작용이 있긴 했지만 악몽보다야 나았다. 형의 사건은 종료됐지만 아직 중요한 일이 남아 있었다. 반환식이 이틀 앞으로 다가왔다. 양 보좌관이 애가 탔는지 여러 번 전화를 걸어왔다. 언제든지 영감을 만날 수 있게 조치를 취해놓았다고 했다. 적어도 반환식 전날까지는 도반을 넘겨주어야 한다고 몇 번이나 강조했다. 이미 양국 대표가 정식으로 서명했고 내용도 언론에 공표했다. 이면에서 이루어진 거래 때문에 반환이 취소될 리 없었다. 양 보좌관이 애를 태우는 건 야쿠자의 협박 때문일 것이다. 귀를 자르는 장면을 목격한 양 보좌관으로서는 일본의 협박을 무시할 수 없을 것이다. 물론 도반은 넘겨줄 생각이었다. 협박이 나에게까지 오는 건 달갑지 않은 일이었다. 나는 내 몫만 확실히 챙기면 그것으로 충분했다. 덤으로 협박까지 받을 필요는 없었다.

사우나에서 돌아와 곧바로 침대 속으로 들어가 다시 잠을 청했다. 어젯밤에는 바위에 짓눌린 듯 답답한 기분으로 잠이 들었지만 지금은 땀을 빼서인지 가벼운 솜이불을 덮고 자는 기분이었다. 눈을 떠보니 점심때가 지나 있었다. 창문 너머로 아영이 야외 테이블에 앉아 있는 게 보였다.

"언제 온 거야?"

"조금 전에요. 너무 곤히 자길래 여기서 바람 쐬고 있었어요. 몸은 괜찮아요?"

"우린 마당쇠 집안이라 몸살쯤은 하룻밤 자고 나면 깨끗이 없어져. 문제는 마당쇠가 배고픈 걸 못 참는다는 거지. 밥이나 먹으러 가자."

옷을 갈아입고 아영과 옥탑방을 나왔다. 사거리까지는 거리가 꽤 됐지만 잠을 푹 잔 덕분인지 발걸음이 가벼웠다. 도반을 넘겨줄 때가 되었기 때문에 오전에 사우나에서 나오면서 양 보좌관에게 문자를 보냈다. 영감과 내일 오후에 만날 수 있도록 약속을 잡아달라고 했다. 어제 곽 형사를 만나보고 나서 명치끝에 걸려 있던 답답함도 사라졌다. 오늘은 특별히 할 일이 없었다. 빨리 밥을 먹고 나머지 시간은 아영과 침대 속에서 느긋하게 보낼 생각이었다.

"아버님하고는 연락해봤어?"

사거리에 있는 찌개백반집으로 들어갔다. 생각 같아서는 옆에 있는 순댓국집으로 가고 싶었지만 참았다. 홍대 이후 아영은 곱창구이는 잘 먹었지만 아직 물에 빠진 부산물은 먹기 힘들어했다. 두어 번 같이 갔지만 국물만 먹고 말았다.

"네. 오기 전에 통화했어요. 지금 마츠리가 한창이래요. 첫날인데도 굉장하대요. 욱일승천기가 거리를 도배하고 우익단체에서 나온 사람들이 천황폐하 만세를 외치면서 거리를 휩쓸고 다닌대요. 가토의 신사는 참배하러 온 우익 정치인들로 문전성시를 이루고, 마치 제국주의 시대로 다시 돌아간 느낌이라며 걱정을 많이 하고 계셨어요."

양측이 사전에 날짜를 조율했는지 축제 마지막 날과 금란가사 반환식이 겹쳤다. 어제부터 인터넷에서 금란가사 반환에 대한 뉴스가 뜨기 시작했다. 양 보좌관이 여론을 서서히 달구기 시작한 것이다. 그가 이런 좋은 기회를 그냥 넘길 리 없었다. 국정감사가 끝났으니 다음 주부터는 내년도 예산을 처리하기 위해 국회가 또다시 정신없이 돌아갈 것이다. 이번 주가 가장 한가한 시간이었다. 특별한 이슈가 없는 만큼 여론의 시선을 끌기 좋았다. 여론이 뜨거워지면 여론에 민감한 국회의원들이 하이에나처럼 몰려들어 노출을 즐길 것이다. 하이에나가 많아질수록 잔치는 풍성해지는 법이다. 양 보좌관이 어떻게 쑤셨는지 모르지만 문체부 장관도 참석한다고 했다. 부장 말로는 문화부에서 미디어팀과 함께 전담반을 꾸려 내려갈 거라고 했다. 나도 회사와 관계없이 따로 가볼 생각이었다. 입이 귀에 걸린 영감과 양 보좌관의 낯짝을 보는 건 내 미래를 확인하는 것과 마찬가지였다.

"교수님한테 면목이 없어. 형이 가토의 검을 꺼내 오는 바람에 이렇게 된 거잖아."

"형님이 아니더라도 그 사람들은 어떡하든 그걸 빼냈을 거예요. 물론 형님의 책임이 없는 건 아니지만, 진짜 나쁜 놈은 양 보좌관이잖아요. 자신의 영달을 위해 나라를 팔아먹은 놈인데 그냥 두어도 돼요? 어떡하든 처벌을 받게 해야 되는 거 아니에요?"

지금쯤 양 보좌관은 반환식 준비로 정신이 없을 게 분명했다. 아무리 바빠도 내일 오후 세시까지는 영감을 의원회관 사무실에 대기시켜놓아야 한다. 양 보좌관은 양산에서 영감을 모시고 올라가는 만큼 일정에 차질이 있어서는 안 된다고 신신당부했다. 내일 영감을 만나서 도반을 넘겨주면 바로 일본으로 넘어갈 것이다. 축제가 끝난 다음 날 감정에 들어간다고 했으니 시간상으로도 문제가 될 건 없었다.

"이번 사건의 핵심이 양이지만, 현재로서는 그에게 법적 책임을 물을 방법이 없어. 형이 죽었으니 증언할 사람도 없고. 아마 모레 금란가사 반환식은 그대로 진행될 거야. 양의 계획대로 영감은 무난히 공천을 받게 될 거고. 그럼 그 자식도 한자리 차지하겠지."

물론 내 몫도 있다. 계획이 순조롭게 진행된다면 나는 공보수석이 된다. 내가 양 보좌관과 함께 일을 하게 되면 아영이 어떻게 나올지 궁금했다. 그동안의 아영의 성격을 보건대 호의적인 반응은 보이지 않을 것이다. 속물근성을 비난하며 또다시 각을 세울지도 몰랐다. 그건 그때 가서 적당히 둘러대면 된다. 정말로 문제가 된다면 헤어지는 수밖에 없다. 여자는 다시 찾으면 되지만 이런 기회는 두 번 다시 오지 않는다.

"진짜 마음에 안 든다. 정작 벌을 받아야 할 놈은 그 자식인데. 자신의 출세를 위해 일본 극우주의자를 도운 매국노라는 걸 알고도 그냥 보고 있어야 한다는 게 말이 돼요?"

아영은 수저를 들 생각은 하지 않고 목소리를 키웠다. 하지만 목소리가 크다고 해서 정의가 구현되지는 않는다. 아영은 아직 한참 배워야 했다. 아영과 이런 이야기를 오래 하고 싶지 않았다.

"일단은 두고 보자고. 곽 형사한테 양 보좌관을 집어넣을 방법이 있는지 한번 물어볼게."

빨리 식사를 끝내고 침대 속으로 들어가 아영의 하얀 속살을 만지고 싶었다. 처음에는 부끄러워하더니 이제는 제법 즐길 줄도 알았다. 아영의 뜨거운 반응을 생각하자 마음이 급해졌다. 아영이 떠드는 동안 나는 식사에 열중했다.

"집에 좀 내려와야 할 것 같다. 지금 여기는 난리가 아니야."

식사를 마치고 부지런히 옥탑방으로 올라가는 도중에 이모한테서 전화가 왔다.

"왜, 무슨 일인데?"

아영과 침대 속에서 보낼 생각으로 가득했던 나로서는 탐탁지 않은 전화였다. 지난번 어머니와 싸운 이후 한 번도 연락하지 않았다.

"영석이를 죽였다는 애들 부모들이 떼로 몰려와서 자기 아이는 절대 사람을 죽이지 않았다고 울고불고 난리가 아니야."

"어머니는?"

"하도 붙들고 난리를 치니까 안방으로 들어갔어. 니가 좀 와줘야겠다. 나는 어떻게 할지 모르겠어."

아영을 슬쩍 쳐다봤다. 무슨 일인지 모르는 아영은 어깨를 으쓱거렸다. 아영을 데리고 옥탑방으로 들어가고 싶었지만 이건 확실히 정리해야 할 문제였다.

"알았어. 내가 바로 내려갈 테니까 이모는 어머니 옆에서 떨어지지 마."

귀찮고 성가셔도 해야 할 일은 제때에 처리해야 한다. 그렇지 않으면 나중에 골칫거리가 되어 돌아올 수 있다.

"부천 집에 형을 죽인 그 새끼들 부모가 몰려온 모양이야. 내가 가 봐야겠어. 미안하지만 내일 출근해서 보자. 모처럼 쉬려고 했는데, 안 도와주네."

"괜찮으면 저도 같이 가요. 어머님도 뵙고요. 이럴 땐 여자가 더 도움 될 수 있어요."

아영이 적극적으로 달려들었다. 도움이 될지 아닐지는 내가 정하는 것이다. 지금은 아영의 도움이 필요하지 않았다. 데려갔다가는 오히려 어머니와의 싸늘한 관계만 보여주게 될 뿐이었다. 게다가 부모라는 놈들과 한바탕하려면 큰 소리를 내야 했다.

"지금 어머니가 많이 아프셔. 게다가 이런 일로 만나는 건 어머니도 바라지 않을 거야. 다음에 만나도록 하고 오늘은 내가 전철역에 내려줄 테니까, 집에서 좀 쉬어. 혼자서 국감 뛰느라 고생이 많았잖아. 어제도 나 때문에 부천에서 늦게까지 있었고."

아영이 아쉬워했지만 어쩔 수 없었다. 아영을 흑석역에 내려주고 부천으로 향했다. 가는 동안 차 안에서 몸을 뜨겁게 달구었다. 지금 형을 죽인 놈들의 부모가 내 어머니한테 행패를 부리고 있다. 이런 상황이라면 내가 어떤 식으로 날뛰어도 명분은 충분하다. 명분이 있는 싸움은 세게 밀고 나갈 필요가 있다. 죽은 사람이 내 형이고 행패를 당하고 있는 사람이 내 어머니다. 나는 충분히 그럴 자격이 있다. 정의구현을 위해 방법이 조금 거칠어진다고 해서 문제 될 건 없다. 맥박이 빨라지는 걸 느낄 수 있었다. 아드레날린이 분출을 시작한 것이다. 집에 도착하기도 전에 내 몸은 충분히 뜨거워졌다. 나는 이런 느낌이 정말 좋았다.

대문 앞에 차를 세우고 밖으로 나오자 집 안쪽에서 시끄러운 소리가 들려왔다. 벌써 돌아갔지 않았을까 걱정했는데 다행히 시간이 늦지 않았다. 노트북 가방에서 노트북을 꺼내고 대신 뒷좌석에서 뒹굴고 있던 보도사진연감을 집어넣었다. 대문을 열고 안으로 들어갔다. 현관문은 반쯤 열려 있었고 바닥에는 어지럽게 널린 신발이 보였다.

내가 문을 거칠게 잡아당기자 안방 문 앞에 몰려 있는 사람들의 시선이 일제히 나를 향해 고정되었다. 나는 인상을 잔뜩 쓰고 거실로 올라섰다. 그러고는 안방을 쳐다봤다. 문은 꼭 닫혀 있었다. 이모가 주방 앞에서 어쩔 줄 모르는 표정으로 서 있었다. 안방 문 앞에 몰려 있는 사람들을 하나하나 노려봤다. 양아치 새끼를 키우는 부모답게 모두 지질한 놈들뿐이었다.

"이 개새끼들이 여기가 어디라고 함부로 왔어. 안 나가 시발놈들아."

그중 제일 나이가 많아 보이는 남자를 보며 소리쳤다.

"아니, 젊은 사람이 어디서 막말이야."

말이 떨어지기 무섭게 여기저기서 목소리가 터져 나왔다. 이 정도에 사람들이 고분고분해질 거라고는 생각하지 않았다.

"사람을 죽여놓고 무슨 할 말이 있다고 왔어 이 개새끼들아. 다 꺼지란 말이야. 내 집에서 나가란 말이야."

손에 쥔 노트북 가방을 들어 베란다를 향해 집어 던졌다. 묵직한 책이 들어간 가방은 베란다 유리창을 박살 내면서 화분들과 함께 나뒹굴었다. 여자들이 기겁하며 주방 쪽으로 물러섰다. 나는 그 틈을 놓치지 않고 안방 문 앞을 차지했다.

"잠깐만, 말씀 좀 합시다. 우리도 우리 애가 잘못한 건 알아요. 그래도 앞날이 구만리 같은 애들을 봐서 합의……."

흰 머리카락이 머리의 절반을 뒤덮은 남자가 다급하게 다가왔다. 사내를 노려봤다. 사내의 눈동자는 이미 전의를 상실했는지 죽어 있었다. 진작 이렇게 나왔어야 했다. 대충 했으면 자기 애들이 안 그랬다는 둥 헛소리나 해댈 게 뻔했다. 그래서 기선부터 잡는 게 중요했다.

"합의라고? 시팔 그걸 지금 말이라고 해? 우리 형이 죽었어. 당신 애새끼들한테 피떡이 되도록 얻어맞고 죽었다고. 뭐 합의? 당신 같으면 합의하겠어? 웃기지 말고 다 꺼져. 시팔, 내 집에서 다 꺼지란 말이야."

고삐를 늦추지 않았다. 경우에 따라서는 멱살을 잡을 수도 있었다. 나이는 중요한 게 아니었다. 중요한 건 내가 죽은 형의 동생이라는 사실이었다. 남자들은 착잡한 표정을 짓고 말없이 서 있었다. 여자들은 하얗게 질린 얼굴로 안절부절못했다.

"죄송합니다. 선생님. 죽을죄를 지었습니다."

갑자기 몸집이 뚱뚱한 여자가 무릎을 꿇었다. 그 바람에 가슴에서 빠져나온 커다란 십자목걸이가 굵은 목에서 대롱거렸다. 그걸 보자니 귀에 십자귀고리를 한 놈이 생각났다. 그놈이 나를 향해 가운뎃손가락을 세웠다. 아가리를 찢어놔도 시원치 않을 놈이었다.

"우리 민혁이 좀 살려주세요. 선생님 하라는 대로 다 할 테니. 제발 우리 민혁이 좀 살려주세요."

여자가 두 손을 싹싹 비비며 울기 시작했다. 그러자 다른 여자들도 따라 무릎을 꿇었다. 옆에 있던 남자들은 고개를 돌리고 마른기침을 했다. 내가 원했던 대로 상황이 정리됐다. 팔짱을 끼고 고개를 돌렸다. 잠시 내버려두고 자신들이 무엇을 잘못했는지 깨닫게 할 생각이었다. 그런데 이모가 나서서 여자들을 일으켜 세웠다.

"더 이상 여기서 시끄럽게 굴지 말고 꺼져. 우리 형만 살려낸다면 합의가 아니라 내가 하라는 대로 다 할 테니까, 우리 형만 살려내. 그렇게 못 하겠으면 모두 꺼져. 꼴들 보기 싫으니까, 빨리 내 집에서 나가란 말이야."

내 목소리가 다시 커지자 사람들은 겁을 먹고 슬금슬금 현관 쪽으로 뒷걸음질 쳤다.

"네, 선생님. 오늘은 가고 다음에 다시 오겠습니다."

뚱뚱한 여자가 문 앞에서 몇 번이나 머리를 조아리고 나갔다. 사람들이 썰물처럼 빠져나가자 집 안이 썰렁해졌다. 이모가 깨진 유리조각을 담으려고 주방에서 커다란 쓰레기통을 들고 나왔다. 소파에 앉아 담배를 꺼내 물었다. 안방에서는 아무 소리도 들리지 않았다. 이런 난리를 쳤으니 내가 왔다는 사실을 어머니는 알 것이다. 그런데도 고개 한번 내밀지 않았다. 연기가 나고 있는 담배꽁초를 쓰레기통에 던지고 안방 문을 열었다. 어머니가 등을 돌리고 누워 있었다. 이번이야말로 어머니와 친해질 수 있는 절호의 기회였다. 무릎을 꿇고 어머니 옆으로 다가갔다.

"어머니 괜찮으세요?"

이불 위에 손을 얹고 어머니를 흔들었다. 어머니가 몸을 움츠리며 이불 속으로 파고들어갔다.

"저 사람들이 어머니한테 무슨 해코지 같은 거 안 했어요? 말씀해 보세요. 제가 다 알아서 처리할게요."

손에 힘을 주고 이불을 끌어 내렸다. 어머니의 작은 어깨가 들썩이고 있었다. 이불을 반쯤 걷어내자 그제야 어머니가 이불 속에서 나와 자리에 앉았다. 얼마나 울었는지 얼굴이 퉁퉁 부어 있었다. 이번 일로 어머니가 믿을 사람은 나밖에 없다는 사실을 확실히 깨달았으면 했다. 형을 위한 눈물이 이번이 마지막이길 바랐다.

"누가 영석이를 죽였을까?"

어머니는 정신이 나간 사람처럼 혼자 중얼거렸다.

"어머니, 정신 차리세요. 범인은 잡혔어요. 공원을 몰려다니며 못된 짓을 하던 애들이 그랬어요."

"아냐, 아냐, 그 아이들이 아냐."

어머니가 힘없이 고개를 저었다.

"누가 그래요? 걔들 부모가 그래요?"

"죽이지 않았대. 자기 아들은 절대로 영석이를 죽이지 않았대."

어머니가 고개를 계속 저으며 힘없이 중얼거렸다. 축 처진 어머니의 어깨에 손을 올렸다. 그리고 작고 가냘픈 어깨를 어루만졌다.

"그 말을 믿으세요, 어머니? 이 세상 부모는 다 그래요. 자기 자식만큼은 착할 거라고. 하지만 현실이 안 그런 걸 어떡해요. 어머니도 아시잖아요? 영석이도 그랬다는 거. 그날 공원에 영석이하고 같이 있었어요. 영석이가 먼저 하자고 했어요. 아버지를 닮은 노숙자를 봤다고 했어요. 영석이가 먼저 그 사람을 벽돌로 내리찍었어요. 그 사람이 개구리처럼 파르르 떠는데도 마구 찍어댔어요. 그 사람이 어쩌면 아버지일지도 몰라요. 그러니까 영석이가 그렇게 찍어댔죠. 그래서 지금까지 아버지가 소식이 없는 거예요. 아시겠어요, 어머니."

어머니 옆에 바싹 다가가서 귀에 대고 속삭였다. 어머니와 이렇게 가까운 거리에서 속삭여본 적은 처음이었다. 이 정도 거리면 친밀한 사람만이 접근할 수 있는 공간이었다. 우린 화해가 가능할지도 몰랐다. 커다란 눈물방울이 어머니 눈가에 매달려 있었다. 흘러내리기 전에 닦아주고 싶은 심정이 가득했다.

"무슨 소릴 하는지 모르겠다. 내 말은 그 사람들 말이 맞을 것 같다는 거야. 지갑에서 돈은 가져갔지만, 우리 영석이한테는 손끝 하나 대지 않았대. 우리 영석이를 죽인 놈은 따로 있을지 몰라. 권사님이 나에게 자기 아들 어릴 적 사진을 보여줬어. 그렇게 착하게 생긴 애가 우리 영석이를 죽일 리가 없어."

눈물은 볼을 타고 주르르 흘러내리고 말았다. 아직 내가 파고들어 갈 여지가 없었다. 나는 고개를 흔들었다.

"어머니가 지금 정신이 없어서 그래요. 범인이 밝혀지고 그 부모라는 사람들이 와서 이렇게 난리를 쳤으니 어머니가 제정신이 아닌 것도 무리가 아니에요."

"합의를 해주자. 니 말대로 죽은 영석이가 살아올 것도 아니잖니. 합의해주면 나중에 재판 받을 때 정상참작이 된다고 하더라."

나는 어머니와의 공간을 벌렸다. 우리의 친밀감이 연기처럼 사라졌다. 어머니의 어깨에 얹었던 손을 거두어들였다. 합의란 말이 나와서는 절대 안 된다.

"어머니 그만 정신 차리세요. 귀에 십자가를 박았다고 악마가 천사가 될 수는 없어요. 그 새끼들은 살인자라고요. 형을 죽였어요. 영석이 머리통을 수박처럼 으깨서 죽였다고요."

그러고는 자리에서 일어났다. 더는 얘기할 필요가 없었다. 어머니는 이미 제정신이 아니었다. 이번 일을 제대로 처리할 수 있는 사람은 나밖에 없었다.

"아시겠어요. 그 착하게 생긴 새끼들이 영석이 머리통을 박살 냈다고요. 그 새끼들은 착한 게 아니에요. 거죽만 사람이지 악마나 다름없어요. 그런 새끼들은 평생 감옥에서 썩게 해야 해요. 절대 햇빛을 보게 해선 안 된다고요. 다시는 합의란 말 꺼내지도 마세요. 한 번만 더 합의란 소리 나오면 그땐 제가 가만있지 않을 거예요. 그리고 내년 봄에 이 집 허물고 새로 지을 거니까, 그리 아세요."

어머니는 아무 말도 못 하고 고개를 떨궜다. 나는 잠시 어머니의 축 처진 어깨를 노려보다가 방문을 걷어차고 나왔다. 베란다를 치우던 이모가 깜짝 놀라 나를 쳐다봤다.

"이모도 잘 들어. 어머니가 합의 운운한다고 옆에서 거들지 마. 괜히 착한 척하고 나서지 말란 말이야. 어디 갈 데도 없잖아. 여기서 계속 살려면 내 말대로 해. 지미, 착한 척하기는."

놀란 눈으로 쳐다보는 이모를 뒤로하고 마당으로 나왔다. 화단이 여전히 엉망이었다. 집에 대한 어머니의 애정이 식은 게 확실했다. 화단 모퉁이에 엉덩이를 걸치고 담배를 물었다. 어머니는 가을이면 화단 가득 맨드라미를 심었다. 어릴 적에는 닭 볏처럼 축 늘어진 맨드라미가 왜 그리 싫었는지 모른다. 영석이만 끼고 도는 어머니가 미울 때면 가위를 가지고 나와 화단에 핀 맨드라미를 하나둘 잘라버렸다. 그래도 어머니는 아무 말도 하지 않고 차가운 눈으로 나를 쳐다만 봤다. 길 잃은 고양이 새끼는 데려다 키우면서도 나에게는 따뜻한 눈길 한 번 주지 않았다. 이제 모든 것을 정리할 때가 됐다. 내년 봄에는 반드시 공사를 시작해서 내 불행한 과거를 이 낡은 집과 함께 묻어버릴 것이다.

28. 진실

"나는 이런 커피는 좋아하지 않는다고 말한 것 같은데요?"

곽 형사가 웃으며 내가 건네준 테이크아웃 컵을 받았다.

"저도 다방 커피가 좋은데 배달시킬까요?"

"좋죠. 간만에 레지 엉덩이 좀 두들겨보고. 앉으시죠."

곽 형사가 옆자리에서 빈 의자를 끌고 와 나에게 권했다.

"여기 앉아도 괜찮겠어요? 한 성질 하시는 분이라며."

"실은 그 성질에 못 이기고 사고를 쳐서 병원에 입원했어요. 덕분에 파트너도 없이 혼자 뻥이 치고 있죠."

"어쩐지 홀로 고전분투하신다 생각했는데, 파트너 없이 수사하려면 힘들지 않아요?"

"다음 주에 퇴원한다니까 그때까진 참아봐야죠. 잠깐만요. 먼저 내용이 맞나 확인부터 하시고 사인 좀 해주세요."

곽 형사가 책상 서랍을 열고 서류를 꺼내 나에게 내밀었다. 대충 내용을 훑어보고 사인을 한 다음 서류를 돌려줬다.

"물건은 창고에서 가져와야 하니까, 잠깐 기다려주세요."

곽 형사가 나를 혼자 남겨놓고 사무실 밖으로 나갔다. 곽 형사가 돌아올 동안 의자에 등을 붙이고 자세를 편안히 했다. 벽에 걸린 타원형 벽시계를 보니 열한시 이십분을 막 지나고 있었다. 영감하고는 오후 세시에 만나기로 했으니 시간은 충분했다.

"여기 있습니다."

곽 형사가 푸른색 종이 상자를 내밀었다. 코팅된 상자 안에는 형의 유품이 들어 있었다. 공무원증과 시계, 열쇠뭉치는 형이 지니고 있던 거고 나머지는 내가 곽 형사에게 건네준 잡동사니였다.

"중요한 일이 있는 것처럼 말하더니 겨우 이걸 주려고 아침부터 전화를 한 겁니까?"

일부러 목소리에 짜증을 실었다. 이런 잡동사니를 안겨주려고 아침부터 호들갑을 떨며 전화를 했다. 다시는 쓸데없는 일로 사람을 부르는 일이 없도록 불만을 확실히 표출해둘 필요가 있었다.

"형님 유품인데 겨우라뇨? 몇 가지 물어보고 싶은 것도 있고 해서요. 여긴 시끄러우니까 안으로 들어가서 얘기합시다."

곽 형사가 서류철을 집더니 안쪽 회의실을 가리켰다. 형의 부검 결과를 확인하러 왔을 때 들어갔던 방이었다. 내키지 않았지만 이미 곽 형사가 그쪽을 향해 가고 있어 어쩔 수 없이 뒤를 따랐다.

"그 새끼들은 검찰에 넘겼습니까?"

일부러 철제 접의자를 거칠게 잡아당겨 앉았다. 그 바람에 바닥과 마찰을 일으킨 의자에서 기분 나쁜 소리가 났다. 인상을 찌푸리는 곽 형사를 보자 기분이 조금 나아졌다.

"아직이요. 좀 더 조사가 필요할 것 같아서요. 죽어도 자기들이 한 짓이 아니라고 부인하고 있거든요."

"그럼 자기들이 했다고 하겠어요? 증거가 있잖아요. 지갑하고 핸드폰을 찾았다면서요."

"네, 걔들이 진술한 장소에서 찾아냈죠."

"그럼, 더 이상 시간 낭비할 필요 없는 거 아닙니까?."

"근데 그 버렸다는 장소가 말이죠. 사고가 난 지점에서 도로를 따라 쭉 올라가다 보면 가로등이 하나 나오거든요. 거기서 조금 더 올라가면 공원 담장 밑을 관통하는 지저분한 도랑이 보이는데, 거기서 찾았죠. 지갑은 도랑가에 쌓인 진흙더미에 반쯤 묻혀 있었고, 핸드폰은 박살이 난 채 그 주변에 널려 있었죠. 숨기려고 한 게 아니라 적당한 장소가 보이니까 그냥 던져버린 거죠. 살인을 하고 시체를 도로에 던져 사고로 위장하려던 놈들이 증거가 되는 지갑과 핸드폰을 그렇게 허술한 방법으로 처리했다는 게 아무래도 이상하지 않아요?"

곽 형사는 볼펜으로 서류철을 톡톡 치며 말했다. 그래서 곽 형사가 하는 말에 집중할 수 없었다.

"그 새끼들 보셨잖아요. 완전 꼴통이고, 아무 생각이 없는 놈들이에요. 그럴 정도의 아이큐도 없는 놈들이라고요."

곽 형사는 내가 당연히 자신의 이야기에 귀를 기울여야 한다는 표정으로 말하고 있었지만 나는 내가 왜 이런 이야기를 듣고 있어야 하는지 알 수 없었다. 그만 돌아가고 싶은 생각뿐이었다. 그래서 곽 형사가 알아채도록 몸을 조금 일으켰다.

"나머지 다섯 놈도 잡아서 각각 취조했는데, 공원에서 술을 먹고 북문으로 나가는데 웬 아저씨가 쓰려져 있었다, 그 앞에 핸드폰이 떨어져 있어 가까이 가보니 주머니 사이로 지갑이 삐져나온 게 보였다, 열어봤더니 현금이 꽤 많이 들어 있어 욕심이 나서 지갑하고 핸드폰을 훔쳤다, 모두 이런 진술을 일관되게 하고 있거든요."

곽 형사는 나의 행동에 전혀 개의치 않고 이야기를 계속해나갔다. 나는 일어서기도 다시 앉기도 어색해서 엉거주춤한 자세로 서 있었다.

"지금부터가 진짜 재미있는 이야깁니다."

곽 형사가 앉으라고 손짓을 했다. 하는 수 없이 다시 의자에 엉덩이를 붙였다.

"그러니까, 형사님은 그 자식들 말을 믿는다는 겁니까?"

"믿는다기보다는 일단 애들 말이 맞는다고 치고 범인이 따로 있다고 가정해보자는 거죠. 우선 그자를 X라고 해둡시다."

갑자기 곽 형사가 의자에서 일어나 내 앞을 시계추처럼 왔다 갔다 하기 시작했다. 수사물에서 자아도취에 빠진 형사가 흔히 하는 동작이었다. 그가 왜 이런 흉내까지 내는지 알 수 없었지만 기분이 좋지 않았다.

"X는 그날 밤 양 보좌관과 야쿠자가 실신한 피해자를 차에서 끄집어내는 걸 어디선가 숨어서 지켜보고 있습니다. 양 보좌관이 차를 몰고 사라지자 X는 피해자에게 다가갑니다. 그리고 피해자를 살해하기 위해 공원 안으로 끌고 갑니다. 그런데 공원 안쪽에서 아이들이 떠들며 걸어오는 소리가 들립니다. 순간 X는 아이들에게 누명을 씌우기로 계획을 세웁니다. 정신이 돌아오는 피해자를 도로 블록에 머리를 찧어 다시 정신을 잃게 한 다음 지갑을 꺼내 자신이 가지고 있던 현금을 넣고 밖에서 잘 보이도록 반쯤 빼둡니다. 그리고 미끼로 쓰기 위해 핸드폰을 앞에 던져두죠. 그러고는 적당한 곳에 숨어서 아이들을 지켜보는 겁니다. 아이들은 X의 미끼에 걸려들어 핸드폰과 지갑에 손을 댑니다. X가 미소를 지었겠죠. 아이들이 지갑과 핸드폰을 갖고 사라지자 X는 다시 피해자를 공원 안으로 끌고 가서 휴지통 모서리에 대고 한 방에 끝내게 됩니다. 이건 부검 결과를 토대로 말하는 겁니다."

"재밌군요."

돌아가고 싶다는 생각이 없어졌다. 그 정도로 곽 형사의 추리는 흥미진진했다. 그의 입에서 무슨 말이 나올지 궁금했기에 내 시선도 시계추처럼 그를 따라 움직였다.

"X는 생각합니다. 아이들이 핸드폰을 갖고 갔기 때문에 금세 검거될 거다. 하지만 아이들도 핸드폰이 추적된다는 사실을 알기 때문에 곧 버릴 수도 있다. 그래서 한 가지 덫을 더 놓기로 하고 공원을 가로질러 갑니다. X는 공원 건너편에 있는 편의점에서 캔맥주를 일곱 개 삽니다. 그러고는 맥주를 다 쏟아버리고 농구장에 빈 캔을 여기저기 던져 놓습니다. 이것도 신빙성이 있는 말입니다. 편의점 카운터 계산기를 조사해봤더니 새벽 세시 십삼분에 캔맥주가 일곱 개 팔린 게 확인됐죠. 종업원이 검정 야상을 입은 남자가 사 갔다는 걸 기억하고 있었어요."

"왜 그런 짓을 한 거죠?"

조용히 물으며 컵을 입으로 가져갔다. 가득 찼을 때는 죽음을 앞둔 노인의 검버섯처럼 검었던 커피가 반으로 줄어들자 짙은 갈색으로 변했다. 커피를 사 오길 잘했다는 생각이 든 건 '공포를 이기는 가장 좋은 방법은 커피를 진하게 타서 한 잔 마시는 거야'라는 누군가의 말이 생각났기 때문이다.

"나를 낚기 위해 한 짓이죠. 처음 공원을 둘러봤을 때 농구장에 흩어진 맥주 캔을 보며 이곳에 아이들이 몰려다니는 걸 알았죠. 맥주를 먹는 노숙자는 거의 없으니까요. 하지만 양 보좌관에게 수사를 집중하느라 아이들에 대한 조사는 뒤로 밀렸어요. 혼자 뛰다 보니 어쩔 수 없었죠. 양 보좌관을 용의선상에서 제외시키고 나서야 애들에 대한 수사를 시작했죠. 며칠 잠복했더니 노랑머리 패거리가 보이더라고요. 하지만 이미 시간이 많이 지나서 물증이 없었죠. 심증만 가지고는 체포할 수가 없어 블랙박스를 뒤진 거죠. 그리고 아시는 대로 노랑머리가 찍힌 블랙박스를 찾았고요."

"그렇게 해서 사건이 해결된 거 아닙니까?"

"아니죠. X의 덫에 내가 걸린 거죠. 수거한 맥주 캔을 조사해보니까 지문이 하나도 없어요. DNA도 하나 건질 수 없고요. 그건 맥주를 마신 게 아니라 그냥 쏟아부었다는 거죠. X가 아이들의 존재를 나에게 알려주려고 베푼 친절이죠."

"형사님이 사건 파일에 노란 형광펜을 칠해놓은 것처럼 말이죠."

웃으며 가볍게 농담을 던졌지만 곽 형사는 아무런 반응을 보이지 않았다.

"만일 형사님의 추리가 맞는다면 X란 자가 누굴까요?"

머쓱해진 나는 질문을 던지는 것으로 분위기를 돌려보려 했다.

"글쎄요. 이것만은 확실해요. X는 공원 지리를 훤히 알고 있고, 당신 형님을 죽일 만큼 원한을 가지고 있거나 당신 형님의 죽음으로 이익을 볼 수 있는 자라는 거죠."

그의 거침없는 대답을 봐서는 오랜 시간 준비했다는 걸 알 수 있었다. 목이 말랐다. 컵을 약간 기울이자 누런 피부색으로 변한 커피가 한 모금 정도 모였다. 갈증을 해소하기에는 모자랐다. 입술만 축이고 컵을 내려놓았다.

"물 좀 한잔 마실 수 있을까요?"

곽 형사에게 물을 청했다. 그는 고개를 끄덕이고 밖으로 나갔다. 맞은편에 놓여 있는 곽 형사의 종이컵을 봤다. 곽 형사는 내가 사 온 커피를 한 모금도 마시지 않았다. 곽 형사의 컵을 들어 내 컵에 커피를 반쯤 따르고서 제자리에 되돌려놓았다. 그 과정에서 책상에 커피를 조금 흘리고 말았다. 이대로 마르면 책상에 또 하나의 얼룩이 생겨 나처럼 오해하는 사람이 나올지도 모른다는 생각이 들었다. 주위를 둘러보았지만 휴지가 보이지 않았다. 옷소매로 문질러보았지만 오히려 얼룩만 더 넓게 번지고 말았다.

"사무실에 컵이 없네. 혼자 마실 거니까, 입 대고 마셔도 괜찮을 거야."

곽 형사가 2리터짜리 생수병을 통째로 책상 위에 올려놓았다. 나는 의자에 앉는 그를 쳐다보았다. 넓은 사무실에 컵 하나가 없다는 건 말이 안 됐다.

"어디까지 얘기했더라. 아, 그래 X를 찾고 있었지. 그래서 당신 형님 주변 인물을 다시 조사해봤지. 특히 공원 지리를 잘 알고 있는 사람을 중심으로 말이야."

곽 형사가 말을 놓고 있었다. 나도 그에게 말을 놓은 적이 있었다. 그때는 내가 의도한 바가 있어서였다. 하지만 지금은 그가 무슨 의도로 나에게 말을 놓고 있는지 알 수 없었다. 나도 말을 놓아야 하는지는 생각해볼 문제였다.

"새엄마한테도 다녀가셨다면서요."

그가 하는 이야기를 좀 더 들어봐야 그의 의도를 정확히 알 수 있을 것 같았다. 그래서 그의 말에 맞장구를 쳐주었다. 하지만 말을 놓는 것은 그만두기로 했다. 그는 형사였고 나를 의심하고 있었다. 쓸데없는 자존심 싸움으로 상황을 어렵게 몰고 갈 필요가 없었다. 오늘은 중요한 약속이 있었기 때문에 적어도 세시가 되기 전에 여기서 나가야만 했다.

"그랬지. 당신에 대해 많은 얘기를 해주던데. 당신과 피해자가 배다른 형제라는 건 진작 알았지. 쌍둥이가 아니고서야 나이가 같을 수 없잖아. 생일이 좀 빠르다고 꼬박꼬박 형이라고 하는 건 좀 우습지 않아? 당신 같은 마초가."

곽 형사가 눈을 조금 치켜뜨고 나를 쳐다보았다.

"마초라고요? 내가 보기엔 형사님이 더 마초 같은데요. 어머니가 나를 만나자마자 제일 먼저 한 일이 뭔지 압니까? 바로 서열을 매기는 거였죠. 영석이가 나보다 석 달이 빠르다고 형이라고 부르게 했죠. 그때부터 영석이가 형이 되고 난 동생이 된 거죠. 그렇다고 지금까지 동생 역할을 한 것에 대해 불만은 없습니다."

어머니가 옆에 있는 한 영석이는 늘 나의 형이었다. 어릴 적에는 일부러 영석이를 쫓아다니며 형이란 호칭을 입에 달고 살았다. 그럼으로써 우리가 완전한 형제가 될 줄 알았다. 하지만 필요할 때마다 어머니는 원심분리기처럼 우리 피를 정확히 구분해주었다. 이 세상에 피가 물보다 진하다는 말의 의미를 나만큼 잘 이해하는 사람은 없을 것이다.

"지구대에 근무할 때 가장 많이 들어오는 신고 중 하나가 가정 폭력이었지. 신고를 받고 가보면 가해자는 주로 두 가지 타입이야. 하나는 아주 단순무식해서 무지막지하게 두들겨 패는 족속이야. 이유도 없어. 그냥 술 처먹고 와서는 부모든 마누라든 자식새끼든 마구 두들겨 패거든. 그런 놈들은 여기저기 증거가 널려 있으니 잡아넣기가 아주 쉽지. 한번은 사람이 죽어가는 소리가 난다고 신고가 와서 가봤더니 여자를 아주 엉망으로 만들어놨더군. 원래 얼굴이 어떤지 상상도 안 될 정도였지. 그런데 내가 들어서자 여자는 찢어진 입술을 가리고는 누가 신고했느냐고, 괜찮으니까 그냥 가라는 거야. 내가 정말 가도 되느냐고 하니까, 울먹이면서 그냥 가든지 그 새끼를 잡아갈 거면 평생 감옥에서 나오지 않도록 해달래. 그렇지 않으면 자기가 맞아 죽을 거라며."

"그래서 그놈을 잡아서 평생 감옥에 처넣었나요?"

"아니, 보름 살고 나와서 망치로 그 여자의 아래턱을 날려버렸지. 그제야 비로소 판사가 제대로 구형을 때리더군."

"무식한 사이코와 지적인 사이코가 앙상블을 이룬 결과가 여자의 아래턱을 날려버린 거네요."

"그래, 항상 머리 좋은 사이코가 문제야. 그놈들은 폭력을 행사해도 아주 지능적이고 교활하게 하거든. 심리적인 공포를 줘서 사람을 바싹 말려버리는 거지. 당신 새엄마의 말에 의하면 당신 아버지는 집 안을 때려 부수고 폭력을 행사해도 당신만큼 무섭지는 않았다고 하던데. 당신 아버지가 행방불명이 되고 나니까 그때부터는 당신이 교활하고 집요하게 새엄마를 괴롭혔다며? 애지중지하던 것들을 하나씩 없애버리면서 말이야."

날 무식하지 않다고 한 것에 대해 감사하다는 말이 나올 뻔했다. 농담을 할 만한 상황이 아닌데도 그런 생각이 드는 걸 보면 닥터 강에게 배운 마인드 컨트롤이 나름 효과를 발휘하고 있었다. 여유를 갖는다는 건 나쁘지 않았다.

"내가 무얼 없앴다는 거죠?"

"화단의 꽃이 피기만을 기다렸다가 가위로 모조리 잘라버린다든지, 애지중지 키우던 고양이를 삽으로 때려죽인다든지."

나는 고개를 끄덕였다. 그건 어머니를 괴롭히기 위한 행동이기보다는 나를 무시하고 멸시한 것에 대한 복수였다. 그런 복수는 내 삶에 활력을 불어넣어주었다.

"당신 형을 죽인 것도 그런 차원이었나?"

"아하!"

나도 모르게 나지막이 탄식을 내뱉고 말았다. 드디어 그가 본색을 드러냈다. 그는 우회하지 않고 과감하게 자신이 생각하고 있는 바를 그대로 내뱉었다. 그의 일격에 내 심장은 순간 뜨끔했고 섬뜩했다. 다행히 그곳은 내 삶의 원동력이 작용하는 곳이었다. 나는 닥터 강에게 배운 대로 복식 호흡을 하며 심장 박동 수가 늘지 않도록 조심했다.

"새엄마가 그런 말을 했습니까? 내가 형을 죽였다고."

갈증이 다시 심해졌다. 물을 마시고 싶었지만 커다란 생수병을 통째로 들이켜는 모습을 상상하자 생수병에 손이 가지 않았다. 사람을 추하게 만들려고 의도적으로 컵을 갖다 주지 않았을 거란 생각이 들었다. 생수 대신 곽 형사의 컵에서 덜어 온 커피를 한 모금 마셨다.

"그런 말을 직접 꺼내지는 않았지만 당신을 의심하고 있었어. 당신의 과거를 얘기하면서 몸서리를 치던데."

그 여우가 무슨 이야기를 했는지 모르지만 나도 나 자신을 방어하기 위해서는 무슨 이야기든 해야 할 필요가 있었다.

"나도 마찬가지입니다. 죽은 우리 엄마를 생각하면 아직도 몸서리가 쳐집니다."

나는 닥터 강을 생각하며 조용히 말을 꺼냈다. 그녀에게 해주었던 이야기를 곽 형사에게 들려줄 필요가 있었다. 내 이야기를 듣고 닥터 강은 나를 이해하는 데 많은 도움이 되었다고 했다. 닥터 강을 위해 준비한 이야기지만 곽 형사에게도 먹혀들 게 틀림없었다. 나는 작지만 자신 있는 목소리로 내 이야기를 시작했다.

부천에 개발 바람이 불면서 아버지는 술을 마시고 들어오는 날이 많아졌다. 아버지가 들어올 시간이 되면 엄마는 겁에 질려 몸이 고목나무처럼 휘어졌다. 고개조차 들지 못하고 문만 힐끔거렸다. 하지만 아버지가 없는 동안에 우리 둘은 행복한 시간을 가졌다. 아버지가 그랬는지 아니면 원래부터 있었는지 모르지만 엄마는 왼쪽 뺨 아래에 새끼손가락만 한 흉터가 길게 나 있어 밖에 잘 나가지 않았다. 주로 집에서 아버지가 가져온 곱창을 밀가루로 씻거나 꾸깃꾸깃 주름진 위장을 플라스틱 솔로 박박 문질러 닦는 일을 했다. 시간이 나면 말을 더듬는 나를 위해 동화책을 소리 내어 읽어주기도 했다. 아버지가 있을 때는 웃는 일이 없지만 우리끼리 있을 때는 삐뚤어진 앞니가 다 보일 정도로 크게 웃기도 했다. '나 때문이야. 내가 이렇게 생기지만 않았어도 니 아빠 그러지 않았을 거야.' 엄마는 아버지의 폭력을 자신의 탓으로 돌렸다. 하지만 아버지의 폭력은 엄마 때문이 아니었다. 그건 그냥 병이었다. 알코올에 중독되듯 아버지는 폭력에 중독된 것이었다. 엄마가 맞을 때면 나는 구석으로 기어들어가 아버지가 지칠 때까지 기다렸다. 아버지가 머리를 감싸고 있는 엄마의 배를 걷어찰 때도, 머리채를 잡고 마루 기둥에 짓이길 때도 그냥 바라볼 수밖에 없었다. 나에게는 일상적인 하루의 모습이었기 때문에 당연하게 생각했다. 하지만 그날은 달랐다. 술에 취해 들어온 아버지는 여느 때처럼 엄마의 머리채를 붙잡아 벽에 찧다가 갑자기 목을 조르기 시작했다. '너 같은 년은 진작 죽어야 했어.' 아버지는 고래고래 소리를 지르며 엄마의 목을 움켜쥐고 마구 흔들어댔다. 아버지의 손에 매달려 바둥대던 엄마가 갑자기 손을 바닥에 뚝 떨어뜨렸다. 그러자 아버지는 엄마의 몸에서 떨어져서 밖으로 나갔다. 그러고는 물이 가득 든 대접을 가지고 와서 엄마에게 먹였다. 엄마는 억지로 물을 들이켜느라 숨을 캑캑거렸지만 아버지는 대접을 놓지 않았다. 엄마의 몸이 부들거리며 떨리기 시작하자 아버지는 대접을 바닥에 던져버리고 밖으로 나가버렸다. 엄마의 커다란 몸은 쉬지 않고 낡은 마룻바닥을 두들겨댔다. 팔다리가 뒤틀리면서 입에서 하얀 거품이 마구 흘러나왔다. 몸을 동그랗게 말고 구석에 앉아 있던 나는 독구가 농약을 먹고 죽어가던 모습을 떠올렸다. 엄마가 곧 독구처럼 죽을 거란 생각이 들자 너무 겁이 나서 눈을 감을 수밖에 없었다. 다음 날 아버지는 엄마가 약을 먹었다고 사람들에게 떠들어댔다. 나는 모든 걸 다 보았지만 아버지가 무서워 아무 말도 할 수 없었다. 마을 사람들이 몰려오고 모자를 쓴 순경이 찾아와서 물어보았지만 나는 입을 굳게 다물고 고개만 흔들었다.

"그리고 얼마 후 우리는 이사를 했고 아버지가 새엄마를 데려왔습니다. 그때는 아무것도 몰랐지만 나이를 먹어가면서 아버지가 왜 엄마에게 약을 먹였는지도 알게 되었죠. 새엄마하고 나는 애초부터 좋은 사이가 될 수 없었습니다."

팔목에 난 상처를 계속 쓰다듬으며 말했다. 나를 쳐다보는 곽 형사의 눈동자가 조금씩 흔들렸다. 그가 내 말에 동요하고 있다는 걸 알 수 있었다. 그의 마음을 조금 더 내 쪽으로 끌어오려면 이야기를 계속할 필요가 있었다.

"아버지가 새엄마를 만난 건 신도시 개발 때문입니다. 중동과 상동에 신도시가 들어서면서 돈이 부천 바닥으로 쏟아져 들어왔죠. 넘말에 있던 우리 자갈밭도 수용되면서 보상을 받게 되었죠. 아버지는 그 돈으로 냉동 창고를 세 개나 샀습니다. 오랫동안 고기 배달을 하던 아버지는 그게 돈이 된다는 걸 아신 거죠. 세만 받아도 먹고살게 되자 아버지는 그날부터 술과 여자에 빠져 살았죠. 새엄마는 그때 만났습니다. 찻집이라고 아시죠? 왜 룸살롱에서 쫓겨난 퇴물들이 변두리에서 술도 팔고, 몸도 팔고 했던 지저분한 곳 말입니다. 새엄마가 거기 출신입니다. 찻집에서 새엄마를 알게 된 아버지는 새엄마를 들어앉히려고 엄마에게 약을 먹인 거죠. 새엄마의 목적은 오로지 돈이었죠. 아버지가 죽으면 재산을 차지할 수 있을 거란 생각에 매일 맞으면서도 술상을 차려줬죠. 그런데 술에 절어 금방 죽을 줄 알았던 아버지가 죽지는 않고 재산만 축내자 새엄마가 속이 탔을 겁니다. 처음 냉동 창고를 팔 때는 살림을 다 때려 부수며 난리가 아니었어요. 그런데 두 번째 냉동 창고를 팔 때는 조용했습니다. 그리고 며칠 뒤 아버지가 사라졌죠. 저는 이상하다고 생각해서 경찰서에 신고하자고 했지만 새엄마는 못 들은 척했어요. 저는 지금도 새엄마가 의심스러워요. 우린 시작부터 원수로 만났으니 나에 대해 좋게 말할 리가 없죠."

곽 형사는 가만히 내 이야기에 귀를 기울이고 있었다. 그동안 내가 겪은 바로는 그는 합리적인 사람이었다. 한쪽의 말만 듣고 행동하는 무모한 사람이 아니었다.

"냉동 창고 판 돈은 왜 갖고 도망갔나?"

"새엄마가 그런 얘기도 했습니까? 그건 사실과 다릅니다. 그때가 영석이하고 제가 대학에 들어가던 해였습니다. 저도 지방이긴 하지만 대학에 합격했어요. 그런데 새엄마는 영석이에게 신경을 쓰느라 내가 대학에 붙은 사실도 몰랐죠. 그래서 제 몫을 조금 가져간 것뿐입니다. 아버지가 사라지고 나자 새엄마는 집과 남은 냉동 창고를 자신의 앞으로 했습니다. 내가 집을 나갈 때 가져간 것은 영석이 등록금 하려고 장롱에 넣어둔 돈이 전부였죠. 그런데 새엄마는 내가 냉동 창고 판 돈을 몽땅 가지고 도망갔다고 소문을 내고는 그 돈으로 땅을 사놓은 겁니다."

마지막 남은 커피를 마시고 생수병을 늘어 빈 컵에 물을 따랐다. 그리고 보란 듯이 컵에 담긴 물을 마셨다.

"그래서 형을 죽였나? 그 땅을 차지하려고."

"무슨 소립니까? 그린벨트에 묶여 팔지도 못하는 땅을 가지려고 아무렴 내가 형을 죽였겠어요. 말도 안 되는 소립니다."

"경인운하가 생기고 나서 그쪽으로 개발이 한창이던데. 부동산 업자들 말로는 그린벨트가 해제되는 것은 시간문제라고 하던데."

곽 형사가 서류철을 들추더니 등기부등본이 있는 부분을 펼쳐서 내가 잘 보이도록 내밀었다.

"이 정도 땅이면 그린벨트만 풀리면 떼부자가 될 거라고 하던데. 기자니까 그런 정보는 더 잘 알 거 아냐?"

"기자라고 해서 부동산에 밝은 건 아닙니다. 어머니에게 땅이 있다는 건 알았지만 얼마나 있는지는 저도 지금 처음 봅니다."

"자네, 그거 알아?"

내가 서류철을 곽 형사에게 돌려주려고 내밀었지만 그는 받지 않고 가만히 나를 쳐다보았다.

"인간이 저지른 가장 추악한 범죄의 동기를 조사해보면 대부분이 돈에서부터 시작한다는 거."

그러고는 서류철을 받아 다른 곳을 뒤지기 시작했다. 마치 잘 차려진 밥상에서 무엇을 먼저 먹을지 고민하는 것 같았다. 그가 어디까지 알고 있는지 가늠할 수 없어 난 그저 그의 입만 바라보고 있을 수밖에 없었다. 이런 개 같은 경우가 나한테 닥쳤다는 게 믿어지지 않아 헛웃음이 나왔다.

"왜 웃지?"

"만찬이 화려한 것 같아서요. 레시피에 뭐가 더 있습니까?"

"걱정하지 마. 메인은 아직 나오지도 않았으니까. 아버지가 사라지고 나서는 경력이 화려하네. 매일 싸움질이고 정학도 여러 번 맞고."

"철없던 시절 얘깁니다."

"정신과 치료도 철이 없어 받았나?"

"치료가 아니고 상담입니다. 본드를 불다 걸렸는데, 상담을 받는 조건으로 퇴학은 면해준다기에 어쩔 수 없이 받아야 했습니다."

"강 박사라고 알지? 그때 자네를 치료했던 의사인데."

"아하, 닥터 강. 그 의사 선생님 말하는 겁니까?"

곽 형사 입에서 닥터 강이 나오자 나도 모르게 미소가 지어졌다.

"강 박사를 만나 자네에 대해 물어봤더니, 대뜸 무슨 짓을 저질렀느냐고 묻더라고. 그냥 참고인으로 몇 가지 알아볼 게 있다고 했지. 뭐 하며 사느냐고 묻기에 우리나라 최고의 신문사 기자라고 했더니 어이없어하더군. 자네 같은 사이코가 출세하는 이 사회가 구조적으로 문제가 있다며 한탄을 하던데. 내가 보기엔 자네를 무척 증오하고 있는 것 같던데. 왜 그렇게 자네를 싫어하지?"

그녀가 나를 증오한다 해도 어쩔 수 없었다. 우리는 소울메이트였지만 계속 함께할 수 없었다. 언젠가는 헤어져야만 했다. 많은 고민 끝에 그녀가 떠나기 전에 내가 먼저 그녀를 떠나기로 했다. 다만, 내 방식으로 그녀를 간직하고 싶었다. 병원 앞에서 기다리다가 퇴근하던 닥터 강에게 자연스럽게 접근했다. 외상 후 스트레스 장애에 대한 논문을 쓰고 있던 그녀는 나와의 대화를 즐겼다. 나는 맥주를 마시며 내가 경험한 엄마의 죽음에 대해 말해줬다. 그녀는 눈물을 흘리며 조용히 고개를 끄덕였다. 그녀가 화장실에 간 사이 나는 그녀의 맥주잔에 루바킹을 풀어 넣었다. 닥터 강은 정신을 잃었고 나는 그녀를 업고 모텔로 데려갔다. 시간이 많았기에 서두르지 않았다. 천천히 닥터 강의 흰색 블라우스를 벗기고 하얀 팔목을 한참 쓰다듬었다. 담배에 불을 붙여 하얀 살갗에 댔을 때 그녀의 입에서 신음 소리가 새어 나왔다. 담뱃불로 지진 자국은 절대 없어지지 않는다는 사실을 그녀는 알지 못할 것이다. 준비해 온 붕대로 상처를 감아주고 나머지 옷을 벗겼다. 루바킹의 효과는 의심할 여지가 없었다. 그녀는 밤새도록 혼수상태에서 헤어나지 못했다. 새벽이 되어서야 겨우 눈을 떴다. 한동안 자신이 어떤 처지에 놓여 있는지 알지 못했다. 멍한 눈으로 천장을 바라보다 통증을 느꼈는지 붕대가 감긴 손은 들어 올렸다. 그리고 옆에 서 있는 나를 향해 고개를 돌렸다. 나는 웃으며 내 팔목의 상처를 핥아 보였다. 그제야 자신이 처한 상황을 이해했는지 손으로 입을 막았다. 예상했던 대로 천박하게 소리를 지르거나 날뛰지 않았다. 그저 입을 꼭 다물고 조용히 옷을 입고 밖으로 나갔다. 그 일로 나를 원망하지도 책임을 묻지도 않았다. 다만, 방문을 나서기 전 나를 한 번 노려보았을 뿐이다. 그녀가 곽 형사에게 무슨 말을 했을지는 들어보지 않아도 알 것 같았다. 지금에 와서 닥터 강에 대해 할 말은 없었다. 핸드폰을 꺼내 시간을 확인했다. 슬슬 가야 할 시간이었다. 언제까지 여기에 앉아 있을 수만은 없었다.

"도반은 당신이 가지고 있나?"

"무슨 말씀이신지?"

"아영이라는 후배하고 통화했네. 당신 형이 칼을 넘기면서 도반이라는 걸 빼고 넘겼다며? 그래서 양 보좌관이 그걸 찾으러 샤갈에 간 거고."

"아, 예. 들으신 대로입니다. 그래서 내려온 김에 집에 가서 형 방을 한번 찾아볼까 합니다. 이제 가봐야 할 것 같습니다."

의자에서 일어섰다. 곽 형사가 의도하는 바는 충분히 알았지만 내가 거기에 맞춰 춤을 출 수는 없는 노릇이었다.

"잠깐만 기다려봐. 지난 1년 동안의 통화기록을 조사해보니 자네하고는 거의 통화를 하지 않았는데, 최근에 와서 통화한 내역이 자주 보인단 말이야. 무슨 일로 둘이 갑자기 친해진 거지?"

"승진 문제로 전화가 와서 몇 번 통화한 게 전붑니다. 옛날부터 친하지 않았고 지금도 형하고 친하다고 생각한 적은 없습니다. 더 이상 물어볼 게 없으면 이만 가보겠습니다."

"한 가지 더 물어보자고. 당신 형이 살해되던 그날 말이야. 저녁에 무얼 했지?"

"글쎄요. 잘 모르겠는데요. 일기를 꼼꼼히 쓰는 편도 아니고, 한 달 전 일을 기억할 만큼 기억력이 좋은 편도 아니라서."

의자에 앉지 않고 책상에 몸을 살짝 기댔다. 지금 출발한다 해도 세 시 안에 국회에 도착하기는 힘들 것 같았다. 요즘은 한낮에도 길이 막히는 경우가 많았다.

"국회 차량 출입내역을 보니까 자네가 흥미를 가질 사실이 하나 있더군. 그날 양 보좌관 차가 국회를 세 번 드나들었어. 출근 시간대에 한 번, 오후 세시쯤 한 번, 그리고 저녁 열한시쯤 한 번. 양 보좌관한테 물어보니까 오후에는 하야시를 데리러 공항에 갔다 온 거고, 저녁에는 하야시를 데리고 부천에 내려갔다는 거야. 최대식이 당신 형하고 술 마시고 있다고 과장한테 보고하고, 과장이 양 보좌관한테 알려준 모양이야. 그런데 이것 좀 보라고."

곽 형사가 서류철에서 A4용지를 빼내 나에게 내밀었다. 마지못해 받았지만 눈길을 주지 않았다. 그러자 곽 형사는 프린트물을 향해 손가락을 뻗더니 노란색 형광펜으로 칠해진 부분을 툭툭 쳤다.

"거기 보면 말이야. 양 보좌관이 마지막에 나간 시간이 열한시 사십이분이야. 그런데 바로 뒤따라 나간 차량 번호를 조사해보니까, 그게 자네 차더군. 이걸 어떻게 설명할 건가?"

그는 확실한 물증도 없이 내가 범인이라고 결론을 내렸다. 그리고 모든 사실을 결론에 끼워 맞추려고 애를 썼다. 그런 그가 안쓰럽다는 생각마저 들었다.

"그런 걸 기막힌 우연이라고 하는 거 아닐까요? 저는 매일 늦게 퇴근하니까, 우연히 겹쳤나 보죠."

이제 그만 나가고 싶었지만 이건 어떤 식으로든 정리해야 했다. 그렇지 않으면 곽 형사는 계속 나를 의심하고 괴롭힐 것이다. 의자에 다시 주저앉으며 곽 형사가 건네준 프린트 출력물을 돌려주었다.

"형사님이 오해하고 계신 것 같아서 말씀드리는데, 저는 말입니다. 형의 유품을 가지러 갔다가 형이 세관에서 감사를 받고 있다는 말을 들었습니다. 형은 죽었지만 도둑이라는 불명예는 막아주고 싶었습니다. 그래서 조사에 들어갔고, 우연히 가토의 검에 대한 정보를 손에 넣었을 뿐입니다. 제가 보기에 이 사건은요, 그 애들이 돈이 탐이 나서 형을 픽치기 하고 발뺌을 하고 있는 게 분명합니다. 전력도 있고, 증거도 많고, 기소하는 데 전혀 문제가 없는 사건을 너무 어렵게 몰고 가시는 거 아닙니까?"

그러나 그의 눈동자는 미동도 하지 않은 채 나를 노려보고 있었다. 나에 대한 의심이 조금도 풀리지 않았다는 걸 알 수 있었다.

"참 딱하십니다. 그럼 내가 양 보좌관을 미행하다가 양 보좌관의 차에서 형이 기절해 내리는 걸 보고 쫓아가서 죽이고 아이들에게 혐의를 뒤집어씌웠다는 이야기입니까? 내가 어떻게 양 보좌관이 형과 만날 줄 알고 미행을 했겠습니까? 또 알았다손 치더라도 형이 양 보좌관 차에서 기절해서 내릴 줄을 어떻게 알았겠습니까?"

나는 곽 형사가 생각하고 있는 가설에서 숭숭 뚫린 허점만을 찾아서 두들겨보았다. 가설이란 확실한 물증이 없으면 소설이 되고 만다. 유능한 형사라면 그 정도는 충분히 알고 있을 것이다.

"나를 범인으로 생각하신다니 저도 제 의견을 말해보죠. 저는 아직 양 보좌관과 야쿠자 새끼가 의심스럽습니다. 그들이 범인이 아니라는 유일한 증거가 알리바이라고 했죠? 알리바이가 확실하다는 건 그만큼 조작의 가능성이 크다는 얘기가 되지 않을까요? 전문가라면 알리바이 조작 정도야 쉽게 할 수 있지 않습니까? 호텔 CCTV로 시간을 확인하셨다고 했는데 그 시간이 정확하다는 걸 어떻게 보장합니까? 시간이 오 분만 늦어도 살인은 가능해요. 전문가까지 있었으니 살해하는 데 오 분도 안 걸릴 겁니다. 또, 부천까지 삼십 분이 걸린다고 했죠? 만약 신호를 무시하면요. 그 시간이면 차량이 거의 없어요. 그들이 신호를 무시하고 달리면 여의도까지 이십 분이면 충분합니다. 살해할 시간을 충분히 확보할 수 있다는 거죠. 저보다는 그들이 더 용의자에 가깝지 않을까요? 전 야심가지 살인자는 아닙니다."

말을 하는 사이 진동으로 해놓은 핸드폰이 두 번이나 울어댔다. 누가 걸었는지는 보지 않아도 뻔했다.

"이제 그만 가봐야 할 것 같습니다."

책상 위에 있던 플라스틱 컵을 집어 들고 자리에서 일어섰다. 곽 형사는 책상 위에 두 팔을 올려놓은 채 움직이지 않았다.

"그래 가야지. 가기 전에 흥미 있는 사실을 하나 더 알고 가는 게 좋을 거야. 자네 경찰서 출입기자 출신이라니까 잘 알 거야. 사건이 수사관의 몸에 스며들기 시작하면 절대로 중간에 끝내지 않는다는 거. 사건을 해결하는 데 평생이 걸리더라도 절대 손을 놓지 않는다는 얘기지. 이 사건이 내 몸으로 스며들고 있어. 이 말이 무슨 말인가 하면 제대로 된 수사는 이제부터 시작이라는 거지."

곽 형사가 앉은 자리에서 나를 올려다보며 말했다.

"그렇게 혼자서 마스터베이션을 하면 위로가 되나 보죠?"

'이 씹쌔야'라는 말이 충동적으로 튀어나올 뻔했다. 다행히 끝말을 잡아 삼킬 수 있었다. 그가 했던 말을 그대로 돌려주고 나니 짜릿한 느낌이 등골을 타고 올라오는 게 기분이 좋았다. 포커페이스를 유지한다고 했지만 쉬운 일이 아니었다. 미소가 더 번지기 전에 먼저 회의실을 빠져나와야만 했다. 곽 형사에게 가볍게 목례를 던지고 밖으로 나왔다. 곽 형사 책상 옆에 있는 쓰레기통에 컵을 던져버리고 형의 유품 박스를 들고 유유히 경찰서 건물에서 빠져나왔다. 유품 박스를 조수석에 던져놓고 담배를 꺼냈다. 서둘러봤자 약속 시간에 맞춰 도착하기는 이미 글렀다. 차에 기대어 곽 형사가 근무하는 2층 사무실을 올려다보았다. 갈색 블라인드 사이로 그가 나를 보고 있을지도 모른다. 그가 유능한 형사라는 데는 이의가 없었다. 형이 나를 보고 짓던 미소가 떠올랐다. 형은 정말 내가 자신을 지켜줄 거라 생각했을까? 양 보좌관 차에서 끌려 나오는 형을 보았다. 그들이 형을 단풍나무 밑에 던져버리고 사라지자 나는 형에게 다가갔다. 단풍나무에 기댄 형을 바라보며 오랫동안 기다려왔던 시간이 되었다는 걸 알았다. 내가 형을 보도블록 위로 끌어내고 있을 때 형은 고개를 약간 틀어 나를 바라봤다. 나와 눈이 마주치자 반가운 듯 미소를 보냈다. 내가 자신을 지켜줄 거라 생각했는지 안심하고 눈을 감았다. 그러나 나는 그럴 생각이 조금도 없었다.

담배꽁초를 짓이겨버리고 차에 올랐다. 휴대폰이 또 울어댔다. 보나마나 양 보좌관이 보낸 메시지일 것이다. 열어보니 영감이 이미 도착해서 나를 기다리고 있다는 내용이었다. 시간을 보니 정확히 세시였다. 휴대폰을 내려놓고 콘솔 박스 밑바닥에 있는 비닐봉지를 꺼냈다. 봉지 안에는 한지로 잘 감싼 도반이 들어 있었다. 곽 형사가 몸수색을 할지 몰라 차에 두고 내렸다. 비닐봉지를 안주머니에 넣고 경찰서를 빠져 나왔다. 지금 시간이면 경인고속도로를 통해 가는 게 훨씬 빠르겠지만 매립지 길로 돌아서 천천히 가기로 했다. 늦더라도 늘어진 버드나무 줄기와 활짝 핀 무궁화를 보며 여유롭게 가고 싶었다. 오늘은 내가 건방지게 굴어도 되는 날이었다.

작가의 말

　일본에서 공부한 적이 있어 지인에게 가토의 검에 대한 조사를 부탁 받았다. 이게 진품이면 나름 의미 있는 보물이 되지 않을까 하는 설렘을 갖고 조사에 착수했다. 아사히신문에서 가토의 검에 대한 기사를 찾고 구마모토대학 역사 교수에게 질의를 하는 등 나름 노력을 했지만 아무 성과 없이 끝났다. 하지만 검의 진품 여부를 떠나 조사 과정에서 우리 역사의 아픔을 다시 한 번 찬찬히 들여다보는 시간이 되었다. 나도 명색이 소설가인데, 이걸 소재로 글을 써봐야겠다고 마음먹고 초고를 쓰기 시작했다.

　소설을 쓰면서 마음에 걸리는 부분이 몇 가지 있었다. 하나가 통도사 금란가사다. 금란가사는 통도사의 삼보로 사찰에 잘 보관되어 있는데 소설에서는 임진왜란 때 도난당한 걸로 묘사했다. 다른 하나는 통도사가 양산에 있다 보니 자연스럽게 그 지역구 국회의원이 등장

할 수밖에 없고 소설의 진행상 좋지 않은 이미지로 그릴 수밖에 없었다. 또 다른 하나는 장편의 특성상 상상만으로 쓰기 어려웠다. 내가 잘 아는 배경이 필요해서 국회라는 공간을 들여왔다. 그곳이 내 직장이라는 게 걸린다. 소설이라는 점을 헤아려주었으면 한다.

장편은 처음이라 시간이 오래 걸렸다. 초고에 썼던 부분이 현재와 맞지 않아 다시 고치는 작업을 여러 번 했다. 그러고도 출판사를 찾지 못해 한동안 묵혀져 있었다. 다행히 나무옆의자 출판사에 연이 닿아 책으로 나오게 되었다. 감사드린다. 지도해주신 조동선 선생님과 곁에서 지켜준 가족에게도 정말 감사드린다.

2015년 11월
김이수

가토의 검

초판 1쇄 발행 2015년 12월 10일
초판 2쇄 발행 2016년 4월 5일

지은이 김이수
펴낸이 이수철
주 간 신승철
편 집 정사라, 최장욱
교 정 하지순
마케팅 정범용
관 리 전수연

펴낸곳 나무옆의자
출판등록 제396-2013-000037호
주소 서울시 마포구 성미산로1길 67 다산빌딩 301호(03970)
전화 02) 790-6630 팩스 02) 718-5752

페이스북 www.facebook.com/namubench9
카페 cafe.naver.com/namubench
인쇄 제본 현문자현 종이 월드페이퍼

© 김이수, 2015
ISBN 979-11-86748-48-0 03810